Rowohlt Verlag GmbH, Kirchenallee 19, 20099 Hamburg

Kontaktadresse nach EU-Produktsicherheitsverordnung:
produktsicherheit@rowohlt.de

Holger Karsten Schmidt, geboren 1965 in Hamburg, ist ein erfolgreicher Drehbuchautor. Er studierte Germanistik, Politik- und Medienwissenschaften und arbeitete nebenher als Werbetexter. Es folgte ein Studium an der Filmakademie Baden-Württemberg, wo er nach erfolgreichem Abschluss selbst Gastdozent war.

Neben den Büchern für die Kinofilme *14 Tage lebenslänglich* und *Sass* schrieb Holger Karsten Schmidt die Vorlagen zu zahlreichen Fernsehfilmen. Für *Mörder auf Amrum* sowie *Mord in Eberswalde* erhielt er den Grimme-Preis.

Der Autor hat sich für das brisante Thema seines ersten Kriminalromans – Kriminalität im Wettmilieu – von Experten unterstützen lassen.

HOLGER KARSTEN SCHMIDT

# AUF KURZE DISTANZ

KRIMINALROMAN

Rowohlt Taschenbuch Verlag

2. Auflage September 2023
Originalausgabe
Veröffentlicht im Rowohlt Taschenbuch Verlag,
Reinbek bei Hamburg, November 2015
Copyright © 2015 by Rowohlt Verlag GmbH,
Reinbek bei Hamburg
Redaktion Katrin Aé
Umschlaggestaltung any.way,
Notburga Reisener/Cordula Schmidt
Umschlagabbildung plainpicture/Carmen Spitznagel
Satz aus der Concorde PostScript, InDesign, bei
Pinkuin Satz und Datentechnik, Berlin
Druck und Bindung BoD – Books on Demand GmbH, Bad Hersfeld
ISBN 978-3-499-27100-7

**«Judas schläft niemals.»**
SERBISCHES SPRICHWORT

# 1.

Am 24. September endete die Identität von Klaus Burck.
Noch am Tag zuvor hatte er an seinem Schreibtisch im ersten Stock der Wasserschutzpolizeidirektion Kiel gesessen.

Von hier aus hatte er freien Blick auf den Eichhof-Friedhof gegenüber. Manchmal, noch vor Dienstbeginn, schaute er dort auf ein paar Minuten bei seinen Eltern vorbei. Sagte hallo und erzählte ihnen all das, was man den Toten eben erzählt, wenn man weiß, dass sie einen nicht mehr hören können, und man sich gleichzeitig eine Hintertür offenhalten will.

Kriminalhauptkommissar Jürgen Gerber, ein beleibter Mittfünfziger, betrat in Begleitung zweier Schutzpolizisten das Großraumbüro und steuerte mit einer Direktheit auf ihn zu, die keinerlei Raum für Missverständnisse ließ. In dem Blick seines Vorgesetzten lag ein trauriger Vorwurf.

«Kommissar Klaus Burck, ich lasse Sie hiermit vorläufig wegen der Unterschlagung von Beweismaterial festnehmen.»

Noch während Klaus ihn verblüfft ansah, traten die beiden Polizisten vor. Einer löste ein Paar Handschellen von seinem Gürtel, fing dann aber Gerbers Blick auf. Der deutete ein Kopfschütteln an. Der Beamte ließ sie wieder zuschnappen und nickte Klaus auffordernd zu. Der stand auf. Er drehte sich nicht um, hörte aber, wie hinter ihm Bewegung ins Großraumbüro kam. Stühlerücken und Getuschel.

«Was denn für Beweismaterial?»
«Später. Kommen Sie jetzt, bitte.»

«Das ist ein Irrtum», hörte er sich sagen und war erstaunt über das leichte Zittern, das in seiner Stimme mitschwang.

«Davon gehen wir auch aus», sagte Gerber.

Klaus kannte ihn gut genug, um herauszuhören, dass er log.

## 2.

**A**uch?»

Der junge Türke, der ihm in der Zelle gegenübersaß, hielt ihm eine Selbstgedrehte hin. Klaus schüttelte den Kopf. Hassan zündete sie sich an.

Klaus hatte keine Ahnung, ob «Hassan» der richtige Name des Mannes war, aber die sechs Buchstaben prangten als dunkelgrüne Tätowierung zwischen rechtem Mundwinkel und Ohr. Ein durchtrainierter Kerl. Fein rasierter Bart, gepflegte Hände. Doch dass Hassan auf sich achtete, nahm Klaus nur beiläufig wahr. Als Kommissar hatte er in der Einschätzung Fremder über die Jahre so viel Routine entwickelt, dass sie beinahe losgekoppelt von seinem Bewusstsein ablief.

Nach seiner Verhaftung hatte man Klaus hierher überstellt, in die Untersuchungshaft. Dem zuständigen Richter blieben jetzt 48 Stunden, um einen Haftbefehl gegen ihn zu erwirken.

Seit seiner Ankunft in der Zelle vor knapp vierzig Minuten zermarterte er sich den Kopf über die Ursache der Vorwürfe. Dass sie haltlos waren, wusste er. Es gab niemanden, der über dem Gesetz stand. Das hatte Klaus Burck schon lange vor seiner Polizeilaufbahn verinnerlicht. Also befolgte er die Regeln.

*Wegen der Unterschlagung von Beweismaterial.*

Das waren Gerbers Worte gewesen. Doch Klaus hatte sich nie bestechen lassen, sondern im Gegenteil jeden Versuch zur Anzeige gebracht. Wenn bei einer Festnahme oder Razzia Wertsachen sichergestellt wurden, steckte er nichts ein. Keinen Geldschein, keine Goldkette, kein Päckchen Kokain. Es gab Kollegen, die ihr Gehalt mit so was aufbesserten. Klaus gehörte nicht dazu.

Also: Von welchem Beweismaterial hatte Gerber gesprochen?

Draußen auf dem Gang kamen Schritte näher, stoppten ab, ein Schließer öffnete die Tür und richtete den Blick auf Hassan.

«Herr Ösker, Besuch für Sie.»

Hassan Ösker drückte die Selbstgedrehte aus, federte geschmeidig von seinem Bett hoch, schenkte Klaus im Vorbeigehen ein Nicken und verschwand dann mit dem Schließer im Flur.

Klaus atmete tief durch und lehnte sich mit dem Rücken an die Zellenwand. Er tröstete sich mit der Überzeugung, dass ihn nichts von dem, womit man ihn in den nächsten Stunden konfrontierte, von den Beinen fegen konnte. Das hatte Julia bereits vor drei Wochen erledigt. Mit der ihr eigenen Gründlichkeit, mit der sie das Bad putzte, Sex mit ihm hatte oder ihre Steuererklärung ausfüllte. Für alles im Leben hatte sie einen Plan. Und wenn das Leben meinte, ihr einen Strich durch die Rechnung machen zu wollen, erlebte es sein blaues Wunder, weil Julia *ihm* einen Strich durch die Rechnung machte. Für Klaus, der die Dinge nicht ganz so genau nahm, als sie sich kennenlernten, bildete Julia ein Regulativ. Durch sie erhielt sein Leben mit einem Mal Strukturen.

Glück war für Klaus ein poetischer Begriff ohne Substanz, aber wenn sie sich bei Rotwein die Köpfe heißgeredet und sich später in dem vor Lust verzerrten Gesicht des anderen gespiegelt fanden, wenn Julia danach mit diesem seligen Ausdruck um den Mund schlief, er in der Tür zur Terrasse stand und einfach, weil ihm danach war, vor sich hin grinste, ja, dann hatte er eine Ahnung davon. Und er wusste instinktiv, dass man nach dieser Ahnung von Glück niemals greifen durfte – am besten, man rührte sich überhaupt nicht in so einem Moment.

Vor vier Wochen hatte Julias Plan vom Leben ihn als Bremse entlarvt. Klaus hatte ihren Wunsch nach zwei Kindern zwar bejaht, aber er war entschlossen, das Leben zu zweit noch zwei, drei Jahre ausgiebig zu genießen, vielleicht auch vier oder fünf, bevor es im Speckgürtel Kiels für die kommenden zwanzig einzementiert wurde. Wie sich zeigte, war Julia nicht gewillt zu warten – *Kinder sind schließlich keine Strafe.*

Sie schüttelte den Kopf und teilte ihm mit, dass Hansjörg, der Kollege aus der Nachtschicht, ihr neuer Lebensgefährte sei. Klaus war ehrlich verblüfft. Wenn es um eine Partie Halma ging, um Themen wie deutsche Schlager oder eine sorgsam ausgetüftelte Gartenbewässerung (sein Steckenpferd), war Hansjörg die allererste Wahl, keine Frage. Da konnte ihm keiner so schnell das Wasser abgraben.

Klaus' Vermutung, diese Affäre laufe schon eine Weile, wies Julia mit einer Vehemenz zurück, die sie entlarvte, statt ihrer Lüge auch nur den Anschein von Aufrichtigkeit zu verleihen. In ihrer Beziehung hatten sie noch nicht allzu viel gemeinsamen Besitz angesammelt. Julia behielt die zur Hälfte abgezahlte Wohnung, Klaus schaffte seine Siebensachen ins Wohnmobil und fuhr die Küste hoch bis nach Dänemark, parkte kurz nach dem Sonnenuntergang in der Bucht von Vemmingbund und betrank sich.

Als der Nieselregen einsetzte, auf den man sich hier immer verlassen konnte, genoss er ihn. Genoss, wie die Tröpfchen, die so wenig Masse besaßen, an seinen Wimpern hängenblieben, ihm das Gesicht streichelten. Nach einer Weile zog er sich ins Mobil zurück, schlüpfte erst aus den nassen Klamotten und anschließend unter die Decke.

Er war oft mit seinen Eltern hier gewesen. Das allzu vertraute Geräusch des Regens, der leise aufs Dach trommelte, trug ihn sanft hinüber in den Schlaf und zurück in seine Kindheit, zurück zu seinen Eltern.

Ein paar Augenblicke nachdem Ösker verschwunden war, trat Jürgen Gerber in die Zelle und lehnte sich neben dem Eingang an die Wand. Klaus war überrascht. Der Vorwurf von heute Vormittag war aus Gerbers Blick gewichen. Klaus, der bis jetzt wie Hassan auf seinem Bett gesessen hatte, stand auf.

Jürgen Gerber hatte seine Laufbahn bei der Polizei seit Klaus' Ausbildung in Eutin mit der wohlwollenden Haltung eines großen Bruders verfolgt. Er hatte ihn nie begünstigt oder dergleichen. Nur ein Auge auf ihn gehabt. Auch jetzt las er in der Miene seines Vorgesetzten diese Zugewandtheit und außerdem ... Sorge.

Klaus, der seinem Ärger freien Lauf lassen wollte, stutzte, weil seine Verhaftung vorhin und Gerbers Haltung jetzt nicht zueinander passen wollten.

«Ich hab nichts unterschlagen.»

«Ich weiß.»

In der Pause der Verblüffung, die darauf bei Klaus Burck einsetzte, trat ein weiterer Mann in den Raum, der dem Wärter draußen ein Handzeichen gab, woraufhin der die Zellentür schloss. Den Mann in der Tür schätzte Klaus auf Ende fünfzig. Damit lag er daneben. Frank Dudek war 51 Jahre alt. Er trug eine ausgebeulte Jeans, schwere Schuhe und eines dieser Tweedsakkos, die ältlichen Charme verströmen. Auf seiner Nase ruhte eine Brille aus Stahlgestell, die Haare wurden ihm vorne licht. Er war von allem die Mitte, hatte ein Allerweltsgesicht und einen unauffälligen Körperbau, er war der ideale Kandidat, um von einer Menge verschluckt zu werden. Ein Typ, an den man sich später nicht erinnerte. Ein Niemand mit einem Schnauzer, und Klaus mochte keine

Schnauzer. Er sollte erst viel später begreifen, dass er mit seinem intuitiven *Niemand* Dudeks Kern erfasst, ja den Mann komplett umrissen hatte.

Im Augenblick wirkte Dudek, der ihn unverhohlen musterte, ungeduldig und leicht missgelaunt.

«Kommissar Klaus Burck, und das ist … Herr Dudek. Ich wollte die Verhaftung mit Ihnen absprechen, aber Herr Dudek hier war dagegen.»

Dieser Mann, dessen Name ihm nichts sagte, war seinem Chef gegenüber offenbar weisungsbefugt und für seine Verhaftung verantwortlich.

«Wie kommen Sie dazu, mich vor den Augen meiner Kollegen verhaften zu lassen?»

«Mit Verhaftung ist es glaubwürdiger», sagte Frank Dudek. Die tiefe, markante Stimme passte nicht zur Durchschnittlichkeit seiner Erscheinung.

«Ich will mir in der Angelegenheit keinen Fehler erlauben. Wenn Sie mich nicht unterstützen wollen, bringen wir Sie zurück und stellen Ihren Ruf wieder her.»

«Wer sind Sie?»

«Mein Name ist Frank Dudek. Ich bin vom LKA Hamburg, Abteilung für Verdeckte Ermittlungen. Ich hatte Ihre Bewerbung auf dem Tisch.» Er sagte das wie jemand, auf den die Bewerbung keinen allzu großen Eindruck gemacht hatte.

Klaus erinnerte sich sofort. Seit er auf die freie Planstelle für Wirtschaftsdelikte gerutscht war, fehlte ihm der Geruch der Straße. Er wollte draußen sein, er wollte mit Menschen zu tun haben, er brauchte Bewegung. Stattdessen saß er am Schreibtisch, checkte Bilanzen und ließ – wenn es hochkam – alle sechs Monate ein paar Firmencomputer beschlagnahmen.

Darum bemüht, trotz seiner Vorbehalte gegen diesen Posten präzise und gute Arbeit abzuliefern, empfahl Klaus sich ungewollt immer mehr dafür. Jürgen Gerber half ihm, sich für andere Planstellen zu bewerben. Diejenige, die ihn ansprang und Abenteuerlust in ihm aufkommen ließ, war die des Hamburger Landeskriminalamtes. Man prüfte seine Unterlagen und lehnte seine Bewerbung mit einem Formschreiben ab.

«Das war vor über vier Monaten», stellte Klaus fest.

Dudek nickte und behalf sich keiner Notiz, als er antwortete: «Ja. Das war am 23. Juni.»

«Man hat mir geschrieben, dass ich nicht geeignet bin.»

«Jetzt sind Sie's.»

# 3.

Dudek holte ihn am nächsten Tag um halb zwölf am Hamburger Hauptbahnhof ab.

Klaus hatte eine Sporttasche mit den Dingen dabei, die Frank Dudek als notwendig erachtete:

*Das, was Sie für ein Wochenende benötigen.*

Der Mann vom Hamburger LKA wartete an der Ostseite. Jeden Tag spülte St. Georg die ärmsten Junkies an den Eingang des Bahnhofs. Hier fanden sie ihre Dealer. Die Polizei nahm alle vorläufig fest und ließ sie dann wieder auf freien Fuß. Einmal vormittags, einmal nachmittags.

Ebbe und Flut, wie man das hier nannte.

Dudek hatte seinen schwarzen Volvo Kombi auf dem Behindertenparkplatz abgestellt. Auf dem Armaturenbrett lag ein gültiger Behindertenausweis, der auf den Namen Bernd Peters ausgestellt war. Dudek steckte ihn ein, parkte aus und fuhr los, Klaus auf dem Beifahrersitz.

Es roch nach nassem Hund. Klaus sah sich um. Im Kofferraum thronte ein Schäferhund und erwiderte den Blick.

«Ah – Ihr Hund?»

«Na raten Sie mal.»

Klaus beschloss, diese Aufforderung zu übergehen.

«Wie heißt er denn?»

«Madame. Sie hat 'ne gute Menschenkenntnis.»

«Hallo, Madame.»

Madame knurrte.

Klaus wandte sich ab.

«Gute Reise gehabt?», fragte Dudek.

«Ja.»

«Gut.»

Dudek konzentrierte sich auf den Verkehr. Als er von der Amsinckstraße rechts abbog, um die Elbe zu überqueren, wusste Klaus, dass es nach Wilhelmsburg ging. Dudek zündete sich eine Zigarette an und ließ das Fahrerfenster etwas herunter, sodass der Qualm nach draußen abzog.

«Rauchen Sie?»

«Nein.»

Dudek parkte den Volvo am Ende des Stubenplatzes in der Vieringstraße und stellte den Motor ab. Dann warf er Klaus einen kurzen Seitenblick zu und hob ganz leicht die Hand, mit der er auf die gegenüberliegende Straßenseite deutete. So, dass man es von außen nicht sehen konnte.

«Sehen Sie das Geschäft da drüben mit dem lila Schriftzug?»

Klaus sah es. Eingekeilt zwischen dem Dörus Imbiss, dessen blaue Außenmarkise den halben Bürgersteig abdeckte, und einem Kiosk steckte ein Laden, dessen Eingangstür und Fenster mit blickdichtem Material abgeklebt worden waren. Discos oder Nachtclubs sahen so aus. Aber die hatten tagsüber geschlossen. In dem Geschäft da drüben gingen die Leute ein und aus. Über dem Eingang leuchtete die violette Neonreklame auf: *Schöckinger*. Auf den dunklen Scheiben stand in gelber Schrift *Live Wetten*. Und *Live Sport*.

Ein dunkelhaariger, südländisch wirkender Mann Mitte zwanzig stand direkt vor der Tür, sprach in sein Smartphone und rauchte.

«Das Schöckinger war früher eine deutsche Kneipe. Jetzt sitzt da drin ein serbischer Buchmacher und wickelt Wetten ab. Ich will, dass Sie da reingehen und ein paar Wetten für mich abschließen.»

Klaus musterte erst den Laden, dann Dudek.

«Deswegen haben Sie mich aus Kiel hierhergeholt?»

Frank Dudek hielt den Blick unverwandt aufs Schöckinger gerichtet, als er nickte.

Burck schluckte leer. In seinem Bauch breitete sich Wärme aus.

«Gut. Und was passiert dann?»

«Nichts weiter. Sie sollen nur wetten.»

Klaus zählte innerlich bis zehn, aber es half nichts.

«Kommen Sie, Herr Dudek, das ist kein guter Anfang.»

Dudek neigte den Kopf und sah ihm direkt in die Augen.

«Was wollen Sie? Was ist Ihr Problem?»

«Ich will wissen, wozu das gut sein soll.»

«Wozu es gut sein soll, dass Sie da reingehen?»

«Ja.»

«Das geht Sie im Augenblick nichts an.»

Klaus zählte bis drei, dann stieg er aus und holte die Sporttasche von der Rückbank. Die Schäferhündin knurrte erneut.

Dudek seufzte und lehnte sich zurück.

«Was wird das?»

«Ich gehe.»

«Steigen Sie sofort wieder ein.»

«Nur, wenn ich weiß, woran ich bin.»

Ein langer Blickwechsel, dann beugte Dudek sich vor und öffnete die Beifahrertür wieder. Klaus nahm die stumme Einladung an und stieg wieder ein.

«Es geht hier um die Wettmafia.»

Natürlich hatte Klaus Burck schon davon gehört, allerdings nur privat. In der Kieler Polizeidirektion war ihm niemand bekannt, der in einem Fall von manipulierten Wetten ermittelt hätte. Weder früher noch aktuell.

«Sie meinen so wie bei dem Fußballschiedsrichter aus Berlin, der geschmiert worden ist?»

«Robert Hoyzer.»

«Ja, den meine ich.»

Frank Dudek nickte: «Es geht nur in erster Linie um Wettbetrug im großen Stil. Das ist nur die Fassade. Es geht um all die Kapitalverbrechen, die damit zusammenhängen.»

Er zog aus der Innentasche seines Sakkos ein abgegriffenes Kuvert und daraus die Abzüge von Fotos.

Schwarzweiß, Farbe, grobkörnig und gestochen scharf, mal von nahem, mal aus großer Entfernung aufgenommen. Einige waren klassische Observationsfotos. Leute, die ihre Wohnung verließen oder betraten, die sich in einem Café oder auf einem belebten Platz mit jemandem unterhielten. Vor einem Supermarkt, in einer Fußgängerzone, beim Bäcker, auf dem Weg zum Auto.

Dazwischen andere Bilder. Befundfotos aus der Klinik. Leute mit Verletzungen, mit Schnitten, Löchern im Bauch oder Kopf, mit Hämatomen und rausgeschlagenen Zähnen. Einmal ein blutiges Hinterteil. Daneben eine Halbliterbierflasche mit blutigem Hals.

Dann ein paar Tote. Auf einer Straße, mit Schaulustigen im Hintergrund. Eine Leiche merkwürdig verrenkt im Rinnstein, die andere schon abgedeckt neben einem Auto mit Geschosskränzen in den Seitenfenstern. In einer vollen Badewanne eine Tote mit aufgeschlitzter Kehle. Während Dudek die Fotos mit ruhiger Hand eins nach dem anderen auf der Ablage zwischen ihnen platzierte, sprach er, ohne Klaus dabei anzusehen. Sein Blick war auf einen sehr weit entfernten Punkt gerichtet.

«Erpressung, Nötigung, Raub. Schwere Körperverletzung, Totschlag und Mord. Diese Straftaten sind nicht einzeln zu bewerten, das heißt, wir haben es hier mit OK-Delikten zu tun.»

Burck straffte sich unwillkürlich. Das war es. Jede Faser seines Körpers signalisierte ihm das. Hier wollte er hin. Leuten das Handwerk legen, die vor nichts zurückschreckten, nicht davor, Schwächere und Wehrlose krankenhausreif zu prügeln, nicht vor Mord.

*OK-Delikte.*

Organisierte Kriminalität. Straffe, gewaltbereite Parallel-Hierarchien, die nach dem Prinzip des Faustrechts lebten.

«Im Augenblick», fuhr Dudek sachlich fort, «ist der Wettmarkt in Deutschland ein paar hundert Millionen Euro schwer. Der Kuchen in Süddeutschland ist verteilt. Aber hier im Norden ist noch viel Bewegung drin. Das muss sich erst noch setzen.»

Frank Dudek zeigte auf den Mann auf dem obersten Foto. Ein fülliger, nicht besonders großer Mittfünfziger mit einem offenen Lächeln, der gerade mit einem Teelöffel etwas aus einer Schale aß.

«Ich will den hier. Aco Goric.»

Da war kein Hass, keine Wut, nicht mal Entschlossenheit in Dudeks Stimme. Aber als er auf das Foto von Aco Goric tippte und Klaus dabei ansah, hatte der das Gefühl, in die Augen eines Fisches zu schauen. Sie waren kalt und klar, und nur einmal noch in diesem Leben würde er sie so sehen. So bestimmt und unmissverständlich, dass sich Nachfragen erübrigten.

«Neben Delikten wie Erpressung und Körperverletzung, die Goric bestimmt als Kleinigkeiten bezeichnen würde, hat er zwei Morde in Auftrag gegeben.»

«Was hat das mit den Wetten zu tun, die ich abgeben soll?»

«Wir kommen auf herkömmliche Weise nicht an ihn ran. Es ist davon auszugehen, dass er Kollegen von uns auf seiner Gehaltsliste hat.»

«Das ist nicht Ihr Ernst.»

«Letztes Jahr ist ein Hauptkommissar aus Bramfeld aufgeflogen. Er hatte Spielschulden. Und mit Überwachungsmaßnahmen ist Goric auch nicht zu kriegen. Er macht keine Aussagen am Telefon, tatsächlich telefoniert er überhaupt nicht. Ich kann Aco Goric nur an die Wand nageln, wenn jemand aus seinem engsten Umfeld gegen ihn aussagt. Jemand, dem er vertraut.»

«Und deswegen soll ich wetten?»

Frank Dudek nickte und zündete sich noch eine an. Blies den Rauch durch den Fensterspalt nach draußen.

«Jetzt wollen Sie wissen, warum Sie vor ein paar Monaten dazu nicht geeignet waren und es jetzt sind.»

«Sie können Gedanken lesen.»

Er grinste Dudek an, was der nicht erwiderte.

«So ist es, und es wird Ihnen nicht lange gefallen.»

Klaus gefiel es bereits jetzt nicht mehr.

«Vor vier Monaten waren Sie noch liiert, Herr Burck. Ich arbeite aber ausschließlich mit Alleinstehenden.»

«Weil Sie ungern Witwentröster sind?»

«Jetzt sind wir schon zu zweit.»

«Bei was?»

«Beim Gedankenlesen.»

Dudek sah ihn nun offen an. Er hatte keine übertrieben ernste Miene aufgesetzt. Er strahlte sogar eine Gelassenheit aus, zu der Klaus sich wider Willen hingezogen fühlte. Denn sie versprach Geborgenheit.

«Sie kommen aus Kiel. Ich will nicht annehmen, dass Goric jetzt schon die Mitarbeiter in einer fremden Stadt schmiert. Aber den Ausschlag gibt das hier.»

Ein letztes Foto hatte er in der Hand behalten – so, dass Klaus der Blick darauf verwehrt gewesen war. Jetzt legte Frank Dudek auch dieses Bild zwischen sie. Klaus Burck erstarrte. Das Bild zeigte einen Jungen, der grinsend gegen die Sonne anblinzelte. Ein Junge von vielleicht sechs Jahren in kurzen Hosen. Ein Ehepaar flankierte ihn. Sie mit Rock und Bluse, er in Jeans und Hemd. Die Sonnenbrille lässig in die Haare gesteckt. Das Foto hatte drei glückliche Menschen konserviert.

«Woher haben Sie das?»

Dudek merkte auf. Der Tonfall war scharf, und im Blick des jungen Mannes lag etwas Ungezähmtes. Dudek wusste schon, dass es nicht das richtige Wort war, als es ihm in den Sinn kam. Unverfälscht, sagte er sich später am Abend, als er im Wohnzimmer neben Madame auf der Couch einschlief, umgeben vom weitverzweigten Familienclan der Gorics – auf Oberservationsfotos, die auf seinem Tisch lagen, auf der Couch, am Boden. Eingefroren in der zweiten Dimension. Nachts schlichen sie sich in seinen Schlaf und bevölkerten seine Träume.

*Unverfälscht.*

Und impulsiv, dachte Dudek.

«Ist das wichtig?», fragte er.

«Mir schon.»

«Ich habe einen Kollegen um Amtshilfe ersucht. Er war in Novi Pazar. Ihre Großtante hat es uns zur Verfügung gestellt. Ich wollte wissen, wie Ihre Eltern ausgesehen haben. Und Sie als Kind.»

«Wozu?»

Frank Dudek zögerte, dann deutete er ein Kopfschütteln an.

«Später. Franjo, das ist Ihr Name. Sie waren Waise, und Burcks haben Sie adoptiert. Und Sie ‹Klaus› genannt. Wenn meine Informationen korrekt sind, verstehen Sie Serbisch, Kroatisch und Bosnisch.»

Klaus schluckte seine nächste Frage herunter und nickte.

«Ich brauche jemanden, der wenigstens *versteht*, über was die sich unterhalten.»

«Das ist also meine Eignung: Ich bin Single, ich bin in Novi Pazar geboren, und ich wohne in Kiel.»

«Ja, bei Licht betrachtet sind es drei Zufälle», räumte Dudek wenig charmant ein, «aber zufälligerweise bin ich gerade auf diese drei Zufälle angewiesen. Also, Kriminalkommissar Burck, sind Sie bereit, mich als verdeckter Ermittler zu unterstützen, oder soll ich Sie zurück zum Bahnhof bringen?»

Klaus hatte sich die ganze Angelegenheit eine Spur wichtiger vorgestellt – mit etwas mehr Lametta.

Er war lange genug Polizist, um zu wissen, dass ihn kein roter Teppich erwartete. Aber er hatte mit einem Team gerechnet, mit Überwachung und Verkabelung, mit spezieller Bewaffnung, mit Drogengeschäften, mit Respekt und vielleicht auch – wenn er ganz ehrlich in sich hineinhorchte – einer Spur Bewunderung.

Und nicht mit einem Ein-Mann-Team und Kinderfotos und einem Volvo Kombi mit Schäferhündin.

«Was soll ich machen?»

Dudek schnappte sich seine eigene Tasche von der Rückbank, öffnete sie und zog eine Lederjacke hervor, die er Klaus reichte.

«Ziehen Sie die an, bitte. Und dann machen Sie Folgendes …»

# 4.

Das Schöckinger entpuppte sich als ein spärlich besuchter Schlauch, in dem zu beiden Seiten blinkende Spielautomaten hingen, die ihre immergleichen Melodien dudelten und die Raumwirkung weiter verschlankten. Im vorderen Bereich standen ein paar Tische. An ihnen saßen südeuropäisch aussehende Männer, die Tee oder Cola tranken.

Der Zigarettenrauch schwebte in Form bläulich grauer Nebelschwaden durch den Raum. Als Klaus den Laden betreten hatte, hatten lediglich zwei oder drei Gestalten kurz aufgeblickt, um nach einem sekundenschnellen Mustern wieder ihren Gesprächen nachzugehen oder die Automaten mit Münzen zu füttern. Neue Gesichter waren hier keine Seltenheit, wie es schien.

Klaus orientierte sich kurz.

Der Schlauch endete an einer Art Theke, hinter der ein Riese von gut zwei Metern stand: *Borko Pantelic*, wie Dudek ihm eingeschärft hatte.

Zu beiden Seiten dieser Theke hingen vier Flachbildschirme, die allesamt verschiedene Sportkanäle live übertrugen. Frauen existierten im Schöckinger nur in Form von Sportlerinnen auf der Mattscheibe.

Die Lederjacke, die Dudek ihm gegeben hatte, brachte gut drei Kilo auf die Waage. Sie vermittelte ihm die beruhigende Illusion einer leichten Panzerung. In der Innentasche trug Klaus sein anderthalbfaches Monatsgehalt in bar mit sich herum.

Frank Dudek hatte die Scheine im Auto abgezählt. Anschließend hatte Klaus ihm den Erhalt der Bargeldsumme quittiert.

Für die Rechnungsstelle des Hamburger LKA, von der Frank Dudek die gebrauchten und registrierten Banknoten entsprechend seiner Anfrage per Formular erhalten hatte.

Klaus schlenderte ruhig, aber nicht übermäßig gelassen zu der Theke, hinter der Borko sich gerade Unmengen Zucker in ein Teeglas schüttete und ihm mit einer neutralen Miene entgegenblickte.

«Hallo.»

«Hallo.»

«Ich möchte drei Wetten setzen.»

Borko schnappte sich den Stift, der hinter seinem rechten Ohr klemmte, und einen kleinen Notizblock.

«1000 Euro auf Sieg von Freiburg gegen Bayern München heute Abend.»

«Eins zu fünf», sagte Borko. Er sprach schnell. 1:5 war die Quote, die Borko ihm anbieten konnte. Sollte Freiburg den Gegner aus München besiegen, würde Klaus 5000 Euro gewinnen.

«Gut», antwortete Klaus. Ganz egal, welche Quote Borko ihm bot, so Dudek, er sollte die Wette abschließen.

Borko notierte die Wette und riss die Notiz ab, die er Klaus zuschob. Die Kopie durchbohrte er auf einem Zettelspießer, auf dessen dünner Metallstange sich jede Menge Durchschriften der Wetten stapelten, die hier heute bereits über die Theke gegangen waren.

Klaus warf einen kurzen Blick über die Schulter, aber es schien, als nehme niemand von ihm Notiz. Er empfand auch keinerlei Furcht. Dudek hörte über das Handy in Klaus' Tasche mit. Und selbst wenn es zu Komplikationen kommen sollte, würde Dudek, exakt 15 Minuten nachdem Klaus das Schöckinger betreten hatte, folgen und ihn da rauspauken. So oder so, hatte Dudek gesagt und ihn damit über das *Wie* im Ungewissen gelassen.

«Dann 2000 darauf, dass die Bayern ihr erstes Tor zwischen der 20. und 30. Minute schießen.»

Borko schüttelte leicht den Kopf.

«Machen wir hier nicht», stellte er ruhig fest.

Klaus setzte ein leicht erstauntes Gesicht auf und sah kurz zu den anderen Gästen hinüber, als wundere er sich, was für langweilige Wetten diese abschlossen. Hier nicht. Das fiel ihm auf. Der Mann hinter der Theke, der nicht mehr sprach als unbedingt nötig, hatte es gesagt. *Hier nicht.*

«Und wo kann ich darauf wetten?»

«Weiß nicht. Hier nicht. Andere Wette?»

Wieder das *Hier nicht.*

«Ja. Dann 2000 auf Sieg von Klitschko heute Abend.»

Borko nutzte mit flinken Fingern den Taschenrechner auf seinem Smartphone. Und das mit Handtellern, in denen er das Gerät mühelos hätte verstecken können.

«Kann ich dir 1:1,15 anbieten.»

«Besser als nichts.»

Klaus zog jetzt seinerseits einen Zettel aus der Hosentasche und schaute, was Dudek ihm da notiert hatte.

*Und das fällt nicht blöd auf,* hatte er gefragt, *wenn ich da wie von einem Spickzettel ablese?*

Dudek hatte den Kopf geschüttelt: *Es fällt eher auf, wenn Sie so tun, als könnten Sie alles in Ihrem Kopf mit sich rumtragen. Stellen Sie sich einfach vor, es wären Ihre eigenen Notizen.*

Der Tipp funktionierte.

«Und noch 2000 Euro auf Sieg von Holstein Kiel in der 2. Halbzeit gegen den SV Wilhelmshaven.»

Borkos Kugelschreibermine jagte über das Papier, das er abriss und Klaus reichte. Der bezahlte ihn im Gegenzug mit den Scheinen, die Dudek ihm mitgegeben hatte.

Als er aus dem Schöckinger kam, ging er nach rechts die Vieringstraße hinauf und stoppte an einem Laden, um sich in dessen spiegelnder Scheibe zu vergewissern, dass ihm niemand folgte. Erst dann überquerte er die Straße und setzte sich mit Blick zum Fenster in das Bistro auf dem Stubenplatz. Klaus Burck aß eine Currywurst und trank dazu ein Bier aus der Dose.

Anschließend stieg er in den Bus der Linie dreizehn, fuhr zwei Stationen und ließ sich von dem schwarzen Volvo aufgabeln, der dem Bus in weitem Abstand gefolgt war, wie er beobachtet hatte.

Dudek fuhr weiter, sobald Klaus die Beifahrertür zugeschlagen hatte. Madame sah nur kurz auf, reckte sich und legte sich dann auf die Seite.

«Alle Wetten platziert?»

«Ja.»

«Und, aufgefallen?»

«Glaube ich nicht, nein. Es hat sich niemand besonders für mich interessiert.»

Dudek nickte und wandte sich ihm zu, als ihn eine rote Ampel zum Halten zwang.

«Die haben viel Laufkundschaft. Leute kommen und gehen.»

«Und jetzt?»

«Das müssen *Sie* mir sagen.»

Klaus sah den Mann fragend an.

«Wie meinen Sie das?»

«Ich brauche jemanden, der alle zwei Tage ins Schöckinger geht und die Wetten abgibt, die ich ihm aufschreibe.»

Hinter ihnen hupte es. Die Ampel war auf Grün umgesprungen. Dudek legte den Gang ein und fuhr weiter.

«Wollen Sie das erledigen oder muss ich mir einen anderen suchen?»

Klaus gab sich keine Mühe, sein Erstaunen zu verbergen.

«Wie genau soll das laufen?»

«Ich fahre Sie in ein Hotel. Da verkriechen Sie sich, da gibt's auch Essen auf dem Zimmer. Sie lassen sich so wenig wie möglich draußen blicken. Ich hol Sie in zwei Tagen ab, Sie wetten, dann fahr ich Sie zurück. In ungefähr einer Woche wissen wir mehr.»

«Weil es dann in einen anderen Laden geht?»

Frank Dudek sah ihn sichtlich überrascht an.

«Wie kommen Sie darauf?», fragte er schroff, beinahe verärgert.

«Bei der zweiten Wette hat Pantelic gesagt, dass er solche Wetten hier nicht macht. Er hat zweimal *hier nicht* gesagt. Wenn er es komplett hätte ausschließen wollen, hätte er *gar nicht* gesagt. Hat er aber nicht. Also muss es einen Laden geben, in dem man die Wette setzen kann.»

Dudek machte ein Gesicht wie jemand, der wider Willen beeindruckt war. Auf der anderen Seite entpuppte er sich in dieser Hinsicht als souverän, denn er nickte: «Gut beobachtet.»

«Oh, ein Lob?»

«Nein, eine Feststellung. Sie werden nach den ersten Verlusten, zum Beispiel mit den sinnlosen Wetten von heute, Gewinne machen. Und dann werden Sie viel Geld auf spezielle Wetten setzen wollen, die man im Schöckinger nicht annimmt. Wenn ich mich nicht irre, wird Pantelic Ihnen den Kontakt zu Galaxis-Wetten im Schanzenviertel vermitteln. Das ist, was Sie richtig vermutet haben. Und da will ich Sie haben.»

Dudek fuhr rechts ran und öffnete die Tür. Klaus blickte hinaus – und konnte weit und breit kein Hotel entdecken. Nur den begrünten Deich und dahinter die Elbe, die dem Meer entgegenfloss und eine tiefe Beruhigung in ihm hervorrief.

«Madame ist seit zwei Stunden im Auto», sagte Dudek.

Zwei Minuten später gingen die beiden Männer den Deich entlang, während Madame über den Rasen tollte und einen aufdringlichen Jack Russell Terrier verjagte. Der Kriminalhauptkommissar und VE-Führer Dudek schien mit seiner Hündin beinahe symbiotisch verbunden zu sein, so kam es Klaus vor.

Als Madame aus purer Lust an der Bewegung über die Deichkrone schoss, entspannte Dudek sich merklich, ja, fast meinte Burck, ihn lächeln gesehen zu haben. Kurz nur, natürlich. Und auch wenn der Augenblick schnell vorbei war, bewiesen die Weichheit seiner Züge und die Zuneigung in seinen Augen, dass das Lächeln da gewesen sein musste.

Dudek zündete sich eine Zigarette an und inhalierte, bevor er den Faden wiederaufnahm: «Also: Kann ich auf Sie zählen?»

«Was passiert danach? Muss ich herziehen? Meine Wohnung in Kiel aufgeben?»

Frank Dudek atmete einmal tief durch und blieb stehen. Sah ihm durchdringend in die Augen, senkte den Blick und fasste dann offenbar einen Entschluss.

«Das kann ich Ihnen erst nächste Woche sagen.»

Jetzt war es Klaus, der Dudek eindringlich ansah. Er war etwas kleiner als er selbst und wich seinem Blick nicht aus. Irgendwie war dem Mann an ihm gelegen, das spürte Klaus. Außerdem: Es war allemal aufregender, sich als verdeckter Ermittler durch Hamburg zu bewegen, als Bilanzen zu checken. Auch wenn er dabei nur ein paar Wetten zu setzen hatte, fühlte er sich gleich doppelt so lebendig.

«Na schön», sagte er deshalb, «gut.»

Das Hotel, in dem Dudek ihn unterbrachte, hieß «Superbude» und lag an der vierspurigen Spaldingstraße – mit Blick auf alle Züge, die Hamburg in östlicher Richtung verließen.

Wenn man sie nicht sah, konnte man sie immerhin noch hören. Die Hotelgäste waren alle unter dreißig Jahre alt. Darunter Globetrotter und Backpacker und Gruppen von jungen Frauen oder jungen Männern, die Hamburg am Wochenende heimsuchten, um zu feiern. Sie übernachteten in den günstigen Sechsbettzimmern und glühten mit Alcopops oder Wodka vor, bevor sie loszogen.

Am Montag würden sie an der Uni oder am Arbeitsplatz berichten, wie megageil es in der Hansestadt gewesen war. Und natürlich auf der Reeperbahn. Und wie betrunken sie gewesen waren, dass einer seinen Schal vergessen und ein anderer sich beinahe im Taxi übergeben hatte und dass man am Ende der Nacht auf keinen Fall den Fischmarkt verpassen durfte.

Klaus Burck war der älteste Hotelgast, aber die hohe Bettenzahl wie die hohe Fluktuation ließen ihn trotzdem nicht auffallen.

Sein Zimmer sah exakt so aus, wie der Name «Superbude» vermuten ließ.

Es war auf den Namen *Klaus Roth* reserviert worden. Dudek hatte ihm bereits beim Spaziergang an der Elbe seinen neuen Personalausweis überreicht. Geburtsdatum und Geburtsort waren ihm geblieben. Das Foto hatte Dudek sich bei der Bundesdruckerei in Berlin auf dem kurzen Dienstweg besorgt. Dass er weiterhin bei seinem regulären Vornamen genannt werden konnte, leuchtete Klaus sofort ein. So musste er nicht jedes Mal unterscheiden, in welcher seiner beiden Identitäten er gerade angesprochen wurde.

«Klaus Burck existiert jetzt nicht mehr», hatte Dudek ihm mitgeteilt, «dieses Leben ist für Sie ab jetzt zu Ende. Zumindest für eine Woche. Wenn Sie in dieser Woche auf Ihre Vergangenheit angesprochen werden, lehnen Sie jede Auskunft darüber ab. Geben Sie sich argwöhnisch und misstrauisch. Lassen Sie höchstens durchblicken, dass Sie auf Bewährung draußen sind. Warum und wieso und wo Sie eingesessen haben, geht niemanden etwas an.»

Klaus begriff sofort das Prinzip, das dieser Tarnung zugrunde lag: so einfach und so effektiv wie möglich. Wenn er bei einer Frage erst nachdenken musste, würde das auffallen.

Frank Dudek nahm alles, was auf «Burck» ausgestellt war, in Verwahrung: Ausweis, Führerschein, EC-Karte, Kreditkarte, ADAC-Karte, Krankenversicherungskarte und Organspenderausweis. Auch das Smartphone mit allen Kontakten musste Klaus abgeben. Im Gegenzug versorgte Dudek ihn mit einem Billighandy und 500 Euro Bargeld. Er erinnerte Klaus in diesem Zusammenhang selbstverständlich an seine Pflicht, mit öffentlichen Geldern sparsam umzugehen.

Als Dudek das Hotelzimmer verlassen wollte, fiel Klaus noch etwas ein.

«Das Foto mit meinen Eltern und mir, das hätte ich gerne.»

Anders, als Klaus Burck erwartete, zog Dudek es aus dem Stapel der anderen Fotos heraus und reichte es ihm.

«Wozu?», fragte Klaus.

«Wozu was? Kinderfotos, meinen Sie das?»

Klaus nickte.

«Weil ich etwas tun muss, worum ich mich nicht reiße, weil es manchmal unschön ist. Aber es gehört zu meinem Beruf: Ich muss in Leute reinkriechen. Und Fotos helfen dabei. Es war am Meer, ja?»

«Ja. Wie kommen Sie darauf?»

«Der Wind in den Haaren Ihrer Eltern. Die Landschaft dahinter ist flach, keine Bergluft. Sie halten einen Comic in der Hand. Ein Geschenk, nicht wahr?»

«Ich weiß nicht mehr.»

«Es war im Urlaub. Sie waren in Italien, mit einer Lupe kann man das Lirezeichen auf der Rückseite sehen. Spaghetti mit Tomatensoße und Gelati, alle Kinder mögen das. So war es doch, oder?»

Klaus Burck nickte widerwillig.

«Wenn ich einem Menschen begegne, sehe ich eine Art Abbild. Wer er ist zu dieser Zeit an diesem Ort. Und habe ich ein Kinderbild oder eines, das ihn als Jugendlichen zeigt, dann habe ich nicht nur ein zweites Abbild, dann entsteht zwischen den beiden Fotografien ein Raum. In diesem Raum ist der Mensch von damals zu dem geworden, dem ich gegenüberstehe. Und wenn ich den von damals atmen höre, wenn ich seinen Geruch einfange, wenn ich sehe, wie er lacht oder auch weint, wie er schläft und isst und Freunde trifft und tanzt, dann sehe ich ihn *nackt*. Er ist komplett nackt, er kann im Hier und Jetzt dann anziehen, was er will, ich sehe ihn nackt. Er kann sich vor mir nicht mehr verbergen. Natürlich kann er versuchen, mich zu täuschen, aber weil ich erfasst habe, wer er war, kann ich abschätzen, wer er mal sein wird – und daraus intuitiv erfassen, was er vielleicht als Nächstes tut. Das, was für ihn typisch ist. Das, was seinem Charakter entspricht. Das», schloss Dudek, «ist der Grund, weswegen ich mir die Kinderfotos besonders gerne ansehe. Ich hab auch welche von Aco Goric.»

Burck warf ihm einen langen Blick zu.

«Zeigen Sie mir eines von sich?»

«So gut kennen wir uns noch nicht, Herr Roth.»

# 5.

**K**laus Roth.

Der war er jetzt. Und als der ging er am Abend raus auf die Straße.

Klaus fühlte eine neue Wachheit in sich aufsteigen, die sich wie eine Welle in seine Fingerspitzen und Zehen ausbreitete und ein Prickeln auf seiner Haut hinterließ, als sie sich an ihr brach.

Ihm war, als sei er im Besitz eines neuen Sinnes, als sei er in der Lage, eine neue Farbe zu sehen. Oben im Zimmer, nachdem Frank Dudek gegangen war, hatte er sich leer gefühlt. Jetzt wusste er, warum. Die Identität von Klaus Roth hatte er gerade erst frisch betreten. Wie eine nächtliche Straße nach Neuschnee, wenn er als Erster Spuren darin hinterließ. Er war im Wortsinne ein unbeschriebenes Blatt. Und das fühlte sich jetzt *gut* an.

Klaus musste bei dieser Erkenntnis unwillkürlich lächeln. Er orientierte sich an der untergehenden Sonne und schlug eine südöstliche Richtung ein. Dort würde ihm früher oder später die Elbe den Weg abschneiden.

Er bewegte sich, wie er glaubte, dass Klaus Roth sich bewegen würde. Ohne Altlasten aus einer Vergangenheit. Keine Schuld, die er begangen hatte, kein gebrochenes Mädchenherz, das auf sein Konto ging, keine Prügelei, die er angezettelt hatte. Es gab keine Eltern, an die er mit Wehmut dachte. Keine Geldsorgen bedrückten ihn, im Grunde war sein neues Leben komplett sorgenfrei, denn es gab nichts, was er besaß. Das Einzige, um das er sich sorgen konnte, war seine Gesundheit, und wie es aussah, war Klaus Roth fit. Auch Julia und Hansjörg waren nur mehr Namen ohne Gesicht und ohne Gestalt, Namen aus dem Leben eines anderen.

Die Übersichtlichkeit seiner neuen Existenz gefiel ihm.

Nach zwanzig Minuten erreichte er die Norderelbe gegenüber vom Peutehafen. Zur Rechten floss der Verkehr über die Billhorner Brücke, die sich als nahezu schwarze Silhouette vom Abendhimmel abhob. Erste Sterne waren jetzt am dunkler werdenden Blau des Himmels erkennbar.

Klaus setzte sich am Ufer ins Gras und schaute auf die Elbe. Auf der gegenüberliegenden Seite arbeiteten beleuchtete Kräne, und alle paar Minuten schob sich ein Lastkahn mit Containern flussauf- oder -abwärts an ihm vorbei. Nach seiner Kindheit in Serbien war er bei seinen Adoptiveltern am Meer aufgewachsen. Oben an der Kieler Förde ging immer ein Wind, eine «steife Brise», wie man da wie hier sagte, die Alten sprachen das «s-t» hart aus. Wie Helmut Schmidt, wenn er im Fernsehen Reyno rauchend als Elder Statesman überzeugte.

Er ahnte früh, dass das Meer seine große Liebe werden würde, und in einem anderen Leben wäre er zur See gefahren. Als Jungs gingen sie noch im September baden, der Wind pfiff dabei über die Bucht. Sie ließen die Steine übers Wasser ditschen. Die Häufigkeit der Aufsetzer war dabei von drei Faktoren bedingt: der Flachheit des Steines, der Kraft des Wurfes und dem Winkel, in dem der Stein auf die Wasseroberfläche traf. Wer unter zehn Aufsetzern blieb, musste den anderen eine Cola ausgeben. Ein paar Jahre später dann Bier und noch später Schnaps.

Das Meer hatte ihn nie enttäuscht, es umfing ihn immer wieder bedingungslos, wenn er darin eintauchte, und es hatte ihn nie belogen.

Nach einer Stunde stand er auf und trat den Heimweg an. Als Klaus Roth. Und der hatte gerade seine Zuneigung zum Wasser entdeckt.

## 6.

**W**ie Dudek prophezeit hatte, machte er Verlust – lediglich Klitschko hatte gewonnen. Klaus zeigte sich unbeeindruckt und setzte dieses Mal 6000 Euro. Sieg in der zweiten Halbzeit für St. Pauli. Bei den Handballern die Hälfte des Einsatzes auf den TSV Altenholz gegen SV Beckdorf. Bei den Tennisspielern 1500 auf Ihlein gegen Wippermann. Zur Sicherheit konsultierte er wieder den Spickzettel, den Dudek ihm mitgegeben hatte.

Die Summen, die Klaus einsetzte, weckten die Aufmerksamkeit zweier Gäste. Klaus Roth hatte sie auf dem Schirm, als er das Schöckinger verließ, aber er vermittelte ihnen den Eindruck, sie nicht zu beachten.

Danach keine Linie 13 und keine zwei Stationen mit dem Linienbus. Dieses Mal nahm Klaus sich auf Dudeks Weisung hin ein Taxi.

«Ein Taxi? Entspricht das denn dem Gedanken der Wirtschaftlichkeit?»

Sie spazierten am Deich entlang, Madame schnüffelte an einem Busch.

«Natürlich nicht. Aber wenn man Sie niedersticht, werde ich jede Menge Papierkram am Hals haben, und ich mag keine Formulare», sagte Dudek und nahm ihn ins Visier. «Was soll diese Frage? Ihre Sicherheit hat absolute Priorität, Herr Burck. Der ordne ich alles unter. Und natürlich muss ich meine Ausgaben von der Briefmarke bis zur Taxiquittung vor der Rechnungsstelle verantworten wie jede andere Abteilung auch, und nein, Klaus Roth ist nicht auf Rosen gebettet, er muss auf sein Geld achten. So wie Sie auch. Meinen Sie, ich hätte Sie an Ihre Pflicht zur Wirtschaftlichkeit erinnert, wenn Sie einen Millionär verkörpern würden?»

Klaus kam sich dumm vor. Seine Bemerkung erschien ihm kindisch. Von demselben Trotz geprägt, mit dem ein heranwachsender Teenager die Autorität des Vaters in Frage stellte. Aber Dudek war nicht sein Vater, und er war immerhin Kriminalkommissar der Kieler Polizei.

«Kommt nicht wieder vor.»

Die Zerknirschung, die Dudek hinter den Worten wahrnahm, war offenbar echt. Er nickte.

«Gewohnheit führt zu Routine», sagte er ruhig, «und Routine ist berechenbar. In allen Punkten, die wir bestimmen, sollen Sie berechenbar sein. Wann Sie ins Schöckinger kommen, an welchen Tagen und zu welchen Uhrzeiten, welche Summen Sie in etwa setzen. Das dürfen die anderen wissen. Nein, sie *sollen* es sogar wissen. Aber woher Sie kommen, wohin Sie nach Ihren Wetteinsätzen gehen, das geht niemanden was an. Falls es doch jemand wissen will und Sie immer die Linie 13 nehmen ...»

«Muss er sich das nächste Mal nur in den Bus setzen», vollendete Klaus. Dudek nickte.

Klaus zog die Hand aus der Jackentasche und mit ihr eine kleine Metzgertüte.

«Madame.»

Die Schäferhündin kam näher und nahm Witterung auf. Die Ohren gespitzt, die feuchte Schnauze kaum merklich und instinktiv in die Luft gereckt, um Aufschluss über den Inhalt zu erlangen. Klaus zog ein Würstchen hervor und brach es in der Mitte durch.

«Darf ich?»

«Gerne.»

Klaus holte aus und warf der Hündin das Stück zu. Die fing es nicht auf, sondern ließ es zu Boden fallen. Sie sah zu Dudek und hielt den Blick, scheinbar durch keinen Wimpernschlag unterbrochen. Frank Dudek zündete sich eine Zigarette an, bevor er nickte. Daraufhin schnappte Madame sich das Stück Fleisch und trabte ein paar Meter weiter, um es in Ruhe runterzuschlingen. Klaus seufzte lautlos und verstaute die Tüte wieder.

«Irgendwas, was Sie nicht unter Kontrolle haben?»

«Ich will nicht, dass sie einen vergifteten Köder frisst.»

Klaus Burck beschloss, sich seine kleinen Anspielungen fürs Erste zu verkneifen, weil Dudeks Beweggründe sie als kleinlich entlarvten.

Der fuhr ihn nach dem Spaziergang zurück zur Superbude und blieb keine Sekunde länger als nötig.

Zwanzig Minuten später klopfte es an seiner Tür.

Klaus spannte sich, leise näherte er sich dem Eingang.

«Dudek», hörte er gedämpft durch die Ritzen.

Er öffnete die Tür einen Spaltbreit und ließ sie ganz aufschwingen, als er den VE-Führer erkannte. Der blieb allerdings an der Türschwelle stehen.

«Stör ich?», fragte er und hielt zwei Bierflaschen hoch.

Burck stutzte kurz, dann begriff er, dass Dudek nicht offiziell hier war. Zumindest glaubte er das.

«Nein.»

«Schön. Ich muss Sie für morgen instruieren. Sie werden sich sicher fragen, warum ich das nicht morgen mache.»

«Nein, eigentlich nicht.»

«Wie auch immer: Ich möchte, dass Sie sich entscheiden können. Morgen wäre das zu spät.»

Frank Dudek atmete kurz durch. Er wirkte erleichtert, nachdem er das ausgesprochen hatte. Er seufzte nicht, aber er war offenbar ohnehin darauf konditioniert, sich nicht in die Karten blicken zu lassen.

«Kommen Sie rein.»

Kurz darauf standen sie auf dem kleinen Balkon über der Spaldingstraße und tranken das Flaschenbier, das Dudek mitgebracht hatte. Der VE-Führer rauchte. Gute zehn Meter unter ihnen zog der abendliche Berufsverkehr vorbei und trug die Pendler in die Außenbezirke und Vororte.

Dudek hatte etwas auf dem Herzen. Etwas, das ihn aus seinem Volvo in die Superbude und hier hinaufgetrieben hatte. Ein kleiner Stachel in seinem Plan, der ihn quälte und den er loswerden wollte.

«Sie werden morgen eine Wette setzen, die Borko Pentalic zum Handeln zwingt.»

«Das heißt?»

«Das heißt, er wird Sie in ein anderes Wettbüro begleiten, damit Sie dort Ihre Wette platzieren können.»

«Und wenn er's nicht tut?»

«Hab ich mich geirrt, und wir fangen woanders von vorne an – Ihr Einverständnis vorausgesetzt.»

Jegliche Unsicherheit Dudeks hatte sich verflüchtigt. Sobald es um den Einsatz ging, wusste Frank Dudek haargenau, was zu tun war.

«Wohin wird er mich bringen?»

«Ich hoffe, ins Galaxis. Das ist ein Laden im Schanzenviertel. Er funktioniert wie das Schöckinger. Mit dem Unterschied, dass im Galaxis die härteren Wetten laufen.»

«Die illegalen», präzisierte Klaus.

Dudek nahm einen tiefen Zug und blies den Rauch durch die Nasenlöcher in den Abendwind.

«Die illegalen», bestätigte er dann.

«Und dann werde ich dort eine Wette setzen.»

«Nein.»

Frank Dudek blickte kurz zu Boden. Klaus meinte zu spüren, wie sie sich dem unangenehmen Teil näherten. Dem, der Dudek hatte umkehren und Bier mitbringen lassen. Unvermittelt zog Dudek eine Fotografie hervor, und Klaus war schon auf den Anblick eines Kindes vorbereitet; stattdessen erblickte er einen jungen Mann. Halblange, gelockte Haare. Ein offener Blick, ein leichtes Lächeln um die Mundwinkel. Er wirkte wie jemand, an dessen Seite man einen abwechslungsreichen Abend verbringen konnte.

«Dort werden Sie den hier treffen: *Benny*.»

«Gehört er zu Aco Goric?»

«Nein, zu mir.»

Klaus sah verblüfft auf. Dudek steckte das Foto wieder ein.

«Er wird Sie», führte Dudek aus und sah ihm dabei unverwandt in die Augen, «als Polizeispitzel enttarnen und Sie vor die Tür prügeln. Da nehmen Sie die Beine in die Hand, und ich gabel Sie auf. Wie gehabt.»

Die letzten beiden Worte sollten Klaus den Eindruck von Routine vermitteln, aber da Dudek sie leicht verschluckte, nahm er ihnen das offenbar selbst nicht ab. Klaus Burck war lange genug Polizist, um zu erfassen, was das bedeutete. Er fühlte sich benutzt.

Frank Dudek hatte binnen weniger Tage in ihm die Identität von Klaus Roth großgezogen wie ein Mastschwein, um ihn jetzt seiner einzigen Bestimmung zuzuführen – der Schlachtung. Klaus empfand das als persönliche Zurücksetzung, und das Schlimme daran war, dass dieser Mann vor ihm, diese Unscheinbarkeit in Person, das alles von Anfang an gewusst hatte. Bereits zu dem Zeitpunkt, als er Gerber dazu veranlasste, Klaus zu verhaften.

Ganz gewiss würde er Dudek nicht den Gefallen tun, ihm auch nur den kleinsten Hinweis auf den Grad der Kränkung zu geben, die er damit bei ihm verursachte. Also zählte Klaus innerlich bis fünf, bevor er – ganz der Profi – nickte.

«Ich verstehe. Ich schütze die Legende Ihres V-Manns.»

«Ja.»

Nur ein einziges Wort aus Dudeks Mund, und trotzdem führte es die Schuld mit sich, die Dudek empfand. Er hatte, wie er jetzt konstatieren musste, kleiner von Klaus Burck gedacht. Er war sich beinahe sicher gewesen, dass Burck ihm hier auf dem Balkon eine Szene machen würde. Auch deswegen hatte er diese Außenposition gewählt, damit der Berufsverkehr all das, was Burck in seiner Wut und verletzten Eitelkeit möglicherweise über die Lippen kam, gnädig verschluckte.

Aber der nahm nur einen tiefen Schluck aus der Flasche, legte die Unterarme aufs Geländer und schaute gelassen über die Stadt.

«Puh, ich bin erleichtert, dass Sie das so professionell aufnehmen.»

«Ich bitte Sie, wir sind schließlich nicht verheiratet. Es war doch klar, dass Sie mich nur punktuell einsetzen. Wären wir sonst hier, in der Superbude?»

Klaus Burck empfand riesigen Stolz auf die Lässigkeit des Lächelns, das er zustande brachte, während er Befriedigung bei der Vorstellung empfand, Dudek die Finger der rechten Hand zu brechen. Einzeln. Vermutlich konnte er sein Lächeln darüber herstellen.

«Sie schulden mir jetzt ein Foto, Herr Dudek.»

Der VE-Führer nickte, er wusste sofort, was gemeint war. Er zog aus einer dunkelbraunen Brieftasche, die jeden Moment auseinanderfallen wollte, eine durch den langen Verbleib in der Börse gewölbte Fotografie hervor, die er Klaus reichte.

«Bis morgen», verabschiedete Frank Dudek sich.

«Ja.»

Der Junge auf dem Foto war die reinste Enttäuschung. Er trug die Haare sehr kurz und dicke Brillengläser. Das hellblaue Hemd wurde von einem dunkelblauen Pullunder mit roten Karos verdeckt und ging nach unten hin in eine blaue Cordhose über.

Frank Dudek sah aus wie einer dieser Typen, die schon zu Grundschulzeiten in der ersten Reihe sitzen und bei Fragen der Lehrer eifrig mit den Fingern schnipsen. Auf dem Pausenhof werden sie gehänselt, in Sport bekommen sie ein «ausreichend». Später studieren sie Informatik, werden Ingenieure oder Professoren an der Uni.

Klaus betrachtete das Foto bei seinem dritten Bier auf dem Bett, und obwohl er diesen linkischen Jungen anstarrte, eröffnete sich für ihn kein Raum zwischen der Fotografie und dem Frank Dudek von heute. Die Räume, zu denen der VE-Führer über Kinderfotos Zugang hatte, blieben Klaus verschlossen.

Beim vierten Bier beschloss er, das kurze Leben des Klaus Roth auf der Reeperbahn angemessen ausklingen zu lassen, bevor er nach seinem morgigen Einsatz wieder als Klaus Burck nach Kiel und zu seinem Schreibtisch mit den Firmenbilanzen zurückkehrte. Aber mit dem fünften Bier in der Hand schlief er im Sitzen ein.

# 7.

**B**orko Pantelic nahm die Wetten mit stoischer Miene entgegen. Er war von derselben Unverbindlichkeit wie am ersten Tag, und Klaus vermutete, dass sich das auch nach hundert Besuchen nicht ändern würde. Klaus setzte auf ein Pferderennen und ein Tennisspiel. Langsam hatten seine Einsätze sich erhöht, und deswegen merkte Pantelic bei der dritten Wette nicht weiter auf.

«Und 7000 auf einen Torschützen. Nick Hoffmann.»

Pantelic schüttelte den Kopf: «Geht nicht.»

Klaus spielte erst ein Stutzen, dann Unverständnis.

«Wieso? Hoffmann spielt in der Kreisliga.»

«Ja, mag sein. Der Laden hier gehört mir aber nicht. Ich darf solche Wetten nicht annehmen.»

«Warum nicht, wegen der Quote?»

«Nein.»

Klaus begriff, dass Pantelic auch durch weitere Nachfragen nicht mehr zu entlocken war. Also nickte er, steckte die siebentausend ein – langsam, wie Dudek ihm eingeschärft hatte. Er ließ sich von Borko die Quittungen der anderen beiden Wetteinsätze aushändigen, bevor er erst dem Mann und dann dem Schöckinger den Rücken kehrte.

Borko Pantelic unternahm keinerlei Anstalten, ihm zu folgen. Er zückte auch kein Handy und besprach sich ebenso wenig mit einem der anderen Besucher. Er blieb einfach nur stehen und schüttete sich wieder Zucker in seinen Tee.

Burck trat hinaus auf die Vieringstraße. Er konnte sich ein Grinsen nicht verkneifen – Dudeks Plan war nicht aufgegangen. Er wandte sich nach Norden, Richtung Elbe.

Weiter links nahm er den Volvo wahr, in dem Frank Dudek mit Madame saß und wartete. Fünfzig Meter weiter, an der Ecke Vogelhüttendeich, stand Pantelic plötzlich neben ihm an der Ampel.

«Willst du die 7000 immer noch setzen?»

«Ich denk, das geht nicht.»

«Willst du oder willst du nicht? Ich kann dich wohin bringen.»

Klaus verspürte eine geradezu selbstzerstörerische Lust, die Anbahnung, auf die Dudek hoffte, an die Wand zu fahren. Aber Benny war sein Kollege, auch wenn er ihm nie begegnet war. Es ging hier nicht um ihn und seine Befindlichkeiten.

«Jetzt gleich?»

Borko nickte.

Im Auto, einem Ford Focus, lief eine CD von Svetlana Ražnatovi. Borko fuhr Richtung Zentrum. Er zog die Gänge weit hoch, bevor er schaltete.

«Wohin fahren wir?»

Klaus war von großer Lässigkeit erfüllt. Klaus Roth war so gut wie tot und die Sache praktisch zu Ende. Es gab nichts mehr zu gewinnen oder zu verlieren. Er konnte sich benehmen wie der, der er war, ein Polizeispitzel. Denn als der würde Benny ihn gleich enttarnen und so seine eigene Position in der Struktur von Gorics Clan festigen.

«Zu einem Laden, der andere Sportwetten annimmt.»

Klaus nickte lediglich. Im Kopf ging er durch, was er morgen nach der Ankunft in Kiel einkaufen musste, um seinen Kühlschrank aufzufüllen. Wasser, Käse, Milch …

Vielleicht sollte er den ganzen Job an den Nagel hängen. Bei allem Bemühen schien er für ein Leben hinter dem Schreibtisch nicht geschaffen. Er sah sich bereits mit dem Wohnmobil quer durch Europa kreuzen. Er könnte Reiseführer schreiben, malte Klaus sich aus, ein ungebundenes Leben führen, niemals sesshaft, niemandem verpflichtet und damit wirklich frei.

An der nächsten Kreuzung, an der Pantelic den Wagen stoppte, warf er unter dem Vorwand, sich die Schnürsenkel des rechten Schuhs zu binden, vornübergebeugt einen kurzen Blick in den rechten Außenspiegel. Der schwarze Volvo hatte fünf Positionen hinter ihnen ebenfalls gestoppt.

Pantelic durchquerte die Innenstadt, fuhr die Stresemannstraße hoch und bog nach rechts in die Schanzenstraße ab. Zweispurig, beidseitig von hohen Bäumen und länglichen Parkbuchten flankiert. Die ganze Zeit über fiel kein weiteres Wort zwischen ihnen.

«Schanzenviertel?», fragte Klaus Burck.

Borko nickte.

Ecke Sternschanze bog er zur gleichnamigen S-Bahn-Haltestelle ab und parkte dort im absoluten Halteverbot.

Die Sternschanze war eine langgestreckte Sackgasse, die hier ihren Ursprung hatte. Dudek fuhr rund hundert Meter weiter in Richtung Schanzenpark, der sich linker Hand erstreckte, und stellte den Volvo dort ab. Er konnte sehen, wie Klaus Burck und Borko Pantelic die Schanzenstraße überquerten und das Galaxis betraten. Vor dem Wettbüro lehnten drei junge Männer an einem tiefergelegten Wagen mit allerlei Spoilern. Ihre Eltern oder Großeltern stammten aus Italien, Serbien oder der Türkei.

Einer sagte etwas zu Pantelic, der etwas erwiderte.

Dann waren der Buchmacher des Schöckinger und Kriminalkommissar Burck in dem Laden verschwunden.

Dudek legte das Handy auf den Beifahrersitz und zückte ein zweites, dessen Akkustand er überprüfte, bevor er seine Dienstwaffe aus dem Handschuhfach und das Magazin aus dem Karton unter dem Fahrersitz nahm und die Walther P99QA durchlud. Für alle Fälle.

Ein Blick in den Innenspiegel: «Na, Madame?»

Die Schäferhündin richtete sich sofort auf und stellte Blickkontakt mit ihm her.

«Dauert nicht mehr lange», vertröstete er sie.

Klaus hielt sich dicht bei Borko, nachdem sie das Galaxis betreten hatten. Der steuerte auf die Theke zu, während ihm von hier und da ein begrüßendes Nicken zuflog. In den Gesten und Blicken der Männer vor den Flachbildschirmen lag eine andere Selbstverständlichkeit als in denen vom Schöckinger. Sie wichen Blicken nicht aus, sie lächelten nicht, und ihr Stand war breitbeinig. Sie rauchten, und entweder trugen sie Jogginghosen und Kapuzenshirts oder Jeans und Lederjacke – wie Klaus auch. Um ihre Hälse hingen fingerdicke Goldketten, massive Ringe mit Edelsteinen oder Totenköpfen umspannten ihre Finger.

Klaus hielt unauffällig nach Benny Ausschau, konnte ihn aber nicht entdecken. Dabei wären ihm die Locken sofort ins Auge gesprungen. Aber vielleicht gab Benny Klaus einfach einen kleinen Vorsprung zur Orientierung, bevor er dazustieß. Oder er war auf der Toilette. Oder Dudek hatte ihm wieder nur die halbe Wahrheit erzählt und den Plan über den Haufen geworfen.

Weiter kam er mit seinen Gedanken nicht, sie hatten die Theke erreicht, hinter der ein kleiner, korpulenter Mann mit einem Dreitagebart saß. Seine Augen waren klein und gerötet, sie musterten Borko Pantelic und Klaus ebenso flink wie unvoreingenommen.

«Gavra, ich hab hier einen guten Kunden, der will auf 'nen Stürmer setzen.»

Gavra nickte und nahm Klaus ins Visier.

«Hallo.»
«Hi.»
«Auf wen willst du setzen?»
«Nick Hoffmann. Der spielt für …»
«Teutonia 05», unterbrach Gavra ihn, «ich weiß. Wie viel?»
«5000.»
Gavra nickte und schaute zu einem schmalen Kerl, der keine drei Meter entfernt vor einem der Spielautomaten auf einem Barhocker saß und gleichzeitig die Maschine bediente und auf seinem Smartphone eine Nachricht tippte. Er trug schwarze Boots mit einem Hackenriemen, Jeans und ein abgetragenes, dunkles Jackett. Die halblangen Haare hatte er streng nach hinten gekämmt.

«Luka?», fragte Gavra in seine Richtung.

Luka hatte offenbar mitgehört und bedachte Klaus mit einem kurzen, abtastenden Blick, in dem keinerlei Skepsis lag, bevor er Gavra zunickte. Danach wandte er sich wieder seiner Nachricht zu.

«Dann los», forderte Gavra Klaus auf.

Der zückte das Geld.

«Viel Glück, ich muss dann», verabschiedete Borko Pantelic sich.

«Ja, klar. Danke.»

Borko nickte zum Abschied und machte sich auf den Rückweg. Klaus nutzte die Gelegenheit, um sich umzudrehen und nochmals Ausschau nach Benny zu halten.

«Ich schalt für dich um.»

«Hm?»

Klaus sah Gavra fragend an. Der deutete auf den nächsten Flachbildschirm, auf dem das Programm jetzt wechselte – vom Tennis zum Fußball. Zur Kreisliga. Teutonia 05.

«Hat gerade angefangen.»

Klaus nickte.

«Hallo! Hier ist Bennys Box. Du hast eine Minute.»
Frank Dudek runzelte die Stirn. Der dritte fehlgeschlagene Anruf bei Benny alias Benjamin Gerstmann.

Er unterbrach die Verbindung, stieg aus, schloss den Volvo ab und ging den harmlosen Fußgänger mimend in Richtung Galaxis Sportwetten. Benny hatte am Eingang der Bahnstation Sternschanze warten wollen. Er sollte mit keiner Linie kommen, sondern mit einem Taxi. Für diesen besonderen Tag hatte Dudek einen «Taxifahrer» aus der Mordkommission im zweiten Stock ausleihen können.

Aber an der Sternschanze war auch kein Taxi zu sehen. Dudek zündete sich eine an und beschloss, den Fahrer anzurufen, als sich sein zweites Handy meldete. *Unbekannt*, zeigte das Display an. Er ging ran.

«Ja?»
Dudek hörte kurz zu, dann wurde er blass und senkte den Kopf. Seine Nasenflügel zitterten leicht.

«Wie ist es passiert?»


Nick Hoffmann dribbelte den Ball an einem überforderten Verteidiger vorbei und hämmerte das Leder ins obere linke Eck. Unhaltbar. Oder: nahezu unhaltbar. Der Torwart, der mit den Fingern seiner Handschuhe noch fast dran gewesen wäre, trommelte vor Wut auf den Rasen.

Gavra schaute wieder zu Luka, der erneut nickte. Danach zahlte Gavra Klaus aus. Mit genau 15 929 Euro. Klaus ließ fünfzig Euro für die Kaffeekasse zurück, diesen Floh hatte ihm seine Mutter ins Ohr gesetzt. Als Taxifahrerin und Kellnerin war sie aufs Trinkgeld der Kunden angewiesen. Über sie hatte er früh gelernt, dass ihm etwas Kleingeld nicht weh tat und es Menschen gab, die ohne solche Aufmerksamkeiten nicht in der Lage waren, ihren Lebensunterhalt zu bestreiten.

Dann rief Dudek ihn an: «Benny kommt heute nicht mehr. Setzen Sie 10 000 auf einen Elfmeter zwischen der 1. und 10. Minute in dem Spiel FC Lauenburg gegen SC Wentorf. Holen Sie sich den Gewinn ab und kommen Sie zum Treffpunkt. Haben Sie das?»

«Ja.»

«Machen Sie es gleich, in drei Minuten ist der Anpfiff.»

Dudek unterbrach die Verbindung. Von der Information überrascht, Bennys Legende heute nicht schützen zu müssen, setzte Klaus bei Gavra die Wette, der sie ohne ein Wimpernzucken annahm.

Dieses Mal glitt Luka vom Hocker und stellte sich zu ihm.

«Ich bin Luka.»

«Klaus.»

Luka deutete auf das Handy, das Klaus immer noch in der Hand hielt. Er lächelte dabei.

«Hast du einen Mann im Ohr?»

Klaus nickte: «Meinen Bewährungshelfer.»

Damit wandte er sich von Luka ab und dem Flachbildschirm zu, auf dem Gavra zu Lauenburg gegen Wentorf umgeschaltet hatte. Burck spürte, wie Luka ihn von der Seite musterte.

Und mit einem Mal hoffte er, Benny würde nie mehr kommen. Er hoffte gegen jede Wahrscheinlichkeit und Vernunft, es habe sich mitten in Hamburg für Sekundenbruchteile ein Spalt in der Zeit aufgetan und Benny verschluckt. Denn dann dürfte Klaus Roth weiterleben, und Klaus Burck müsste nicht in ein Leben zurückkehren, mit dem er abgeschlossen hatte. Ja, das war es. Plötzlich wurde es ihm bewusst. Spät vielleicht, dafür aber mit unmissverständlicher Klarheit. Sein Leben als Klaus Burck in Kiel wollte er nicht fortsetzen.

Klaus Roth dagegen fühlte sich gut an. Er bewegte sich in den Straßen, als hätte er sein Leben lang nichts anderes getan.

Wie ein Fisch im Wasser. Er musste keine Rücksicht üben, denn es gab niemanden außer ihm. Keine Verpflichtung, kein Versprechen, keine Abmachung band ihn.

## 8.

Sie hatten verabredet, dass Klaus nach dem Zusammenstoß mit Benny ins Planten und Blomen flüchten sollte, der grünen Oase mitten in Hamburg und nur ein paar hundert Meter vom Wettbüro entfernt.

Frank Dudek wartete mit Madame auf einer Parkbank am Wallgraben, einem L-förmig angelegten See, dessen Uferbäume gleichermaßen Schatten und Diskretion spendeten. Familien, Rentner und verliebte Paare flanierten vorbei.

Dudek schien keine Notiz von ihm zu nehmen, bis Klaus am äußersten anderen Ende der Parkbank Platz nahm.

Dass der VE-Führer kein Wort sagte, wertete Klaus als Auswuchs von dessen Sicherheitsfimmel – möglicherweise hockte Aco Goric höchstpersönlich hinter einem Busch und hörte zu. Klaus setzte die Plastiktüte mit den Wettgewinnen zwischen ihnen ab, und Madame hielt die Nase in den Wind, um Rückschlüsse auf deren Inhalt zu ziehen. Frank Dudek reagierte kaum, er machte einen abwesenden Eindruck.

«Das mit dem Elfmeter», nahm Klaus nach einigen Augenblicken einvernehmlichen Schweigens das Gespräch auf, «woher wussten Sie das?»

Als wäre Dudek sediert, fand sein Blick nur mit Verzögerung zu Klaus. Dann aber war es, als komme er zu sich.

«Der Schiedsrichter ist bestochen worden», antwortete er und nahm die Plastiktüte an sich, ohne einen Blick auf das Geld zu werfen.

«Ich, ähm, möchte Ihnen danken, Herr Burck. In Anbetracht der Umstände haben Sie mir sehr geholfen.»

*In Anbetracht der Umstände.* Dudek verstand es wirklich,

ein Lob bis zur Nichtigkeit zu schmälern. Aber Klaus war fest entschlossen, sich das nicht zu Herzen zu nehmen. Roth war jetzt tot, Klaus Burck würde den Mittagszug nehmen, und Dudek und er würden in diesem Leben nicht mehr aufeinandertreffen.

Nur eine Information schuldete er Frank Dudek noch: «Benny war nicht da.»

Dudek nickte schwer.

«Ich weiß. Ich bringe Sie morgen zum Zug. Kriminalhauptkommissar Gerber wird in Kiel für Ihre Rehabilitation sorgen.»

Der VE-Führer stand auf, griff die Tüte fester und sah ihn an: «Wollen wir?»

Klaus federte hoch und nickte, als ihm etwas einfiel.

«Mich hat jemand angesprochen, im Galaxis.»

Dudek sah ihn an, wandte sich aber zum Gehen.

«Nur, falls das von Interesse sein sollte», fügte Klaus hinzu, «sein Name ist Luka.»

Frank Dudek hielt inne.

«Luka – und weiter?»

Klaus zuckte mit den Achseln.

«Einfach Luka. Er kommt aus Prizren.»

Jetzt setzte Dudek die Tüte wieder auf der Parkbank ab und wandte sich ihm zu.

«Luka aus Prizren.»

Es war mehr Feststellung als Frage, aber Klaus nickte trotzdem.

Aufregung ergriff Dudek, eine Facette, die Klaus an ihm noch nicht kennengelernt hatte. Er zog aus der Brusttasche seines Jacketts eine Handvoll Fotos und suchte ungeduldig eine Fotografie heraus, die er Klaus unter die Nase hielt. Sie zeigte denjenigen Luka vom Spielautomaten, mit dem Gavra sich ausgetauscht und der Klaus angesprochen hatte. Auf dem

Foto trug er etwas längere Haare und einen Schnauzer. Er ging einen Bürgersteig entlang und unterhielt sich dabei mit einem anderen Mann, der ein wenig älter war und einen Anzug trug. Er wirkte selbstsicher und elegant, wie jemand, der auf sich achtgab.

«Der?», fragte Dudek. Sein Blick bohrte sich in Klaus' Augen.

«Ja.»

«Ist das sicher? Denken Sie genau nach – ist das hier Luka aus Prizren? Ja oder nein?»

Die Worte kamen schnell und abgehackt, Dudeks Erregung äußerte sich jetzt in Versteinerung. Der Mann stand vor ihm wie eine schwere Statue. Nur die Pupillen wanderten unruhig auf und ab.

«Ja.»

Dudek nickte, die Augen verengten sich ein wenig, es war, als sähe er Klaus in neuem Licht. Dann lächelte er ungläubig und schüttelte den Kopf.

«Geben Sie mir zwei Minuten und setzen Sie sich. Geht das?»

«Klar.»

Klaus nahm wieder auf der Bank Platz. Dudek kehrte ihm den Rücken zu, zündete sich eine an, ging ein paar Meter, stoppte ab und sah zu Klaus zurück. Der erwiderte den Blick. Er las in Dudeks Augen weder Bewunderung noch Herablassung, er las Zweifel und etwas, das ihn unvorbereitet traf: Besorgnis.

Dann war der Augenblick vorbei. Der VE-Führer schnappte sich einen abgebrochenen Ast und schleuderte ihn in den Wallgraben. Die Schäferhündin schoss aus dem Stand los. Dudek wie Burck sahen ihr zu, wie sie zum Wasser sprintete, sich hineinwarf, zu dem Ast schwamm, ihn packte und ihn zielstrebig zurück ans Ufer zog.

Auf merkwürdige Weise fühlte Klaus sich für die Dauer dieses Moments auf einer Ebene mit Dudek verbunden, für die er keine Worte hatte. Eine zerbrechliche Ebene, die so jäh verschwand, wie sie gekommen war, als Madame das Ufer erreichte.

Dudek inhalierte so tief, dass man den Stich in der Lunge förmlich spüren konnte. «Gehen wir», sagte er.

Das Uniklinikum war keine zehn Fahrminuten entfernt.

Madame musste im Volvo warten, während Dudek ihnen mit Hilfe seines Dienstausweises den Weg durch das rechtsmedizinische Institut des Hamburger LKA bis hinab in die Pathologie bahnte. Er hatte Klaus unmissverständlich angewiesen, sich keinesfalls auszuweisen. Vor niemandem.

Der Pförtner und eine Sekretärin, die Klaus' Namen zu erfahren versuchten, wurden mit Dudeks schmallippigem «Er gehört zu mir» abgespeist. Der VE-Führer wartete dabei keinerlei Einwände oder Nachfragen ab, sondern setzte seinen Weg fort wie jemand, der sich hier auskannte wie in seiner Westentasche.

In einem fensterlosen Raum, in dem ein Arzt eine Autopsie an einer Kinderleiche vornahm und seine Beobachtungen mit sachlichem Tonfall in einem Diktiergerät festhielt, führte eine attraktive Mittdreißigerin Dudek und Burck zu einem Tisch, auf dem unter einem grünen Tuch eine weitere Leiche lag. Die blassen Füße schauten am unteren Ende darunter hervor. Am Kopfende hatten sich zwei kräftige Locken der Abdeckung widersetzt und standen irgendwie hilflos ab. Die Luft war von Isopropanol geschwängert.

«Ihr Mann?»

Frank Dudek nickte.

«Tut mir leid.»

«Danke.»

Die Ärztin deutete einen Gruß an und verließ den weiß gefliesten Raum.

Ohne weiter Notiz von Klaus zu nehmen, warf Dudek das Laken zurück. Obwohl die Haut von wächserner Blässe war und der Kopf von Hämatomen überzogen, die die menschlichen Züge des Toten ins Groteske verzerrten, erkannte Klaus bestürzt, wen sie vor sich hatten: Benny.

Das lockige Haar umrahmte seinen Schädel, als sei nichts geschehen. Der Torso war von den Schultern bis runter zum Schambein geöffnet und wieder zugenäht worden. Bennys Züge wirkten friedlich, aber sie standen im Widerspruch zu den Verletzungen, die er erlitten hatte. Frank Dudek senkte den Kopf. Seine Gestalt strahlte kein Entsetzen aus, keine Wut, keine Empörung. Nur Resignation.

Er schnaubte in ein Taschentuch, bevor er sich an Klaus wandte.

«Bin erkältet.»

«Ja.»

«Erkennen Sie ihn?»

«Benny?»

«Genau. Benjamin Gerstmann.»

«Ja, er ... sieht fast aus wie auf dem Foto.»

Bis auf die Verletzungen natürlich und die Schulterfraktur. Und die zertrümmerte Hand.

Burck schluckte unwillkürlich.

«Sehen Sie sich seine Hand an.»

Klaus atmete einmal durch, ihm war flau im Magen.

«Muss das sein?»

«Ist Ihnen etwa schlecht?»

«Ja.»

«Gut. Sehen Sie seinen Kopf?»

Klaus meinte zu hören, wie Dudeks Stimme leicht schwankte.

«Ich sehe ihn.»
«Schauen Sie genau hin, Herr Burck.»
«Das tue ich.»
«*Ganz genau.*»
Klaus atmete einmal tief durch.
«Okay, ich seh ihn ganz genau an. Sind wir jetzt fertig?»
«Nicht ganz. Haben Sie die Schulterfraktur gesehen?»
Klaus nickte.
«Können Sie sich vorstellen, wie viel Gewicht nötig ist, um jemandem wie Benny die Schulter zu brechen?»
«Viel, nehm ich an.»
Wider Erwarten schwieg Dudek und schaute zu Boden. Vielleicht rang er um Fassung, vielleicht prägte er sich auch nur das Muster der Fliesen ein, das war schwer zu sagen. Dann endlich nickte der Mann.
«Und was meinen Sie, wie viele Schläge mit dem Wagenheber es braucht, um einen Kiefer und ein Nasenbein in 43 Einzelteile zu zertrümmern?»
«Viele», antwortete Klaus, dem nun endgültig schlecht geworden war. Und dem sich durch dieses Frage-Antwort-Spielchen mit einem Mal Dudeks Schwachstelle offenbarte. Er zögerte keine Sekunde: «Ihr Fehler?»
«Hm?»
«Ist Benjamin Gerstmann Ihretwegen ums Leben gekommen?»
«In gewissem Sinne schon», gab Dudek zu und wich seinem Blick aus, «ich hätte ihn besser vorbereiten müssen. Aber bereiten Sie mal jemanden auf eine Mondlandung vor, wenn Sie selbst noch nie dagewesen sind.»
Endlich sah Dudek ihn durch sein unvorteilhaftes Kassengestell wieder an.
«Also war es nicht Ihr Fehler.»
«Zum Teil. Aber das macht es nicht leichter. Es ist nie leich-

ter, wenn man es jemandem anlasten kann. Schauen Sie sich sein Gesicht an.»

«Ich hab's jetzt gesehen, Herr Dudek. Es sieht schlimm aus. Sind Sie zufrieden?»

«Darum geht es nicht.»

«Und worum geht es?»

Kurz war Stille. Dudeks Blicke tasteten ihn ab. Dann gab er etwas von seiner Haltung auf, er sackte ein wenig in sich zusammen.

«Sie haben das Foto von Aco Goric gesehen, wie er nett in die Kamera lächelt und seinen Teelöffel in eine Süßspeise steckt.»

«Ja, hab ich.»

«Gut. Derselbe harmlose Mann hat das hier befohlen.»

Die Geste seiner rechten Hand umfasste Benjamin Gerstmann und all die Grausamkeiten, die ihm widerfahren waren.

«Benny wog 107 Kilo. Der konnte sich wehren, verstehen Sie? Und es dauert, bis man 107 Kilo totgeprügelt hat.»

«Warum haben Sie mich hierhergebracht, Herr Dudek?»

Frank Dudek überlegte kurz, aber Klaus kam ihm zuvor.

«Luka aus Prizren, richtig?»

Der VE-Mann warf ihm einen ertappten Blick zu.

«Was meinen Sie?»

Klaus konnte es ihm an der Nasenspitze ablesen, obwohl Dudek sich redlich mühte, Begriffsstutzigkeit auszustrahlen.

«Benjamin Gerstmann ist ermordet worden», führte Klaus aus, «und mich wollten Sie nach Kiel zurückschicken. Warum zeigen Sie ihn mir? Kleines Abschiedsgeschenk? Das glaub ich nicht. Ich glaube, Sie wollen mich jetzt als verdeckten Ermittler anwerben. Als Ersatz für Benny», er schlug das Laken über den Leichnam, «aber den Gedanken hatten Sie erst, als ich Luka erwähnt habe. Luka aus Prizren. Der Neffe von Aco Goric, wenn ich mich richtig erinnere.»

Falls Dudek sich vorgeführt vorkam, ließ er es sich nicht anmerken.

«Ich hatte gerade im Galaxis den Sechser im Lotto, richtig? Sie wollten ein Treffen zwischen Gerstmann und Gorics Neffen anbahnen, und dann hat der rein zufällig mich angesprochen ... ist das so?»

Dudek nickte und räusperte sich. Klaus war hin und her gerissen. Er hatte sich auf Kiel eingestellt, Klaus Roth mit seinen Wetteinsätzen war praktisch schon begraben gewesen. Auf der anderen Seite schreckte ihn seine Existenz in Kiel. Er deutete mit dem Kopf auf den Toten zwischen ihnen.

«Was ist passiert?»

«Es gab da einen Punkt in seiner Legende, in seinem angeblichen Lebenslauf. An den hat er sich nicht mehr genau erinnert, das war vor zwei Wochen. Aber Herr Gerstmann hat versichert, dass das diesen Typen nicht weiter aufgefallen ist. Ich wollte auf Nummer sicher gehen. Ich wollte Sie einsetzen. Aber wie es aussieht, war Aco Goric in dieser Zeit auch nicht untätig und hat den Lebenslauf abklopfen lassen.

Das erste Gebot, Herr Burck, für einen VE ist ein tadelloses, erstklassiges Gedächtnis, denn das ist seine Lebensversicherung. Ein VE lebt Tag und Nacht in einem komplexen Lügengebäude. Und wenn er sich an irgendeine seiner Lügen nicht korrekt erinnert, ist er als VE über kurz oder lang verbrannt – oder ein toter Mann.»

«So wie Benny», schloss Klaus, «und wenn Sie mich ins Rennen schicken, wollen Sie sich nichts vorzuwerfen haben, oder? Deswegen haben Sie mich mitgenommen – zur Abschreckung.»

«Ja», sagte Frank Dudek. «Aco Goric ist ein stiller Fisch

im großen Teich, er lädt zum Unterschätzen ein. Er hat sein Geschäft in München gelernt. In München ist seit 1993 Ruhe im Bereich Schutzgeldkriminalität. Wissen Sie, warum?»

«Nein.»

«Weil München verkauft ist. Die Gastronomie dieser Stadt ist komplett aufgeteilt. Wenn es Konflikte gibt, regelt man das bei einem Glas Wein mit ein paar vernünftigen Worten. Niemand, der Geschäfte machen will, kann Aufmerksamkeit oder sogar öffentliches Interesse brauchen.»

Klaus Burck sprach es nicht aus, aber er wusste, dass die klugen Köpfe der OK großen Wert darauf legten, dass ihre Geschäfte am besten gar nicht wahrgenommen wurden. Nur so liefen sie einwandfrei. Polizei und Staatsanwaltschaft wurden nicht wirklich gefürchtet, sie galten als eine Art betrieblicher Störfaktor – traten sie auf den Plan, dann stockte das Geschäft.

«Aco Goric», fuhr Dudek fort, «beherzigt das. Wenn er allerdings zu der Auffassung gelangt, dass ein Problem nur mit Gewalt gelöst werden kann, handelt er sofort. Jeder Mord, bei dem der Täter sich nicht die Mühe macht, sein Opfer verschwinden zu lassen, beinhaltet auch eine Nachricht, wie Sie wissen. Dieses Mal ist es eine an mich: Versuch nicht, einen VE bei mir einzuschleusen, sonst passiert, was mit Benny passiert ist.»

«Denken Sie, Goric kennt Sie?»

«Nein, er weiß nicht, wer ich bin, sonst hätte er sich direkt an mich gehalten.»

Dudek atmete einmal tief durch, bevor er fortfuhr, und es war, als versuche er etwas abzustreifen. Mit mäßigem Erfolg, wie es schien.

«Sie haben Luka Moravac getroffen. Das ist der jüngste Neffe von Aco Goric. Ihre Altersklasse. Eine Anbahnung, wie sie Ihnen gerade in den Schoß gefallen ist, kostet mich

Monate. Die Rechnungsstelle des LKA wird in ihrem Rechenschaftsbericht natürlich keine neue Anbahnung empfehlen. Zu kostenintensiv und zu langwierig nach dem Tod von Herrn Gerstmann. Es hat, warten Sie», er zog eine abgegriffene Kladde aus der Seitentasche seines Jacketts und blätterte kurz darin, «es hat über einen Zeitraum von sieben Monaten rund 12 400 Euro verschlungen, meinen VE im Netzwerk von Aco Goric zu platzieren.»

Er schenkte Klaus ein sarkastisches Lächeln, bevor er die Kladde zuklappte und wieder in den Untiefen des Jacketts verschwinden ließ.

«Ich bin die einzige Patrone, die Sie noch im Lauf haben», stellte Klaus fest. «So sieht es aus, oder?»

«Nein, nein», wiegelte Dudek ab und hob zur Untermalung abwehrend die Hand. «Können wir rausgehen? Ich weiß, ich hab Sie hierher genötigt, aber ich möchte das nicht neben Benny verhandeln.»

Klaus deutete ein Nicken an. Dudeks Rücksicht auf die Belange des Toten nahmen Klaus für den VE-Führer ein.

Kaum waren sie draußen, zündete Frank Dudek sich eine an.

«Sie sind nicht meine letzte Patrone», nahm er den Faden von drinnen wieder auf. «Ich komme an meine Munition, keine Sorge. Wollen Sie immer noch den Job als verdeckter Ermittler?»

Klaus wich dem Blick des anderen aus. Ja, doch, er wollte, das wusste er eigentlich längst. Die Frage war nur, ob er es wirklich wollte. Mit aller letztgültigen Konsequenz.

«Wie lange wird das dauern?»

«Sechs Monate Minimum.»

«Was ist mit Freunden? Kann ich die sehen?»

«Alle zwei, drei Wochen kann ich das für Sie einrichten. An einem Ort meiner Wahl.»

Burck war nicht wirklich überrascht. Er hatte drei alte Freunde. Reimar aus Wesselburen, Marco und Patrick. Alle anderen traf er ohnehin nicht öfter, und die meisten von ihnen hatte er über Julia kennengelernt. Ihre alte Clique. Die Mehrheit würde ihn fallenlassen und stattdessen lieber mit Julia und Hansjörg was Aufregendes unternehmen. Eis essen etwa oder Uno spielen.

Dudek riss ihn aus seinen Gedanken, während er sich an der Glut der ersten eine weitere Zigarette anzündete: «Das sind 24-Stunden-Schichten. Sie sind Tag und Nacht Klaus Roth. Wenn Luka Moravac oder einer der anderen meint, Sie um 4 Uhr früh besuchen zu wollen, müssen Sie da sein, Sie müssen um 4 Uhr morgens Klaus Roth spielen. Sie müssen alle Details Ihrer neuen Identität ohne Verzögerung abrufen können. Glaubhaft, jederzeit. Auch wenn Sie verschlafen sind oder verkatert.

Wie in einem Theaterstück. Einem ohne Pause. Einem, das sich mit jeder neuen notwendigen Lüge erweitert, verästelt und komplizierter wird. Ich werde da sein, in der Nähe, aber ich kann Sie nicht immer schützen, das muss Ihnen klar sein.

Alle Ausgaben rechnen wir monatlich ab. Ich sorge dafür, dass alle Ihre Ansprüche wie Renten- und Pflegeversicherung weiterlaufen. Sie erhalten vom LKA Ihr jetziges Gehalt plus 285,70 Euro monatliche Risikozulage.»

«Ja, ich bin nicht ganz billig. Das muss Ihnen klar sein, Herr Dudek.»

Er grinste etwas. Frank Dudek betrachtete ihn, und Klaus beschlich das Gefühl, dass er ihn wieder in Beziehung zu dem Kinderfoto setzte. Das machte ihn nervös.

«Wird Aco Goric jetzt nicht auf der Hut sein? Ich meine: Ist das nicht riskant, wenn Sie gleich Ihren nächsten VE einschleusen?»

Dudek schüttelte den Kopf.

«Er rechnet mit viel, aber ganz bestimmt nicht damit, dass wir so verrückt sind», sagte er und lächelte eine Spur verschmitzt. «Was sagen Sie?»

«Dass Klaus Roth wieder im Spiel ist.»

## 9.

Die Wohnung in der Stresemannstraße befand sich zwischen dem Schanzenviertel und Altona-Nord. Sie lag gegenüber einem kleinen, dunkel verklinkerten Bau namens «Fundbureau», einem Club mit Livemusik, dessen Fenster mit Aufklebern übersät waren. Daneben ging ein gut florierender Fahrradhandel seinem Geschäft nach.

In Höhe des ersten Stocks von Burcks neuer Wohnung verliefen die S-Bahn-Linien 11, 21 und 31. Alle paar Minuten überquerte ein Zug die Stresemannstraße.

Ein paar Meter weiter links, Ecke Max-Brauer-Allee, lag Oles Bar, wo es Bier für einen Euro gab und die Fassade die Graffitistile der letzten zehn Jahre versammelte. Klaus' Tarnunterkunft, wie Dudek sich ausdrückte, war ein Altbau mit knarzenden Dielen und hohen Decken, im Bad gab es PVC-Boden und kein Fenster. Der Duschwannenboden war gelblich verfärbt, ein paar Fliesen wiesen Sprünge und Risse auf. Daneben ein Schlafzimmer mit einer breiten Matratze auf einem antik wirkenden Metallgestell, das Klaus gefiel.

Er deutete auf die Flecken, die die Matratze aufwies. Rotwein, eine Soße und ein paar weitere, an deren Herkunft er im Detail nicht interessiert war.

«Benny?»

Dudek, der gerade eine Umzugskiste im Flur absetzte, schüttelte den Kopf: «Nein, Rotwein, Senf und Niveacreme. Die Matratze ist neu, aber sie hat etwas Patina gebraucht. Herr Gerstmann hatte seine Wohnung in St. Georg.»

Direkt gegenüber, auf der anderen Flurseite, führte ein Durchgang mit Rundbogen in eine große Küche mit einem

Steinboden aus strukturierten Schwarzweißelementen, ausgestattet mit einem Gasherd, Kühlschrank, ausladendem Esstisch und einer Ecksitzbank. Daran angeschlossen ein kleines Wohnzimmer mit Couch, Tisch und Fernseher. Ein Balkon ging von der Küche nach hinten in den Innenhof.

Die Tarnwohnung, die das LKA für VE-Angelegenheiten angemietet hatte, lag im zweiten Stock. Klaus hatte sofort das Gefühl, dass es passte, die Wohnung und er. Ihm war, als träfe er nach langer Zeit einen guten, alten Bekannten wieder.

Sie hatten den Volvo unten geparkt und ein paar Umzugskartons nach oben getragen. Teils, um den Schein zu wahren, teils, um diejenigen Habseligkeiten aus Klaus' Wohnmobil herzuschaffen, die sich nahtlos in die Identität von Klaus Roth einfügten. Madame schnüffelte an den Kartons und sah sich so neugierig und selbstbewusst in den Räumen um, als inspiziere sie *ihre* neue Bleibe.

Klaus' Vater hatte ihm beigebracht, dass Hunde sich am besten entspannen, wenn man sie ignoriert, deshalb nahm er von der Schäferhündin scheinbar keine Notiz – aber eine Schüssel mit Wasser stellte er ihr trotzdem direkt neben die Balkontür. Und schmunzelte, als sie sie entdeckte und daraus trank.

«Was lachen Sie, passt Ihnen die Wohnung nicht?»

«Die Rührung, Herr Dudek.»

Später saßen sie sich am Tisch in der Küche gegenüber und tranken Kaffee. Madame lag auf dem Boden und knabberte an einem Schweinsohr.

«Diese Sachen sind nicht gut für einen Hundemagen», sagte Dudek.

«Gut, ich merk's mir.»

Frank Dudek nickte und zündete sich eine an. Dann öffnete er einen Schuhkarton und breitete den Inhalt auf dem

Tisch aus. Ähnlich wie die fleckige Matratze war auch den Unterlagen, die die Lüge von der Existenz eines Klaus Roth flankierten, ein Anstrich von Zeit verpasst worden. Eselsohren, Fettflecken und scheinbar von der Sonne abgeschossene Bereiche.

Grund- und Hauptschulzeugnisse mit handschriftlichen Vermerken, Frei- und Fahrtenschwimmer samt Nähabzeichen, eine Urkunde von einem Handballturnier. Krankenkassenschreiben und die dazugehörige Karte, der Vertrag mit der Haspa und die EC-Karte, das PIN-Schreiben, der Führerschein mit Stempel und altem Passfoto.

Die mangelnde Zuwendung, die Klaus anfangs verspürt hatte, war jetzt einem Gefühl der Geborgenheit gewichen, gegen das er sich sträubte. Nicht nur der Umfang an Maßnahmen, die Frank Dudek veranlasst hatte, sondern die Akribie, mit der sie bis in kleinste Kleinigkeiten umgesetzt worden waren, beeindruckten ihn.

Als Letztes legte der VE-Führer einen engbeschriebenen Stapel Papier mit Spiralbindung auf den Tisch.

«Ihr Lebenslauf», kommentierte Dudek, «da ist alles drin, was Sie wissen müssen. Ich habe Marker gesetzt.»

«Was ist das?»

«Das ist eine taktische Maßnahme aus dem Personenschutz, eine Sicherung. Die Ansprechpartner in allen Ämtern und Behörden hier drin», er klopfte sanft mit dem Handrücken auf das Dossier, das die Legende von Klaus Roth umfasste, «sind vergattert worden. Jetzt sind sie Marker. Sobald sich dort jemand nach Ihnen erkundigt, erfahre ich davon.»

«Und diese Marker sind zuverlässig?»

Dudek nickte: «Sie riskieren zehn Jahre Freiheitsstrafe, wenn sie es nicht tun.»

«Mit welcher gesetzlichen Handhabe?», fragte Klaus überrascht.

«Mit Geheimnisverrat zum Nachteil der Bundesrepublik Deutschland», antwortete Dudek ungerührt und fuhr Madame, die zu seinen Füßen lag und döste, mit der freien Hand sanft durchs Fell. «Das hier ist ein Notfallprogramm, das dürfen Sie nicht vergessen. Ich möchte, dass Sie mir jede Kleinigkeit melden, ich will ... Sie wissen, warum ich das sage.»

Klaus war Bennys von Hämatomen übersäter Schädel noch gut in Erinnerung.

«Ja.»

Burck nippte an seinem dampfenden Kaffee.

«Ich will alle Unterlagen, die Sie haben», sagte Klaus jetzt.

Frank Dudek musterte ihn sehr genau. Wie ein Schichtröntgen.

«Und dann?»

«Bin ich auf Ihrem Stand.»

Der VE-Führer lächelte nachsichtig.

«Kommen Sie, Sie wissen, was ich meine.»

«Ja. Das sind Archiv*meter*, von denen Sie reden. Wie soll das gehen? Ich will Sie in zwei Tagen wieder im Galaxis haben.»

«Dann geben Sie mir eben vier Tage. Wir reden hier über *mein* Leben, oder?»

Frank Dudek lehnte sich zurück und seufzte: «Schön, vier Tage, das ist machbar. Ansonsten: Pauken Sie Ihren Lebenslauf. Stellen Sie sich vor, wie Klaus Roth das erste Mal zur Schule gegangen ist. Wie es dann weiterging, die Hauptschule, die Vorstrafen. Gehen Sie abends damit ins Bett und stehen Sie morgens damit auf. Das ist Klaus Roth», er legte einen Untersetzer auf den Tisch, daneben einen weiteren, «und das sind Sie. Für den Goric-Clan müssen Sie eins werden. Ohne Überlappung.»

Er schob die Untersetzer übereinander.

«Welche Sammelbilder haben Sie sich von Ihrem Taschengeld gekauft, was war Ihre Lieblingsserie im Fernsehen? Wie hieß die Schule, die Klasse? In wen haben Sie sich verknallt?»

«Das überprüfen die? In wen ich mich verliebt hab, als ich zehn war?»

«Natürlich nicht», gab Dudek zu und verlieh seinen Worten diesen leicht tadelnden Ton, «das ist nur für Sie. Eine kleine Stütze. Sie müssen eine komplette Identität ausfüllen. Es geht um einen Gesamteindruck, den Sie bedienen können müssen. Wenn Ihnen das gelingt, sind Sie von allen kleinen Nachfragen verschont. Erfordert viel Vorarbeit, zahlt sich aber aus.»

«Noch ein Grund für die Akten.»

Dudek nickte und reichte ihm drei Schlüssel: «Hausschlüssel, Wohnungsschlüssel, Briefkasten.»

Keine zehn Minuten später standen sie sich an der Wohnungstür gegenüber. Klaus selbstbewusst und mit einer kaum verhohlenen Lust auf dieses neuen Leben, Dudek, als habe sein eigener Ehrgeiz ihn überrollt und als bedaure er das jetzt.

«Es ist für uns beide leichter», tröstete Klaus ihn mit einem Lächeln, «wenn Sie sich das Weinen jetzt verkneifen.»

Dudek konnte nicht umhin, er musste schmunzeln und Klaus ein Nicken zuwerfen, bevor er sich abwandte und ging.

Am nächsten Morgen rückte Frank Dudek mit zwei Kartons an: der kompletten Ermittlungsgeschichte des Goric-Clans.

Kaum hatte er sie im Flur abgeladen, war er schon wieder an der Tür und legte die Hand auf die Klinke.

«Am Dienstag hol ich Sie um 12 Uhr vor der Drogenberatungsstelle ab. Das ist hundert Meter von hier, die Max-Brauer-Allee runter.»

«Gut.»

## 10.

Es war Mitte Mai, ein Tief aus Großbritannien wütete so heftig, dass es zum Teil die Bäume entlaubte und die Blätter über Straßen und Wege vor sich hertrieb.

Madame sah den Blättern, die vorbeiflogen, interessiert nach. Sie hatte noch den Geruch des Zipfels Pute in der Nase, den Klaus ihr mitgebracht hatte.

«Ist das Fleisch auch durch?»

«Was?»

«Es muss durch sein.»

«Das hat lange gekocht.»

«Hm.»

Frank Dudek schien es nicht recht zu sein, wenn Madame von jemand anderem Futter erhielt. Klaus trug die Lederjacke und einen Dreitagebart. Daran nahm Dudek keinen Anstoß, und aus dem schweigenden Verzicht auf Kritik schloss Klaus auf Zustimmung zu seinem Äußeren.

«Lassen Sie die Haare so?»

«Wieso?»

«Weil sie den polizeilichen Vorschriften entsprechen. Ohren frei und so. Also: Lassen Sie sie wachsen oder rasieren Sie sie kurz.»

Burck nickte gleichmütig, lächelte leicht.

«Wann ist Aco Goric geboren?»

«1956 in Ripanj.»

«Sein Bruder ...»

«War Dura Goric, zwei Jahre älter, hat für die 'Ndrangheta in München gearbeitet. Aco Goric ist ihm gefolgt, das war im November 75.»

«Der Mädchenname seiner Mutter war?»

Dudek wusste, das war eine gemeine Frage. Auf rund 740 Seiten gab es diesbezüglich nur zwei Vermerke.

«Bellic», ließ Klaus ohne Verzögerung hören.

Und so ging es weiter. Egal, an welcher Stelle Dudek nachhakte – Klaus Burck war um keine Antwort verlegen. Mit derselben Genauigkeit, mit der er in Kiel Wirtschaftsverbrechen nachgegangen war, hatte er sich für vier Tage in seine neue Bleibe zurückgezogen und sich alles über die Gorics in den Kopf gepresst.

«Luka hat mit BWL angefangen und ist jetzt auf Jura umgestiegen – aber er sitzt stattdessen im Galaxis», stellte Klaus fest. «Oder war das eine Ausnahme, letzte Woche?»

«Nein, aber sein Onkel Aco ist wie erwähnt beim Münchener Ableger der 'Ndrangheta groß geworden. Von denen hat er gelernt. Die italienische Mafia schickt ihre Kinder und Enkel, die in Deutschland geboren worden sind, auf Privatschulen und Eliteunis. BWL, VWL, Jura. Sie verlagern ihre Geschäfte aus den kleinen Pizzerien, über die sie ihr Drogengeld waschen, in legale Objekte. Autos, Firmen, Immobilien, Casinos. So können sie größere Summen mit viel weniger Aufwand waschen. Genau das ist Lukas Aufgabe – er soll helfen, die illegalen Einnahmequellen des Clans zu legalisieren. Diese Generation Clanmitglieder hilft dabei, die Erträge aus illegalen Geschäften über komplexe Firmengeflechte oder eine kreative Stiftungsarchitektur reinzuwaschen.»

Klaus verstand: «Aber Luka hat dazu keine Lust.»

Dudek deutete ein Nicken an: «Aco Goric ist vermutlich noch unentschlossen, ob er Luka zwingen oder ihm einen anderen Platz in der Hierarchie zuweisen soll. Bis jetzt halten sie ihn aus den kriminellen Angelegenheiten weitgehend raus. Er wickelt kleine Wetten ab, für die im Ernstfall höchstens kleine Bewährungsstrafen drohen. Aco Goric legt Wert darauf, dass er das Geschäft von ganz unten kennenlernt. Keine Ahnung, wieso.»

«Vielleicht, damit er den Geruch der Straße nicht vergisst, wenn er später im feinen Anzug in einer Kanzlei sitzt.»

«Gut möglich.»

Es entstand eine kurze Pause.

«Fühlen Sie sich auch in Ihrem eigenen Leben als Klaus Roth so zu Hause wie in den Fakten über Aco Goric?»

Klaus nickte. Mit jedem schriftlichen Verweis auf sein Vorleben, das Dudek zusammen mit Spezialisten des LKA hergestellt und auf die Jahreszahl seiner vermeintlichen Entstehung getrimmt hatte, das Schwimmabzeichen etwa oder die Zeugnisse, schwand etwas von dem Gefühl der Freiheit, das er beim erstmaligen Betreten dieser neuen, unbenutzten Identität empfunden hatte. In der nächtlichen Winterlandschaft, die ihm das erste Mal unten am Elbufer in den Sinn gekommen war, stellte seine Fußspur nicht mehr die erste oder einzige dar. Die amtlichen Hinweise auf seinen fiktiven Werdegang hatten ebenfalls ihre Abdrücke hinterlassen. Aber sie waren ohne Einfluss auf den Alltag seiner neuen Identität – er musste sie lediglich fehlerfrei abrufen können.

Alles in ihm schrie danach, endlich komplett in diese Rolle zu schlüpfen und die Tür zu Klaus Burck ein für alle Mal hinter sich zu schließen.

Im Galaxis herrschte gegen Mittag Hochbetrieb. Die meisten Spieler waren arbeitslos und bezogen Stütze. Sie schliefen lange aus und kamen gegen Mittag hierher, um ihre Freunde zu treffen, zu frühstücken und die ersten Wetten zu platzieren.

Klaus musste unwillkürlich lächeln, als er auf den kleinen Gavra hinter seinem Tresen zusteuerte. Klaus Roth liebte das Galaxis. Er liebte seine Unabhängigkeit, und er hatte Tipps für goldrichtige Wetten in der Tasche. Konnte der Tag schöner beginnen? Die gute Laune seines Alter Ego übertrug sich auf den eigentlichen Klaus.

«Hallo», begrüßte er Gavra.

«Hallo», echote es.

Anschließend setzte er gut gelaunt seine Wetten und ging wieder. Unauffällig hielt er nach Luka Moravac Ausschau. Ohne Ergebnis.

Als Klaus an der Haltestelle Sternschanze in die S-Bahn stieg, meinte er, unten an der Ampel einen schwarzen Volvo vorbeifahren zu sehen. In der Stresemannstraße angekommen, legte er bei Oles an der Ecke einen kurzen Zwischenstopp ein, trank zwei der Ein-Euro-Biere und aß eine Kleinigkeit, bevor er sich in seiner neuen Bleibe näher mit Klaus Roth beschäftigte.

Zu jeder seiner Urkunden dachte er sich kleine Geschichten aus. Wie er den Führerschein bestanden hatte. In was für einem Wagen. Wer sein Lehrer gewesen war und wer der Prüfer. Hatte er sich eine Geschichte zurechtgelegt, wiederholte er sie in Gedanken wieder und wieder. Die Fahrlehrerin war jetzt eine Frau Pufal, Ende dreißig, attraktiv und immer guter Laune, und der Prüfer ein Mann kurz vor der Pensionierung, der sich seinen Namen in den Bart brummte, Meier oder Meister, er wusste es heute noch nicht, jedenfalls roch der Prüfer etwas nach Schnaps. Es hatte den ganzen September hindurch geregnet damals, aber genau an diesem Tag kam ein kräftiger Nordwestwind auf, blies die Wolkendecke weg und ließ die Sonne durch.

Im Bad zog er sich komplett aus und schor sich die Haare raspelkurz. Die Strähnen segelten eine um die andere ins Waschbecken. Es bereitete ihm eine merkwürdige Lust, sich dabei im Spiegel zu beobachten, wie er eine Schneise nach der anderen in die vollen Haare trieb.

Am Ende fuhr er sich über die Stoppeln, die seine Handinnenfläche kitzelten – Klaus grinste seinem Spiegelbild zu. Die Rasur betonte die Konturen seines Gesichts, er wirkte nicht unbedingt attraktiver, aber härter. Die Stoppeln passten besser zu dem Mann, der auf Bewährung draußen war.

Danach duschte er und zog sich um und kochte sich Rührei mit Schinken. Zum Essen legte er *Private Investigations* von den Dire Straits ein und drückte auf Wiederholung. Das war jetzt eine Marotte, die er eben in der Dusche erfunden hatte. Roth hörte ein Stück, das ihm gefiel, wieder und wieder. Dabei versenkte er sich noch tiefer in das Vorleben seiner neuen Identität.

Am nächsten Tag holte er seine Wettgewinne ab. Gavra hatte bloß einen kurzen Blick für seine dezimierten Haare übrig, kein Kommentar schob sich über seine Lippen. Burck legte die Quittungen der gestrigen Wetteinsätze auf den Tresen. Gavra nickte Klaus nur zu, der auch heute keinen Luka Moravac unter den Gästen des Ladens ausmachen konnte.

«8253 Euro», ließ Gavra ihn wissen und zählte das Geld über der geöffneten Kasse ab, die sich unter der Theke befand. Dann schob er Klaus das Geld zu und ließ sich die Auszahlung quittieren. Anschließend fingerte Klaus den neuesten Spickzettel aus seiner Lederjacke und diktierte Gavra die neuen Wetten. Allesamt Fußball, alle in der Kreisliga.

«Brauchst du einen Tipp, Klaus?»

Burck drehte sich um und erkannte hinter sich Luka, dessen Blick auf ihm ruhte.

«Nein.»

Die Absage war ebenso freundlich wie klar. Er wandte sich wieder Gavra zu und tauschte den neuen Wetteinsatz gegen die Belege, die Gavra eben ausgefüllt hatte.

«Ich geb dir trotzdem einen», ließ Luka sich vernehmen.

Klaus drehte sich zu ihm um und sah ihn forschend an. Luka Moravac hatte Grübchen und kleine, noch junge Lachfältchen um die Augen, die sich noch nicht tief in die Haut gegraben hatten. Sein Blick war wach und aufgeschlossen. *Plietsch.* Dieser Blick wanderte zu dem Flachbildschirm über ihnen.

«K. o. In der fünften Runde. Schwingelt siegt über Kosach.»

Klaus vergewisserte sich, dass dort wirklich ein Boxkampf übertragen wurde. Die beiden Kontrahenten tauschten ein paar Jabs. Der Fight befand sich in der zweiten Runde.

«Dann setz doch auf K. o.», erwiderte Klaus nicht unhöflich, aber abweisend. Wie jemand, der nicht von einem Vertreter belästigt werden wollte. Er erinnerte sich an die Ratschläge, die Julias Mutter ihr gegeben hatte, als sie ein Teenager war, um die Aufmerksamkeit des Jungen zu gewinnen, in den sie sich verliebt hatte: *Mach dich rar.*

Genau das befolgte Klaus jetzt und wandte sich zum Gehen.

Gavra räusperte sich: «Hat er schon.»

Klaus stoppte und mimte Überraschung. Nichts Großes, kein Theater für die letzte Sitzreihe, sondern fein dosiert, mehr Irritation als Überraschung. Er tat, als mustere er Luka erneut.

«Was soll ich sagen, Luko, du hast ...»

«Luka», warf Moravac beiläufig ein.

«Hm?»

«Luka – ich heiß Luka.»

«Sorry, also: Du hast Mut zum Risiko, aber ich kenn mich mit Boxen nicht besonders aus. Und ich setz nicht», er senkte die Stimme, «auf gut Glück.»

Die letzten Worte zauberten ein verschmitztes Lächeln auf Lukas Gesicht, ganz so, als bestätigten sie ihm eine Vermutung.

«Womit kennst du dich denn aus?»

«Mit Fußball. Kreisliga.»

Luka breitete erfreut die Unterarme aus: «Davon hab ich so viel Ahnung wie du vom Boxen. Warum geben wir uns da nicht gegenseitig Tipps?»

Das war sie, die Eintrittskarte, auf die Dudek spekuliert hatte. Luka wusste es nicht, aber er hatte Klaus soeben die Tür zum Goric-Clan geöffnet.

*Zieren Sie sich wie eine Jungfrau*, hatte Dudek ihm eingeschärft.

Also dachte Klaus Roth über das Angebot nach, und Klaus Roth, der von Natur aus wachsam war und auf dem Sprung, empfand Skepsis. Er übernahm jetzt das Ruder: «Warum?»

Klaus Burck spürte regelrecht, wie ihm die Frage härter über die Lippen kam, sein Stand breiter wurde, seine Miene verschlossener. Seine Haltung spiegelte sich in Lukas, der sein Lächeln ablegte und die Arme demonstrativ hängen ließ, als wolle er damit Deeskalation signalisieren.

«Risikostreuung.»

Klaus ließ das Wort in seinem Kopf nachhallen, dann drehte er sich zu Gavra um, reichte ihm zwei Fünfhunderter und deutete auf den Bildschirm über ihnen.

«Auf K. o. Für Schwingelt in der fünften Runde.»

Keine zwei Minuten später saßen sie sich an einem der Tische gegenüber, Luka rauchte, und sie tranken Cola. Wie Dudek prophezeit hatte, klopfte Luka Moravac ihn ab.

«Was machst du, wenn du nicht gerade wettest?»

«Nichts. Ich such nach Arbeit.»

«Was denn für Arbeit?»

Klaus deutete ein Achselzucken an: «Irgendwas, ich weiß nicht», dann ließ er eine Pause einfließen, in der er sich entschloss, Luka einzuweihen. «Ich bin auf Bewährung. Die Leute sind vorsichtig, wenn sie das hören. Es ist nicht unbedingt 'n Kinderspiel, was zu finden.»

Lukas Interesse wuchs augenblicklich, auch wenn er sich bemühte, eine gewisse Gleichgültigkeit auszustrahlen.

«Weswegen warst du denn im Bau?»

Klaus zögerte.

«Und was machst du so, wenn du nicht gerade wettest?»

Luka schenkte ihm ein Schmunzeln, in dem eine Spur Anerkennung lag.

«Ich studier.»

«Wetten?»

«Jura.»

Burck täuschte Irritation vor.

«Aber meist bin ich nicht an der Uni», fügte Luka schnell hinzu und grinste entschuldigend, «mir gefällt's hier besser.»

Burck täuschte Verständnis vor.

«Komm noch mal hoch, das sieht sonst nicht gut aus.»

Moravac schaute an ihm vorbei. Klaus folgte seinem Blick zu dem Flachbildfernseher an der Theke. Kosach lag am Boden, der Ringrichter hatte Schwingelt, der bereits die Arme siegesgewiss in die Luft warf, in seine Ecke verwiesen. Jetzt zählte er Kosach an, der tatsächlich noch einmal auf die Beine kam. Der Referee ergriff die Hände des Boxers und schaute ihm in die Augen, bevor er den Kampf erneut freigab. Kosach stürmte vor. Eine Serie von vier Schlägen, drei davon in die Luft, der vierte ein Körpertreffer, und dann kreuzte ein satter Schwinger Kosachs Schlagbewegung und landete mit brachialer Wucht auf seiner Schläfe. Die Beine erzitterten, dann schlug er hart in der Ringmitte auf.

Als Klaus sich wieder Luka zuwandte, lächelte der, als wolle er sagen: Und, bin ich verlässlich? Er tat das mit der Gelassenheit eines Mannes, der es sich leisten kann, geldwerte Hinweise zu verteilen. Dabei schüttelte er den Kopf, als könne er den Wettausgang selbst nicht glauben, was ihm einen spitzbübischen Charme verlieh.

«Wo waren wir?», fragte er.

«Jura?»

Luka schüttelte den Kopf: «Weswegen warst du im Knast, lass mich raten – du siehst aus, als könntest du wegen schwerer Körperverletzung drin gewesen sein, aber das war es nicht.»

Klaus nickte, was Luka Moravac mit der Andeutung eines Nickens erwiderte. Er musterte Burck sehr genau.

«Betrug», legte er sich fest.

«Fast», bestätigte Klaus.

«Und was genau?»

«So gut kennen wir uns noch nicht.»

Klaus war darauf vorbereitet, eine harsche oder sogar beleidigte Antwort zu kassieren, und er riskierte, dass Luka den frischen Kontakt abbrach. Aber er spürte, wie die Mach-dich-rar-Nummer von Julias Mutter ihre Wirkung entfaltete.

«Das wär ja sonst auch zu langweilig», sagte Luka. «Hast du auch einen Tipp für mich?»

«Lupo Martini Wolfsburg gegen SC Langenhagen, läuft gerade in der 48. Minute. Rote Karten bis Minute 65 für die Spieler Tiefbacher und Lösler. Damit dürfte der SC Langenhagen gewinnen.»

Luka zündete sich eine an, blies den Rauch höflich in Richtung Decke, stand auf und schenkte ihm noch ein kurzes Lächeln: «Ich bin jeden Dienstag- und Donnerstagnachmittag hier.»

Damit hob er leicht die Hand, an der drei dünne Metallbänder leise klirrten, und ging zu Gavra hinüber.

«Gut gemacht», sagte Dudek, als sie sich in die schweren Ledersessel mit den schulterhohen Halbrundlehnen des Chez Max sinken ließen. Das Max war Teil eines Hotels in der Nähe der Horner Rampe. Draußen goss es in Strömen, und

Dudek wollte beim Rauchen nicht im Regen stehen – was selbst in einer Stadt von der Größe Hamburgs eine kleine Herausforderung darstellte.

Beim Kellner, der eine Schüssel Wasser für Madame mitbrachte, bestellten sie zwei Kaffee.

«Er glaubt, ich bin Lektor, der mit seinen Autoren herkommt», erklärte Dudek, als er bemerkte, wie Klaus dem Mann hinterherblickte. Dann, ganz ungewohnt, ließ er sich sogar zu einem Schmunzeln hinreißen: «Er denkt, ich verlege Krimis.»

Sie waren um diese Zeit die einzigen Gäste in dieser übersichtlichen, mit Parkett ausgelegten Bar. Einrichtung und Stil richteten sich an solvente Tabakfreunde. Unwahrscheinlich, dass man hier über jemanden wie Luka oder Gavra oder Borko stolperte. Dudeks belustigte Miene wich der dienstlichen: «Gut, dass Sie sich zurückgehalten haben. Solange Sie von Wettmanipulationen wissen, sind Sie für Luka interessant.»

«Und woher wissen *Sie* davon?»

«Das Meiste von dem, was Sie setzen, haben wir noch Benny zu verdanken. Und ansonsten bestechen wir die Spieler oder die anderen entscheidenden Leute.»

Klaus grinste, weil er das für einen Scherz hielt. Keinen besonders guten zwar und subtil schon gar nicht, aber immerhin.

«Oder die Linien- oder Schiedsrichter. Die sind natürlich am teuersten», fügte Dudek hinzu. «Was gibt es denn zu grinsen?»

«Nichts», antwortete Burck.

Der Kellner reichte ihnen den Kaffee. Mit unbeholfener Unauffälligkeit warf er einen interessierten Blick auf Klaus.

«Ein neues Talent?»

Interessiert und wohlwollend, ganz so, als teilten Dudek

und er ein Geheimnis, in das der Neue noch nicht eingeweiht worden war.

«Ganz recht. Das hier ist Norbert Böhm aus Klein-Gartach. Fragen Sie nicht, wo das liegt, ich wusste es bis gestern selbst nicht. Jedenfalls werden Sie noch viel von ihm hören», ließ Dudek durchblicken.

Der Kellner nickte anerkennend: «Kann ich sonst noch etwas für die Herren tun?»

«Danke», lehnte der VE-Führer ab.

Sie tranken etwas Kaffee und warteten einige Augenblicke, bevor sie den Faden wieder aufnahmen.

«*Sie* bestechen Spieler?»

«Ja.»

Burck konnte sein Erstaunen nicht verbergen. Frank Dudek spannte ihn nicht weiter auf die Folter: «Die Bestechung von Spielern ist den deutschen Strafverfolgungsbehörden seit mehr als sechs Jahren bekannt. Aber – und das ist der springende Punkt – das Bestechen von Spielern ist laut deutscher Gesetzgebung nicht als Tatbestand der Korruption einzuordnen. Daraus ergibt sich was?»

Dudek rechnete nicht so schnell mit einer Antwort und wollte schon fortfahren, als Klaus ihm zuvorkam.

«Daraus ergibt sich eine Gesetzeslücke. Und in die stößt die OK vor.»

Dudek überspielte seine Verblüffung: «Genau. Deswegen gehen hier große Summen über den Tisch. Das ist eben eine rein deutsche Schizophrenie: Die Wetten sind verboten, das Bestechen der Spieler nicht.»

«Warum bringt der Bundestag kein Gesetz auf den Weg?»

«Weil der Gesetzgeber die Manipulation von Spielen strafrechtlich noch nicht erfasst hat.»

«Das ist doch absurd», befand Burck.

«In der Tat, und das macht es schwer für uns. Wir können

Typen wie Goric nur wegen der anderen Sachen belangen, die damit zusammenhängen. Geldwäsche, Erpressung, Mord – so was. *Falls* wir ihnen das nachweisen können.»

Klaus lehnte sich zurück und starrte konzentriert an die Decke.

«Fragen Sie sich gerade, wie viele Kriminalbeamte in Hamburg sich aktuell mit der Wettmafia anlegen?»

«Sie hatten mich ja gewarnt, dass Sie Gedanken lesen können», antwortete Burck, ohne den Blick von der Decke zu nehmen. «Ja, das hab ich überlegt.»

«Sie und ich mitgerechnet?», fragte Dudek.

Burck nickte.

«Zwei.»

## 11.

«Die Bullen!»

Die Wucht, mit der Luka Moravac sich gegen die Eingangstür des Galaxis warf, ließ sie gegen die Innenwand scheppern. Er rannte auf die Theke zu. Zwei, drei unerfahrene Gäste schossen von ihren Stühlen und Barhockern hoch und stürzten zum Eingang.

Klaus hatte gerade 4000 Euro über die Ladentheke geschoben und wartete auf Gavras Quittungen.

Durch das kleine Fenster an der Gebäudefront entdeckte er ein Blaulicht.

Während Luka weiter auf sie zustürmte und Gavra die Schublade mit dem Geld unter der Theke herausriss und ihren Inhalt in eine Mülltüte kippte, die er mit fahriger Hand wie aus dem Nichts aufgespannt hatte, regnete es Quittungen im Galaxis.

Die restlichen Besucher stoben nicht auseinander und trampelten sich auch nicht gegenseitig zu Boden, sondern sie blieben sitzen. Lediglich ein paar Quittungen segelten im Schutz der Tischplatten hinab. In dem Sekundenbruchteil, in dem Gavras Einsatzbestätigungen herrenlos wurden, wurde es den Ermittlern unmöglich, damit irgendjemanden zu belangen.

Luka hatte das Galaxis im Nu durchquert. Er war auffallend flink und hatte die Theke mit Klaus und Gavra fast erreicht, als Streifenpolizisten und Zivilfahnder über die Haupttür die Geschäftsräume stürmten.

«Hast du alles?»

Gavra warf die Belege ebenfalls in den Müllsack und nickte hektisch. Luka schwang sich über die Theke.

Ganz kurz trafen sich Klaus' und Lukas Blicke.

In Julias Blick hatte Klaus die Trennung und die Gründe dafür lesen können, bevor sie es ihm wortreich auseinandersetzte. Klaus glaubte an das Bauchgefühl, das über Zu- oder Abneigung entschied, er glaubte an den Instinkt und die Intuition, die ihn noch nie getrogen hatte. Selbst vor Julia hatte sie ihn gewarnt, aber das hatte er ignorieren wollen.

Lukas Blick sagte: Sorry, ich muss abhauen, mach's gut, und man sieht sich – freut mich, wenn wir uns wiedersehen.

Und schon rannten Gavra und er davon.

«Polizei! Hände über den Kopf!»

Ein Zivilfahnder in dunkelbrauner Lederhose und Jeansjacke stürmte ins Galaxis, die Dienstwaffe im Anschlag. Zwei Kollegen in Uniform folgten und liefen an jeweils eine Seite, um den Raum zu sichern.

Klaus Roth sprang über die Wetttheke und folgte Luka und Gavra.

Nach zwei Treppen hatte er sie eingeholt. Gavra war klein und korpulent, er lief in Trippelschritten. Luka hatte inzwischen die Tüte mit den Quittungen und Wetteinsätzen an sich genommen.

«Beeil dich!»

Sie erreichten eine Absperrung aus Holzlatten, zwischen denen hindurch man auf die andere Seite blicken konnte. Gesichert durch ein Vorhängeschloss.

«Scheiße!»

«Halt die Klappe», befahl Luka, «die sind nicht weit weg!»

Gavra schwieg. Schon näherten sich Schritte, stoppten ab.

«Hallo?»

Sie drückten sich alle drei an die Kellerwand, als wollten sie mit ihr verschmelzen. Ein Lichtstrahl fand in den Gang, tanzte suchend hin und her.

«Und?», erscholl es von weiter weg.

Der Lichtkegel der Taschenlampe erfasste die hölzerne Absperrung.

«Hier ist alles dicht!», rief die Stimme hinter dem Licht und eilte zurück.

Luka, Klaus und Gavra atmeten erleichtert aus. Sie warteten, bis sie die Schritte des Polizisten nicht mehr hören konnten. Dann trat Luka die Absperrung auf. Zwei, drei Tritte, danach brach das Holz.

Sie gelangten über eine Brandschutztür nach draußen und auf einen Platz, der das Parkhaus mit einem Einkaufszentrum verband. Die Mittagssonne blendete sie kurz, sie benötigten drei, vier Sekunden, um sich an die Helligkeit zu gewöhnen.

«Hier längs.»

Luka Moravac lief nach rechts, und Gavra folgte ihm. Polizeisirenen näherten sich. Klaus zögerte, dann sprintete er quer über den Parkplatz, wurde aber sofort langsamer, als zwei Polizeibeamte etwa siebzig Meter weiter zu Fuß ebenfalls auf den Parkplatz einschwenkten.

Nur ein paar Schritte von ihm entfernt hatte eine Frau im Pelz eine Einkaufstüte in den Kofferraum ihres Porsche Carrera gelegt und entriegelte gerade per Funksignal die Fahrertür. Schon war Burck heran, riss ihr den Schlüssel aus der Hand und stieß sie von sich weg. Die Frau strauchelte und stürzte rücklings zu Boden. Klaus schwang sich außer Atem hinter den Fahrersitz und startete den Motor, der sich mit einem dezenten Grollen meldete.

Das Blut in seinen Schläfen pochte.

Einer der beiden Polizisten hatte die Frau am Boden entdeckt, die sich gerade aufrappelte. Er lief auf sie zu. Durch die Beifahrerscheibe erblickte Klaus Luka und Gavra, die sich dem Haupteingang des Parkplatzes näherten, durch den jetzt ein Einsatzwagen mit Blaulicht fuhr und ihnen damit den Fluchtweg abschnitt.

Moravac und sein kleiner Begleiter unternahmen gar nicht mehr den Versuch, sich zu verstecken. Der Einsatzwagen nahm Kurs auf die beiden.

Da stoppte wie aus dem Nichts der 911er neben ihnen, die Beifahrertür schwang auf. Luka schaute hinein und erkannte Klaus, der sich über den Beifahrersitz zu ihnen beugte.

«Macht schon!»

Luka packte den paralysierten Buchmacher unsanft am Kragen und zerrte ihn zur Tür. Klaus klappte rechtzeitig den Beifahrersitz nach vorne, damit Gavra hinten auf die beiden Notsitze schlüpfen konnte. Luka warf ihm die Tüte hinterher und glitt auf den Platz neben Klaus.

Der Einsatzwagen schoss vor und stellte sich quer. Klaus legte den Rückwärtsgang ein und trat voll aufs Gas.

Es war, als mache der Sportwagen einen röhrenden 50-Meter-Satz nach hinten. Der Polizist, der aus der Fahrertür sprang, die Dienstwaffe hochriss und grob auf sie anlegte, wurde sehr schnell sehr klein. Luka schlug die Beifahrertür zu, während Klaus das Lenkrad stark herumriss. Der Porsche schleuderte einmal um seine eigene Längsachse und kam perfekt zum Stehen.

Klaus bog nach links ab und jagte die Schanzenstraße hinab. Im Wagen war es still.

Nach dreihundert Metern wechselte er in die Stresemannstraße und ging vom Gas, reihte sich in den Verkehr ein, um nicht aufzufallen.

Ein Polizeiwagen mit Blaulicht, aber ohne Sirene, kam ihnen entgegen. Unwillkürlich zogen sie die Köpfe ein. Doch schon war er vorbei, und sie atmeten erleichtert aus.

Und ganz so, als hätten sie die Luft nicht lange genug angehalten, ertönte hinter ihnen die Polizeisirene. Klaus wusste es, bevor er in den Außenspiegel schaute und die Streife sah, die wendete. Er trat das Gaspedal durch.

Der Boxermotor röhrte auf, die Beschleunigung, die sie in weniger als vier Sekunden über hundert Stundenkilometer nach vorne katapultierte, presste alle drei tief in die Sitze.

Als sie auf eine rote Ampel zurasten, bei der auch im Gegenverkehr keine Lücke auszumachen war, dirigierte Klaus den Sportwagen nach rechts in eine Seitenstraße, fuhr einmal um den Block und setzte die Flucht dann fort.

Was er mit dem stärkeren Motor herausholte, machten die mittlerweile zwei Polizeistreifen, die ihnen folgten, mit Blaulicht und Sirene wett, weil der Verkehr ihnen eine Gasse bildete, über die sie den Anschluss nicht verloren.

«Wohin fährst du?»

Seit ihrem gemeinsamen Start vom Supermarktparkplatz war das Lukas erste Frage. Sie kam ruhig.

«Zur A7. Da kann ich denen wegziehen.»

Gavra, der das Bargeld auf dem Schoß hatte und es mit einem Arm festhielt, sah unverwandt durch das kleine Heckfenster.

Luka nickte. Rechts schoss die Neue Flora an ihnen vorbei.

An der Autobahnauffahrt Hamburg-Bahrenfeld hatte die Polizei vorgesorgt, wie sie feststellen mussten. Jeweils ein Polizeiwagen versperrte die Zufahrt zur A7 nach Norden und nach Süden.

Burck wusste, dass der Weg nach Süden ohnehin direkt in den stauanfälligen Elbtunnel führte.

Sie jagten an den zwei Streifen vorbei, und dann bog Klaus auf den Verzögerungsstreifen der A7 ein, den die aus Norden kommenden Autos nutzten.

Luka und Gavra krallten sich in ihre Sitze, während Burck

den Porsche geistesgegenwärtig durch den Gegenverkehr lenkte.

Im Rückspiegel konnte er sehen, dass ihnen nur eine der beiden Streifen, die seit dem Galaxis an ihnen klebten, folgte. Dann erreichte er die Standspur und trat das Gaspedal komplett durch. Der Porsche beschleunigte auf dem Standstreifen, begleitet von dem Hupen der ihnen entgegenkommenden Fahrzeuge.

Die Tachonadel kletterte auf 150, dann passierte sie die 200er-Marke. Weder Gavra noch Luka kam ein Wort über die Lippen. Der Mann auf den Notsitzen blickte immer noch stur nach hinten, bis der Polizeiwagen, der ihnen folgte, in einer langgezogenen Kurve verschwand.

«Sie sind weg», sagte Gavra gepresst.

«Die werden die Autobahn sperren.»

Klaus nickte und bremste in Höhe der nächsten Ausfahrt ab – Hamburg-Volkspark.

Er steuerte den Porsche mit hoher Geschwindigkeit durch den Gegenverkehr des Autobahnzubringers und bog dann mit feuchten Händen in die Schnackenburgallee ab. Linker Hand lag der Volkspark. Hinter den Wipfeln der Baumreihen erhob sich ein großes Bauwerk – das Volksparkstadion.

Je größer das Gebäude wurde, desto mehr bevölkerten Fans mit HSV-Schals und -Mützen das Straßenbild. Aus einem Linienbus, der rechter Hand hielt, ergoss sich ein weiterer Strom dazu. Luka sah zu Klaus, um etwas zu sagen, bemerkte aber dessen leises Lächeln und schwieg.

Burck bog zum Stadion ab und stoppte den Porsche in dritter Reihe auf dem Parkplatz davor neben Hunderten anderer Wagen.

Ohne ein Wort zu wechseln, stiegen die drei sofort aus und entfernten sich im Strom der Fußballfans vom Sportwagen.

Je mehr Meter sich zwischen ihnen und dem Fluchtwagen ansammelten, desto breiter wurde Lukas Grinsen.

«Wusstest du das mit dem Spiel?»

Klaus nickte nur, er tat so, als sehe er sich unauffällig um. Tatsächlich bog eine Streife auf den Parkplatz ein und fuhr langsam die Hauptgasse entlang. Gavra, Klaus und Luka bewegten sich aber – durch den Tross an Fans vor Blicken abgeschirmt – von ihr weg.

Bei nächster Gelegenheit wechselte Klaus aus der Menge auf einen Sandweg in den Volkspark. Gavra und Luka zögerten kurz, dann folgten sie.

An der nächsten Parkbank hielt Klaus unter einem Baum, der sie ein wenig vor dem einsetzenden Nieselregen schützte. Gavra, immer noch etwas blass um die Nase, und Luka gesellten sich zu ihm.

Klaus, der bemerkte, wie Luka ihn unverhohlen musterte, erwiderte den Blick nicht, sondern hielt ihn auf die Plastiktüte mit den Geldscheinen gerichtet. Als er Gavra seine offene Hand entgegenstreckte, musste er sich nicht sehr bemühen, sie leicht zittern zu lassen. Die Raserei durch die Innenstadt hatte ihm höchste Konzentration und Geistesgegenwart abverlangt. Er war zum Glück noch nie in einen Schusswechsel verwickelt gewesen, aber er ahnte, dass er sich danach ähnlich fühlen könnte.

«Da sind 4000 von mir drin», sagte er nur. Gavra begriff, zählte schnell das Geld ab und gab es Klaus zurück, der es einsteckte.

Erst danach hob er den Blick – jetzt ganz Klaus Roth.

«Ich hätt nicht gedacht, dass das gutgeht», sagte Luka erleichtert.

«Ich auch nicht.»

Luka Moravac musste grinsen. Klaus schmunzelte, nickte beiden zu und wollte sich abwenden.

«Man sieht sich», sagte Luka.

Klaus schüttelte leicht den Kopf.

«Nein, ich bin auf Bewährung – das Galaxis ist mir zu heiß. Nichts gegen euch.»

Damit wandte er sich tatsächlich ab und ging.

Er gab sich zehn Schritte. Danach wäre die Anbahnung bis auf weiteres verschoben. Denn im Galaxis konnte er sich jetzt nicht mehr blicken lassen, ohne seine Legende in Frage zu stellen. Jemand auf Bewährung machte um so einen heißen Laden einen Riesenbogen.

Und wenn er Dudek vorschlug, dass er Luka woanders zufällig begegnete, wusste er, wie der VE-Mann reagieren würde. Das Kopfschütteln. Kurz und absolut.

Nein, Dudek wäre das Risiko zu groß. Sie hätten den Zufall einmal zu viel bedient. Einer wie Luka würde das vielleicht noch schlucken. Aber Aco Goric nicht.

Beim siebten Schritt hörte er Lukas Stimme.

«Äh, Klaus – hast du auch so 'n Mordshunger?»

## 12.

So wie ein Mensch immer etwas von seinen Eltern in sich trägt und spiegelt, spiegelt er auch seinen Partner. Davon war Klaus überzeugt, und da Frank Dudek und er sich nie über solche Gedanken austauschten, erfuhren sie bis zum Tod des einen von ihnen auch nie von ihrer Übereinstimmung in dieser Angelegenheit.

So wie Julia eine größere Entsprechung ihres Kerns in Hansjörg fand statt in Klaus, sagte die Wahl des Partners stets etwas über beide aus. Es gab eine Entsprechung.

Die Wohnung, zu der Luka ihn mitnahm, lag in der Krieterstraße in Hamburg-Wilhelmsburg. Siebter Stock. Wohneinheiten wie Bienenwaben. Draußen lungerten Jugendbanden rum und prüften die Türen der geparkten Autos, und wenn man sie dabei erwischte, liefen sie nicht weg, sondern hatten es auf eine Schlägerei abgesehen.

Vor Luka machten sie Platz. Sie trugen ihre Jeans in den Kniekehlen und ihre Basecaps verkehrt herum.

Lukas Entsprechung hieß Nadja. Sie war 29 Jahre alt, schwanger und stand am Herd, als Luka ihn in die Wohnung führte.

«Das ist Klaus. Er bleibt zum Essen.»

Nadja kochte Pasulj und sah ihm direkt in die Augen, als sie ihm ihre Hand reichte.

«Guten Abend, Klaus. Ich bin Nadja.»

So wie Dudek in Klaus' Augen alles in sich vereinte, um in der Masse unterzugehen und ein Niemand zu sein, war Nadjas Wesen durch eine Feinheit, wenn nicht gar Zerbrechlichkeit bestimmt, die ihm, so glaubte er, in jeder Menschenmenge aufgefallen wäre. Ein blasses Gesicht, das von schwarzem Haar umrahmt und von großen, dunklen Augen dominiert wurde.

Ihr Händedruck war nur ein Hauch. Etwas, was Klaus Burck bei Männern nicht mochte, erschien ihm bei Nadja passend.

Die Wohnung war klein und die Einrichtung gepflegt, aber bunt zusammengewürfelt. Trotzdem war Nadjas Bemühen, aus den wenigen Habseligkeiten ein Zuhause zu schaffen, in dem man sich wohl fühlen konnte, zu spüren. Kleinigkeiten. Eine Decke, zwei Kerzen, ein Teppich, ein irgendwo ausrangierter Sessel.

Luka hatte zwei Dosen Bier aus dem Kühlschrank geholt und führte Klaus ins Wohnzimmer.

«Setz dich.»

Er wies auf einen Stuhl an einem runden Tisch, und Klaus nahm Platz. Luka Moravac schob ihm das Bier zu und zündete sich eine an. Nadja kam aus der Küche und deckte den Tisch.

«Kann ich helfen?»

«Nicht nötig», wies Nadja ihn freundlich zurück, und zu ihrem Mann gewandt: «Luka, die Jacke.»

Sie war schon wieder in der Küche verschwunden, bevor Luka etwas erwidern konnte. Er wartete ein paar Augenblicke, sagte dann: «Warm hier», und hängte die Jacke über die Stuhllehne.

Als Luka aufgeraucht hatte, kam Nadja mit der Bohnensuppe und frischgeschnittenem Baguette an den Tisch. Sie füllte zuerst Klaus den Teller, dann Luka und schließlich sich selbst.

«Guten Appetit.»

«Danke.»

Luka aß mit Heißhunger. Nach dem ersten Löffel entfuhr

ihm ein leichter, unbewusster Seufzer. Klaus, der über seinen Teller gebeugt war, warf Nadja einen Blick zu, die das Wohlbefinden ihres Mannes mit einem kurzen Lächeln quittierte.

«Willst du nicht wissen, was Klaus in Hamburg macht?»

«Ich muss nicht alles wissen. Schmeckt dir die Suppe, Klaus?»

«Die zweitbeste Pasulj, die ich kenne.»

«Aha. Und wer soll die bessere gemacht haben?», fragte Luka halb im Spaß. Aber eben nur halb.

«Seine Mutter», half Nadja aus.

«Fast. Meine Großmutter.»

«Wie bei mir», lachte Nadja. «Meine hat immer einen gestrichenen Teelöffel Ajvar dazugetan.»

«Meine auch», sagte Klaus überrascht.

Sie schmunzelten sich über den Tisch hinweg kurz zu.

Klaus fiel auf, wie leise Nadjas Stimme war. Leise, aber klar. Ihr zuzuhören erforderte ungeteilte Aufmerksamkeit. Aber die meiste Zeit sprach Luka, während seine Frau ihnen die Teller nachfüllte oder neues Brot abschnitt und sich aufs Zuhören beschränkte. Oder aufs Beobachten. Klaus spürte sehr genau ihre Blicke, ihr Mustern, keine seiner Bewegungen entging ihr.

«Wir hatten heute eine Wahnsinnsprobefahrt», sagte Luka gerade und grinste schief, «mit einem Porsche. Und soll ich dir was sagen? Klaus hier versteht was von Autos. Er könnte mir helfen, welche zu verkaufen.»

*Meine Frau denkt, ich verkaufe Gebrauchtwagen neben dem Studium*, hatte Luka Moravac ihn draußen instruiert.

Zwanzig Minuten später blies Klaus die Wangen auf und lehnte eine weitere Portion der Pasulj dankend ab.

«Das war's schon?», fragte Luka, der seiner Frau daraufhin seinen fast leeren Teller hinhielt.

«Es gibt Leute, die sind nach drei Tellern Pasulj satt.»

Nadja brachte ihren Teller und ein paar Gewürze zurück in die Küche. Klaus nahm seinen Teller und folgte ihr.

«He, das musst du nicht», warf Luka ein.

Klaus nickte entschuldigend.

«Ich bin ein uneheliches Kind, bin das von klein auf so gewohnt.»

«Luka hat sich das schon vor der Geburt abgewöhnt», kam es neckend aus der Küche. Leise, aber mit glockenheller Klarheit.

Klaus und Luka schlugen die Kragen ihrer Lederjacken hoch, weil der Nachtwind unbarmherzig um die Häuser und über den kleinen Balkon strich, auf dem sie nebeneinander standen und an der Brüstung lehnten.

Sieben Stockwerke tiefer lag die Krieterstraße. Sie bliesen den Zigarettenrauch in den Wind.

«Setzt du für jemanden?», fragte Luka.

«Für jemanden?»

«Na, du weißt schon.»

«Nein», bekannte Klaus.

Luka sah ihn prüfend an. Sein Blick war aufmerksam und wach, und manchmal, wenn er lächelte, hatte Klaus das Gefühl, dass da im Hinterkopf von Luka Moravac noch etwas anderes ablief. Ein Film mit einem anderen Plan.

«Du, ähm, setzt ganz für dich?»

«Ja. Ist das so ungewöhnlich?»

«Nein», sagte Luka schnell, schüttelte dann den Kopf, grinste und schob nach: «Doch, ja. Ist es. Du könntest doch viel mehr verdienen mit den Wetten, verstehst du?»

«Ich komm gut alleine klar. Ich bin gerne mein eigener Herr.»

«Aber das würdest du ja bleiben. Das ist ja der Witz.»

Klaus schnipste seine noch brennende Kippe hinab, ihre Glut zeichnete orange Ellipsen in die Nacht, bevor sie unten auf dem Gehweg aufschlug.

«Wir können uns ergänzen», fuhr Luka fort, «ich kenn Leute beim Tennis. Beim Boxen. Nur von Fußball hab ich nicht viel Ahnung. Ich hab da auch keine Kontakte.»

«Aber ich», kürzte Klaus ab, «das meinst du.»

Luka Moravac nickte.

Klaus atmete einmal tief durch.

«Luka, wir kennen uns kaum. Was wissen wir schon voneinander?»

«Wir sind heute mit über 200 Sachen auf einem Standstreifen über die Autobahn gerast. Als Geisterfahrer. Was muss man schon mehr wissen?», fragte er, wartete Klaus' Antwort nicht ab, sondern gab sie gleich selbst: «Mir reicht das.»

Das war es, was Frank Dudek sich insgeheim erhofft hatte, und es lag jetzt zum Greifen nah.

Klaus Burck war natürlich nicht dabei gewesen – kein verdeckter Ermittler hatte jemals das Landeskriminalamt betreten –, aber er konnte sich lebhaft vorstellen, wie Dudek die Rechnungsstelle so lange bearbeitet hatte, bis sie ihm den Aufwand genehmigte. Die Polizisten, den Einsatz quer durch die Stadt, den Porsche, deren Besitzerin, eine Zivilfahnderin, die sich bereitwillig von Burck zu Boden reißen ließ, diesen gigantischen Aufwand, der Klaus über jeden zukünftigen Verdacht Aco Gorics erhaben machen sollte.

Wer sollte irre genug sein, so ein riesiges Feuerwerk abzufackeln, nur um einen VE einzuschleusen?

Es brauchte jemanden, der Klaus die Tür öffnete und ihn darum *bat* einzutreten.

Falls sich irgendjemand später mal erkundigen sollte, wäre Klaus nie zu einer Lüge gezwungen, wenn er sagte: «Es war nicht meine Idee. Luka wollte, dass ich mitmache.»

Und kein Geringerer als der Neffe von Aco Goric würde das bestätigen.

Also täuschte Klaus Burck ein letztes Zögern von Klaus Roth vor, bevor er nickte.

«Warum nicht? Ja, lass es uns versuchen.»

Luka nickte: «Versuchen wir's.»

Dabei sah er Klaus in die Augen.

Und der war verwundert, weil er nicht wie erwartet Stolz oder Erleichterung verspürte, sondern Schwere. Ein Stein, den man ihm in die Arme legte.

Es war die Schwere eines Paktes, den er mit Luka Moravac soeben geschlossen hatte und der sein Gewicht aus dem Umstand bezog, dass nicht zwei Personen daran beteiligt waren, sondern drei.

Knappe zweihundert Meter weiter nahm Klaus vom Wilhelmsburger Bahnhof die S31 bis zum Dammtor. Dort stieg er aus, schlenderte hundert Meter weiter zur Hamburger Uni, drehte eine Schleife, kehrte um und setzte sich in die S21, die ihn nach Osten trug. Raus aus der Stadt.

In Reinbek, einem verschlafenen Vorort, stieg er aus.

Der Bahnhof war charakteristisch für den Vorort einer Großstadt. Kein Café, kein Lokal, kein Laden. Nur Parkplätze, Fahrradständer und Fahrscheinautomaten fristeten dort ihr Dasein. Wer kam, verließ den Bahnhof zügig oder stieg in die nächste S-Bahn. Niemand blieb länger als unbedingt nötig.

Klaus auch nicht.

Er ging die Straße neben den Gleisen Richtung Hamburg hundert Meter zurück, bis er auf die Hauptverkehrsstraße traf. Dort stand der schwarze Volvo. Madame knurrte tief, als er einstieg.

Dudek hatte das Wageninnere vollgequalmt und sah ihn gespannt an.

«Und?»

«Haben Sie auch so 'n Durst?»

Frank Dudek schluckte die Verzögerung des Rapports. Er startete den Motor, fuhr mit ihm an einem Klinikum vorbei, bog dahinter in den Wald ab und hielt vor einem großen, weißen Hotel, dessen eigenartig verwinkeltes Dach in einem enorm steilen Winkel von bestimmt siebzig Grad konstruiert war.

Obwohl es leicht regnete, lag ein roter Teppich zwischen Straße und Haupteingang aus, über dem die Regenrinne in vier Überläufen endete, die als Drachenköpfe mit geöffneten Mäulern gestaltet worden waren.

Madame ging eng bei Fuß, und zu dritt betraten sie die American Bar des Hotels, die mit ihrem dunklen Holz und der punktuellen Beleuchtung einem Pub nachempfunden war.

Der Barkeeper warf Dudek ein Nicken zu.

Zusammen mit Madame drückten sie sich am rechten Barende in eine halbkreisförmige Sitzbank, die mit schwarzem Leder überzogen war. Dudek orderte zwei Pils und einen Napf mit Wasser.

Die American Bar, die sehr gut besucht war, genügte Dudeks Bedürfnissen in doppelter Hinsicht. Zum einen war es eine der wenigen Raucherbars – und der VE-Führer machte davon reichlich Gebrauch –, zum anderen war jede Unterhaltung zwischen zwei Personen durch den allgemeinen Lärmpegel der vielen anderen Gespräche und der Hintergrundmusik wie durch eine bewegliche Wand geschützt.

Klaus bestätigte Dudek den guten Verlauf der Flucht. Lukas Einladung. Das Essen mit Nadja. Lukas Angebot, auf das er nach einigem Zögern eingegangen war.

Frank Dudek hörte aufmerksam zu, nickte nur ab und zu und stellte keine einzige Nachfrage.

Als Klaus fertig war, bestellte er zweimal Hirschmedaillons auf Lauchgemüse.

«Ist das quasi Ihre kulinarische Anerkennung für meinen heutigen Einsatz?»

«Nein. Ich kriege so ein Essen die nächsten zehn Jahre nicht mehr bei der Rechnungsstelle durch. Aber neben einem Porsche und all dem anderen fällt das heute nicht sonderlich auf. Und ich hab lange kein Wild mehr gehabt. Das ist alles.

Aber was Sie betrifft, haben Sie alles gut gemeistert. Die Fahrt durch die Stadt, über die Autobahn – und wie es aussieht, auch den Rest. Gut.»

Klaus sah ihm aufmerksam ins Gesicht.

«Was schauen Sie?»

«Sie waren mit mir zufrieden. Das ... das freut mich. Ich meine, ich bin ja immerhin nur Ihr Ersatzmann.»

Dudek zog eine Grimasse und verfütterte ein halbes Medaillon an seine Hündin, als der Barkeeper gerade beschäftigt war.

«Hat man Sie im Heim nie gelobt? Haben Sie da keine Anerkennung bekommen?»

«Nie gelobt? Wie kommen Sie darauf?»

«Wie ich darauf komme? Sie müssten sich mal hören – *ich bin ja immerhin nur Ihr Ersatzmann*. Möchten Sie einen Orden oder lieber eine Urkunde? Ich könnte mal beim Polizeipräsidenten ...»

«Vergessen Sie's.»

Dudek lächelte. Klaus hatte große Lust, ihm die Nase zu brechen.

«Das hier ist kein Wettbewerb, Herr Burck», sagte Dudek und beugte sich etwas vor, «das heute war eine Anbahnung. Sie müssen sich das Vertrauen von Luka Moravac erschleichen. Und vielleicht noch von anderen. Und am Ende von

Aco Goric. Und ihn dann ans Messer liefern. Wenn Sie und ich Goric vor ein Gericht gestellt haben und dieser Mann rechtskräftig verurteilt worden ist, dann mach ich Ihnen einen Heiratsantrag. Aber nicht heute nach dem ersten Kuss.»

Klaus schluckte leer. Und ärgerte sich dann über sich selbst. Am meisten darüber, dass er dem Lob eines Mannes wie Frank Dudek einen Wert beimaß.

Er gab Madame ein ganzes Medaillon ab.

«Und weiter? Versorg ich jetzt Luka Moravac mit Kreisligatipps und setze Wetten auf seine Boxtipps?»

«Nein. Wetten kann jeder setzen. Er wird jetzt ihr Talent als Anreißer testen. Sie haben selbst Fußball gespielt, richtig?»

Klaus nickte.

«Und Luka Moravac hat geboxt. Wenn er einen Boxer zu einem Deal überredet, weiß er, wovon er redet. Dasselbe erhofft er sich von Ihnen, wenn's um Fußball geht. Sie müssen da unbedingt gut abschneiden. Fußball ist bei den manipulierten Sportarten die Königsklasse. Da hängt am meisten Geld drin. Wenn Sie erfolgreich Fußball manipulieren, werden Sie früher oder später Kontakt mit Aco Goric haben.»

Dudek versorgte Madame mit anderthalb Medaillons.

«Nadja Moravac, was ist mit der?»

«Was soll mit der sein? Sie ist im Clan der Gorics unwichtig. Sie ist eine Frau. Oder meinen Sie, bei den Serben ist plötzlich die Gleichberechtigung ausgebrochen?»

Er richtete sein Besteck auf fünf Uhr aus und zündete sich eine an.

«Ich möchte wissen, ob sie auch Wetten manipuliert.»

«Nein.»

«Oder davon weiß.»

«Vermutlich nicht. Warum interessiert Sie das?»

Dudeks Augen ruhten mit einem Mal in seinen und regten sich nicht.

«Gibt's da irgendetwas, was ich als Ihr VE-Führer wissen sollte?»
«Nein.»

Bevor sie das Waldhaus nachts um eins hinter sich ließen, drehten sie auf dem Weg, der vom Hotel rechter Hand in den Wald führte, noch eine Runde mit Madame. Der lag der Hirsch im Magen.

## 13.

Seid ihr bescheuert? Für das, was ihr von mir wollt, könnte ich euch anzeigen.»

Benjamin Schönfelder hatte sich in seinem Stuhl nach vorne gebeugt und warf ihnen abwechselnd vorwurfsvolle Blicke zu.

Luka und Klaus saßen ihm an einem kleinen Bistrotisch in einem Lokal gegenüber, das nur spärlich besucht war. Bis auf die Frau hinter der Theke, die ein Kreuzworträtsel löste, und den Mann zwei Tische weiter, der in der Speisekarte blätterte, waren sie unter sich.

Das Lokal hieß Limit und war sehr übersichtlich gestaltet. Luka hatte es ausgesucht.

Jetzt lächelte er Schönfelder freundlich an, was den nicht wie vorgesehen besänftigte, sondern weiter in Fahrt brachte.

«Ich dachte, ihr seid Talentscouts.»

Er war ein gedrungener, untersetzter Kerl Anfang dreißig mit einer ausgeprägten Ader, die von der Mitte der Stirn bis zur Nasenwurzel verlief und jetzt zu pochen begonnen hatte. Große, rote Flecken erschienen auf seinem Gesicht, während er trotz seiner Körpermasse erstaunlich schnell aufstand.

«Bitte», hörte Klaus sich betont ruhig sagen, «wir wollten nur kurz mit dir reden. Warum hörst du es dir nicht wenigstens an, hm? Gehen kannst du dann doch immer noch.»

An dem Zögern des Mannes, der in der Regionalliga als Linksaußen der Verteidigung alles wegholzte, was ihm in die Quere kam, erkannte Klaus, dass er den richtigen Knopf gedrückt hatte.

«Na komm», fügte er hinzu und schob Schönfelders Stuhl

so zurück, dass der Fußballer darauf ohne große Umstände wieder Platz nehmen konnte, «wir sind aus Norderstedt extra deinetwegen hergekommen.»

Benjamin Schönfelder seufzte und setzte sich wieder hin. Er sah demonstrativ auf seine Armbanduhr.

«Ich weiß nicht, warum ich das mache, ehrlich. Ich weiß wirklich nicht, warum ich hier schon wieder sitze. Ich manipulier kein Spiel für euch. Dass das klar ist.»

«Und was wär schon groß dabei?», fragte Luka. «So ein Spiel ist doch nicht die Welt. Du spielst in der Regionalliga, nicht in der Nationalelf, schon vergessen?»

Die Ader pulsierte wieder.

«Hast du mal Fußball gespielt? Und ich meine nicht gebolzt, klar? Ich meine: auf dem Rasen im Stadion. Vor Publikum. Weißt du überhaupt, was Sportsgeist ist?»

«Nein», gab Luka zu, «darum geht es hier auch nicht.»

«Doch», widersprach Schönfelder, den seine Fans liebevoll *Benjamin Blümchen* nannten, «doch, genau darum geht's. Ich verschwende hier nur meine Zeit.»

Er schob sich im Stuhl zurück, um aufzustehen, und Klaus spürte, dass er ihn nicht noch einmal auf den Stuhl würde zurückreden können, sobald er aufgestanden war.

«Ich hab gespielt», sagte er schnell, aber nicht überhastet, und sah Schönfelder dabei in die Augen. «Ich weiß, was Sportsgeist ist. Ich meine: richtiger Sportsgeist. Fairness.»

Schönfelder nickte nicht. Aber er stand auch nicht auf.

«Du legst einen gegnerischen Stürmer im Strafraum, bevor er den Ball ins Tor knallt. Als Notbremse. Das kommt vor.»

«Im Eifer des Gefechts», setzte Luka Moravac hinzu, weil er wie Klaus das Zögern des Verteidigers spürte. Das innerliche Wanken. Aber die Worte wickelten Benjamin Schönfelder nicht wie beabsichtigt weiter ein, sondern erweckten sein Misstrauen erneut.

«Ja, im Eifer des Gefechts», antwortete er, «und nicht auf Bestellung. Ich bin Sportler.»

«Das ist nicht ganz richtig», sagte Luka gelassen, «du bist ein *verschuldeter* Sportler.»

Benjamin Blümchen schluckte, Lukas Einlassung hatte ihn unvorbereitet getroffen.

«Woher weißt du das?», fragte er und beugte sich wieder vor. Dieses Mal angriffslustig. Klaus hatte schlagartig eine recht genaue Vorstellung davon, wie es für einen gegnerischen Spieler war, auf Schönfelder zuzustürmen.

«Er weiß es eben», mischte Burck sich ein, «das tut auch nichts weiter zur Sache. Wir sind hier, weil wir uns einfach gegenseitig einen kleinen Gefallen tun können. Du weißt selbst, dass dein Traum ein paar Meter weiter vorne stattfindet – du könntest im Sturm Linksaußen sein. Da wärst du viel besser aufgehoben.»

Benjamin Schönfelder senkte kurz den Blick. Die Information, die Dudek ihm gesteckt hatte, stimmte also.

«Aber da vorne spielt Buss, und der hat zwar keine Ahnung von Fußball, aber er ist ein Sprintgott. Und er wird in diesem Leben nie langsamer sein als du, Benjamin. Er macht nichts weiter, als Bälle abzustauben und zu sprinten. Das ist alles. Und damit hat er Erfolg.»

«Immerhin», erwiderte Schönfelder und nahm den Mann in Schutz, dem sein Neid tatsächlich galt, «schießt er nicht absichtlich daneben. Sportsgeist.»

«Da sei dir mal nicht so sicher», wandte Luka Moravac ein und beugte sich nun seinerseits vor: «Ich nenn keine Namen, aber einer von den dreien da vorne ist auch mit dabei.»

«Das glaub ich nicht.»

«Der hat nachgedacht», fuhr Luka ungerührt fort, während er sich wieder zurücklehnte und damit Gelassenheit demonstrierte, «er hat nachgedacht und eine Entscheidung getroffen.

Der verdient sich jetzt dumm und dämlich. Aber am Ende, wer ist da dämlich, hm? Ich sag's dir: der Ehrliche, Schönfelder. Du.»

Die Stirnader nahm ein ungesundes Violett an.

«Ich bin nicht dämlich.»

Zeit, dass Klaus den Neffen von Aco Goric ablöste.

«Dribbel doch mal dein Ego aus und guck dir die Sache nüchtern an. Du hast 'ne Frau und eine Tochter. Die sind auf dein Geld angewiesen. Aber du wirst nicht jünger, Benjamin. Du bist jetzt an einem Punkt, an dem es schon lange nicht mehr um den Posten von dem Buss da vorne geht. Bald, und das weißt du, wird ein junger Linksaußenverteidiger auf der Reservebank Platz nehmen. Es geht schon sehr bald um deinen Stammplatz. Der junge Verteidiger wird erst nach dem zweiten, dritten Spiel eingesetzt. Für zehn Minuten. Dann öfter. Eine ganze zweite Halbzeit. Um dich zu schonen, sagt der Trainer. Und irgendwann bist du verletzungsbedingt für drei oder vier Wochen draußen, Bänderriss, Kapsel gesprungen, so was. Und wenn du zurückkommst, sitzt *du* auf der Reservebank.»

Der hünenhafte Verteidiger schluckte leer und griff nach seinem Wasserglas.

«Du wirst nicht mehr in die erste Liga aufsteigen. Für das Geld, für das du dir da die Knochen kaputt hauen lässt, stehen andere morgens nicht mal auf. Und wenn nachher die ganzen Verschleißerscheinungen kommen und die Schmerzen, dann bist du schon lange ausgemustert, dann interessiert das im Verein doch keine Sau mehr. Erinner dich mal an Ballack, wie unschön das ablief.»

«Und wie schnell», fügte Luka hinzu. Aber Schönfelders Blick blieb an Klaus' Lippen hängen.

«Und dann», fragte Klaus, «was dann? Soll deine Frau dann putzen gehen, hm? Die Kloschüsseln von anderen Leuten?

Oder deine Tochter – soll die dann in 'nem Problembezirk zur Schule?»

«Mit den ganzen Kanakenkindern?», schloss Luka ab. Schönfelders einsichtiger Blick wurde von einem irritierten Blinzeln unterbrochen. Jetzt sah er Luka an.

«Du bist doch selbst einer von denen.»

In der Stimme des Mannes lag jene Abschätzigkeit, die Klaus ihm insgeheim zugetraut hatte.

«Vorsicht, Kollege, ich bin Serbe.»

Und bevor ein Wort das andere ergab, lenkte Burck die Aufmerksamkeit des Verteidigers wieder auf sich: «Nimm die 10 000. Und wenn du das gut machst, machen wir noch vier, fünf Sachen zusammen. Dann kannst du Geld anlegen für deine Tochter, wie heißt die?»

«Britney Eileen.»

«Für Britney Eileen. Oder du kannst deiner Frau was Hübsches kaufen. Eine Goldkette mit Brilli. Oder ihr macht mal Urlaub in Kalifornien, nett zu zweit.»

«Wir mögen Malle.»

«Oder dahin. Oder was Solides mit dem ganzen Geld machen und 'n Haus anzahlen – alles, was du willst. Dein Verein wird dich im Regen stehen lassen, wenn's so weit ist. Und du weißt das. Jeder sieht zu, wo er bleibt.

Du hobelst einen im Strafraum weg für uns. Was soll schon groß sein? Eine Grätsche für 10 000 Euro. Denk drüber nach.»

Das tat Benjamin Schönfelder bereits. Die Stirnader pochte nicht mehr.

Luka griff sich nun auch die Speisekarte und winkte der Kellnerin.


«Du musst dich ärgern, wenn du den Ball nicht triffst», stellte Luka bestimmt fest, während die Kellnerin ihre leeren Teller abräumte und der Frau, mit der sie nun zusammen am Tisch saßen, einen bunten Cocktail hinstellte.

Simone Hollert, eine Blondine, die sie beide um einen halben Kopf überragte, war kein *Erstkontakt*, wie Luka sich ausgedrückt hatte. Klaus konnte sich bei ihrem Anblick lebhaft vorstellen, wie sie mit wenigen Schritten die Grundlinie beherrschte.

«Ich hab mich geärgert», gab Hollert zurück.

Luka nickte: «Die Zuschauer müssen glauben, dass es dir an die Nieren geht.»

Hollert nippte an ihrem Cocktail.

«Ich werd mich mehr ärgern, nächstes Mal.»

«Gut.»

«Meine Schwester Lilly, die spielt Beach-Volleyball. Ist das auch interessant für euch?»

Klaus war überfragt. Von Dudek und Luka lernte er gerade die ganze Bandbreite an Sportarten kennen, die für Spielmanipulationen auffällig waren.

Es fällt doch viel mehr auf, wenn eine von nur zwei Personen auf dem Spielfeld patzt, hatte er sowohl Luka als auch Dudek gegenüber eingewandt und es bemerkenswert gefunden, dass beide ihn mit dem identischen Lächeln bedachten.

«Die will was an sich machen lassen», fuhr Hollert fort, «Brüste, Zähne, Nase. Und natürlich nicht in Tschechien oder so. Das soll schon deutsche Wertarbeit sein.»

«Wir treffen sie mal», sagte Luka, um zum eigentlichen Anlass ihres jetzigen Treffens zu kommen. «Am Samstag verlierst du den ersten Satz. Für 25 000.»

Hollert schüttelte den Kopf: «Das ist 'n Doppel. Die Katja wird mir das nie verzeihen.»

Seufzte. Sah vom einen zum anderen. Rang sich durch: «35 000.»

«Sagen wir 30 000», meldete Klaus sich das erste Mal zu Wort.
«Katja ist eine gute Freundin. Davon gibt es in meinem Leben nicht viele.»
«Lilly, so heißt deine Schwester doch», sagte Luka und wartete die Bestätigung nicht ab, «sollen wir uns die jetzt anschauen oder nicht?»
Hollert schob einen tiefen Seufzer nach: «Du bist nicht sehr nett, Luka.»
«Ich weiß.»
«Also schön. 30 000.»

Peter Hack, den sie eine Stunde später am selben Tisch empfingen, hatte blaue, wässrige Augen. Er war 37 Jahre alt und begrüßte sie mit einem kräftigen Händedruck. Er sprach mit einem lauten Bass. Selbst wenn er gedämpft sprach, hörte man ihn bis in die letzte Ecke.
«Den Bardelli hau ich weg», ließ er sie wissen und wandte sich an Klaus, der ihn noch nicht kannte. «Ich hau jeden weg. Deswegen auch mein Spitzname: *Hackepeter.*»
Hack lachte dröhnend.
«Da war doch letztes Jahr der Fight gegen Westerhus», sagte Luka scheinbar beiläufig und versetzte der guten Laune des Boxers einen leichten Dämpfer.
«Das war 'n Fehlurteil. Ich hätte mal lieber den Ringrichter weghauen sollen.»
Er grinste Klaus zu.
«Und die Sache in Hagen gegen Moscherosch?»
«Ja, das. Da hatt ich mir den Zeh gebrochen. Da ist natürlich dann Schluss mit Beinarbeit», erwiderte Hack unbekümmert.
«Es wär gut, wenn du gegen Bardelli in der Vierten zu Boden gehst.»

Echte Bestürzung wischte Hacks Fröhlichkeit beiseite.

«In der Vierten schon? Nein, das geht nicht, Luka. Bardelli braucht eine halbe Stunde, um einen Schwinger zu schlagen. Wie sieht das denn aus?»

«Die Vierte. Für 15 000 Euro. Bar auf die Hand. Sonst kommen wir nicht ins Geschäft, Peter.»

Hack forschte in Luka Moravacs Gesicht nach einem Hinweis auf einen Verhandlungsspielraum. Aber da war keiner. Luka erwiderte den Blick offen. Hack atmete tief durch, verzog das Gesicht zu einer Grimasse, als bereite ihm die Angelegenheit Schmerzen.

«In der Vierten schon, ja?»

«Ich mach das nicht aus Spaß. Wir brauchen die Vierte. Also: Was ist?

«Ich weiß nicht. Die Leute werden lachen.»

«Ich finde den Bardelli gar nicht so ohne», merkte Klaus an.

Hack bedachte ihn mit einem überlegenen Blick.

«Ach ja? Den hau ich weg, normalerweise.»

Vielleicht hatte Luka das Rauchverbotsschild nicht gesehen, oder es kümmerte ihn nicht. Jedenfalls zündete er sich eine an.

«15 000 für die vierte Runde», beharrte er und senkte vertraulich die Stimme, «denk mal an das Geld für die Polin, die sich zu Hause um deine Mutter kümmert. Willst du, dass deine Mutter ins Heim kommt? Ans Bett fixiert und so vollgepumpt mit Beruhigungsmitteln, dass sie nicht mal ihren eigenen Sohn erkennt? So ist das in den Heimen, da erzähl ich dir kein Geheimnis. Und das willst du nicht allen Ernstes, oder? Oder etwa doch?»

Hack sank auf seinem Stuhl etwas zusammen. Plötzlich erschien Klaus dieser Boxer mit seinem beeindruckenden Kreuz schutzlos wie ein Kind; es weckte sein Mitgefühl. Um ein Haar hätte er ihm eine Hand auf den Unterarm gelegt, um ihn zu trösten.

Peter Hack schaute an ihnen vorbei ins Nichts, seine Augen fanden nirgends Halt und kehrten schließlich zu Luka zurück. Seine Stimme war brüchig.

«Nein, das will ich nicht», gab er zu.

«Natürlich nicht», sagte Luka, und Klaus war unfähig festzustellen, ob die verständnisvolle Sanftheit des Serben echt oder gespielt war.

Für ein paar Momente senkte sich Schweigen zwischen sie, ohne sie zu trennen.

«Am Samstag in der vierten Runde», sagte Luka dann leise. «Können wir uns auf dich verlassen?»

«Ja», brummte Hack und straffte sich, «ein Hack, ein Wort, sag ich immer.»

Er stand auf und tippte sich an eine unsichtbare Hutkrempe.

«Bis dann.»

«Pass auf deine Mutter auf, Peter, wir haben alle nur eine.»

«Ja. Das wird den Bardelli freuen, wenn ich nicht mehr aufsteh. Der hat nämlich Schiss, dass ich ihn weghau.»

Peter Hack grinste und zog los, seine Welt war wieder im Einklang.

Klaus sah dem Boxer nachdenklich hinterher, als sich plötzlich der Mann vom Nebentisch in sein Gesichtsfeld schob und auf dem leeren Stuhl Platz nahm.

Das war kein Irrtum seinerseits. Noch während er sich setzte, erfasste Klaus, dass er zu Luka gehörte.

«Das ist Klaus», hörte er Luka sagen, «und das ist Darius. Mein Cousin.»

Der Cousin war kleiner als Luka und gedrungen. Kurze Arme, kurze Finger und die Unterarme eines Mannes, der sein Leben lang angepackt hatte. An dem Gelenk der Hand, die er Klaus reichte, hing ein breitgliedriges Kettchen aus massivem Gold. Er versuchte wider Erwarten nicht, sich mit einem kräftigen Händedruck zweifelhaften Respekt zu verschaffen.

Die Jeans spannte sich um seine Oberschenkel, das Cordjackett wirkte eine Nummer zu klein.

Darius Goric.

Einer von Aco Gorics Söhnen.

Klaus Burck hatte ihn sofort erkannt. Auf den Observationsfotos hatte er fülliger gewirkt.

In Wirklichkeit war er bullig. Der *Familienmensch*, wie Dudek ihn genannt hatte, ohne dabei eine Miene zu verziehen, weil Darius Goric vier Kinder mit seiner Frau hatte und zwei mit seiner Freundin in Belgrad. Der Umstand, dass Letztere von Darius mit großzügigen Zahlungen bedacht wurde, ermöglichte den beiden Söhnen eine sorgenfreie Kindheit und garantierte die Diskretion der Mutter.

Klaus Burck hatte sich sämtliche Einzelheiten seiner Biographie eingeprägt. Geboren in Novi Sad, aufgewachsen bei München, Realschule in Altona. Er hatte einem Rivalen um ein Mädchen mit sechzehn Jahren die Nase gebrochen. Ansonsten war seine Polizeiakte sauber.

Er lebte mit seiner Frau Tatjana in Eimsbüttel in einem Reiheneckhaus. Er fuhr einen schweren Mercedes, hatte eine Jahreskarte für den HSV und verdiente sein Geld offiziell als Gebrauchtwagenhändler.

Seine Steuererklärungen, die ein serbischstämmiger Anwalt aus der Grindelallee für ihn erledigte, waren makellos. 2012 hatte es einen Zwischenfall mit einem Türken gegeben, der Darius' Vater Geld schuldete. Sein doppelter Kieferbruch wurde im Klinikum St. Georg behandelt, und eine Anzeige gegen Darius Goric blieb folgenlos. Der Türke zog sie zwei Tage später zurück.

«Freut mich», sagte Darius und lächelte. Keine Lachfältchen um seine Augen.

Klaus beschränkte sich auf ein Nicken.

«Luka hat mir von der Sache mit dem Porsche erzählt. Er meinte, du hast gute Nerven.»

«Hin und wieder.»

Darius' Lächeln wurde eine Spur breiter, während er Klaus unablässig musterte.

Burck hatte in seiner Laufbahn bei der Kieler Polizei auf der Straße mit vielen Männern zu tun gehabt. Mit Obdachlosen, unglücklich Verliebten, Schlägern, eifersüchtigen und gehörnten Ehemännern, Trunkenbolden, Junkies, Hehlern und vielen mehr.

Die einen krakeelten bei ihrer Festnahme, die anderen ließen sich widerstandslos abführen, wieder andere schlugen um sich oder beleidigten ihn. Ein Mann wie Darius Goric gehörte zur letzten Kategorie – die reagierte freundlich, kam mit aufs Revier und rief ihren Anwalt an.

Die Kellnerin räumte einen Gin Tonic und eine Schale spanischer Oliven vom Nebentisch und stellte beides wieder vor Darius ab.

«Ich wollte dich kennenlernen», fuhr Lukas Cousin ruhig fort, «hat mir gefallen, wie das hier heute gelaufen ist.»

Klaus begriff, dass er während der Gespräche seinem eigenen Test beigewohnt hatte.

Er sah Luka an, der ihm diese Erkenntnis vom Gesicht ablas und sie mit einem wohlwollenden Grinsen quittierte. Als er sich wieder Darius zuwandte, lächelte der ebenfalls.

«Ihr zwei macht das gut. Willst du nicht richtig einsteigen bei uns?»

«Wer ist denn *uns*?»

Darius' Hand beschrieb eine ausschweifende Geste, die alles umfasste und nichts genau benannte.

«Wir sind eine Gruppe von Leuten, die sich gegenseitig Tipps geben», verriet Aco Gorics Sohn. «Du kannst von uns profitieren und wir von dir. Stell dir eine Quelle im Gebirge vor. Nur du weißt, wo sie ist, aber sie gibt mehr Wasser ab, als ein einzelner Mann benötigt. Darüber reden wir hier. Wir teilen diese Quellen. Darum geht's. – Luka hat gesagt, du kennst Leute aus der Fußball-Regionalliga.»

Klaus nickte und tat nun seinerseits so, als unterziehe er Darius Goric einer punktgenauen Betrachtung.

«Du könntest deine Quelle teilen. Dafür teilen wir unsere mit dir.»

«Ist es das, was du mit *richtig einsteigen* gemeint hast?»

«Ja.»

Darius Goric bekräftigte das mit einem Nicken.

«Wie viel Prozent bekommt der Tippgeber?»

«Zehn», sagte Luka, «und du kannst unauffällige Summen auf die Quellen der anderen setzen. In einem Rhythmus, den wir anpassen.»

«Ich verstehe nicht.»

«Wenn wir alle auf eine Wette setzen, fällt das auf – und mindert auch den Gewinn», erklärte Luka.

Klaus gab vor, zu überlegen.

Aco Gorics Sohn höchstpersönlich reichte ihm also die Eintrittskarte, um Mitglied des Goric-Netzwerks zu werden. Teil des Clans. Als kleiner Fußsoldat am Rande zwar, aber immerhin.

In Darius' Angebot kulminierten Dudeks gesammelte Hoffnungen. Die Karte hatte einen hohen Preis. Dudek hatte Observierungen veranlasst, Kämpfe mit der Rechnungsstelle durchgefochten, Benny Gerstmann in vielerlei Hinsicht präpariert, ihn dann eingeschleust *und* verloren, er selbst opferte sein Privatleben – hatte er überhaupt eines? –, um Aco Goric irgendwann anklagen zu können.

Klaus' Bauchgefühl sagte ihm, dass diese Eintrittskarte zu wertvoll war, um einfach nur danach zu greifen.

«Ich, ähm», er legte eine Pause ein, «ich glaub, ich weiß das Angebot zu schätzen, aber ich muss drüber nachdenken.»

Lukas entgeisterter Blick traf ihn: «Du musst drüber nachdenken?»

«Ja.»

«Mein Cousin bietet dir an, dich reich zu machen – und du musst drüber nachdenken?»

Klaus nickte unbekümmert.

«Meine Mutter hat immer gesagt: Mach dich rar, wenn du geküsst werden willst.»

Darius lachte, er tat das mit einem Glucksen, das Klaus später als typisch für Darius Gorics echte Belustigung einordnen lernen sollte. Sogar die kleinen Augen glänzten etwas.

«Reich ist nicht gleich reich», fügte Burck hinzu, «ich war schon mal reich an Problemen. Das kann ich nicht gebrauchen.»

Luka, so schien es ihm, betrachtete ihn jetzt wieder mit anderen Augen. In seinem Blick lag eine merkwürdige Wertschätzung.

«Luka hat gesagt, du hast gesessen», stellte Darius noch immer erheitert fest. «Wo denn?»

«In Bielefeld.»

«Und warum?»

«Ich hab mich zu früh küssen lassen.»

Darius musste unwillkürlich grinsen. In dem Grinsen lag das Zugeständnis an Klaus, das Schweigen über den Grund seiner Verhaftung zu akzeptieren. Es lag aber auch die Gewissheit darin, ihn selbst über einen anderen Kanal herauszufinden. Darius Goric bekam immer, was er wollte. Wenn nicht auf die eine Art, dann eben auf die andere. Und er ließ niemals locker, bis er bekam, was er wollte.

Jetzt leerte er seinen Gin Tonic, stand auf und klopfte Klaus leutselig auf die Schulter.

«War nett mich euch. Klaus, triff die richtige Entscheidung. Bis dann. Euer Tisch geht auf mich.»

Damit wandte Darius Goric sich ab und verließ das Limit, ohne sich noch einmal nach ihnen umzuschauen. Draußen stieg er in einen tiefergelegten BMW. Klaus hätte blind auf die Marke gewettet.

Er drehte sich zu Luka und drohte mit dem Zeigefinger: «Pass auf, Luka. Mach so was nie wieder mit mir.»

Luka Moravac traf die Ansage unvorbereitet. In seiner Miene spiegelte sich Verständnislosigkeit.

«Ich wollte dir einen Gefallen tun.»

Er breitete die Arme aus und schob nonverbal nach: Wo ist dein Problem?

«Ich bin nicht deine kleine Testpuppe, verstehst du? Ich mach keine Spielchen mit dir, also mach auch keine mit mir, okay? Der Knast in Bielefeld war kein Spaß, aber eines hab ich da fürs Leben gelernt: Ich arbeite nur mit Leuten, denen ich vertraue. Wenn ich mir jedes Mal, wenn wir was trinken gehen, über die Schulter gucken muss, ob da wieder jemand am Nebentisch sitzt, dann ist mir das zu anstrengend. Man sieht sich.»

Er stand auf und ging und hoffte, dass er nicht alles zunichtegemacht hatte.

## 14.

Aus dem Fundbureau war ein lautstarkes Schlagzeugsolo zu hören, als Klaus mit seinen Supermarkteinkäufen die Haustür aufschloss.

Er nahm zwei Stufen auf einmal. Im Treppenhaus stieg ihm der Geruch von Basilikum in die Nase, und er bekam Appetit auf Tomaten und Mozzarella. Er fragte sich, wo er mit seinen Gedanken gewesen war, als er bei 26 Grad im Schatten die Dose Sauerkraut eingekauft hatte.

Klaus schloss die Wohnungstür hinter sich und wollte die Einkäufe in die Küche tragen, als er die Gestalt im Wohnzimmer bemerkte.

Eine Gestalt mit einer lindgrünen Kindergießkanne in der Hand.

«Sind Sie wahnsinnig? Ich hätte Luka Moravac dabeihaben können!»

Er setzte die Einkaufstüte mit so viel Schwung ab, dass das Senfglas darin zerbrach.

Frank Dudek deutete mit dem Kopf zum Fenster.

«Ich hab gesehen, dass Sie alleine kommen. Und offiziell bin ich Ihr Bewährungshelfer.»

Es war eine halbgare Erklärung. Klaus spürte, dass Dudek das wusste, und ihn ärgerte, wie selbstgerecht Dudek sie dennoch hervorbrachte.

Sein VE-Führer hatte gerade die zwei Grünpflanzen gegossen, die seit drei Wochen einen bemitleidenswerten Überlebenskampf führten. Er setzte die Gießkanne ab.

«Ich möchte nicht, dass Sie meine Wohnung ohne Vorankündigung betreten.»

«Hm», brummte Dudek, was wohl Zustimmung bedeuten sollte. «Was wollte Darius Goric?»

«Sie waren in der Nähe?»

«Natürlich.»

Im Nachhinein verspürte Klaus Erleichterung darüber.

«Es war ein Test, es ging nicht um die Sportler, die wir heute angerissen haben, es ging um mich. Darius hat mir angeboten, mit Luka zusammenzuarbeiten. Ich kann auch auf andere manipulierte Wetten setzen. Voraussetzung ist, dass der Clan auch von meinen Kontakten beim Fußball profitiert.»

Frank Dudek atmete einmal tief durch. Ein kurzer, feierlicher Moment.

«Haben Sie zugesagt?»

«Noch nicht. Ich hab gesagt, ich muss drüber schlafen.»

«Ich warte seit Monaten auf diese Chance, übertreiben Sie es nicht mit Ihrer Ziererei.»

«Das ist glaubwürdiger», widersprach Klaus, «es ist zu meinem Schutz.»

Dudek musterte ihn kurz, während Klaus die Einkaufstüte auf die Anrichte hob und begann, sie auszuräumen.

«Gut», sagte Dudek dann und wirkte das erste Mal, seit sie sich kannten, entspannt, «gut gemacht.»

«Haben Sie sich irgendwo den Kopf gestoßen?»

«Hm?»

«Ich meine, weil ich was zu Ihrer Zufriedenheit erledigt hab.»

Dudek überging die kleine Stichelei: «Darius Goric ist ein gefährlicher Mann, Herr Burck. Er wird nie aufhören, Sie zu testen und zu prüfen. Und erst recht wird Aco Goric das tun, sobald Sie auf seinem Radar auftauchen.»

«Sind Sie deshalb hier?»

«Nein. Ich wollte Ihnen sagen, dass Sie frei haben.»

Klaus war beim Ausräumen der Tüte beim Senfglas angekommen, er drehte sich zu Dudek, der sich seine Stahlgestellbrille zurechtrückte.

«Und weiter?»

«Nichts. Sie haben ein ganzes Wochenende zu Ihrer freien Verfügung. Ich dachte, es wäre mal an der Zeit.»

Klaus hielt inne, nickte unwillkürlich.

«Gut. Danke.»

«Was werden Sie machen?», fragte Dudek und stand wieder auf.

Klaus zuckte mit den Achseln.

«Meine Eltern sind tot, alle vier, wissen Sie ja.»

«Ja.»

«Und meine Freundin ist mit einem Kollegen zusammen. Gehobene Laufbahn. Hansjörg.»

«Der Frosch meines Schulfreundes hieß so.»

Klaus sah ihn an. Dudek grinste breit.

«Ich hab niemanden», sagte Klaus knapp. «Vielleicht schlaf ich mal aus.»

«Ich hab auch niemanden», antwortete Frank Dudek, «außer Madame. Hier riecht es nach Senf.»

Sie verließen Hamburg über die A24 in östlicher Richtung und bogen in Höhe Witzhave ab, um der Landstraße bis zu einer kleinen Ortschaft namens Grande zu folgen. Dudek fuhr mit dem Volvo voran, Klaus folgte mit dem Wohnmobil.

Hinter dem Ortsausgangsschild gelangten sie über einen Feldweg zu einem kleinen naturbelassenen Grundstück, hinter dem sich ein See erstreckte.

Knapp sechshundert Meter lang und ungefähr dreihundert Meter breit war das Gewässer, wie Klaus bald darauf erfuhr.

Unweit des Ufers stand eine Art Gartenhaus aus Holz.

Dudek öffnete die Heckklappe des Volvos. Madame sprang

heraus und erkundete mit ihrer Nase, wer in ihrer Abwesenheit hier vorbeigekommen war.

Frank Dudek zündete sich eine an und führte ihn dann herum.

Die überdachte Veranda war etwa zwölf Quadratmeter groß. Sie bot einem Tisch, zwei Stühlen und einer Bank Platz.

Drinnen gab es eine Kochnische, Toilette und Dusche sowie eine Art Hochbett, das den Wohnraum knapp unter dem Dachgiebel überspannte. All das einem Wohnmobil nicht unähnlich, wie Dudek anmerkte. Der dominante, aber angenehme Geruch von Holz drang Klaus in die Nase.

«Wer ist der Hersteller?», fragte Klaus, weil ihm die Mängel dutzendfach ins Auge sprangen.

«Gibt keinen», antwortete Dudek, und falls er den Stolz darüber unterdrücken wollte, gelang es ihm nicht. «Das ist alles in mühevoller Kleinarbeit entstanden. Von der Planung bis zum Dachdecken. Ich hab hier jeden Nagel selbst versenkt.»

«Oha.»

«Ja. Wie finden Sie es?»

Klaus hustete, um Zeit zu gewinnen.

Er sah sich um. Es war ein Junggesellentraum. Ohne Frage. Die Abgeschiedenheit, der Blick auf den See, die aufs Notwendigste beschränkte Raumaufteilung.

«Sehr schön», antwortete er, «das Spartanische gefällt mir. Der Blick auf den See ist großartig. Aber ...»

Aber es gibt hier nirgends einen rechten Winkel, wollte er sagen, verkniff sich die Bemerkung jedoch rechtzeitig.

«Aber was?», fragte Frank Dudek.

«Aber ich hätte jetzt gerne ein Bier.»

Das erste Bier nahmen sie im Wohnmobil auf der Sitzgruppe zwischen Fahrerhaus und Toilette. Dudek interessierte alles.

Die Versorgung mit Strom und Gas, die Anfälligkeit für Kälte, die Stellplätze und deren Kosten, die Frischwasserzufuhr und die Funktionsweise der Toilette.

Die zweite Runde führten sie sich auf der Veranda zu Gemüte, während die Sonne unter die Wolkendecke sank und diese von unten beleuchtete. Der Himmel schien zu brennen. Er spiegelte sich in dem See, aus dem sich Heerscharen von Mücken erhoben, um auf Jagd zu gehen.

Aus einem kleinen CD-Player ertönten die Dire Straits in Endlosschleife.

Nachdem sie sich mit Hilfe von Autan dem Speiseplan der Mücken entzogen hatten, goss Frank Dudek aus einer Schnapsflasche ein, auf die jemand mit einem Kugelschreiber *Helkenteicher Gruß* gekritzelt hatte.

Es war ein Selbstgebrannter von dem Bauernhof auf der anderen Seeseite, wie Dudek auf Nachfrage erklärte.

Nach dem ersten Glas, das auf dem Weg zu Klaus' Magen eine brennende Spur zog, warf Dudek den Grill an. Beiläufig und routiniert.

«Haben Sie eigentlich Familie, Herr Dudek?»

«Ich bin geschieden.»

Alles andere hätte Klaus verwundert.

«Ich habe mit meiner Exfrau drei Töchter. Ich bin Atheist, und Gott straft mich durch sie dafür.»

Er legte zwei Steaks auf den Grill, bevor er sich wieder setzte und nachschenkte. Er grinste schief wegen seines lahmen Scherzes.

Fett und Fleisch zischten. Madame, die erfolglos ein Karnickel verfolgt hatte, gesellte sich nun zu ihnen und fixierte die Steaks auf dem Grill – falls eines einen Fluchtversuch unternehmen sollte, wäre sie sofort zur Stelle.

«Was machen Sie hier draußen? Ich meine, wenn Sie nicht an Ihrem Haus rumwerkeln.»

«Ich schau zu, wie das Schilf sich im Wind wiegt. Gegen acht fliegen die Enten übers Haus, und später am Abend kommen zwei Igel. Ich sitze hier und bin still. Das reicht.»

Frank Dudek blickte dabei über den See und schien darüber nachzudenken, ob er etwas vergessen hatte. Hatte er nicht, weswegen er seine Worte mit einem Nicken bekräftigte.

«Ja, das ist sicher schön», hörte Klaus sich sagen.

«Reden Sie keinen Quark, Burck. Für Sie wär das nichts.»

Klaus lächelte ertappt. Dudek stand auf und legte die Steaks auf die Teller. Dann goss er großzügig vom Helkenteicher Gruß nach.

«Er lacht so abgehackt und hell wie eine Ziege, etwa so», sagte Klaus und lachte mit hoher Stimme in kurzen Abständen.

Die zwei Igel hatten sich eingefunden, und im Helkenteich spiegelte sich der Sternenhimmel, aus dem die Wolken sich nach dem Sonnenuntergang gen Osten davongemacht hatten. Wie von Dudek prophezeit, waren die Enten in enger V-Formation über das Dach gezogen und hatten am Ende des Teichs gewassert, um sich dann einen Platz für die Nacht zu suchen.

Madame hatte sich mit zwei Drittelsteaks im Magen neben Klaus auf die Bank gelegt. Sie schnarchte leise. Dudek, der ihr ein Decke übergelegt hatte, zupfte sie dann und wann zurecht. Er selbst rauchte eine nach der anderen und schenkte ihnen vom Selbstgebrannten nach.

«Ich weiß wirklich nicht, was sie an Hansjörg findet.»

«Der Name kann's nicht sein.»

«Sie glauben nicht», begann Klaus und realisierte, wie der Helkenteicher Gruß seiner Zunge mehr und mehr die Wendigkeit nahm, «Sie glauben nicht, was er ... was er ... jetzt hab ich den Faden verloren.»

Klaus Burck blickte auf den See, eine frische Sommerbrise

wehte herüber, und mit einem Mal war er von tiefem Frieden umfangen. Ganz kurz, bevor dieser Augenblick zusammenbrach wie eine Welle und sich in die Vergangenheit einreihte wie unendlich viele Augenblicke vor ihm und wie all jene, die noch folgen sollten, fühlte er sich eins mit der Welt, mehr noch, hätte der Tod ihn hier ereilt, wäre jedes Widerstreben in seiner trunkenen Bejahung untergegangen.

Er war sternhagelvoll, sicher, aber hier im Beisein von Madame und Frank Dudek und mit Blick auf den nächtlichen See zu sterben hatte etwas Friedvolles.

So friedvoll, dass Klaus Burck all jene Phantasien, in denen Hansjörg oder wahlweise Julia das Zeitliche segneten, beiseiteschob.

«Na ja, vielleicht war ich ungerecht», räumte Burck ein. «Klar, Hansjörg ist so aufregend wie ein Liter Milch, aber wenn es das ist, was sie gesucht hat, Julia, meine ich, dann ... na ja ... soll sie doch glücklich werden mit ihm. Besser jetzt als in zehn Jahren.»

Er fing Dudeks Blick auf.

«Sie glauben, ich bin betrunken, hm?»

«Ja», bestätigte sein VE-Führer und reichte ihm eine Decke, die Klaus dankbar annahm.

«Ich muss sie mal anrufen und ihr die Meinung sagen», befand Klaus.

«Julia?»

«Ja. Wenn sie Geburtstag hat, am 23. Juni. Da meld ich mich. Da red ich dann mit ihr.»

Frank Dudek, der mindestens vier Schnäpse getrunken hatte, wirkte bemerkenswert wach.

«Das ist ein guter Gedanke», sagte Dudek.

Burck nickte. Überlegte kurz und schaute dann auf die Datumsanzeige seiner Armbanduhr.

«Das ist heute», stellte er überrascht fest.

«Bitte?»

«Ich sagte … sie hat heute Geburtstag. Julia. Da … ich muss … sie anrufen, noch.»

Frank Dudek wusste, wie spät es war, sah aber trotzdem demonstrativ auf seine Uhr.

«Dann haben Sie noch zehn Minuten. Es ist zehn vor zwölf.»

Klaus lachte kurz, weil er nicht wusste, wie er mit dieser geradezu väterlichen Geste umgehen sollte.

Dudek, den er heimlich aus den Augenwinkeln beobachtete, war seine Fürsorge wohl ebenfalls unangenehm – jedenfalls zupfte er ohne Unterlass und vor allem ohne jede Notwendigkeit an Madames Decke.

«Sie wird sich noch erkälten, wenn Sie so weitermachen», brachte Klaus sehr langsam hervor, um nicht zu lallen. «Übrigens war das heute sehr nett von Ihnen. Woher wissen Sie, dass Julia Geburtstag hat?»

Möglicherweise antwortete Frank Dudek auf diese Frage, möglicherweise nicht. Klaus jedenfalls nahm sie nicht mehr bewusst wahr, denn das halbe Dutzend Helkenteicher Grüße hatte ihn auf seine Reise durch die Nacht geschickt, die er in wechselnden Positionen neben Madame verbrachte.

## 15.

Anderthalb Wochen lang regte sich der Goric-Clan nicht.
Anderthalb Wochen lang war unklar, ob Burcks Zurückweisung im Limit die Brücken endgültig abgebrochen hatte.

In diesen zehn Tagen führte Klaus weiterhin das Leben von Klaus Roth. Er machte einen Bogen ums Galaxis und setzte seine Wetten wieder im Schöckinger. Wenn er das Wettbüro verließ, fuhr er kreuz und quer mit dem Bus oder der Bahn durch Hamburg, bis Dudek ihn irgendwo aufsammelte.

Diese zehn Tage waren ein Theaterstück vor leerem Haus, bei dem niemand wusste, wie lange die Rechnungsstelle des Landeskriminalamts die Aufführungen noch bezahlen würde.

Und bei dem vor allem niemand wusste, ob sich nicht doch ein, zwei Zuschauer aus der Goric-Familie in die Loge verirrt hatten.

Der elfte Tag war ein Samstag.

Klaus hatte im Waschsalon alles bei 40 Grad gewaschen und war mit seinem Hollandrad die Stresemannstraße zurückgeradelt, den Wäschekorb auf dem Gepäckträger.

Als Klaus die Treppe zu seiner Wohnung hinaufkam, standen zwei Männer vor seiner Tür. Ein kleiner, schmaler und ein großer, noch hagererer. Sie steckten beide in mittelmäßigen Anzügen, und sie trugen beide einen Schnurrbart, der weder dem einen noch dem anderen zum Vorteil gereichte.

Der Größere rauchte.

Kaum hatte Klaus sie entdeckt, bemerkten sie ihn ebenfalls, und es war zu spät, um umzukehren. Ihm blieb nur, die Treppe ins nächste Stockwerk zu nehmen oder sich zu erkennen zu geben. Wenn sie vorgehabt hätten, ihn zu verprügeln oder umzubringen, überlegte er, hätten sie in seiner Wohnung auf ihn gewartet. Also ging er auf sie zu und setzte den Wäschekorb vor ihnen ab.

Die beiden musterten ihn unverhohlen.

«Bist du Klaus Roth, ja?», fragte der Kleine.

«Ja.»

«Ich bin Nastas. Wir sollen dich zu Luka bringen.»

«Was, jetzt sofort?»

«Nein, in zwei Jahren – natürlich jetzt.»

Vukasin, so hieß der große Mann, der allerdings keine großen Worte machte, chauffierte den unauffälligen Mercedes Richtung Eimsbüttel. Klaus teilte sich die Rückbank mit Nastas, der sich in einer unbewussten Geste immer wieder über die Spitze seines Schnurrbarts strich.

Vukasin folgte der Stresemannstraße an der Neuen Flora vorbei und bog nach rechts auf die Kieler Straße, einen Zubringer der A7 nach Norden.

Würden sie die Stadt verlassen?

«Wohin geht's?», fragte Klaus. Bei einem Ampelstopp hatte er vorsichtig seine Tür überprüft – sie war offen.

«Das ist eine Überraschung», ließ Nastas ihn wissen. Er strich sich die linke Schnurrbarthälfte glatt. «Magst du Überraschungen?»

«Weniger.»

Nastas nickte: «Ich auch nicht.»

Vukasin bog nach einem weiteren Kilometer in den Holstenkamp ab.

Klaus spannte sich unwillkürlich. Er konnte durch Dudeks penetrante Schulung, aber gleichermaßen durch seinen eigenen Ehrgeiz mühelos abrufen, mit wem er es hier zu tun hatte. Nastas Belic war vierzig Jahre alt.

Er war erkennungsdienstlich noch nicht weiter in Erscheinung getreten. Außer wegen Körperverletzung: Er hatte einen Hundehalter getreten, weil der zuvor seinen eigenen Vierbeiner schlecht behandelt hatte. Belic war der Familie Goric schon seit ihren Anfängen in Hamburg verbunden.

Er hatte eine Schwäche für Kleider, er kaufte sich jeden Monat einen neuen Anzug.

*Maßgeschneidert, versteht sich,* wie Dudek gesagt hatte.

Vukasin Goric war mit seinen 25 Jahren Acos jüngster Sohn. Der Anzug hing an ihm herunter wie eine von Dalís Uhren von einem Ast.

*Vukasin vergöttert seinen Vater,* hatte Dudek ihm eingebläut. *Was Aco sagt, ist innerhalb der Goric-Sippe das Gesetz, und das kommt für die Clan-Mitglieder selbstverständlich lange vor dem Grundgesetz. Das gilt für Vukasin noch mal im Besonderen. Er ist ein ganz stiller Kerl. Er trinkt nicht, er raucht nicht, er hat keine feste Freundin, er geht zu Prostituierten.*

*Er führt alles aus, was Darius Goric ihm aufträgt. Wir glauben, dass er einen Mann auf dem Gewissen hat. Aber über Vukasin Goric wissen wir am wenigsten. Möglicherweise ist er geistig zurückgeblieben und deswegen loyal wie ein Kind. Vielleicht hat er einen IQ von über 140 und ist hochbegabt. Wissen wir nicht. Nehmen Sie sich vor dem in Acht. Der ist für Überraschungen gut.*

Klaus warf Vukasin mit Hilfe des Innenspiegels einen Blick zu, den der nicht erwiderte.

Der Holstenkamp jedenfalls, in den Vukasin abgebogen war, signalisierte Klaus, wohin die Reise ging – nicht zu Luka, sondern zu Aco Goric selbst. Der residierte nur eine Seitenstraße weiter, wie Klaus aus den Unterlagen wusste. Nämlich in der Großen Bahnstraße, in der die Einfamilienhäuser in Reih und Glied an der Straße standen. Deren rückwärtige

Grundstücke erstreckten sich bis hinunter zum Ziegelsee, einem kleinen Weiher, an dessen Ufer das Blattwerk von Eichen und Pappeln im Sommer Schatten spendete.

Nastas und Vukasin würden wohl kaum den Aufwand betreiben, ihn zu Aco Goric zu bringen, um ihn dort aus dem Weg zu schaffen. Vor allem, das fiel ihm jetzt ein, nicht an Luka Moravacs 29. Geburtstag.

Vukasin parkte den Wagen vor einem unscheinbaren Haus in der Großen Bahnstraße, in dessen Garten Kinder Frisbee und Federball spielten. Unter einem großen Sonnenschirm standen zwei Männer mit großen Schürzen hinter einem Grill und legten aus zwei riesigen Kühlboxen alles auf, was das Herz begehrt.

Nastas, der sich immer wieder über seinen Schnauzer strich, ging voran, Klaus hinter ihm, Vukasin folgte und schloss die mannshohe Gartenpforte hinter ihnen.

Das Grundstück war zu beiden Seiten des Hauses schmal. Nach hinten hin öffnete es sich aber und gab den Blick für mehr als hundert Meter frei, bevor es am See endete. Hier und dort waren Sitzgelegenheiten arrangiert, meist unter den Bäumen.

Trauben von Gästen saßen oder standen beieinander, meist ein Glas in der Hand, und unterhielten sich. Auf der Terrasse des Hauses, das im Verhältnis zu dem Grundstück klein wirkte, spielte eine dreiköpfige serbische Band auf.

Die Band, die Auswahl der Lieder, die Zahl der Gäste, das frühsommerliche Wetter, der Geruch von Gras und Grillfleisch, all das ein Sammelsurium von Mosaiksteinen, das sich vor Klaus' Augen zu einem Ganzen fügte. Einer Gesamtheit, in der sich Tradition und Lässigkeit die Hand reichten.

Ein Paar tanzte unterhalb der Terrasse eine Rumba. Der elegante, geschickte Tänzer, dem die Schweißperlen glitzernd auf der Stirn standen, war Darius Goric. Mit Wendigkeit und Körperspannung glich er seine bullige Erscheinung aus.

In einem Halbrund um einen mächtigen Baumstamm herum war die Bar aufgebaut worden, hinter der zwei auffallend hübsche junge Frauen standen, um die durstigen Gäste mit kalten Drinks zu versorgen. Wer wollte, konnte sich einen Cocktail mixen lassen. Vor allem die jungen Männer legten großen Appetit auf Cocktails an den Tag.

Nastas erreichte eine kleine Gruppe, in der sich auch Luka befand. Den blonden Lockenkopf erkannte Klaus sofort. Die feingliedrige, blasse Frau neben ihm wandte den Blick erst Nastas, dann ihm zu. Als sie ihn erkannte, lächelte sie.

«Klaus», sagte Nadja. Ihre Freude war echt. Luka wandte sich ihm ebenfalls zu. Klaus las in Lukas Blick eine leichte Verunsicherung.

Nastas hielt an: «Viel Spaß.»

Klaus nickte ihm zu. Nadja und Luka lösten sich von den anderen und kamen auf ihn zu. Nadja trug ihren Babybauch in einem weißen, durchaus eng geschnittenen Kleid zur Schau. Sie sah übermüdet aus. Luka spazierte in Cowboystiefeln und Jeans herüber, sein weißes Hemd war bis zum Solarplexus aufgeknöpft.

Mit seinem unbekümmerten Grinsen und den blonden Locken, die das Sonnenlicht in Szene setzte, erinnerte er an den jungen Ryan O'Neal.

«Schön, dass Vukasin und Nastas dich gefunden haben», ergriff Nadja das Wort. «Ich hoffe, sie waren nett.»

«Das waren sie», log Klaus, «und sie haben auch gleich verraten, wohin sie mich bringen – aber ich wusste nicht, dass du Geburtstag hast, Luka. Ich hab gar kein Geschenk dabei.»

Luka machte eine wegwerfende Handbewegung, es schien ihm nicht der Rede wert zu sein.

«Was möchtest du trinken?», fragte Nadja.

«Ich lass dich in deinem Zustand Getränke holen, hm?»

«Ich bin im achten Monat, ich könnte Bäume ausreißen.»

Sie lachte ihn offen an, ihre Augen glänzten, da war eine unausgesprochene Bande zwischen ihnen. Nicht erst jetzt, er hatte es schon in der Krieterstraße gespürt. Als sie sich die Hand gegeben und sich in die Augen geblickt hatten.

Dass er, wenn alles glattlief, ihr für einige Zeit den Mann nehmen würde, ihrem ungeborenen Kind für einige Zeit auch den Vater, diesen Gedanken schob Klaus Burck beiseite. So weit war es noch nicht, so weit würde es vielleicht auch nie kommen. Dudek wollte Aco Goric, und sein Neffe Luka war nur der Wegbereiter, ein kleines Rädchen im weitverzweigten Clan. Er war charakterlich und von der Position in der Clanhierarchie genau die Person, der die Staatsanwaltschaft einen Deal unterbreiten würde.

Da der Helkenteicher Gruß ihm noch im Nacken saß, hätte er Nadja am liebsten um ein Wasser gebeten. Andererseits musste er die Legende von Klaus Roth pflegen, und Klaus Roth trank auf dem Geburtstag eines guten Bekannten, der auf dem Sprung war, sein Geschäftspartner und sogar Freund zu werden, ganz bestimmt kein Wasser.

«Ein Bier, bitte.»

Nadja zog los. Luka strich mit der Schuhspitze über die Grashalme und sah zu, wie sie sich wieder aufrichteten.

«Das neulich im Limit», begann er dann.

«Schon gut», unterbrach Klaus, «vergessen wir's. Wenn euer Angebot noch gilt, dann bin ich dabei.»

Luka Moravac atmete auf und nickte dann.

Nadja kam rechtzeitig mit dem Glas Bier zurück, sodass sie darauf anstoßen konnten.

«Auf viele verkaufte Autos», sagte Luka, um Klaus nebenbei an die Legende zu erinnern, die alle aus Gorics Netzwerk ihren Frauen auf Wunsch von Aco Goric vorspielten.

«Auf viele Autos», bestätigte Klaus.

«Ja», sagte Nadja und stieß mit Orangensaft an, «vielleicht können wir dann auch nach Eimsbüttel ziehen.»

Sie tranken.

«Eure Wohnung ist doch sehr nett.»

Nadja schätzte mit einem kurzen Blick ab, ob er das aus Überzeugung, Unwissenheit oder bloßer Höflichkeit gesagt hatte.

«Das ist ein ganz übles Viertel für ein kleines Kind», stellte sie leise fest.

Luka widersprach nicht, sondern nickte auf jene müde Weise, die stumm von vielen nächtlichen Gesprächen zwischen Nadja und ihm berichtete.

«Wenn ich das hier sehe», meinte Klaus und deutete mit dem Kopf auf das Haus und das Grundstück, «frage ich mich natürlich, wo eigentlich euer Pool ist.»

Luka schenkte ihm ein gequältes Lächeln.

«Das kann ich dir sagen. Luka bekommt von seinem Onkel … kennst du den schon?»

«Nein.»

«Egal. Er bekommt von ihm einen Stundenlohn. Wenn er eine Provision an den Autos bekäme, die er verkauft, könnten wir die Feier hier selbst ausrichten. Wir … würden bei uns feiern. In unserem Garten.»

Luka versuchte die Bitterkeit, die kaum verhohlen zwischen den Worten mitschwang, zu überspielen, indem er sich eine Zigarette anzündete.

«Ich hab dir das schon mal erklärt …»

«Wenn er mit dir arbeitet, Klaus, bekommt Luka jetzt auch Provision.»

«Aber dann ist doch jetzt alles okay», sagte Klaus. «Ich bin dabei, Luka bekommt Provision, und ihr zieht nach Eimsbüttel.»

Ihren Gesichtern nach zu urteilen, war damit überhaupt nichts okay. Klaus spürte, dass er Zeuge eines viel tieferen Konflikts geworden war, den sich jetzt beide zu vertagen bemühten.

«Wo warst du eigentlich?», fragte Nadja.

«Ich hab alle Läden nach dir abgrasen lassen», fügte Luka hinzu, erleichtert, dass sich ein neues Thema gefunden hatte.

«Du hast rausgefunden, wo ich wohne.»

«Ja, letztes Wochenende schon.»

«Da hab ich meine Mutter besucht.»

«Es gibt nichts Wichtigeres als die Familie», stellte eine sonore Stimme in Klaus' Rücken fest. Er wandte sich um und nahm noch in der Drehung wahr, wie Luka Haltung annahm.

Vor ihm stand Aco Goric.

Einen halben Kopf kleiner als er, gedrungene Statur, die Lippen wulstig, die Nase dominant. Seine Augen, von schweren Lidern bedeckt, vermittelten den Eindruck großer innerlicher Ruhe. Gleichzeitig nahmen sie in jugendlicher Wachheit und Aufmerksamkeit jedes Detail wahr.

Auch an ihm.

«Du bist Klaus Roth, nicht wahr?»

Es war keine Frage, sondern eine Feststellung, die er der freundlichen Musterung, der er Klaus unterzog, mit auf den Weg gab.

«Und Sie sind Lukas Onkel», antwortete Klaus und bemerkte, dass Aco ihn duzte und er ihn siezte. Aco verzog den Mund für sein Lächeln nur auf einer Seite. Klaus hatte diese Angewohnheit bereits auf einem der Fotos sehen können.

Aco Goric sah nicht aus wie jemand, vor dem man sich besser in Acht nahm. Er machte nicht den Eindruck eines Mannes, der über ein Netzwerk loyaler Männer Wettmanipulationen beauftragte und durchführen ließ.

«Du solltest unbedingt von dem Tiramisu probieren. Nadja hat es gemacht.»

Er deutete mit einer leichten Kopfbewegung in Richtung eines Tisches, der im Schatten eines riesigen Kirschlorbeers stand und auf dem die Süßspeisen angerichtet worden waren. Er ging los, und Klaus folgte dieser Empfehlung, die im Kern der erste, unausgesprochene Befehl von Aco Goric an Klaus Roth war.

Bei Tiramisu, Mousse au Chocolat und Pannacotta angekommen, reichte Aco ihm mit seiner kleinen Hand einen Teller und einen Teelöffel. Er selbst stellte seine benutzte Schale ab und ersetzte sie durch eine neue Portion Tiramisu.

«Köstlich», sagte er und lächelte zufrieden. «Luka sagt, du bist der Polizei davongefahren.»

«Nun, wir saßen in einem Porsche», relativierte Klaus die Sache, bevor sie weiter aufgebauscht werden konnte. Und irgendjemand genauer nachfragte. Aco schmunzelte bei dieser Antwort ein wenig in sich hinein. Er blickte hinüber zu Nadja und Luka, die sich mit Vukasin unterhielten.

Da kam eine mollige Frau in einem geblümten Kleid auf sie zu, die kastanienbraunen Haare streng zurückgebunden, die Schuhe flach. Zweckmäßig. Sie war geschminkt, aber sie hatte es nicht übertrieben. Auf Klaus wirkte sie auf angenehme Weise wie eine Mischung aus Bäuerin und Operndiva. Es war Ramona Goric, Acos Frau.

«Ramona, meine Frau. Das ist Klaus, ein neuer Bekannter von Luka», stellte Aco sie einander vor. Ramona schüttelte die Hand, die Klaus ihr anbot.

«Guten Tag, Frau Goric. Ein wunderschöner Garten.»

Er konnte sich nicht nur auf seinen Charme verlassen, sondern vor allem auf sein Gedächtnis. Ramona Goric brachte jede freie Minute im Garten zu – seit die Kinder aus dem Haus gegangen waren, war er ihr neuer Augapfel.

«Von Lukas Bekannten sind Sie der charmanteste», ließ sie ihn wissen und bedachte ihn mit einem offenen Lächeln. «Essen Sie nicht so viel vom Tiramisu, sonst gehen Sie aus dem Leim wie mein Mann.»

Damit zog sie weiter.

Es gehörte zu den Vorteilen der Identität von Klaus Roth, weit mehr über die Leute zu wissen, mit denen er zu tun bekam, als sie über ihn wussten.

Aco würde kommenden April sechzig werden, Ramona Goric war 57 Jahre alt. Ihr Vater hatte sie aus dem Haus geschmissen, als sie mit 17 Jahren mit Darius schwanger wurde. Aco nahm sie mit nach München, wo sie heirateten. Sein Bruder Dura versorgte sie mit Papieren und einer Wohnung.

Auf Darius folgte 1979 Marjan. Sie zogen in einen Vorort, weil Ramona auf dem Land aufgewachsen war, die Siedlung in München schlug ihr aufs Gemüt. 1986 wurde Dura Vater. Seine Frau Simka Moravac gebar ihm Luka. Simkas Vater hatte Dura mit zwei Auflagen bedacht, bevor er dem Werben des jungen Mannes um seine Tochter nachgab.

Da es dem lieben Herrgott gefallen hatte, Teohar Moravacs Festigkeit im Glauben mit vier Töchtern und keinem Stammhalter auf die Probe zu stellen, und auch weil Simka die letzte Tochter war, die er zu vergeben hatte – was nicht an ihrer Nase lag, wie seine zänkische Frau behauptete, was allerdings nicht in den Akten dokumentiert war, die Klaus studiert hatte –, verlangte er von Dura eine Hochzeit und von dessen Vater, dass er sie ausrichte.

Ohne Stammhalter allerdings würde der Name Moravac mit seinem Tod nicht mehr weitergegeben werden. Also zwang er Dura, den Namen seiner zukünftigen Frau anzunehmen, sodass sich die Eltern des Brautpaares nicht wie üblich ein paar

Jahre später wegen einer Lappalie zerstritten, sondern bereits vor der Trauung in innigster Feindschaft verbunden waren.

Auf diese Weise erhielt Luka den Namen seiner Mutter, als er im Sommer 1986 zur Welt kam. Aco und Ramona Goric komplettierten ihre Familie nur ein Jahr später mit Julijan, dem Nesthäkchen.

Kurz vor Weihnachten 1990 verließen die Gorics München und zogen nach Hamburg.

Luka und Julijan hatten trotz väterlichen Verbots an der Isar gespielt. Die Wasserschutzpolizei fand das Nesthäkchen anderthalb Stunden später sehr viel weiter flussabwärts.

Als sein Onkel Dura von dem Unglück erfuhr, befand er sich im Auftrag der Mafia in den neuen Bundesländern, um alles aufzukaufen, was nicht niet- und nagelfest war.

Die überhöhte Geschwindigkeit auf einer nächtlichen Landstraße warf ihn aus der Kurve. Der Aufprall auf zwei Bäume war so hart, dass der komplette Motorblock noch hundert Meter weiter flog. Dura Goric war auf der Stelle tot.

Die Trauer über diesen doppelten Verlust schweißte die Verbliebenen zusammen, und so organisierte Aco Goric die Verpflanzung nach Hamburg. München hat uns allen Unglück gebracht, sagte er.

Dann erwarb er zwei einander gegenüberliegende Wohnungen in Wilhelmsburg.

2012 segnete Simka das Zeitliche, nachdem sie sich geweigert hatte, eine zweite Chemotherapie über sich ergehen zu lassen.

Klaus war über jedes Detail im Bilde. Er kannte die Nummernschilder der Gorics, er kannte ihre Sozialversicherungsnummern. Ihre legalen Konten waren für ihn transparent, er wusste um ihre Kredite, um ihre Zahlungsmoral und bekam einen Tag nach ihnen die Einzelverbindungsübersicht ihres Telefonanbieters zugestellt.

«Wenn eine Frau nicht spricht, sollte man sie auf keinen Fall unterbrechen», meinte Aco Goric und warf ihr einen zärtlichen Blick nach, bevor er sich wieder an Klaus wandte.
«Und du verstehst dich gut mit Luka?»
Klaus probierte das Tiramisu und nickte.
«Das ist gut. Gerade jetzt, da die Maschen in Deutschlands sozialem Netz immer weiter werden und viele Leute durchrutschen, ist es wichtig, sich auf seine eigenen Kontakte zu besinnen. Was meinst du?»
«Das Tiramisu schmeckt wirklich gut.»
Goric schmunzelte ein wenig, die trockene Art gefiel ihm sichtlich.
«Halt dich an Luka», riet Aco ihm und folgte dann seiner Frau ins Haus.
Für ein paar Augenblicke stand er alleine dort und rauchte eine, als plötzlich Vukasin neben ihm auftauchte.
«Hast du eine über?»
Er gab ihm eine, die Vukasin aber nicht rauchte, sondern in eine eigene Schachtel schob, in der sich noch gut zehn andere Zigaretten befanden.
«Für später», sagte er, ohne eine Miene zu verziehen, und nahm Abstand, als Nadja zu ihnen trat.

Mit ihr und Luka aß Klaus am Grill die besten Lammchops seit langem. Sie waren mit Meersalz und etwas Thymian gewürzt, dazu gab es Baguette und gegrillte Bohnen.
«In zehn Minuten musst du mit runterkommen», sagte Luka, «unten im Keller hat mein Onkel drei Fernseher. Da laufen die Sportsachen, auf die wir gewettet haben.»
Nadja warf Klaus einen konsternierten Blick zu.
«Du wettest auch?»
«Ja.»
«So haben wir uns kennengelernt», ergänzte Luka. Er sah

aus wie ein kleiner Junge, den man mit den Fingern im Marmeladenglas erwischt hatte.

«Die ganze Familie Goric ist verrückt nach Wetten», erklärte sie Klaus.

«Das ist wie eine ansteckende Krankheit», pflichtete ihr die Frau bei, mit der Darius vorhin getanzt hatte. Sie reichte ihm die Hand: «Du bist Klaus, hat mein Mann mir gesagt. Ich bin Dinka. Immer zwei, drei Wochen nachdem Darius jemand Neues kennengelernt hat, fängt der auch damit an.»

Luka grinste Klaus an.

«Was findet ihr bloß daran, hm? Luka, hör auf, dich über mich lustig zu machen, und sag was. Was Vernünftiges.»

Luka Moravac deutete ein Achselzucken an.

«Das ist für uns Unterhaltung», antwortete er. «Andere gehen für das Geld ins Kino oder in ein Museum. Wir wetten eben. Es ist spannend. Man fiebert anders mit, als wenn es nicht um Geld geht.»

«Warum nimmst du nicht das Geld, machst dir keinen Stress mit Wetten und führst deine bezaubernde Frau lieber zum Essen aus? Mit Wein und Kerzen und so.»

«Ich kann sie nicht ausführen, sie ist zu dick», antwortete Luka mit einem breiten Grinsen.

Das Wasser, das Nadja lachend nach ihm warf, verfehlte ihn knapp.

«Du musst mehr aus dem Handgelenk werfen», ärgerte er sie.

«Ich werde das üben, mein Süßer, und du wirst von selbst merken, wenn ich es sicher beherrsche. Weil dann ein Messer auf dich zufliegt.»

Dinka, Luka und Klaus lachten.

«Das mit dem Wetten ist auch immer wieder das Ankämpfen gegen ein Schicksal», fügte Klaus hinzu. Die anderen sahen ihn fragend an.

«Schicksal?», fragte Dinka.

«Ja. Wenn wirklich alles vorherbestimmt ist, setzen wir eben darauf, dass wir die Vorsehung richtig einschätzen. Wir hoffen, dass das Glück auf unserer Seite ist. Denn wir können den Lauf der Dinge nicht beeinflussen. Oder aber wir wollen nicht an ein Schicksal glauben. Dann ist jeder Augenblick immer voller Möglichkeiten.»

«Hast du Philosophie studiert?», fragte Luka nur halb im Spaß.

«Nein, es ist doch einfach so: Entweder man ergibt sich in sein Schicksal, weil man glaubt, dass man nichts dran ändern kann, oder man nimmt sein Leben in die Hand.»

«Und zu welcher Sorte gehörst du?», fragte Nadja und schaute ihm dabei in die Augen. Klaus merkte, ihr lag an der Antwort. Da war sie wieder, diese Bande, diese unerklärliche Vertrautheit.

«Ich kann mich nicht damit anfreunden, dass andere über mein Leben bestimmen. Auch kein Schicksal. Also ... gehör ich wohl zur zweiten Sorte.»

«Ich komm mir gerade vor, als hätte ich in der Schule nicht aufgepasst», bekannte Luka.

«Endlich hast du mal einen Freund, der ein Gehirn hat», sagte Dinka.

Und Nadja sah ihn an, als hätte sie wider Erwarten einen Seelenverwandten getroffen.

Dem Seelenverwandten wurde unter dem Blick von Lukas Frau plötzlich siedend heiß bewusst, dass sich hier gerade Klaus Burck zu erkennen gegeben hatte. Nach einem Willkommen durch Aco Goric, nach einem Plausch hier und da, nach außergewöhnlich guten Lammchops war er beim zweiten Bier unaufmerksam geworden. Sein Bedürfnis, über die Frage zu sprechen, inwieweit der Mensch Opfer seiner Schicksalsgläubigkeit ist, weil sie ihn in letzter Konsequenz im eigenen Leben zur Passivität verurteilt, hatte er gerade über die Notwendigkeit einer unauffälligen Legende für Klaus Roth gestellt.

Denn schon merkten sie alle auf ihre Art auf. Er stach in ihrer Wahrnehmung heraus. Sie würden über ihn nachdenken. Jetzt. Später. Morgen, wenn sie anderen davon erzählten. Andere, die Fragen stellten. Fragen, die neue Gedanken auslösten. Und neue Fragen.

Die Frage zum Beispiel, was ein Mann mit seinem Grips in einem Schuppen wie dem Galaxis verloren hatte.

Er sah vor seinem geistigen Auge, wie Dudek ihm einen dieser stummen, vernichtenden Blicke zuwarf.

Deswegen war er erleichtert, als Luka mit dem Zeigefinger auf das Gehäuseglas seiner Armbanduhr tippte. Er wandte sich zum Gehen, als Dinka ihn noch mal ansprach: «Ich hab gehört, du fährst Porsche?»

«Der war nur geliehen.»

Trotz des strahlenden Sonnenscheins draußen lag der Kellerraum, den Klaus an Lukas Seite betrat, im Halbdunkel. Drei Flachbildschirme verteilten sich auf die Stirnseite des Raumes und die beiden Seitenwände.

An fünf Stehtischen hatte sich etwa ein Dutzend Männer versammelt, von denen der Jüngste Vukasin und der Älteste ein spindeldürrer Mann neben Aco Goric war. Goric löffelte in einer Ecke des Zimmers ein weiteres Stück Tiramisu. Der Mann neben ihm war Kostadin Spiridon, Acos ältester Freund, der schon damals in München dabei gewesen war. Er hatte dem Magenkrebs zweimal ein Schnippchen geschlagen und trank Leitungswasser.

Die Kollegen in München hatten ihn 1990 wegen eines Doppelmordes an einem Ehepaar in Grimma drankriegen wollen, sie verdächtigten ihn, im Auftrag von Dura Goric zu handeln. Mit dessen Unfalltod sanken die Erfolgschancen, Spiridon zu fassen, gegen null, und dann ging der mit Aco nach Hamburg.

Luka und Klaus gesellten sich zu Darius, der alleine an einem der Tische stand und rauchte. Klaus Burck spürte die Blicke, die man ihm zuwarf.

«Ihr habt die Hollert verpasst, die war oscarreif», erzählte Darius amüsiert, «sie hat vor Ärger ihren Tennisschläger demoliert.»

Klaus nickte: «Luka hatte sie gebeten, sich etwas mehr ins Zeug zu legen.»

Darius deutete auf die Mattscheibe hinter ihm: «Da spielt Benjamin Blümchen, aber wir sind noch vor der verabredeten Zeit. Dreht euch mal um – für Peter Hack.»

Das taten sie. Über ihnen an der Wand boxte Hack gegen Bardelli, einen jüngeren, sehnigeren, schnelleren Mann. Unten links war die dritte Kampfrunde eingeblendet. Klaus bemerkte, in was für einem desolaten Zustand Peter Hack sich befand.

Sein rechtes Augenlid war so groß wie ein Taubenei und dunkelviolett verfärbt. Der kleine Spalt zwischen Augenbraue und Tränensack, den man noch erahnen konnte, war Hacks einzige Möglichkeit, die Schläge, die Bardelli von rechts setzte, rechtzeitig sehen zu können. Peter Hack blutete aus dem Mund, der sich jetzt, nach einem harten Treffer Bardellis, der ihm fast den Mundschutz rauskatapultierte, zu einem grässlichen Grienen verformte. Hack ließ die doppelte Deckung sinken und forderte seinen Gegner mit einer provozierenden Geste auf, es mal mit einem richtigen Schlag zu versuchen.

Bardelli ließ sich nicht lange bitten, eine Schlagserie hagelte auf Hack nieder, Bardellis Fans johlten.

«Das ist erst die dritte Runde», sagte Klaus besorgt, «und er hat noch über eine Minute vor sich. Das steht der doch nie durch.»

«Die größten Muskeln sitzen bei Hack im Mund. Ich hab extra seine Mutter ins Spiel gebracht, damit er es überhaupt bis in die vierte Runde schafft.»

«Und ich», fügte Darius hinzu, «habe überall verbreiten lassen, dass Hack in der Dritten k. o. geht.»

Klaus sah in ehrlicher Verblüffung zwischen den beiden hin und her.

«Das macht keinen Sinn», bekannte er als Klaus Roth.

«Er ist bis jetzt eben alleine unterwegs gewesen», sagte Luka zu Darius.

«Das heißt, mit mehreren setzt man anders?», fragte Klaus.

Darius hob anerkennend eine Augenbraue.

«Im Grunde schon, ja. Es ist ein bisschen wie Schach. Du musst die Schritte der anderen vorausahnen. Du musst ihre Schritte mit einbeziehen. Warum? Weil es deinen Profit vergrößert oder schmälert. Es geht um die Quoten, die du setzt. Der Hack hier, der macht noch sechs, sieben Kämpfe, dann ist er ganz unten. Es gibt niemanden, der hohe Summen auf seinen Sieg setzt. Das wär auch zu auffällig.»

«Wem sollte das denn auffallen?», fragte Klaus.

«Die Behörden haben ein Auge auf die Szene», antwortete Luka Moravac.

«Und jemand, der große Beträge abzieht, weckt auch das Interesse von anderen Leuten», ergänzte Darius, «jedenfalls arbeiten wir gerne leise und stetig. Nicht zu schnell, nie zu gierig. Wenn die einen von uns ins Visier nehmen, ist das schlecht für uns alle.»

«Aber Hack ist von uns auf die vierte Runde gesetzt», wandte Klaus ein, «wenn Bardelli ihn jetzt ausknockt ...»

Er unterbrach sich selbst, weil Bardelli mit solcher Wucht einen weiten Schwinger auf Hacks Schläfe landete, dass dem dieses Mal tatsächlich der Mundschutz herausflog und er in der Ringmitte zu Boden ging.

Um sie herum erstarben alle Gespräche, nur das Schaben von Aco Gorics Kuchengabel auf dem Porzellan seines Tellers drang noch zu ihnen herüber. Klaus begriff, dass die anderen Männer auch auf Runde vier gesetzt hatten. Für sie standen in diesem Augenblick ihre kompletten Einsätze auf dem Spiel.

Während der Ringrichter jetzt Peter Hack anzählte – drei, vier ... *fünf* ... *sechs* ... –, war es mucksmäuschenstill. Bei Sekunde sieben griff Hack beherzt in die Seile und zog sich hoch. Bei neun stand er.

Ein Dutzend Männer an den Stehtischen atmete erleichtert die angehaltene Luft aus und starrte gebannt auf den Monitor.

Dort ergriff der Ringrichter beide Boxhandschuhe von Hack und sah ihm in die Augen. Hack sagte etwas, was sie nicht hören konnten. Seinem Gesicht nach zu urteilen, war es nichts Nettes.

Danach gab der Ringrichter den Kampf frei. Bardelli, der ungeduldig darauf gewartet hatte, stürmte heran und drosch auf Hack ein. Der ließ sich in die Seile fallen und nahm die Doppeldeckung hoch.

Fünf Sekunden später erlöste ihn der Gong.

Hack und Bardelli kehrten in ihre jeweiligen Ecken zurück, und im Kellerraum von Aco Goric klopften Luka die ersten Gäste auf die Schulter.

Das war knapp, sagten sie und versicherten sich, dass Hackepeter in der vierten Runde auch wirklich zu Boden ging.

«Ich habe», nahm Darius Goric den Faden wieder auf, «über einen Strohmann fünfmal zehntausend Euro auf die dritte Runde setzen lassen. Das ist legal, es fällt nicht auf. Außer denen, die auch wetten. Unter den Spielsüchtigen und den professionellen Zockern hat sich das wie ein Lauffeuer verbreitet.»

«Also sind die Quoten für die dritte Runde nach und nach runtergegangen.»

Darius nickte mit einem breiten Grinsen: «Und die für die vierte sind explodiert. Wir liegen bei knapp 1:5. Vorher lagen wir bei 1:2,5. Wer auf die vierte Runde setzt, macht jetzt hundert Prozent mehr Gewinn.»

«Es gibt auch andere Gruppen, die mit Spielern Vereinbarungen treffen», erklärte Luka, «aber sie sind natürlich scharf darauf, bei getürkten Wetten ins sichere Nest zu setzen, für das sie keine Ausgaben hatten.»

«Jeder beobachtet jeden», ergänzte sein Cousin, «jeder versucht die anderen auszutricksen. Wir sind auch schon auf Scheinwetten reingefallen. Wir sind ein geschlossener Kreis, Klaus. Wenn du mit Luka arbeitest, muss klar sein, dass es keine Information gibt, die nach draußen darf. Nach draußen sind wir Gebrauchtwagenhändler. Die ab und zu mal wetten. In ihrer Freizeit. Wir geben dir Tipps, wo du eine Wette platzieren kannst. Wir sagen dir, was das Höchstlimit ist. Andere Wetten sind für dich tabu. Das hängt damit zusammen, dass wir aufpassen, als Gruppe nicht zu sehr aufzufallen. Deswegen darf nicht jeder so, wie er will, sondern nur so, wie es für alle gut ist. Wer dagegen verstößt, fliegt raus.»

Darius legte eine bedeutungsvolle Pause ein. Er und Luka sahen Klaus gespannt an.

«Wenn du dich daran hältst», legte Darius nach, «hast du bald keine finanziellen Sorgen mehr.»

«So wie Luka?»

«Du meinst, weil er wohnt, wo er wohnt?»

Darius Goric kombinierte schnell. Sein Vater hatte ihn nicht ohne Grund zu seinem «Statthalter» gemacht, wie Klaus dessen Funktion in Gedanken nannte. Aco Goric hatte nicht ein Wort über die Wetten verloren, und doch war Klaus sich sicher, dass er Darius instruiert hatte, ihm die Regeln klar zu machen.

Offiziell hatte Aco Goric mit dieser Anbahnung nichts zu

tun. Offiziell wusste er nicht einmal von manipulierten Wetten.

Klaus nickte.

Darius schaute kurz über die Schulter zu seinem Vater hinüber, als wolle er abwägen, ob er etwas sagen durfte, was sie nicht vorher miteinander abgesprochen hatten. Und entschied sich dafür: «Er hat andere Pläne mit seinem Neffen. Weswegen», er sah tadelnd zu Luka, «der weniger in den Spielhallen rumlungern und mehr Zeit in der Hamburger Uni zubringen sollte. Luka bekommt ein Taschengeld. Er darf nicht setzen.»

Der Gong ertönte.

Sofort erstarben sämtliche Gespräche, und die Augen richteten sich ausnahmslos auf den Bildschirm.

Bardelli stürmte vor, um jetzt mit einem schnellen, zweiten Niederschlag die Entscheidung herbeizuführen, aber Hack verkaufte sich teuer. Er zog einen Uppercut hoch, der Bardelli zurücktaumeln ließ. Hack setzte nach, Bardelli tauchte unter der geraden Rechten weg, und dann kam der Knockout von rechts. Obwohl der Cutman ihm in der Pause mit der Rasierklinge die Schwellung geöffnet hatte, sah er Bardellis Faust – wenn überhaupt – vermutlich nur durch einen roten Schleier heransausen.

Er taumelte zurück. Und als entsann er sich erst jetzt der Abmachung, täuschte er nun vor, dass ihm die Beine wegsackten.

Sofort riss Bardelli die Arme in die Höhe, Blitzlichter flackerten auf, Hacks Ecke rannte in die Ringmitte und kümmerte sich um ihn.

«Das hat er gut gemacht», meinte jemand am Nebentisch und prostete Luka zu.

«Danke, Jungs», sagte ein anderer und nickte dabei auch in Klaus' Richtung.

Als der sich Luka und Darius zuwandte, hatte Acos ältester

Sohn ihnen bereits eiskalten Sliwowitz in drei Gläser gegossen.

«Auf Peter Hack», sagte Darius.

Sie stießen an und tranken.

«Und auf alle, die wir dieses Jahr noch anreißen», sagte Klaus.

«Cool», fand Luka und drückte ihm kurz die Hand. Er freute sich. Darius nickte Klaus zu, als wolle er etwas sagen wie *Willkommen im Club*.

Luka und Darius stellten ihn den anderen vor, und viele dankten ihm persönlich.

Sie wurden in der nächsten halben Stunde Zeugen eines manipulierten Eishockeyspiels und einer Platzierung bei einem Billardturnier.

Den Abschluss bildete Benjamin Schönfelder.

Als ein gegnerischer Stürmer in den Strafraum lief, grätschte Benjamin Blümchen mit seinem ganzen Kampfgewicht aus vollem Lauf von der Seite rein. Klaus registrierte, wie die anderen Zuschauer das Gesicht vor dem Schmerz verzogen, den der Stürmer, der sich brüllend übers Gras wälzte, erleiden musste.

Schönfelders Mitspieler schirmten ihn vor den aufgebrachten Mannschaftskameraden des Stürmers ab, die ihn wild beschimpften.

Der Schiedsrichter schritt majestätisch an allen vorbei, deutete auf den Elfmeterpunkt und pfiff. Danach schickte er Schönfelder mit einer Roten Karte vom Platz.

Der Stürmer, der sich zwei Minuten lang am Boden gewälzt hatte, sprang wundergenesen auf und verwandelte den Elfmeter.

Jubel.

Auf dem Monitor und davor.

Anschließend bat Darius ihn und einen Rotschopf, der sich als Tommy vorstellte, nacheinander in einen Nebenraum, der eine Bar beherbergte.

Darius stellte sich hinter die Theke und wies Klaus mit der offenen Hand einen Barhocker zu, auf dem der Platz nahm. Dann griff Darius in einen Rucksack, der augenscheinlich bis zum Rand mit Banknoten gefüllt war, wie Klaus für einen kurzen Moment sehen konnte.

«Der, der die Sportler anreißt, setzt nicht», ließ Darius ihn wissen, während er eine Handvoll Geldscheine aus dem Rucksack fischte und eine Summe abzuzählen begann, die Klaus nur erahnen konnte.

*Nur Anfänger*, hatte Frank Dudek beim Katerfrühstück am Ufer des Helkenteichs gesagt, *und Einzelgänger setzen auf die Spiele, die sie manipuliert haben.*

«Wenn sie gefasst werden», schloss Klaus mit brummendem Schädel umgehend, «besteht kein kausaler Zusammenhang. Wer keinen Gewinn macht, hat keinen Grund zur Manipulation.»

*Jedenfalls keinen direkten*, bestätigte Dudek. *Kein Tatmotiv. Es erfordert etwas mehr Logistik und Disziplin, aber es führt zu einem geschlossenen Zirkel, den eine Staatsanwaltschaft von außen nicht knacken kann.*

*Aber mit Ihrer Hilfe ist das vielleicht möglich.*

«Alle, die setzen, müssen zehn Prozent vom Einsatz zahlen. Wir behalten fünf und zahlen fünf.»

«Wozu die fünf Prozent? Weil ihr alles organisiert?»

Darius nickte: «Genau. Und die Manipulation bezahlen. Die insgesamt 50 000 für Peter Hack kommen von uns, zum Beispiel. Und es ist eine Art ... Kriegskasse. Für unvorhergesehene Ausgaben.»

«Und die könnten sein ...»

«Darüber reden wir mal, wenn's so weit ist», unterbrach

Darius ruhig, aber bestimmt und legte Schein um Schein vor ihm auf den Tisch, alles grüne Hundert-Euro-Banknoten. «Heute kommt was zusammen, weil du nicht mit Luka teilen musst.»

«Er bekommt wirklich gar nichts?»

«Nein.»

«Ich geb ihm gerne die Hälfte ab.»

Darius schüttelte den Kopf: «Luka und sein Onkel haben ein Abkommen. Und das geht mich nichts an. Jedenfalls ist es nicht zu Lukas Nachteil. Ich finde, wir beide sollten uns nicht darum kümmern.»

Burck lag ein Widerwort auf der Zunge, aber es war Klaus Roth, der es mit Aussicht auf Zutritt zum inneren Zirkel der Gorics hinunterschluckte.

«Das sind die Wetten auf Hollert.» Darius zählte sie genau ab. «17 000 Euro gesetzt, Quote 2,6, macht 44 200 Euro Umsatz. Zehn Prozent sind 4420 Euro. Die Hälfte gehört dir. Hackepeter – Niederschlag war mit 1:0,35 klar. Niederschlag in Runde 4 ergab eine Quote von 1:4,85. Gesetzt wurden bei uns 33 600 Euro. Bleiben für dich ...», er tippte auf dem Taschenrechner seines iPhones, «bleiben für dich 8148 Euro. Und dann dein Einstand mit Benjamin Schönfelder. Meine Herren, ist der eingestiegen.»

«Ja», hörte Klaus sein Alter Ego sagen, «das war dunkelrot.»

«Hast du gesehen, wie der Stürmer abgehoben is'?», griente Darius.

Er tippte die nächsten Summen und Faktoren ein.

«So. Schönfelder. Da waren unsere Freunde etwas zaghaft, sie kannten dich noch nicht, aber ... waren immerhin genau 30 000 Euro. 30 500 Euro auf einen Elfmeter in der zweiten Halbzeit für den Gastgeber. Quote 1:7,5. Sind ... genau 11 250 Euro für dich. 11 250 hier plus die 8148 für Hack plus die 4420 für Frau Hollert machen zusammen ... 23 818. Sagen wir 24 000.»

«Danke», brachte Klaus hervor, sein Mund fühlte sich trocken an.

«Ich hoffe, du nimmst Fünfhunderter, sonst sitzen wir hier noch bis heute Nacht.»

Um halb eins verabschiedete Klaus sich. Er hatte abgewartet, bis etwa ein Dutzend Gäste gegangen waren, und schloss sich jetzt dem zweiten Pulk an. Er hatte zwei Cheeseburger gegessen, zwei Bier getrunken und vier Wasser. Und er hatte genau elfmal mit einem Sliwowitz anstoßen müssen.

Er bedankte sich bei Nadja und Luka und verabschiedete sich von Aco und Ramona Goric – lobte bei der Gelegenheit noch einmal den Garten – und bei Darius und seiner Frau Dinka.

Zurück in seiner Wohnung in der Stresemannstraße, setzte er sich auf den Balkon und verspürte Lust auf eine Zigarette. Da Klaus Burck Nichtraucher war, zündete Klaus Roth sich eine an. Der Himmel über ihm war wolkenfrei. Er schaute zu den Sternen, in deren Lebensspanne die seinige nur die Dauer eines Augenzwinkerns war.

Die 24 000 Euro, die er bei sich trug, entsprachen ziemlich genau seinem Nettojahresverdienst als Kriminalkommissar. Mit dem Unterschied, dass er sie an einem einzigen Nachmittag im Limit verdient hatte.

## 16.

Als Klaus fünf Wochen später mit seinem Ford Mustang in die Krieterstraße einbog, stand dort bereits der Umzugswagen, den Luka angemietet hatte.

Er parkte das Auto direkt davor und stieg aus. Der Oldtimer zog umgehend die Blicke der Jugendlichen auf sich, die hier den ganzen Tag herumlungerten und sich überlegten, welchen Unsinn sie als Nächstes verzapfen konnten.

Aus dem siebten Stock hallte ihm ein Pfiff entgegen. Luka stand dort auf dem Balkon, um eine zu rauchen.

«Wem gehört der?», rief er.

«Mir!»

Dazu setzte er ein breites Grinsen auf, das nicht gespielt war.

«Danke, dass du gekommen bist», begrüßte Nadja ihn.

«Ist doch klar.»

In der Wohnung stapelten sich die Umzugskartons. In nur zwei Stunden sollten die Freunde und andere Helfer kommen, damit es in den Spannskamp nach Stellingen gehen konnte, wo Nadja und Luka eine Erdgeschosswohnung gefunden hatten.

Das Umfeld dort erschien Nadja viel angemessener für das Aufwachsen ihres ersten Kindes – zumal die Wohnung nicht nur über mehr Quadratmeter und eine nagelneue Einbauküche, sondern vor allem über einen kleinen Garten verfügte.

Sie war in Eile: «Da sind die Kartons. Es wäre nett, wenn du mit den Büchern in den Schränken anfangen könntest.»

«Gut. Morgen, Luka.»

«Morgen. Ist das ein Dodge? Das ist doch ein Ami-Wagen, oder?»

«Es ist ein Ford Mustang von 1967», sagte Klaus mit echtem Stolz.

«Ich könnte die Decken und Pullis dahinten nehmen, um das Gewicht in den Kartons auszugleichen», ließ Nadja sich vernehmen, die zwei Vasen in Zeitungspapier einwickelte.

«Guck mal runter zur Straße», sagte Luka. Der Anblick des Wagens und der Umstand, dass er Klaus gehörte, ließen seine Stimme aufgekratzt klingen.

«In zwei Stunden müssen wir fertig sein», erinnerte Nadja ihn angespannt.

Luka schüttelte lächelnd den Kopf. Er ging zu ihr und gab ihr einen Kuss auf die Wange.

«Ich pack gleich doppelt so schnell», versprach er, «aber jetzt komm mal kurz mit.»

Er zog sie sanft hoch, und Nadja gab seufzend nach. Klaus folgte ihnen zum Fenster.

Luka lachte: «Guck dir die Jungs an.»

Er deutete hinab zur Straße. Die Jugendlichen, ein halbes Dutzend, standen um den Wagen herum und fachsimpelten. Zwei von ihnen schossen Fotos mit ihren Smartphones.

Beim Anblick des Mustangs wich die Strenge und Ungeduld aus Nadjas Gesicht. «Der ist wirklich schön», sagte sie.

«Schön? Das ist ein Traum.»

«Gut», antwortete Nadja mit einem nachsichtigen Lächeln.

«Was hat der unter der Haube?», wandte Luka sich an Klaus.

«Es ist ein V8 mit 320 PS. Möchtest du wissen, wie die Farbe heißt?»

«Grün?»

«Nein, das wäre mir zu banal gewesen. Es nennt sich Highland Green.»

Er zwinkerte Luka zu, der sich wieder in den Anblick des Wagens vertiefte. Und der jetzt auflachte: «Die Knalltüten da unten zerkratzen hobbymäßig Autos und würden selbst in die Reifen von 'nem Porsche stechen. Aber den tasten sie garantiert nicht an.»

Nadja sah Klaus forschend an: «Hast du viele Wagen für Darius verkauft in den letzten Wochen?»

«Ja. Ich hatte ein glückliches Händchen.»

Tatsächlich hatte er für die Gorics in den letzten anderthalb Monaten zwei Wetten manipuliert. Einmal über den Schiedsrichter, einmal über den Torwart. In allen Mannschaftssportarten waren das die beiden Positionen, deren Bestechung am meisten Geld erforderte. Gleichzeitig waren sie es, über die das gewünschte Spielergebnis zu einem bestimmten Zeitpunkt am zuverlässigsten herstellbar war.

Dudek versorgte ihn mit allen Informationen, die notwendig waren, um den Torwart zusammen mit Luka zu überzeugen. Der Schiedsrichter dagegen war eine Empfehlung von Darius.

*Der überbringt das nur*, wusste Dudek, *der Tipp kommt von Aco Goric.*

«Wissen Sie das oder glauben Sie das?», hatte Klaus den VE-Führer gefragt, als sie sich in einem Parkhaus in der Spaldingstraße auf der dritten Ebene trafen, um Geld und Quittungen auszutauschen. Frank Dudek hatte den Wagen in der dunkelsten Ecke geparkt. Madame knurrte, als Klaus einstieg, verlegte sich aber auf ein zaghaftes Wedeln, als sie ihn erkannte.

«Ich bin davon überzeugt», hatte Dudek gebrummt.

Klaus nickte mit leichtem Widerwillen.

Der Schiedsrichter, ein Mann namens Keller, war hauptberuflich Lehrer an einer Gesamtschule. Deutsch und Englisch. Ein integrer Mann, der sich ehrenamtlich um Asylbewerber kümmerte. Der nicht rauchte, nicht trank und ein treuer Ehemann war. Sein Laster bestand darin, dass er spielsüchtig war. Gepaart mit seiner Überzeugung, er sei ein weit überdurchschnittlicher Pokerspieler, hatte er an zwei Pokerabenden in einem Hinterzimmer des Galaxis an die 12 000 Euro gewonnen, was seiner Selbsteinschätzung Vorschub leistete. Er spielte dabei gegen Luka, Vukasin und Spiridon.

Am dritten Abend verlor er 17 000 Euro. Er verspielte in der Hoffnung, das Blatt zu wenden, weitere 3000 Euro, die er von der Bank abhob, dann sein Auto, seine Armbanduhr, eine Kreditkarte samt PIN und schließlich einen Montblanc-Kugelschreiber, ein Geschenk seiner verstorbenen Schwester.

In diesem kleinen Theaterstück trat Aco als Besitzer des Galaxis im Allgemeinen und als Mann mit großem Herzen im Besonderen auf und erklärte die Spielschulden für nichtig. Er reichte Keller das Bargeld, die Autoschlüssel, die Uhr, die Kreditkarte und vor allem den Kugelschreiber zurück.

Anschließend stand der Lehrer bei ihm mit rund 50 000 Euro in der Kreide. Aco wünschte sich als Gegenleistung fünf Pfiffe in fünf Spielen.

«Waren Sie dabei?»

«Nein. Luka hat es mir erzählt.»

Frank Dudek blies die Wangen auf.

«Wir sind nicht einen Schritt weiter», bekannte er dann.

«Doch.»

Dudek warf ihm einen überraschten und zugleich forschenden Blick zu.

«Doch», wiederholte Klaus bestimmt, «ich komme ihm näher. Ich weiß, es dauert. Er ist vorsichtig. Darius hat mir gesagt, dass sie daran interessiert sind, in die Regionalliga aufzusteigen. Sie hoffen, dass ich da auch Kontakte habe. Wenn

Sie mich fragen, ist das der einzige Grund, weswegen Aco Goric mich kennenlernen wollte.»

«In der Regionalliga können sie höhere Wetten platzieren», begriff Dudek, «er will jetzt an größere Gewinne ran.»

«So sieht es aus.»

«Er hat Sie seit sechs Wochen getestet. Und jetzt Darius vorgeschickt.»

Klaus nickte: «Wenn ich sein Vertrauen gewinnen soll, muss ich ein Regionalspiel manipulieren.»

Dudek rückte seine Brille gerade, indem er den Bügel zur Nasenwurzel hochschob. Er schürzte die Lippen, dann nickte er: «Ich liefer Ihnen was.»

So schmallippig, wie er das vorbrachte, hatte der LKA-Mann trotz der gebotenen Dringlichkeit offensichtlich keinen Kontakt, auf den er nun zurückgreifen konnte. Die Spielmanipulationen, die Benjamin Gerstmann vor seinem gewaltvollen Ableben eingefädelt hatte, gingen ihm aus. Jedenfalls reichten sie nicht bis in die Regionalliga.

«Um mich anzufüttern, hat er mir zwei Wetten zugeschanzt», fuhr Klaus fort, «einmal Basketball, einmal Tischtennis. Hat 7445 Euro gebracht. Das ist von anderen arrangiert worden. Von wem, weiß ich nicht. Ich hab ein Limit von jeweils 1000 Euro bekommen. Mehr durfte ich nicht setzen. Dazu kommen meine Zehn-Prozent-Beteiligungen an den beiden getürkten Wetten, die ich organisiert hab. Das sind noch mal 13 600 Euro.»

Er reichte Frank Dudek das zerknitterte Kuvert mit den Geldscheinen, das der ihm nach dem Durchzählen der Scheine handschriftlich quittierte, bevor er es in seinem Jackett verstaute.

«Wollen Sie's nicht nachzählen?»

«Nein.»

Kurz schwiegen sie.

«Wird Luka Moravac jetzt in gleicher Höhe beteiligt?»
«Nein, aber er bekommt mehr Taschengeld. Er zieht demnächst mit seiner Frau nach Stellingen.»
«Mit Nadja.»
«Genau.»
«Ich muss von dem Geld was ausgeben, ich muss davon was kaufen.»
Dudek nickte: «Das hab ich befürchtet.»
«Ich habe jetzt innerhalb von zwei Monaten rund 45 000 Euro bei Ihnen abgeliefert. Es ist nicht sehr glaubwürdig, wenn ich bei Aco Goric mit dem Hollandrad vorfahre. Und die Wohnung in der Stresemannstraße ist prima für einen mittellosen Tankwart, aber ...»
«Die bleibt. Es ist ein nicht zu rechtfertigender Aufwand, Änderungen in Ihrer Legende vorzunehmen, die die Herstellung neuer Papiere und Urkunden verursacht. Wohnsitz, Mietvertrag, all das.»
«Benjamin Gerstmann hat doch auch Geld verdient.»
«Wir waren noch nicht so weit, wie Sie jetzt sind. Er war noch nicht Teil des Netzwerks. Es ging erst mal nur darum, über Manipulationen Eindruck zu schinden.»
Dann seufzte er. Es war ein kraftloses Seufzen, weil die Notwendigkeit der glaubwürdigen Tarnung für einen verdeckten Ermittler etwas war, worauf er selbst zu pochen nie müde wurde.
«Wir könnten es über Anschaffungen machen», schlug Klaus vor, «eine Uhr, ein Auto, ein Fernseher, Sie wissen schon.»
Dudek nickte, aber etwas an diesem Vorschlag bereitete ihm immer noch sichtliches Unbehagen. Wenigstens war er heute nicht in der Stimmung, sich alles aus der Nase ziehen zu lassen. Und er wusste sehr genau, wie berechtigt das Anliegen seines Schützlings war.

Spätestens als Klaus Madame ein halbes Stück BiFi reichte und Dudek das durchgehen ließ, war Burck sich diesbezüglich sicher.

«Es gibt ein Problem», gab Dudek zu, «und zwar die Leiterin der Rechnungsstelle. Sie heißt Constanze, und so sieht sie auch aus. Constanze Kiefer.»

«Hab ich da eine Spur Frauenfeindlichkeit gehört?»

«Bis ich Frau Kiefer kennengelernt habe, war ich praktisch Feminist», sagte Dudek gequält. «Sie behindert VE-Aktionen, weil sie buchhalterische Genauigkeit über operative Notwendigkeiten stellt. Diese ganze Quittungssammlerei betreiben wir allein ihretwegen. Die 45 000 Euro, die Sie gewonnen haben, sind illegales Geld. Es wird in der Rechnungsstelle registriert und landet für den späteren Prozess in der Asservatenkammer. Frau Kiefer kann davon nichts abzweigen, auf dass wir Ihre Legende entsprechend ausstaffieren können. Das ist zumindest ihr Standpunkt. Das Geld ist illegal. Es ist Beweismittel. Wie ich auf die Idee käme, es im Zuge der VE-Maßnahme einzusetzen. Das wäre so, als würde ich Kokain sicherstellen und für die Finanzierung weiterer Maßnahmen etwas davon selbst weiterverkaufen.»

«Sie haben doch die Wohnung angemietet», wandte Klaus ein, «das muss doch auch jemand bewilligt haben.»

«Raten Sie mal.»

«Frau Kiefer?»

«Frau Kiefer», bestätigte er. «Die Notwendigkeit einer Tarnwohnung und der damit verbundenen Kosten übersteigt ihr Vorstellungsvermögen nicht. Da hat sie ein Einsehen, immerhin. Aber was weitere flankierende Maßnahmen betrifft, die Ihnen ein Minimum an glaubwürdigem Auftreten innerhalb des Goric-Clans garantieren – die hält sie für übertrieben. Die Hälfte der Gorics trägt Rolex.»

«Kann man auf der Flucht zum Pfandleiher bringen.»

«Ja. Frau Kiefer hätte für so eine Investition aus öffentlichen Geldern kein Verständnis.»

«Vermuten Sie.»

«Nein. Weiß ich. Für Herrn Gerstmann hatte ich die Rolex beantragt. Frau Kiefer hat es abgelehnt. Ich habe eine günstige Markenkopie beantragt. Sie hat es wieder abgelehnt. Mit der Begründung, dass diese Ausgabe für die Aufrechterhaltung der Tarnidentität nicht notwendig ist.»

«Das ist Unsinn.»

«Das hab ich auch gesagt, Sie werden lachen.»

«Ich lache nicht.»

«Und ihr Vorgesetzter?»

«Sie *ist* ihr Vorgesetzter, ich hatte es eben erwähnt», gab Frank Dudek zurück. «Ich habe der Dame auseinandergelegt, dass ich für die Sicherheit meiner VEs die Verantwortung trage und deshalb auf meinem Posten sitze, weil ich deren Gefährdungslage wie auch adäquate Gegenmaßnahmen einzuschätzen weiß. Sie sagte, sie bekleidet ihren Posten, weil sie einzuschätzen weiß, welche Ausgaben die Rechnungsstelle verantworten kann und welche nicht. Eine Uhr der Marke Rolex gehört nicht dazu.»

Er zündete sich etwas fahrig die nächste Zigarette an.

Dann zog er den Umschlag wieder aus seinem Cordjackett und reichte ihn Klaus zurück. Der sah ihn erstaunt an.

«Nehmen Sie schon», forderte Dudek ihn auf und fügte, als Klaus den Umschlag nicht annahm, hinzu: «Weitere Dienstwege an Frau Kiefer vorbei sind enorm zeitaufwändig. Wir können aber kein halbes Jahr warten. Wenn Sie Ihr Geld nicht entsprechend zeigen, wird es bei den Gorics Fragen geben. Und die werden denen nachgehen. Das können wir nicht gebrauchen.»

Klaus zögerte. Das war ein Angebot, das Dudek die sofortige Suspendierung einhandelte, falls Klaus darüber je ein Wort verlor. Und das galt auch für ihn selbst, wenn er das Kuvert mit dem Geld annahm.

«Diese Nummer hier kann Sie und mich den Job kosten, Herr Dudek.»

Der VE-Leiter deutete lediglich ein Nicken an.

«Warum setzen Sie so viel daran, Aco Goric zu fassen? Hat er Ihnen was getan? Gab es einen Kollegen, den Sie verloren haben? Oder vielleicht sogar einen Sohn, der auch Polizist war? Oder ist es wegen Benny Gerstmann?»

Frank Dudek musterte ihn ausführlich.

«Ich will Ihnen da nicht zu nahe treten», schob Klaus schnell nach.

«Das tun Sie nicht», entgegnete der Mann mit einer tiefen Ruhe. «Wenn ich persönlich involviert wäre – was ich nicht bin –, würde mir der Abstand fehlen, der sachliche Blick. Ich wäre für meine Aufgabe vollständig ungeeignet und eine potenzielle Gefahr für alle Beteiligten.

Nein, ich wollte Aco Goric und seine Leute schon vor Herrn Gerstmann fassen. Und nach dem Tod von Benjamin Gerstmann hat sich daran nichts geändert. Aco Goric ist ein Schwerstkrimineller. Und deshalb muss ihm jemand das Handwerk legen. Das ist der ganze Sachverhalt.»

Hätte es ein persönliches Motiv gegeben, Klaus hätte den Umschlag nicht angenommen. Jetzt steckte er ihn ein. Sie verloren darüber kein weiteres Wort. Und trotzdem schlossen sie mit dieser Geste einen Pakt.

«Ich habe da vorgestern einen alten Ford Mustang gesehen. Baujahr 1967.»

Wider Erwarten erhob Dudek gegen diese Idee keinen Einwand. Aber nicht, weil Klaus in ihm den Nostalgiker mit Sinn für Schönheit weckte, sondern weil Dudek eben Dudek war: «Das ist gut. Damit kommen Sie niemals in Verlegenheit, ihn als Fluchtwagen benutzen zu müssen. Kaufen Sie ihn.»

Eine Woche später packte er bei den Moravacs also Bücher in Kartons und schichtete Decken oder Kissen oben drauf. Luka half ihm dabei, das Regal leerzuräumen. Nadja hängte die Gardinen ab.

«Mir hat's hier gut gefallen», sagte Luka.

«Wir haben ein Zimmer zu wenig», erwiderte Nadja.

«Wenn du nichts anderes als Bücher in die Kartons stopfst, kann die später kein Mensch tragen», sagte Klaus zu Luka, der die Bücher bis zur Kartonkante stapelte.

«Hör auf deinen Freund», ließ Nadja sich vernehmen und ging an ihnen vorbei, «ich bin kurz auf dem Dachboden.»

«Den hatte ich fast vergessen», räumte Luka schuldbewusst ein.

Eine Minute später schwenkte die angelehnte Wohnungstür wieder auf, aber statt Nadja erschien ein schlaksiger Typ im Flur, die Haare an der Stirn licht, der Blick unstet, als fänden die Pupillen nirgends Halt.

Klaus bemerkte ihn kurz vor Luka. Der sah den unerwarteten Besucher verblüfft an.

«Christoph», brachte Luka hervor, der neben einem Karton kniete und jetzt aufstand, «was machst du hier?»

«Ich bin hier, weil das so nicht geht.»

Luka schaute auf seine Armbanduhr, dann wurde sein Blick schmal, und er schob das Kinn etwas vor.

«Bist du noch ganz dicht, du Spacken? Du musst längst beim Aufwärmen sein!»

«Ich bin kein Spacken. Und außerdem ...»

Da war Luka schon dicht an ihn herangetreten: «Du sollst in anderthalb Stunden das Halbfinale in der norddeutschen Tischtennismeisterschaft verlieren!»

«Ja, aber die anderen sagen, ich soll heute gewinnen und erst im Finale verlieren.»

«Welche anderen?»

Nur eine Viertelstunde später stoppte Luka mit seinem alten Honda Civic in der Billstedter Hauptstraße am östlichen Rand der Hansestadt. Klaus saß neben ihm. Der Tischtennisspieler, Christoph Müller, war beim Einsteigen auf die Rückbank verwiesen worden.

Luka hatte Nadja erzählt, dass Darius Ärger mit ein paar Leuten auf dem Gebrauchtwagenareal hatte.

Nadja hatte ihn flüchtig auf die Wange geküsst und Klaus gebeten, ein Auge auf ihren Mann zu haben. Dass der Umzugstermin damit möglicherweise vom Tisch war, spielte keine Rolle für sie.

Auf der Fahrt nach Billstedt erzählte Müller ihnen, wie er auf dem Weg von der Bushaltestelle zur Bahn von zwei Türken in ein Auto komplimentiert worden war, mit dem man ihn in ein Lokal verfrachtete, wo man ihm wiederum mitteilte, die Abmachung mit den Serben sei hinfällig. Er solle im Finale für sie verlieren, dafür erhalte er 25 000 Euro.

Luka lächelte seltsam, nachdem er die spärlichen Informationen gehört hatte. Das undefinierbare Lächeln, das Klaus zum ersten Mal an ihm bemerkte, bestand zu gleichen Anteilen aus echter Belustigung und Wut.

«Wie heißen die?», wollte Klaus von Müller wissen. «Hast du die schon mal gesehen?»

«Nein. Sind mir vorher noch nie begegnet. Ich dachte, die gehören vielleicht zu euch.»

«Wir sind keine Türken, falls dir das schon aufgefallen ist», antwortete Luka scharf.

«Ja», kam es so gedehnt wie schuldbewusst zurück, «das war ja nur, weil die gesagt haben, dass die Abmachung mit euch nicht mehr gilt.»

«Sie gilt aber noch.»

Das Lokal, in dem Christoph Müller die neuen Bedingungen diktiert worden waren, hieß *Aoife*. Der Name prangte in einer bis zur Unkenntlichkeit verzierten Schrift über dem Laden, vor dem sie in einem Abstand von dreißig, vierzig Metern geparkt hatten.

Die Fenster hatten keine Vorhänge. Drinnen saßen ausnahmslos Männer zwischen zwanzig und fünfzig mit dunklen Haaren. Einige waren rasiert, die meisten trugen Dreitagebart.

Vor dem Lokal parkten drei tiefergelegte und mit Spoilern ausgestattete BMW.

«Was soll denn das heißen, Aoife?», fragte Luka abfällig.

«Keine Ahnung, bin kein Dolmetscher», antwortete Christoph Müller. Luka nickte und drehte sich zu ihm um: «Wir gehen da jetzt rein, und du zeigst mir die beiden.»

Alleine die Vorstellung ließ Müller blass werden.

«Wie soll das denn gehen? Soll ich auf die zeigen oder wie? Nee, nee, Luka, ohne mich.»

«Du bist der Einzige, der die kennt!»

«Mal langsam», wandte Klaus ein, der verhindern wollte, dass Luka Moravac das Aoife betrat. In seinem Gemütszustand, so schätzte Burck es ein, würde jede Situation, in die sie gerieten, letztlich eskalieren. Als Polizist wäre er – falls sich auch nur andeutete, jemand könne zu Schaden kommen – verpflichtet, sich zu erkennen zu geben. Und damit wäre alles, jeder kleine, genau durchdachte Schritt in das serbische Netzwerk, von einem Augenblick auf den anderen umsonst gewesen und Dudeks Plan gescheitert.

«Wir sollten die in Sicherheit wiegen.»

«Und wie soll das gehen?»

«Herr Müller hier verliert das Spiel heute.»

«Ausgeschlossen», erwiderte Luka sofort.

«Aber das Geld ...», wandte Burck ein.

«Darum geht's hier nicht», unterbrach Luka ihn und betonte dann jede Silbe: «Es geht nicht ums Geld, Klaus.»

«Da!»

Christophs Zeigefinger schoss nach vorne. Er deutete auf einen eher kleinen Mann mit einem langen Ledermantel: «Das ist er. Das ist der eine Typ.»

Der Türke, der das Aoife eben verlassen hatte und auf dem Bürgersteig genau auf sie zukam, hatte ein schmales Gesicht und dunkle, ausdruckslose Augen. Er trug einen ungepflegten Kinnbart, und sein breitbeiniger Gang signalisierte gesundes Selbstbewusstsein. Bevor Klaus etwas sagen konnte, war Luka Moravac schon ausgestiegen und ging dem Mann entgegen.

Klaus hatte keine Wahl, er musste ihm folgen – falls es zu einer Konfrontation kam, würde es kein gutes Licht auf seine Loyalität werfen, wenn er wie Christoph Müller im Auto sitzen blieb.

Lukas entschlossener, zügiger Gang ließ keinen Zweifel daran, dass er mit dem Mann etwas zu klären hatte. Der sah ihn kurz an, als überlege er, ob er Luka kannte – was nicht der Fall war. Trotzdem musste er zwangsläufig stehen bleiben, weil Luka ihm den Weg versperrte.

«Ich muss mal was klarstellen. Christoph Müller arbeitet für Aco Goric.»

Den Namen seines Onkels betonte er zwar, aber die erhoffte Wirkung von Furcht oder wenigstens Respekt blieb aus. Der Türke warf Klaus, der die beiden jetzt erreicht hatte, einen abschätzenden Blick zu.

Er breitete die Unterarme aus.

«Was wollt ihr? Wer seid ihr? *Wer* seid ihr, hm?»

«Ich bin», begann Luka, aber der Türke unterbrach ihn sofort.

«Wer bist du?»

«Ich sagte, ich ...»

«Wer bist du? Hast du was gesagt? Habt ihr keinen

Scheiß-Respekt, mich hier auf der Straße einfach anzuquatschen? Hat man euch keine Manieren beigebracht, ihr Lutscher?»

Lukas Nasenflügel zitterten vor Wut. Er wollte etwas erwidern, aber dieses Mal kam Klaus ihm zuvor: «Ganz ruhig. Was ist dein Problem? Mein Freund hier will mit dir sprechen, und du beleidigst uns. Was soll das?»

Der Türke geriet dadurch kurz aus dem Takt, er sah sich Klaus und Luka genauer an, allerdings lag Belustigung in seinen Augen. Fünfzehn Meter hinter ihnen öffnete sich die Tür des Aoife ein zweites Mal, und ein ziemlich großer Mann trat hinaus. Sein Jackett spannte über den kräftigen Oberarmen. Da Klaus und Luka sein Auftauchen mit einem Blick registrierten, schaute sich der Türke vor ihnen über die Schulter. Eine Handvoll Türken klebte mit der Nase an den Fenstern des Aoife. Ihr Gegenüber hob in einer beschwichtigenden Geste leicht die Hand, worauf die imposante Erscheinung wieder im Lokal verschwand.

«Was hast du mit Aco Goric zu schaffen?», wandte der Türke sich wieder an Luka.

«Er ist mein Onkel. Und Christoph Müller arbeitet für uns. Du kannst nicht hingehen und ihn für dich einspannen.»

«Nein?», fragte der Türke amüsiert.

«Nein.»

Der Türke musterte Luka und nickte dann: «Wir haben mit ihm gesprochen. Es muss nicht jeder für sich angeln, ja? Man kann ein Netz auswerfen. Er könnte viel Einfluss haben mit uns, aber er wollte nicht. Er will nicht mit uns teilen, wir teilen nicht mit ihm.»

«Teilen? Du wolltest, dass er die Wette zurückzieht, ja? Du warst das?»

Davon erfuhr Klaus erst jetzt.

«Ja, ich wollte ihm helfen.»

«Du? *Ihm* ... helfen? Soll ich mal lachen? Hast du dich mal angesehen? Weißt du, mit wem du dich da anlegst?»

Der Türke nickte selbstsicher, er hatte die Hände lässig in den Manteltaschen versenkt und schenkte Luka ein spöttisches Lächeln.

«Ja. Weiß ich. Mit einem senilen, alten Knacker.»

Luka wich binnen weniger Augenblicke alle Farbe aus dem Gesicht, er schluckte leer. Das Lächeln des Türken tat sein Übriges.

«Was heißt das eigentlich, Aoife? Ist ja ein ziemlich schwuler Name. Ist das ein Treffpunkt?»

Der Türke lächelte jetzt nicht mehr.

«Aoife heißt: Fick dich in deinen kroatischen Arsch.»

«Ich bin Serbe, du Patient.»

Luka packte den Mann am Revers, aber im gleichen Augenblick schoss dessen Kopf vor. Luka stolperte zurück und presste sich instinktiv die Hand auf die aufgeplatzte Augenbraue. Mit einer schnellen Handbewegung hatte der Türke ein Springmesser gezückt, die Klinge schnalzte mit einem metallischen Geräusch aus dem Griff – damit bedrohte er Klaus.

Der trat zurück, griff sich Luka und zog ihn mit sich fort. Weiter hinten trat der Hüne wieder aus dem Lokal. Von drinnen hörte man Händeklatschen und Johlen.

Auf dem Parkplatz vor der Turnhalle in Harvestehude, in der das Turnier ausgetragen wurde, stiegen sie alle drei aus. Klaus war gefahren, damit Luka seine Verletzung versorgen konnte. Inzwischen war das Blut so verdickt, dass es ihm nicht mehr übers Gesicht lief. Er hatte die Fahrt damit verbracht, dem Türken, seiner Familie, deren Verwandten und dem Inzestdorf, aus dem er garantiert stammte, die Pest an den Hals zu wünschen.

«Ich würde da nicht immer hinfassen, denk mal an all die Bakterien», riet Christoph Müller ihm.

«Denk du mal lieber an dein Spiel», erwiderte Luka verärgert.

Christoph nickte zwar, rührte sich aber nicht von der Stelle.

«Was ist?», herrschte Luka ihn an. «Worauf wartest du?»

«Äh ... und was soll ich jetzt machen, drinnen?»

«Wovon redest du?», fragte Klaus.

«Ob ich verlieren soll, jetzt.»

Luka klappte für einen Moment der Unterkiefer runter, fassungslos schüttelte er den Kopf.

«Was wohl? Du sollst verlieren, dafür haben wir dich bezahlt! Dein Auto ist von uns, das hier», er zerrte an Müllers Kleidung, «ist von uns, du hast was-weiß-ich-was von uns. Wieso muss ich dir das eigentlich aufzählen, bin ich im falschen Film?»

Luka wandte sich an Klaus: «Sag du es ihm.»

«Verlier das Spiel», sagte Klaus.

«Und wenn ich dann Ärger krieg mit den Leuten mit Migrationshintergrund?», fragte Christoph Müller kleinlaut, was Luka erneut den Kopf schütteln ließ.

«Wir kümmern uns schon um die Kanaken», versicherte Klaus.

«Da kommen gleich welche von uns, die passen auf dich auf.»

Christoph sah sich auf dem Parkplatz um.

«Ich hab nicht gesagt, sie sind da. Ich hab gesagt *gleich*. Gleich heißt, dass etwas in der *Zukunft* spielt. Der Parkplatz hier ist *Gegenwart*. Die kommen schon. Sorgen musst du dir nur machen, wenn du heute nicht verlierst, Christoph. Und jetzt zieh ab.»

Christoph nickte zwar, ging dann aber mit hängenden Schultern auf die Turnhalle zu.

Luka schüttelte wieder den Kopf: «*Leute mit Migrationshintergrund.* Dass der überhaupt einen Ball trifft, ist mir ein Rätsel.»
«Ich fahr dich in die Klinik, das muss genäht werden.»
«Nein. Morgen. Jetzt ist Umzug.»
«Das gibt 'ne große Narbe, wenn du damit wartest.»
«Wenn ich jetzt nicht in zehn Minuten zu Hause auftauch, dann gibt es noch viel mehr Narben.»
Der Mercedes von Darius fuhr vor. Er und Vukasin stiegen aus.

Klaus erzählte kurz, was vorgefallen war. Darius versprach, dass Müller kein Haar gekrümmt und man ihn nach dem Spiel auch nach Hause fahren würde.

Auch den Rat seines Cousins, die Verletzung umgehend nähen zu lassen, weil es sonst eine größere Narbe gäbe, schlug Luka in den Wind.

Zurück in der Krieterstraße, wo die Helfer bereits die Kartons in den Umzugswagen trugen, verlangte Nadja von ihrem Mann, die Augenbraue jetzt gleich nähen zu lassen. Als Luka etwas erwidern wollte, stellte er fest, dass sie in dieser Sache keine Diskussion duldete.

## 17.

In den nächsten vierzehn Tagen versorgte Darius Klaus mit zwei Tipps, die ihm insgesamt 18 600 Euro einbrachten. Klaus Roth musste niemanden anreißen oder sonst wie überzeugen, sondern lediglich Geld setzen.

Es war eine Art Bonus, den man ihm angedeihen ließ.

Die Summe lieferte Dudek bei Frau Kiefer in der Rechnungsstelle ab, um möglicher Skepsis vorzubeugen.

Der Bonus hatte noch eine zweite Bedeutung: Ansporn.

Der nahm in Form von Luka Gestalt an, der beiläufig fallen ließ, wie großartig sein Onkel es fände, einen Fuß in die Tür der Fußballregionalliga zu bekommen. Nach diesem Hinweis kamen Dudek und Klaus überein, dass es für Klaus Roth an der Zeit war, dem Goric-Clan zu beweisen, wie wertvoll er in Zukunft für ihn sein konnte.

Gerüchten und Nachforschungen zufolge waren die Gorics in ihrer Heimat und auch in Rumänien sehr aktiv. Über dortige Verbindungsleute schmierten sie manchmal sogar ganze Mannschaften. Die Spieler dort waren so unterbezahlt, dass sie für jeden kleinen Nebenverdienst anfällig waren. Für einen größeren Nebenverdienst ließen sie sich auch mannschaftsweise korrumpieren.

Aber bei den überwiegend noch deutsch besetzten Fußballmannschaften taten sich die Gorics schwer.

Es gab einige Spieler, gegen die Verfahren anhängig waren. Fahren ohne Fahrerlaubnis etwa, sexuelle Belästigung und schwere Körperverletzung. Mit Hilfe einer engagierten Staatsanwaltschaft hätte man einen Prozess im Einzelfall im Zuge einer außergerichtlichen Einigung abbiegen können. Im Gegenzug hätte der Spieler dem LKA einen Gefallen geschuldet. Frank Dudek entschied sich allerdings dagegen. Es wäre ein Mitwisser mehr gewesen, der unter Androhung von Gewalt oder Zufügen von Schmerzen hätte auspacken können – was im schlimmsten Fall Klaus' Tod und das Scheitern ihrer Bemühungen bedeutete.

Also musste Klaus als Klaus Roth eigenständig einen Spieler anreißen. Selbst unter Druck würde der immer nur das preisgeben können, was sich auch tatsächlich zugetragen hatte.

Die notwendigen Informationen dafür beschaffte Dudek, wie er es Klaus im Parkhaus versprochen hatte. Dabei übertraf er sich dieses Mal selbst: Er fand jemanden, der Acos Erwartungen in den Schatten stellte – jemanden aus der 2. Bundesliga.

Die Zielperson hieß Jürgen Seidlitz. Der war Mitte vierzig und arbeitete als Schiedsrichter.

Um seinen drogenabhängigen Sohn Martin – der war polizeibekannt – Prozesse und einen Gefängnisaufenthalt wegen Beschaffungskriminalität zu ersparen, versorgte er ihn mit Geld für seine Sucht. Die Hoffnung, er könne die überwinden, hatte der Vater schon lange abgehakt.

Wie es hieß, erwog er den Verkauf seines Hauses. Über die Drogensucht des Sohnes war vor einem Jahr seine Ehe zerbrochen. Seidlitz hatte es nicht übers Herz gebracht, sich von seinem Sohn abzuwenden.

Klaus traf Seidlitz in einer Bar, wo er sich neben ihn an den Tresen setzte. Er gab vor, Martin flüchtig zu kennen, und kam direkt zur Sache. Eine Wettmanipulation würde Seidlitz 30 000 Euro bringen, und auf diese Art täten sie sich gegenseitig einen Gefallen.

«Ich mache so etwas nicht», sagte Seidlitz ruhig, nachdem

er Klaus lange angesehen hatte. «Sport sollte nicht käuflich sein. Ich will Sie nicht persönlich beleidigen, aber das ist meine Meinung.»

Die Worte trafen Klaus ins Mark. Die Beeinflussung von Sportergebnissen war ihm binnen einiger Wochen schon so sehr in Fleisch und Blut übergegangen, dass er die Systematik dahinter schon gar nicht mehr in Frage stellte. Niemand verhungerte deswegen, niemand starb oder erfuhr große Not. Es handelte sich schließlich nur um Spiele. In einem Spiel gewann mal der eine, mal der andere. Was machte es für einen Unterschied, wenn der eine einmal mehr gewann und der andere einmal weniger? Keinen. Die Welt drehte sich weiter, und niemand kam dabei zu Schaden.

Natürlich, es war illegal. Das hatte er keineswegs aus dem Blick verloren. Ehrliche Wettspieler wurden um ihre Einsätze gebracht. Der Goric-Clan verdiente sein Geld mit Betrug.

Aber man nahm es Leuten ab, die genug Geld übrig hatten, um zu wetten. Man raubte niemandem die Lebensgrundlage.

Wie auch immer – er ließ Seidlitz seine Nummer da, falls der es sich anders überlegen sollte.

Für das nächste Treffen hatte Dudek wieder das Chez Max in der Nähe der Horner Rampe ausgewählt. Der Kellner erinnerte sich gut an das kommende Talent Norbert Böhm. Er war ausgesucht zuvorkommend. Madame erhielt neben einer Wasserschüssel eine kleine Aufmerksamkeit aus der Küche.

Und Klaus eine von Dudek. Der reichte ihm eine neue Lederjacke. Braun.

«Lammnappa», ließ der VE-Führer ihn wissen, als Klaus mit der Hand über das Leder strich, das seinen unverwechselbaren Geruch verströmte.

«Der zweite Knopf von oben enthält ein Funkmikro», informierte Dudek ihn und bestätigte ihn wieder einmal in seiner Annahme, dass es nichts gab, was der LKA-Mann ohne triftigen Grund tat, «an der Innenseite befindet sich ein winziger Schalter. Damit schalten Sie die Knopfbatterie ein und aus. Die Kollegen aus der Technik haben mir versichert, dass Sie damit zwischen 30 und 40 Stunden am Stück übertragen können.»

Klaus überspielte seine Ernüchterung: «Was ist, wenn jemand misstrauisch wird?»

«Dann reißen Sie den Knopf ab und werfen ihn weg.»

«Und wozu soll das überhaupt gut sein? Dass Sie live dabei sind, wenn mir was passiert?»

«Zum Beispiel», antwortete Dudek. «Warum sagen Sie so was? Das Ding ist auch zu Ihrer Sicherheit. Ich kann nicht durch Wände gucken und sehen, was mit Ihnen in Gorics Haus passiert. Oder woanders.»

Klaus nickte, das leuchtete ein. Aber er kannte Dudek jetzt schon zu lange. Neben dem offensichtlichen Motiv gab es bei ihm meist noch ein weiteres. Er dachte voraus, er kalkulierte Schritte und Zufälle mit ein, er war mit Sicherheit ein guter Schachspieler.

«Sie glauben, wir kriegen Aco Goric nicht dran.»

Dudek sah ihn nicht nur erstaunt an, sondern verdutzt. Lediglich einen Moment lang, bis er sich ertappt fühlte und stattdessen eine sachliche Miene aufsetzte. Er blickte zu Boden und sammelte sich.

«Ja», räumte er dann ein und hob den Blick wieder, «noch sind Sie nicht an ihm dran. Noch nicht nah genug. Aber alles, was wir bis jetzt über ihn wissen, spricht dafür, dass wir nichts in die Finger kriegen werden, was vor Gericht verwertbar wäre. Selbst wenn er Ihnen einen Mordauftrag gibt, steht vor Gericht Aussage gegen Aussage. Mit dem Knopf da», er deutete leicht auf die Jacke auf Klaus' Schoß, «können wir beweisen, dass er es getan hat.»

Damit bestätigte Dudek, was Klaus sich gedacht hatte.

Kurz schwiegen sie.

«Jyan Cyakan», sagte Dudek und schien froh zu sein, ein neues Thema anschneiden zu können, «so heißt vermutlich der Mann, dem Sie in Billstedt vor dem Aoife begegnet sind. Ich hab mich schlaugemacht, Ihr Hinweis mit dem Messer war hilfreich. Ist es der hier?»

Er reichte Klaus die typische erkennungsdienstliche Kombination aus Frontal- und Profilbild. Klaus gab es ihm zurück.

«Ja.»

«Er ist 41 Jahre alt. In einem Vorort von Istanbul aufgewachsen. Dann mit den Eltern nach Hamburg, das Übliche. Mit 14 das erste Mal beim Klauen erwischt. Mit 16 die erste Körperverletzung. Ein Jahr später ein Raubüberfall. Jugendknast. Sie kennen diese Lebensläufe selbst auswendig.»

Klaus nickte: «Hat er jemanden getötet?»

«Ja. Notwehr, natürlich.»

«Natürlich.»

«Er ist seit einem knappen Jahr aus Fuhlsbüttel raus. Früher war er im Schutzgeldmilieu aktiv. Etwas Prostitution nebenbei. Aber seitdem mischt er immer mehr im Wettgeschäft mit.»

«Vielleicht hat er in der JVA Fuhlsbüttel die richtigen Leute kennengelernt», sagte Klaus.

«Ja, sieht so aus. Da sind zwei, die um seinen Entlassungstermin herum auch rausgekommen sind. Und die hängen auch im Aoife rum.»

«Hat der Name eine tiefere Bedeutung?»

Dudek schüttelte den Kopf: «Es gibt einen Laden mit gleichem Namen in Istanbul, der Cyans Vater gehört hat. Viel hab ich darüber nicht in Erfahrung bringen können.»

«Führt Cyakan die Truppe an?»

«Das sieht tatsächlich so aus. Der hat gerade angefangen zu

begreifen, wie millionenschwer der Wettmarkt ist, und steigt da radikal ein. Zum Beispiel mit Christoph Müller.»

«Ich verstehe nicht», wandte Klaus ein, «warum beide Gruppen so einen Wind um Müller machen. Ich hab den Eindruck, dass Tischtennis bei dem eine Inselbegabung ist.»

«Es geht nicht um Müller», antwortete Frank Dudek und fuhr seiner Schäferhündin mit der Hand sanft durchs Fell, «ein Finalteilnehmer steht bereits fest: Peter Bahr. Spielmanipulation dreht sich immer darum, wer wann wie hoch unterliegt. Das ist beeinflussbar. Einen Sieg können Sie mit Bestechung nicht programmieren, eine Niederlage schon. Und es ist logisch, dass man für ein Finalspiel vergleichsweise hohe Wetteinsätze bringen kann, ohne allzu sehr aufzufallen.»

«Und entsprechend hohe Gewinne einfährt», ergänzte Klaus.

«So ist es. Cyakan möchte, dass Müller im Finale unterliegt. Peter Bahr ist der Neffe des amtierenden stellvertretenden Polizeipräsidenten. Also auf gut Deutsch tabu. Den kann man nicht schmieren – bleibt nur Müller, um das Finale so zu drehen, wie man möchte. Nun ist Aco Goric ein vorsichtiger Mann. Umsichtig, das wissen Sie ja selbst am besten. Eine offensichtliche Niederlage im Finale ist ihm deshalb zu heikel, weil mit Sicherheit Kriminalbeamte anwesend sein werden. In privater Funktion zwar, aber trotzdem. Er verzichtet auf den einmaligen, großen Profit und bleibt dafür lieber unsichtbar.

Jyan Cyakan ist da anders gestrickt. Der sagt sich, eine Niederlage ist eben eine Niederlage. Ein schlecht geschlagener Ball, das kann passieren. Der würde das Risiko einer Entdeckung für mehr Geld eingehen.»

Klaus verstand – aber überlegte. Es war eine Gleichung mit drei Faktoren, von denen einer eine Konstante darstellte: Peter Bahr. Die einzige Unbekannte darin war der Gegner von Müller. Aber der hatte gewonnen, wie Luka ihm erzählt hatte. Im Halbfinalspiel hatte sich keiner der Türken blicken lassen. Und nach seiner Niederlage war Müller von Darius und Vukasin wie besprochen nach Hause chauffiert worden.

«Cyakan hätte Müllers Gegner bestechen können.»

«Müllers Gegner war Stefan Schanz. Der Millionenerbe von Schanz & Herczogs. Was sollte der sich aus zehn- oder zwanzigtausend Euro machen?»

Das leuchtete Klaus Burck ein: «Also gab es für Cyakan nur die Chance auf guten Profit, wenn Müller nicht verloren hätte.»

Dudek nickte: «Das einzige Kriterium dafür, ob sich eine bestimmte Sportart bestechen lässt oder nicht, ist eben das Geld.»

«Das heißt, in der 1. Bundesliga wird nicht absichtlich verloren?»

«Sie würden sich wundern. Die einzige Sportart, in der keine Ergebnisse manipuliert werden, ist die Formel 1. Die Rennställe und Fahrer verdienen einfach zu viel. Die sind gegen solche Einflussnahmen immun.»

Wenn er Frank Dudeks Hang zu Nüchternheit und Understatement nicht gekannt hätte, hätte er die Aussage für übertrieben gehalten. Was daraus folgte, war allerdings nicht weniger ungeheuerlich: «*Alle* anderen Sportarten, ja? Überall wird getürkt?»

«Ja. Sportwetten sind ein Wachstumsmarkt. Sie sind innerhalb von zehn Jahren hinter die internationalen Plätze eins und zwei, Drogen- und Waffengeschäfte, auf Platz drei vorgerückt. Momentan werden im Wettgeschäft ungefähr 580 Milliarden weltweit umgesetzt. Mit knapp vier Milliarden in Deutschland steht der Kampf um den großen Kuchen erst noch bevor.»

«Woher ist das bekannt, das mit den vier Milliarden?», wollte Klaus wissen.

Dudek zündete sich eine an und inhalierte tief.

«Andersrum: Die vier Milliarden sind die bekannte Größe. Das ist das, was man an den ans Finanzamt entrichteten Steuern der Wettanbieter entsprechend hochrechnen kann. Aber wie immer ist die Dunkelziffer viel höher. Das Anderthalbfache bestimmt, wenn nicht schon das Doppelte, wenn Sie mich fragen.»

Klaus hatte mit hohen Umsätzen gerechnet, sicher. Aber Dudeks Zahlen sprengten ohne weiteres die Grenzen, innerhalb deren sich seine Vorstellungen bewegt hatten.

«*Vier Milliarden* plus Dunkelziffer?»

Es war keine Frage, und der VE-Führer fasste sie auch nicht als solche auf, sondern als das, was sie war: Ausdruck von Klaus' Verwunderung oder sogar Fassungslosigkeit.

Nachdem sie beide ihren Gedanken nachgegangen waren, fiel Klaus auf, wie angenehm es war, mit Dudek im Chez Max zu sitzen und der Zeit beim Vergehen zuzuhören. Bei anderen Menschen empfand er schnell das Bedürfnis, die Stille zu füllen, und die Schlussfolgerung, das Schweigen könne Indikator für gegenseitiges Desinteresse sein, zunichtezumachen, bevor sie im Kopf des Gegenübers Gestalt annahm.

Um ein Haar hätte er es ihm gesagt – und damit den Moment zerstört. Stattdessen nippten sie an ihren Getränken und genossen den Klang der Stille, der lediglich von Madames leidenschaftlichem Kauen auf einem Schweineohr beeinträchtigt wurde.

Nach geschlagenen drei Minuten erschien der Kellner und vergewisserte sich ihrer anhaltenden Wunschlosigkeit, bevor er wieder verschwand und das zertrümmerte Schweigen unbemerkt zurückließ.

«Ich mag das, wenn mal keiner was sagt», ließ Klaus Dudek wissen.

«Ich auch – mir war das vor meiner Ehe bloß nicht so bewusst.»

Klaus hielt einen Moment an sich, aber dann schoss das Lachen mit einem Prusten aus ihm heraus, und Dudeks amüsiertes Schmunzeln steigerte sich zu einem dezenten Lachen, die Augen wurden schmal vor Freude und glänzten, und dann wieherten sie laut los, dass Madame verwundert von ihrem Schweineohr aufblickte. Das dröhnende Lachen steigerte sich in kindliche Höhe, bevor sie sich langsam wieder beruhigten. Dudek wischte sich die Tränen aus den Augen.

Klaus rang nach Luft.

Dann sagte er: «Seidlitz hat übrigens nicht angebissen.»

«Der kann es sich nicht leisten, nicht anzubeißen», sagte Dudek zuversichtlich, «geben Sie ihm ein paar Tage.»

Er schaute nachdenklich ins Leere, bevor er hinzufügte: «Ein Mensch, der sich über seine innersten Überzeugungen hinwegsetzt, tötet immer etwas in sich ab. Es kostet Mut, in den Abgrund zu springen.»


«Blutgrätsche!», brüllten ein paar St.-Pauli-Fans, nachdem der rechte Mittelfeldspieler von Eintracht Braunschweig einen weiten Pass getreten hatte – direkt vor den Mittelstürmer, der aufs Tor zu jagte.

Der linke Verteidiger des FC St. Pauli folgte dem Schlachtruf der Fans und grätschte dem Stürmer mit den Stollen voran in die Schienbeine. Der stürzte und überschlug sich zweimal mehr als nötig.

Er hielt sich mit schmerzverzerrtem Gesicht das Knie und biss theatralisch ins Gras, während der Ball ins Aus rollte.

Das Stadion am Millerntor direkt neben dem Heiligengeistfeld tobte.

«Sand drüber, Kreuz drauf!», scholl es aus der Ecke der Pauli-Fans.

Klaus saß flankiert von Aco und Darius auf der Haupttribüne, während der Schiedsrichter unten im Flutlicht inmitten seiner vier Schatten auf die beiden zuging. Spieler beider Mannschaften bildeten einen Pulk um ihn, der wild gestikulierend auf ihn einredete.

Luka hatte rechts neben Aco Goric Platz genommen.

Schiedsrichter Seidlitz zückte die Rote Karte und verwies den Hamburger Verteidiger des Platzes, worauf der eine Teil des Pulks noch aufgeregter gestikulierte und der andere nickte. Die Gestikulierenden rückten noch näher an Seidlitz heran, die Nickenden mischten sich in die Debatte ein, als hätte jemals in der Geschichte des deutschen Fußballs ein Schiedsrichter sein Urteil geändert, nachdem man nur lange genug auf ihn eingeredet hatte.

Aco warf Klaus ein anerkennendes Nicken zu. Luka klopfte ihm auf die Schulter, und Darius klatschte erfreut in die Hände.

Klaus hatte Aco Goric im Vorfeld versichert, dass Seidlitz zwischen der 60. und 70. Minute eine Rote Karte gegen St. Pauli verhängen würde. Den Buchmachern war dies eine Quote von 1:14,5 wert. Jemand, der 1000 Euro auf dieses Ereignis in dieser Zeitspanne setzte, wurde mit 14 500 Euro belohnt.

Kein Wettteilnehmer durfte in Deutschland mehr als 10 000 Euro in der Woche platzieren. Aber niemand hinderte einen daran, zehn Freunden jeweils 10 000 Euro zu geben. Andererseits zog es die Quote herunter, wenn plötzlich sehr viele auf dieses Ereignis setzten. Es war eine Sache, die genaues Abwägen erforderte. Und die auch nicht durch ihr besonderes Risiko auffallen sollte.

Wenn Aco über Strohmänner insgesamt 100 000 Euro gewettet hatte, machte ihn alleine der heutige Abend zum Millionär.

Kaum hatte der Verteidiger das Spielfeld verlassen, gab Seidlitz den Freistoß von Eintracht Braunschwieg gegen St. Pauli mit einem Pfiff in seine Trillerpfeife frei.

Aco beugte sich zu Klaus herüber, der, kurz bevor er am Stadioneingang auf die Gorics traf, das Funkmikro aktiviert hatte.

«Es ist eine große Freude, dass wir hier heute nicht bei einem Spiel der Regionalliga sitzen, Klaus. Ich glaube, wir können froh sein, dass Luka und du euch über den Weg gelaufen seid.»

«Das freut mich auch», gab Klaus zurück.

Dudek saß keine dreihundert Meter weiter in seinem Volvo, den er auf einem Behindertenparkplatz abgestellt hatte. Der Ton wartete wegen der Geräuschkulisse mit einer miserablen Qualität auf. Wenigstens waren die Worte Aco Gorics recht klar zu verstehen.

Trotz Klaus' Aufstieg innerhalb des Clans dokumentierten sie immer noch Gorics Reserviertheit.

Denn der hatte seine Worte so gewählt, dass sie einem unbeteiligten Zuhörer auch als Dank für eine Einladung gelten konnten. Sie waren nicht stichhaltig. Nicht justiziabel.

Dudek lehnte sich zurück und zündete sich eine an. Madame wachte auf, gähnte herzhaft und reckte sich.

«Na, mein feines Mädchen.»

Er streichelte die Schäferhündin mit der freien Hand im Nacken.

Klaus gehörte noch nicht zum inneren Zirkel. Und das beruhigte den VE-Führer. Alles andere wäre zwar wünschenswert gewesen, aber auch alarmierend. Es hätte bedeuten können, dass sie schon längst aufgeflogen waren, ohne es zu wissen.

## 18.

Gegen fünf Uhr morgens klingelte Luka ihn aus dem Bett:
«Ich bin Vater.»
Er klang aufgekratzt.
«Bin gleich da», antwortete Klaus und stellte sich schlaftrunken unter die Dusche. Er drehte auf kalt. Zusammen mit einem starken Kaffee katapultierte ihn das in den Wachzustand.
Er zog sich an, zögerte kurz bei der Wahl der Jacke und entschied sich dann gegen diejenige mit dem Funkmikro.

Mit dem Ford Mustang, dessen V8-Brummen ihm allmählich so vertraut vorkam wie die Stimme eines Freundes, fuhr er durch die erwachende Großstadt. Die Laternen brannten noch, und Pendlerströme füllten mehr und mehr die Straßen. Müde standen sie an Ampeln und Bushaltestellen.
Um diese Uhrzeit fand er noch einen Platz in der Martinistraße direkt gegenüber der Hauptzufahrt des Klinikums in Eppendorf.

Als er aus dem Fahrstuhl in der Säuglingsstation ausstieg, tigerte Luka dort den Gang auf und ab.
«Du bist der Erste», rief Luka und ging auf ihn zu, um ihn dann nach einem kurzen Zögern überschwänglich zu umarmen. Klaus erwiderte die Umarmung.
«Glückwunsch, Papa. Wie geht's Nadja?»
Luka trat einen Schritt zurück. Er strahlte selbst dann, wenn sein Mund sich nicht zu einem begeisterten Lächeln verzog. Es war, als sei er unter Drogen.

«Gut. Ihr geht's gut. Alles gut gelaufen. Das ist», er schaute auf seine Armbanduhr, «das ist gerade mal eine halbe Stunde oder so her. Halbe Stunde, ja. Wahnsinn. Wir sind direkt nach dem Spiel los, hierher.»

Er nickte vor sich hin.

«Und?»

Luka sah ihn fragend an: «Und was?»

«Na, was ist es denn?»

Luka klatschte sich mit der flachen Hand auf die Stirn, stärker als beabsichtigt. Das Klatschen hallte über den ganzen Flur. Er lachte etwas überdreht.

«Mann, bin ich durch. Yasha. Es ist ein Junge. Und er soll Yasha heißen.»

«Das ist ein schöner Name», sagte Klaus, was er ebenso überzeugend über die Lippen gebracht hätte, wenn Nadja und Luka sich für Godzilla entschieden hätten, aber hier war sich Klaus Roth mit Klaus Burck einig. Er empfand es tatsächlich als eine schöne Wahl.

«Hat Nadja sich ausgesucht», fügte Luka hinzu und trat von einem Bein aufs andere.

«Mann, Mann, Mann. Wahnsinn war das.»

Eine Verbindungstür öffnete sich, und eine pragmatisch wirkende Krankenschwester kam direkt auf sie zu.

«Herr Moravac?»

«Ja?»

«Sie können dann jetzt zu Ihrer Frau und Ihrem Sohn.»

«Wahnsinn.»

Die Krankenschwester ging voran. Luka folgte, stutzte dann und drehte sich zu Klaus um.

«Was ist?»

«Was meinst du? Ich warte hier auf dich.»

«So 'n Quatsch. Komm doch mit. Du bist doch nicht hergekommen, um dir den Flur anzugucken», sagte Luka und fügte, als er Klaus' Zögern bemerkte, hinzu: «Gehörst doch praktisch zur Familie.»

Nadja lag in einer halb sitzenden Position im Bett eines Einzelzimmers, ihren in Decken gewickelten Sohn in den Armen. Sie erschien Klaus blass und mitgenommen. Sie schenkte ihm ihr feines Lächeln, als er zusammen mit Luka eintrat.

«Das ist ja eine Überraschung.»

Luka beugte sich zu ihr hinunter und küsste sie lange auf die Stirn.

«Meine Süße ... ich liebe dich.»

«Und ich dich.»

Und tatsächlich lag in dem Blick, den sie Luka zuwarf, eine tiefe, unverbrüchliche Zuneigung. Der hatte sich dem schlafenden Yasha zugewandt, sanft berührte er die winzigen Zehen des Babys.

«Geht's dir einigermaßen?»

«Ja», antwortete Nadja mit einem müden Lächeln, «ja, alles gut.»

«Yasha soll er heißen, hat Luka gesagt. Das ist ein schöner Name. Und jetzt hat er sich auch noch richtig tolle Eltern ausgesucht.»

Nadja strahlte.

«Du musst mal herkommen», meinte Luka. In seiner Stimme lag pure Verzückung: «Die kleinen Finger, die Zehen ... unfassbar.»

Tränen schossen Luka Moravac in die Augen, er presste die Lippen aufeinander, um nicht zu weinen. Dann zückte er sein Smartphone und drückte es Klaus in die Hand: «Mach doch mal ein paar Fotos von uns.»

Luka setzte sich neben seine Frau, legte ihr einen Arm um die Schulter, und dann strahlten sie um die Wette in die kleine

Kamera. Klaus schoss ein paar Fotos. Von nahem, von weiter weg, von links, von rechts, hochkant und quer.

Nach zwei Dutzend Bildern hatte Luka ein Einsehen und erhob sich wieder. Klaus reichte ihm das Smartphone zurück.

«Hast du Klaus schon gefragt?», wollte Nadja wissen.

«Noch nicht, nein, sorry.»

Nadja sah Klaus mit ihren dunklen Augen an: «Wir würden uns freuen, wenn du Yashas Pate wirst.»

Klaus hatte keine Zeit, um alle Vor- und Nachteile abzuwägen, er musste sich auf seinen Bauch verlassen. Und der sagte ihm, dass er das Angebot einer Patenschaft kein zweites Mal hören würde.

Schwer zu sagen, ob es Luka war, der sein Zögern zuerst bemerkte, oder Nadja, jedenfalls war es Luka, der ihn ansprach: «He, sag ja.»

«Es ist nur … ich bin nicht gläubig», kaschierte Klaus sein Zögern, «ich bin Atheist. Ich weiß nicht, ob man damit Pate werden kann.»

Luka sah seine Frau an, die müde schmunzelte. Dann kam er vom Bett hoch, voller Energie, umschloss Klaus' Hände mit seinen eigenen und sagte: «Dann wirst du Yashas Pate.»

«Ja», hörte Klaus sein Alter Ego Klaus Roth sagen. Und es hörte sich richtig an.

Luka nickte strahlend.

Und das war der Moment, in dem Klaus Burck und Klaus Roth einen Pakt besiegelten. Sie beschlossen, Yashas Vater zu retten.

«Luka, Süßer, kannst du mir ein Wasser besorgen?»

Luka Moravac entließ Klaus' Hände und wandte sich seiner Frau zu: «Ich würde durch die Sahara gehen und die Arktis. Durch Flüsse und über Berge und …»

«Einfach nur ein Wasser.»

«Ja, gut.»

Luka marschierte voller Tatendrang aus dem Zimmer.
Die Blicke von Klaus und Nadja begegneten sich. Sie waren das erste Mal unter vier Augen, wie Klaus bewusst wurde.
«Darf ich dir eine persönliche Frage stellen?»
«Natürlich.»
«Sie ist möglicherweise sehr persönlich, Klaus.»
Klaus schenkte ihr zwar ein lässiges Nicken, aber innerlich rief er sich alle wesentlichen Punkte seiner Legende ins Gedächtnis. Eine persönliche Frage an einen VE betraf immer auch seine Legende.
«Wir kennen uns jetzt schon eine Weile. Und bis jetzt haben wir dich immer alleine gesehen.»
Sie suchte noch nach den richtigen Worten, um ihre Frage zu präzisieren.
«Ohne Frau», kam Klaus ihr zuvor.
Nadja nickte dankbar: «Ja.»
Um dann schnell hinzuzufügen: «Das ist in Ordnung, weißt du? Es war nur ... es war nur so eine Frage. Man fragt sich das eben. Luka und ich haben uns das gefragt.
Wir sind sehr stolz, wenn du Yashas Pate wirst. Ganz egal, ob du mit einem Mann oder einer Frau glücklich bist ... ich ... Hauptsache ist doch, man ist glücklich.»
Sie sah aus, als wüsste sie nicht, ob sie sich damit zu weit vorgewagt hatte.
«Ich ... hätte nicht fragen sollen.»
«Doch. Ist okay.»
Sie sah ihn an, als würden sie sich aus der Sandkiste kennen. Ihre Stimme klang weich: «Ich merk doch, wie gut du Luka tust, und ...»
Sie unterbrach sich selbst.
«Ich hab eine Freundin», sagte Klaus schnell. «Ich hab bisher nur Privates und Geschäftliches auseinandergehalten.»
Nadja nickte, gab Yasha einen Kuss hinters Ohr und blickte

zu ihm auf: «Das versteh ich. Aber ... jetzt bist du doch nicht geschäftlich hier? Hoff ich?»

«Natürlich nicht.»

«Wenn du magst, dann bring sie doch mit zur Taufe. Ich würde sie gerne kennenlernen – und Luka auch.»

Bevor Klaus antworten konnte, flog die Tür auf, und der Goric-Clan ergoss sich, angeführt von Acos Frau, in den Raum, um alles unter Tränen zu umarmen und mit Küssen zu bedecken, was sich im Zimmer befand. Die Männer reichten goldenen Sliwowitz in Schnapsgläsern herum und bedachten das Neugeborene mit mehr oder weniger sinnvollen Trinksprüchen.

Ein Grundschullehrer, der im Zimmer gegenüber mit seiner hochschwangeren Frau der Niederkunft entgegenfieberte, empfand die Freude über Yashas Geburt als zu laut. Darius sprach draußen auf dem Gang mit ihm über sein Problem, und wenige Minuten später beglückwünschte der Lehrer Nadja ebenfalls.

Da man ihn unter fünf Sliwowitz auf das Kind nicht ziehen ließ, kehrte er eine halbe Stunde später sturzbetrunken, aber glücklich zu seiner Frau zurück.

«Musste das sein?», fragte Dudek und verzog sein Gesicht wie jemand, der sich gezwungen sieht, einem Sechsjährigen zum wiederholten Mal einen Sachverhalt zu erläutern.

Sie standen auf der Brücke des S-Bahnhofs Farmsen, unter der eine Hauptverkehrsstraße verlief. Das Geräusch ein- und auslaufender Züge verwob sich mit dem der an- und abfahrenden Autos zu einem klanglichen Knäuel, durch das Lautsprecherdurchsagen waberten.

Diese Kulisse schützte ihr Gespräch besser als ein abhörsicherer Raum.

«Sie haben mich darum gebeten. Was hätte ich sagen sollen? Nein?»

Dudeks Stirn lag in Falten, er starrte auf die glühende Spitze seiner Zigarette.

«Sie sind ja 'n Scherzkeks.»

Dudek blinzelte kurz, dann streckte er den Rücken durch, er nahm regelrecht Haltung an. Der Blick, mit dem er Klaus bedachte, war von reiner Sachlichkeit. Seine Empörung schlug sich in der Rauheit seiner Stimme nieder: «Jetzt passen Sie mal auf, Herr Burck. Ich bin Kriminalhauptkommissar. Ich bin Ihr weisungsberechtigter Vorgesetzter. Ich bin nicht einer von Ihren neuen Kumpels aus dem Goric-Clan. Haben Sie das?»

«Ich wollte ...»

«Haben Sie das?»

«Ja.»

An Dudeks Hals trat eine dicke Ader hervor. Klaus zündete sich eine Zigarette an, um Zeit zu gewinnen. Um seine Hände zu beschäftigen. Dudek entging das nicht.

«Seit wann rauchen Sie denn?»

«Ich?»

«Is' hier eine Konferenz? Ich sprech mit Ihnen. Seit wann rauchen Sie?»

«Eine Woche vielleicht. Wieso? Was soll das jetzt?», fragte Klaus, der spürte, wie der Ärger über Dudeks widersprüchliche Anweisungen, die ein Normalsterblicher nicht erfüllen konnte, in seinem Bauch explodierte.

«Machen Sie sie aus.»

«Was?»

«Ich sagte: Löschen Sie die Zigarette.»

«Warum?»

«Löschen Sie die Zigarette.»

«Ich ... was soll das?»

«Löschen Sie die Zigarette.»

Klaus schüttelte den Kopf, warf die Zigarette zu Boden und trat sie aus.

«Sind Sie jetzt zufrieden?»

«Wer hat die geraucht? Sie? Oder Klaus Roth?»

«Ich ... weiß nicht, ehrlich gesagt. Ist das wichtig? Ich mein: Überziehen Sie nicht etwas?»

Unpassenderweise erschien ihm der sich anbahnende Disput als so albern, dass er grinsen musste: «Also wirklich.»

Wie erwartet steigerte das Dudeks Laune nicht.

«Wenn Sie Ihre Identitäten nicht auseinanderhalten können, zieh ich Sie ab. Da hab ich nicht mal die Wahl, dazu bin ich verpflichtet. Nächstes Mal steckt Klaus Roth was von dem Geld ein, das Luka ihm gibt, und Klaus Burck weiß nichts davon.»

Klaus spürte, wie seine Finger und sein Gesicht kalt wurden, sein Schmunzeln fror ein.

«Das würde ich niemals machen. Und das wissen Sie auch. Ich habe die Patenschaft nicht abgelehnt, weil Sie doch wollen, dass ich näher an Aco Goric heranrücke. Wenn ich Luka und seine Frau vor den Kopf stoße, ist das kaum zielführend.»

Dudek seufzte.

«Ich weiß», bekannte er dann gepresst, «es ist nur so, Herr Burck, ich habe Ihnen gegenüber auch eine Sorgfaltspflicht, und wenn ich zu der Auffassung gelange, Sie bringen Ihre Identitäten durcheinander oder fangen an, mit diesen Kriminellen zu sympathisieren – was auf einer Säuglingsstation ja nicht unvorstellbar ist –, dann zieh ich Sie ab. Luka Moravac ist ein Krimineller. Sie sollen zum Schein sein Freund werden, um Aco zu Fall zu bringen. Und es ist nur natürlich, dass der Mann auch sympathische Seiten hat.»

«Er ist ja auch kein Mörder.»

Dudek fuhr sich über seinen Schnauzer wie Nastas: «Wie war das?»

«Er ist kein Mörder. Er besticht Spieler und setzt Wetten. Er manipuliert das Schicksal.»

«Das klingt sehr lyrisch», erwiderte Dudek spöttisch, und dieser Spott, der wie ein dünner Film auf den Worten lag, ärgerte Klaus.

«Leute, die wetten, haben Geld übrig», wandte er ein. «Sie sind bereit, es zu verlieren. Und sie würden es auch verlieren, wenn das Spiel ohne Manipulation genauso ausgeht wie mit Manipulation. Er stiehlt ja nicht einer armen Oma das Geld aus der Handtasche, er sorgt dafür, dass andere das Geld, das sie zu verlieren bereit sind, tatsächlich verlieren.»

«Ich kenne ihn noch nicht persönlich, aber ich mag ihn jetzt schon.»

Klaus schluckte einen schweren Kloß der Wut herunter. Er verspürte den Reflex, Dudek das sarkastische Grinsen aus dem Gesicht zu prügeln.

«Ich glaube, Luka hätte eine echte Chance, ein normales Leben zu führen. Er ist der Klügste der Gorics. Er hat eine liebevolle Frau und ist gerade Vater geworden. Er macht für Aco den Anreißer, weil er praktisch bei Aco aufgewachsen ist. Und weil er nicht viel Lust auf sein Jurastudium hat.»

Dudek rückte seine Stahlgestellbrille zurecht und musterte seinen VE, als müsse er dessen Gesicht mit den Augen exakt vermessen.

«Luka ist kein Mörder, haben Sie gesagt. Täuschen Sie sich da mal nicht. Wenn Aco Goric ihm einen Mord befiehlt, wird er ihn begehen *müssen*. Ja, Herr Moravac ist kein Mörder. Aber eben nur *noch nicht*. Und mir persönlich wäre es auch lieb, wenn es so bleibt. Derselbe Mann, dessen kriminelle Energie Sie gerade bis ins Unerträgliche verharmlost haben – von wegen Geld, das andere Leute sowieso verlieren würden –, dieser Mann wird Sie mit einem Lächeln zu einem abgelegenen Haus fahren und Ihnen in den Kopf schießen, wenn Ihre Tarnung auffliegt. Vergessen Sie das nicht. *Niemals.*»

Klaus' Ärger über den Spott verrauchte, weil Dudeks Sorge um sein Leben unübersehbar war.

«Tja», sagte Klaus und blickte auf seine Schuhspitzen, «es gibt da ein Problem.»

Dudek wirkte nicht verblüfft, er nickte vielmehr und sah ihm offen ins Gesicht.

«Ich brauch eine Frau», sagte Klaus, «denn in ein paar Wochen ist Yashas Taufe. Auf Nadja Moravacs Nachfrage habe ich erklärt, dass ich eine Freundin habe.»

Dudek verzog keine Miene: «Ich schau mich nach was Passendem um.»

## 19.

Eva Rittner schritt in ihrer Wohnung auf und ab und warf nur gelegentlich einen Blick auf den Zettel in ihrer Hand.
«Und der Mädchenname meiner Mutter ist?»
«Gorny.»
«Kinderwunsch?»
«Später», antwortete Klaus.
Er saß auf einem ihrer Korbstühle, auf die sie gegenüber Dudek beim Einzug in ihre Tarnwohnung bestanden hatte. Die befand sich im dritten Stock eines Hauses in der Augustenburger Straße in Altona, einen Kilometer Luftlinie von Klaus entfernt.

Mit Rücksicht auf ihre Privatsphäre hatte Dudek die Wohnung über Frau Kiefer angemietet. Wenn es um getrennte Schlafräume von Männlein und Weiblein ging, scheute sie keine Kosten.

Eva Rittner war 27, vier Jahre jünger als Klaus.

Nach ihrem Treffen am Farmsener Bahnhof war Dudek schnurstracks zur Polizeischule nach Eutin marschiert, um die Frucht dort zu pflücken, wo sie noch nicht verdorben sein konnte – am Zweig.

An der Auswahl war Klaus nicht beteiligt, aber im Nachhinein erfuhr er ein paar Details.

Zunächst war eine Frau Kienler Dudeks erste Wahl. Natürlich Klassenbeste. Kurz vor seiner Zusage erfuhr er, dass sie ihre Mitschüler beim Leiter denunzierte oder ihnen in den Rücken fiel, um ihr eigenes Fortkommen zu sichern. Daraufhin engagierte er Eva Rittner.

Eine zierliche Schwarzhaarige mit perfektem Bubischnitt. Nur um die Ohrmuscheln ein paar widerspenstige Strähnen. Sie wirkte ernst und konzentriert. Nach Lachfältchen hatte Klaus vergebens Ausschau gehalten – wie bei Darius. Sie hatte keine ausladenden Kurven, was Klaus Roth gefiel. Klaus Burck ging das indessen nichts an, schließlich war Eva seine Kollegin, die ausschließlich die Aufgabe hatte, seine Tarnung glaubwürdig zu flankieren.

Wenn sie patzte, konnte das für sie beide tödlich enden.

Und wenn sie unterschiedliche Antworten auf die identische Frage gaben, würde das zumindest Argwohn hervorrufen.

Aco hatte seinem Neffen und dessen kleiner Familie einen Urlaub in der Heimat spendiert, auch, damit Luka dort einen alten Kontakt zu einem Fußballclub reaktivierte, wie dieser Klaus vor der Abreise verriet.

In diesen vier Wochen organisierte Dudek Rittners Umzug nach Hamburg, sodass Eva Mitte August einzog. In der Woche darauf hatte sie ihren Teil zu pauken. Wie er es bei Klaus gehalten hatte, so verfuhr Dudek auch bei ihr – Eva durfte ihren Vornamen behalten und erhielt einen neuen Nachnamen: Zehender. Ein eher in Süddeutschland geläufiger Name. Sie stammte aus Asperg, einer kleinen, verschlafenen Gemeinde vor den Toren Stuttgarts, sprach aber einwandfreies Hochdeutsch.

Vor zwei Tagen hatte Dudek sie einander vorgestellt, draußen am Helkenteich.

Sie machten beide ein Gesicht, als hätten sie sich ihr Gegenüber anders vorgestellt. Eva wirkte sachlich, sie blickte ihm klar in die Augen, ihr kleiner Händedruck war trocken und fest. Sie war von dem Häuschen und dem Teich begeistert, wobei sich dies lediglich in einem Lächeln äußerte.

Sie kam Klaus korrekt vor. Unterkühlt. Eva bot ihm das Du an, bevor er dazu kam, und doch wirkte ihr *Du* förmlicher und unvertrauter als Dudeks *Sie*.

Wie er bald feststellte, hielt sie nicht nur ihn auf Distanz, sondern die ganze Welt.

Sie rauchte Kette, aß vegetarisch und hielt die Kaffeetasse beim Trinken mit beiden Händen.

Frank Dudek wies sie an, abwechselnd in ihrer und seiner Wohnung die gemeinsame Legende, die er ausgetüftelt hatte, zu studieren. Für den Fall, dass sie Besuch erhielten, mussten sie jeden Winkel der jeweils anderen Wohnung kennen.

«Wo haben wir uns kennengelernt?»

«Wir haben die Einkaufswagen vertauscht.»

«Was liebst du an mir am meisten?»

Klaus stutzte, schloss die Augen, um das Bild jener Seite aus den Unterlagen abzurufen, auf der sich die richtige Antwort befand. Vergebens. Er konnte sich an diese Angabe nicht erinnern, er war sich sogar fast sicher, sie überhaupt nicht gelesen zu haben. Eva war attraktiv – auf ihre Art. Schmal, meist schwarz gekleidet, sehr dezent geschminkt, ein paar Sommersprossen auf der Nase. Und als sie sich einmal abwandte und zur Küche ging, ertappte er sich dabei, wie er einen Blick auf ihren Hintern warf. Aber das stand weder in Dudeks Legende, noch würde ihm das jetzt über die Lippen kommen.

«Das steht in den Unterlagen?»

Sie hielt inne, sah ihn leicht tadelnd an.

«Nein. Meinst du, die Gorics und ihre Frauen fragen uns nur, was hier steht?»

Sie raschelte ein wenig unwirsch mit dem Zettel. Klaus zog eine Grimasse. Sie musste ihn für selten dämlich halten.

«Natürlich nicht. Ich ... war nur irritiert.»

«Ja. Also?»

Er musterte sie eingehend von unten bis oben.

«Du weißt es noch nicht?»

«Ich such mir gerade was aus. Die Augen.»

In einer Übersprungshandlung beugte er sich vor und goss sich Wasser nach.

«Farbe?»

Er sah auf. Sie ließ die Handfläche vor ihren Augen schweben und verhinderte so, dass er sich vor einer Antwort vergewisserte.

«Äh, braun.»

Er hatte damit die Wahrscheinlichkeit auf seiner Seite.

Breit lächelnd senkte sie die Hand. Ihre Augen waren grün. Wie hatte er das übersehen können? Wenn sie lächelte, sah sie hübsch aus. Sie sah selten hübsch aus.

«Du kannst ja lächeln.»

Evas Mund schloss sich, als hätte Klaus einen geheimen Knopf gedrückt. Sie setzte sich wieder in Bewegung und schritt in ihrer Wohnung auf und ab.

«Schuhgröße?»

«Achtunddreißig.»

Bei hundert Fragen kam er auf 97 Treffer.

«Zu wenig», stellte Eva knapp fest.

Gegen Mittag wechselten sie in Klaus' Wohnung.

Da kochte sie eine Kleinigkeit, Rucola auf Lauch mit Knoblauch und etwas Parmesan, was sehr viel besser schmeckte, als es aussah. Danach fragten sie sich weiter gegenseitig aus.

«Kragenweite?»

«50.»

«Schulabschluss?»

«Realschule in Schwarzenbek.»

«Lieblingsessen?»

«Frikadellen mit Bratkartoffeln.»
Er legte den Zettel beiseite: «Alles richtig.»
«Gut.»
Sie gähnte herzhaft.
«Machen wir Schluss für heute?»
Klaus nickte.
«Weißt du was über Dudek?», fragte sie unvermittelt.
Er schüttelte den Kopf: «Wieso?»
«Einfach so eben.»
«Er ist geschieden und hat drei Töchter. Sein Haus draußen in Grande kennst du ja.»
«Ja.»
Eva ging zur Tür, wo ihre Jacke hing.
«Als Kind hatte er eine Brille und musste hässliche Pullunder tragen. Und du? Weißt du was über ihn?»
Klaus trug sein Glas zur Spüle.
«Er war früher selbst VE. Acht Jahre lang.»
«*Acht* Jahre?»
Sie nickte nur. In dem Augenblick klingelte es. Klaus zuckte leicht zusammen, während Eva ihm lediglich einen fragenden Blick zuwarf. Das sirrende Geräusch der Klingel war Klaus noch nicht gewohnt. Bei ihm klingelte ausschließlich der Postbote. Und das auch nur dann, wenn die Nachbarn nicht zu Hause waren.

Mit einem Griff hatte Klaus die Unterlagen gepackt und sie unter einen Haufen Zeitungen gesteckt. Eva erfasste die Situation augenblicklich. Schnell, aber leise huschte sie ins benachbarte Schlafzimmer und zerwühlte beide Bettdecken und Kissen.

Als es zum zweiten Mal klingelte und sie ins Bad ging, sah sie aus den Augenwinkeln, wie Klaus Burck den Fernseher einschaltete und auf einen Sportkanal wechselte, auf dem ein Fußballspiel übertragen wurde.

Für das Bad hatte Dudek vorgesorgt. Zweite Zahnpasta, zweite Zahnbürste, Parfüm, ein paar Schminkutensilien, Pflegeprodukte, Tampons.

Eva brachte schnell einige Dinge in Unordnung, bevor sie das Bad wieder verließ. Klaus stand bereits an der Tür. Ihre Blicke trafen sich und vergewisserten sie stumm ihrer gegenseitigen Entschlossenheit – dann warf Eva die Kaffeemaschine an, und Klaus öffnete die Tür.

Sie hatten beide insgeheim mit Dudek gerechnet, wie sie einander später anvertrauten. In der Tür stand aber Darius Goric. Er trug ein helles Hemd und Jeans, dazu seine dicke Goldkette am Handgelenk.

«Darius», sagte Klaus mit ehrlicher Überraschung und gespielter Freude. Darius nickte und rang sich eine Art Lächeln ab. Nicht, weil es ihm Klaus gegenüber schwerfiel, sondern weil er einfach selten lächelte – wie Eva.

«Ich will nicht lange stören», sagte Darius und trat wie selbstverständlich ein. Klaus schloss die Tür.

«Hallo», grüßte Eva freundlich.

«Hallo», antwortete Darius.

«Das ist Darius, Lukas Cousin», stellte Klaus sie einander vor, «Eva, meine Freundin.»

Sie schüttelten sich die Hände.

«Schön, dass ich Sie mal kennenlerne», sagte Eva, «ich dachte schon, Sie sind ein Phantom. Oder eine Frau.»

Sie grinste Klaus neckisch an.

Darius, der einen unverhohlenen Blick auf ihre Oberweite geworfen hatte, sah ihr nun wieder in die Augen. Er konnte sich auf Evas Worte zwar keinen Reim machen, aber er stand mit unerschütterlichem Selbstbewusstsein im Raum. Er roch nach einem süßlichen Aftershave und hatte sich helle Strähnen färben lassen.

«Eine Frau?», fragte er.

«Weil ich erzählt habe, dass ich in deinem Geschäft Autos verkaufe. Auch abends.»

Jetzt begriff Darius und lachte auf seine unnachahmliche Art.

«Du dachtest wirklich, ich bin vielleicht eine Frau?», fragte er amüsiert.

«Ja», antwortete Eva.

Darius nickte.

«Mann, ich komm um vor Durst.»

Klaus ging zum Kühlschrank und holte ein Bier. Darius ging an Eva vorbei und sah sich in der Wohnung um. Die halb offene Schlafzimmertür. Die zerwühlten Decken.

«Ich hoffe, ich hab nicht bei was Wichtigem gestört.»

Klaus reichte ihm wortlos das Bier. Darius nahm ein paar tiefe Schlucke. Dann straffte er sich etwas, ganz so, als hätte sein Vater gerade den Raum betreten.

«Tja, wir werden beide Paten, du und ich. Und zwar übermorgen, deswegen bin ich da», sagte er und ließ seine Blicke durch den Raum schweifen, «wollte auch mal sehen, wo du wohnst.»

«Übermorgen? Yasha ist ja gerade mal anderthalb Monate alt.»

Darius nickte ernst: «Luka und Nadja kommen morgen aus Neum zurück. Nadjas Tante Todora hat Bauchspeicheldrüsenkrebs. Die ist hier, die Drüse», er stach sich mit dem Zeigefinger auf einen Punkt mitten unter den Rippenbögen. «Das ist jedenfalls unheilbar. Sie hat es für sich behalten, weil sie dachte, sie schafft es bis zu Yashas Taufe, aber jetzt ...»

Er ließ es unausgesprochen.

«Die arme Frau», brachte Eva hervor. «Wie alt ist sie denn?»

«Um die sechzig.»

«Das tut mir leid», bekannte Klaus, und beide – Eva wie Darius – spürten, dass dem so war.

«Etwas knapp jetzt bis Sonntag», meinte Darius und nahm noch einen tiefen Schluck, «klappt das mit euch?»

Es wäre falsch gewesen, den Blickkontakt mit Eva zu suchen, bevor er antwortete – es hätte seinen Stand als Mann in Darius' patriarchalischer Weltsicht geschmälert, weshalb Klaus sofort nickte: «Natürlich.»

Darius Goric hatte mit keiner anderen Antwort gerechnet.

Er leerte die Dose und drückte sie Klaus in die Hand, bevor er sich verabschiedete und ging.

Kaum war Darius weg, ging Eva Rittner zu den beiden Dachfenstern und stieß sie auf. Und Klaus wusste, warum. Ihm war selbst danach.

## 20.

**W**er weiß?», hatte Dudek gesagt. «Vielleicht werden sie später beim vierten oder fünften Sliwowitz sentimental, vielleicht begeht Aco Goric einen Fehler, vielleicht redet Vukasin übers Geschäft oder Darius, dann haben wir es auf Band.»

Deswegen wurde das Funkmikrophon oben in der Krawatte eingenäht, er musste beim Binden aufpassen, es nicht zu beschädigen.

Wie es sich gehörte – zumindest nach Dudeks Auffassung –, klingelte Klaus an Evas Haustür, um sie abzuholen. Er trug ein einreihiges, dunkelgraues Jackett. Der Anzug war insgesamt schmal geschnitten. Dazu ein weißes Hemd mit einer hellgrauen Krawatte. Er war so frisch rasiert, dass er das Brennen des Aftershaves noch am Hals spürte.

Als Eva aus der Tür trat, sah Klaus sie überrascht an. Sie trug ein schwarzes Kleid, das an ihr lag, als wäre sie damit auf die Welt gekommen.

Es war schlicht, zeitlos, elegant.

Seine Erscheinung übte offenbar eine ähnliche Wirkung auf sie aus. Ein lässiger, junger Mann mit einem markanten Gesicht, einem gewinnenden Lächeln und selbstsicherem Auftreten. Eva musste etwas lachen.

«Ich fühl mich wie vor meiner ersten Tanzstunde.»

Klaus grinste schief. Einmal, um sich ins Gedächtnis zu rufen, dass vor ihm eine Kollegin stand, die sich nicht für ihn in Schale geworfen hatte, sondern für einen gemeinsamen Einsatz. Außerdem, weil er meinte entdeckt zu haben, weswegen Eva so selten lächelte – zwischen ihren beiden Schneidezähnen klaffte eine kleine Lücke. Offensichtlich empfand sie das als Makel. Er wollte sie schon fragen, ob sie durch die Lücke pfeifen konnte, aber das kam ihm dann doch zu übermütig vor.

«Du siehst ... großartig aus, Eva.»

Es war das erste Mal, dass er sie schüchtern erlebte. Sie nestelte kurz an ihrer Handtasche herum, weil sie nicht preisgeben wollte, wie gut ihr dieses Kompliment tat.

Dann bot er ihr den Arm an, und sie hakte sich ein. Sie zum Mustang zu führen fühlte sich in gewissem Sinne an wie ein Tanz. Beim kleinsten Wechsel in Richtung oder Geschwindigkeit folgte sie ohne Verzögerung – sie fanden einen gemeinsamen Rhythmus.

Dass sie tatsächlich mit dem Mustang fahren würden, konnte Eva erst glauben, als Klaus ihr die Beifahrertür öffnete.

Sie bestaunte den Wagen von allen Seiten, bevor sie einstieg.

«Hast du den gemietet?»

«Gekauft.»

«Das ist ja scharf.»

Am Steuer des VW-Busses, der drei Wagenlängen hinter ihnen ausscherte, saß Gerolf Wolfrum in einem Monteuranzug. Der Mann, der auf die sechzig zuging, war Berufskraftfahrer und sprang, so viel ließ Dudek durchblicken, hin und wieder für ihn ein. Wolfrum wusste nicht, wem sie folgten oder warum sie das taten, und beides interessierte ihn auch nicht.

Eva und Klaus spekulierten im Ford, ob er Frank Dudek von früher vielleicht was schuldig war.

Der wiederum hatte im Innenraum des Busses am einseitig verspiegelten Fenster Platz genommen, das ihm den Blick nach draußen gestattete, ohne selbst gesehen zu werden. Neben ihm befand sich Conny Bahr, eine gelernte Fernmeldetechnikerin, die den Ton von Klaus' Mikrophon auspegelte und mitschnitt.

Dem Vernehmen nach kannten sie sich schon aus dem Sandkasten und hatten zusammen die Polizeischule besucht, bis sie nach der Geburt ihres zweiten Sohnes aus dem Polizeidienst schied.

Obwohl Klaus direkt hinter der Christuskirche in Eimsbüttel hielt, einem neugotischen Bau aus rotem Klinker mit einer steilen, grünen Kirchturmspitze, nahmen die meisten Taufgäste, die sich noch vor der Kirche befanden, keine Notiz von dem grünen Mustang.

Allein Luka schien ihr Eintreffen zu bemerken. Er deutete in ihre Richtung.

Und schon keine zwei Minuten später richtete sich die gesamte Aufmerksamkeit der drei Dutzend Gäste auf sie. Oder vielmehr – auf Eva. Nastas' Bewegungen, mit denen er seinen Bart glattstrich, wurden fahrig. Männer wie Frauen versuchten für einige Augenblicke vergeblich, den Blick von seiner Begleiterin zu lösen.

«Warum hast du sie uns die ganze Zeit vorenthalten? Schämst du dich für uns?»

Ramonas Stimme hallte vernehmlich über den Vorplatz und löste erleichtertes Gelächter aus. Wie ein Schwarm Mücken schossen sie von allen Seiten auf Klaus und Eva zu.

«Ich bin Ramona, Yashas Großtante. Ich bin jetzt noch geschockt von meiner neuen Rolle.»

Ramona lachte und herzte Eva.

«Aco, sag Klaus' Freundin guten Tag.»

Sie winkte ihn herbei. Aco stand am Rand, und Klaus fiel auf, dass das zu seinem Wesen gehörte. Er stand immer irgendwo am Rand. Und meist löffelte er dazu Tiramisu.

«Das ist Luka.»

Luka machte im Anzug eine großartige Figur. Der Flug aus Serbien hatte Verspätung gehabt, sie waren erst um drei Uhr nachts in Fuhlsbüttel gelandet. Eigentlich war er todmüde und deshalb jetzt etwas überdreht.

«Danke für die Einladung», sagte Eva freundlich und streckte ihm die Hand entgegen, der er auswich, um Eva zu umarmen.

«Schön, dass ihr gekommen seid.»

«Wo ist mein Patenkind?», fragte Klaus.

«Hinter dir.»

Eva und Klaus drehten sich um. Dort stand Nadja, wie immer etwas blass. Sie hatte die dunklen Ringe unter den Augen nicht abgedeckt bekommen, aber sie schenkte ihnen ein zufriedenes Lächeln.

Klaus umarmte sie, bevor er die Frauen einander vorstellte.

«Nadja ... Eva.»

«Danke für die Einladung», sagte Eva Rittner förmlich.

«Schön, dich kennenzulernen», antwortete Nadja. Sie tauschten ein Händeschütteln und musterten einander mit höflicher Miene, beide bemüht, sich das nicht allzu sehr anmerken zu lassen.

«Darf ich ihn mal halten?», bat Eva.

Nadja reichte ihr Yasha mit den glänzenden Augen einer stolzen Mutter. Aco kam näher, er hob sein Smartphone hoch und schoss zwei Fotos von Eva mit dem Kleinen.

Während Eva die Frauen mit ihrer Geste im Handstreich für sich einnahm, behielt Aco Goric einen kühlen Kopf.

Klaus hatte keinen Zweifel, dass er Darius beauftragen würde, das Foto mit allen Fotos von Zivilpolizisten, über die sie verfügten, abzugleichen.

Der Transporter hatte quer gegenüber in der Fruchtallee vor einem weißen Wohngebäude geparkt. Der überdachte und verglaste Eingang zur U-Bahn-Station Christuskirche in der Fahrbahnmitte bot dem Überwachungswagen zusätzlichen Sichtschutz.

Während Conny Bahr und Dudek den Laderaum vollqualmten, telefonierte Gerolf Wolfrum vorne mit seiner Tochter. Der Wagen trug an beiden Seiten ein Logo mit einem Knoten im Rohr. Darunter der leicht nach rechts abfallende Schriftzug *Conrad Sanitär – Wir machen Ihr Rohr frei*, der verlässlich in jedem Abhörteam zu Erheiterung und nicht jugendfreien Witzen führte, der aber bei einem Einsatz am Wochenende, feiertags oder in der Nacht keine unerwünschten Fragen auslöste.

Der Ton, den Conny Bahr über das erfahrene Unterdrücken von Neben- oder Hintergrundgeräuschen herausfilterte, präsentierte sich ihnen glasklar.
Ermittlungstechnisch war das, was ausgetauscht wurde, indessen ohne Relevanz.
Durch die Randgeräusche, die sie aufschnappten, meinten sie Klaus und Eva in einer der ersten Sitzreihen der Christuskirche verorten zu können. Damit lagen sie richtig.
Üblicherweise legte die Kirche mehrere Taufen zusammen. Für diesen Sonntag und in Anbetracht einer nicht unerheblichen Spende Aco Gorics zur Restauration des maroden Kirchendaches hatte man sich in der Kirchengemeinde zügig auf eine kleine Ausnahmeregelung geeinigt, für die Teodoras Abberufung durch den Herrgott das notwendige moralische Feigenblättchen bildete.
Auf diese Weise waren die Gorics unter sich.
Frank Dudek und Conny Bahr überbrückten den halbstündigen Wechsel von Orgelspiel und Predigt durch einige Partien Bauernskat.
Anschließend begann die Taufzeremonie, auf deren Höhepunkt man Yashas erschrockenes Weinen wegen des kalten Wassers hörte.
«Warum lässt man die Kinder nicht frei entscheiden, wenn sie alt genug dafür sind?», fragte Conny.

Dudek deutete ein Achselzucken an und kassierte ihr Karo-Ass.

«Judas schläft niemals», so begann Darius, der erste Pate, seine Taufrede mit einer serbischen Weisheit. Er zeichnete seinem Patenkind Yasha, das hin und wieder krähte, eine blühende Zukunft im Schoße der Familie vor.

Freundlicher Applaus erschallte.

Noch während Darius zurück zu seiner Mutter in die erste Sitzbank ging, Dutzende von Augenpaaren auf ihn gerichtet, stand Klaus auf und ging zu Nadja, Luka und Yasha am Taufbecken. Und nun ruhten alle Blicke auch auf ihm und verfolgten jede seiner Bewegungen.

Die Kirche war zu einem Drittel gefüllt, die Gäste hatten sich allesamt in die vorderen Reihen ergossen. Er nickte Luka und Nadja zu, die den Kleinen sanft wiegte, damit er sich beruhigte.

Trotz des Septembertages, der schon am Morgen versprach sehr warm zu werden, herrschte hier drinnen trockene Kühle. Die Geräusche des Verkehrs drangen nur gedämpft herein.

Eva und er hatten in der dritten Sitzreihe ganz am Rand Platz genommen.

Er fing ihren Blick auf, der jetzt nicht mehr distanziert war, sondern warm. Eva Rittner nickte ihm kaum merklich zu, signalisierte Verbundenheit.

«Das verspreche ich dir gern im Angesicht Gottes und vor all diesen Zeugen ...», begann Klaus in ruhiger, aber eindringlicher Tonlage, die im Transporter einwandfrei zu hören war.

«Wenn keiner dich tröstet, kannst du bei mir weinen», drang es aus dem kleinen Lautsprecher neben der Technik, die für schnelle Fahrten fest in der Seitenwand verschraubt war.

«Wenn keiner dich trägt, darfst du dich bei mir niederlassen. Wenn keiner deine Lasten teilt, nehme ich auf mich, was dir zu schwer ist.»

Conny Bahr schluckte.

Und ebenso erging es Nadja und Luka, die ihre Gefühle hinter einem Lächeln versteckten.

«Wenn keiner dir Mut macht», sagte Klaus und hatte den Blick fest auf das Baby gerichtet, «darfst du auf mich bauen.»

Er registrierte es nicht wie eine konkrete Sinneswahrnehmung, sondern wie eine Stimmung – die Zuhörer waren von den Worten ergriffen.

«Wenn niemand dir Grenzen setzt, musst du mit mir rechnen», fuhr er fort und beendete dann nach einer kurzen Pause seinen Taufspruch. «Das kann ich dir versprechen.»

Er trat an Nadja heran, die den Kleinen in den Armen hielt, beugte sich vor und gab ihm einen sanften Kuss auf die Stirn.

Im Publikum war Schniefen zu hören, Nadja weinte, jemand schnäuzte in sein Taschentuch, und dann applaudierte der Goric-Clan.

Conny Bahr wischte sich verstohlen mit dem Handrücken über die feuchten Augen – aber Dudek entging nichts. Er bedachte sie mit einem Kopfschütteln.

«Ich bin einfach zu nah am Wasser gebaut», bekannte seine alte Freundin.

«Gott, Conny, er meint das doch überhaupt nicht so.»

«Weiß ich doch. Es ist aber ... trotzdem schön.»

Sie seufzte.

Wie für Lukas Geburtstagsfeier auch hatten Ramona und Aco Goric die Gäste zu sich an den Weiher geladen, und da das

Wetter dem kleinen Serben wohlgesinnt war, beschenkte es ihn mit einer spätsommerlichen Sonne.

Yasha selbst verschlief seine Party größtenteils in einem Kinderwagen, den Luka unter einem Baum abgestellt hatte, der Schatten spendete.

Direkt neben dem Kinderwagen saßen Nadja, Eva, Ramona und Dinka zusammen, um über die Zahlen des Lebens zu reden. Gute Schuhläden in Hamburg: sieben. Wirksame Diäten: null. Schlechte Männergewohnheiten: unendlich.

Währenddessen traf auch Marjan Goric ein.

Die Männer standen gerade draußen um die geparkten Wagen, und obwohl Darius seit zwei Tagen einen nagelneuen Porsche sein Eigen nennen konnte, einen aus der 991er-Serie, jener, mit der Klaus die A7 unsicher gemacht hatte, war es der grüne Mustang, der sie alle anzog. Darius, Luka, Spiridon, Nastas und Vukasin.

Sie schwärmten über sein Understatement, mit ihren Händen fuhren sie sanft über die Kanten und Kurven der Karosserie und seufzten wie Jünglinge, die ihrem Mädchen zum ersten Mal unter die Bluse griffen. Sie konnten sich nicht sattsehen, und nacheinander probierten sie den Fahrersitz aus und rochen an dem Leder, um ihr Gesicht anerkennend zu verziehen wie Weinkenner.

In einem dieser heiligen Augenblicke hielt ein Taxi neben ihnen, und Marjan Goric stieg aus. Der Zweitälteste. Schmal, unscheinbar, bebrillt. Ein Blick so klar und so machtbewusst, dass kein Zweifel an seinem Anspruch aufkam – Marjan Goric war der Kronprinz. Darius mochte es seinem Alter nach sein, aber Marjan war der erste Kandidat, wenn es darum ging, die Fußstapfen des Vaters auszufüllen.

Als sein Blick Klaus das erste Mal streifte, wusste der, dass er sich vor Marjan ganz besonders in Acht nehmen musste.

Die Brüder umarmten Marjan herzlich, erst Darius, dann Vukasin, dann auch sein Cousin Luka.
Sie stellten ihm Klaus vor. Marjan nickte jetzt freundlich, hinter seiner Brille machte er sich plötzlich klein, ein schüchterner, menschenscheuer Buchhalter, der rasch zu seinem Vater wollte.
«Wo war er die ganze Zeit?»
«In Singapur», beantwortete Luka Klaus' Frage.
«Und da?»
«Geschäfte machen», sagte Vukasin grinsend.
«Die dürfen da mehr setzen», fügte Darius hinzu, den Blick immer noch auf Marjan, der gerade lautstark im Garten der Gorics begrüßt wurde.
«Du hast eine hübsche Freundin», meinte Spiridon, der zu ihnen trat, «wo hast du sie kennengelernt?»
«In einem Supermarkt.»

«In einem Supermarkt?», fragte Ramona, nachdem sie Marjan ausgiebig an ihren Busen gedrückt und ihn mit einem prall gefüllten Teller – zu Hause schmeckt's doch am besten – versorgt hatte, woraufhin er mit seinem Vater im Haus verschwunden war.
«Ja, wir haben die Wagen vertauscht», bestätigte Eva.
«Wie süß», fand Dinka.
«Ich mochte ihn erst gar nicht», fuhr Eva fort.

«Dabei mochte sie mich erst gar nicht», klärte Klaus die anderen auf und nahm von Vukasin eins der Biere entgegen, die er gerade verteilte, während sie weiterhin um den Mustang herumstanden.
Sie rauchten.
«Was seid ihr denn für Sternzeichen?», fragte Spiridon.
Vukasin grinste spöttisch: «Du und deine Sternzeichen.»

«Da ist was dran, Junge. Wirst noch sehen.»
«Krebs und Waage», antwortete Klaus, ohne zu zögern.

«Krebs und Waage», antwortete Eva auf Dinkas Frage nach den Sternzeichen.

«Ich weiß, es ist dumm», fügte Dinka schnell hinzu, «Horoskope stimmen natürlich nicht, aber ich muss meines trotzdem immer lesen. Ich kann nicht anders.»

«Geht mir genauso», schloss Ramona sich an.

Eva hob ihr Handy und schoss ein paar Fotos.

«Darius und ich waren im Urlaub in der Türkei – da hätte ich so ein Gerät gut gebrauchen können. Wart ihr schon mal in der Türkei?»

«Nein.»

«Schade. Istanbul ist wirklich eine tolle Stadt. Wo wart ihr denn zuletzt?»

Evas Bauch wusste es vor ihrem Verstand. Sie hatte von Anfang an immer hundert von hundert Fragen richtig beantwortet. Aber diese hier war nicht dabei gewesen. Sie würde patzen. Sie selbst war in Portugal gewesen, in Sagres. Aber mit Klaus? Wo war sie mit ihm gewesen?

«Bitte?»

Die Nachfrage brachte noch zwei, drei Sekunden.

«Wo ihr im Urlaub gewesen seid», wiederholte Nadja Dinkas Frage.

«In Dänemark», ertönte die Antwort hinter ihr. Klaus trat mit Spiridon und Luka an den Tisch, der Yasha auf den Arm nahm. Zwanzig Meter entfernt erschienen gerade Aco und sein Sohn Marjan auf der Terrasse des Hauses, die ihnen einen guten Überblick über die Feier im Garten gestattete.

«Und wie war es da?», erkundigte sich Spiridon.

«Mögen Sie Quallen?», fragte Eva mit angewiderter Miene. Die anderen lachten.

«Ich mache ein Bild von euch», erbot Dinka sich, und bevor Eva abwiegeln konnte, hatte Darius' Frau ihr schon das Handy abgenommen, das kleine Fotoobjektiv auf sie gerichtet und blickte nun auf das Display.

Klaus stellte sich hinter Eva. Die beiden lächelten in die Kamera.

Dinka schoss zwei Fotos. Klaus bemerkte es nicht, aber Eva registrierte aus den Augenwinkeln, dass Aco dem Geschehen an ihrem Tisch einige Aufmerksamkeit schenkte.

«Ein Kuss», verlangte sie.

Klaus beugte sich herunter, Eva schaute auf, er küsste sie sanft auf die Lippen. Es wirkte nicht wie ein leidenschaftlicher Kuss, aber er ging als routiniert durch. Er wollte sich gerade wieder aufrichten, da legte sich Evas kleine Hand in seinen Nacken und zog ihn zu sich herab. Sie küsste ihn, ihre Lippen öffneten sich, er spürte ihre Zunge, weich und seltsam vertraut und unpassend aufregend, und angesichts all der Leute war es ihm unangenehm.

Als Evas Hand sich aus seinem Nacken löste und sie wieder voneinander abließen, vermieden sie den Blickkontakt.

Am frühen Abend, als sich die Trauben der Taufgäste langsam zerstreuten, fuhren Eva und Klaus mit dem Mustang gen Osten – Richtung Spannskamp. Nadja hatte Eva im Weggehen kurz zur Seite genommen und sie auf ein paar belegte Brote in ihre neue Wohnung eingeladen.

Eben noch hatten sie das verliebte, gutgelaunte Paar gegeben, jetzt saßen sie als Polizisten stumm nebeneinander. Eva blickte während der Fahrt durchs Seitenfenster hinaus, und Klaus nahm nicht an, dass sie nach etwas Bestimmtem Ausschau hielt.

Der Kuss und seine Umstände, nämlich das dienstliche Durchbrechen der Intimsphäre im Widerspruch zu dem, was er gleichzeitig körperlich auslöste – Wohlbefinden, Zweisamkeit und Begehren, und das alles gänzlich außerhalb ihrer beider Kontrolle –, brannte in Klaus nach.

Und er glaubte nicht, dass es ihr anders erging. Dafür war ihr Schweigen zu beredt.

Dabei war sie durch ihre ernste, kühle Art überhaupt nicht sein Typ, was Klaus' Irritation nur weiter steigerte. Der Gedanke, Eva könne möglicherweise in ihm lesen wie in einem offenen Buch, machte ihn wütend.

«Was sollte das eigentlich mit dem Kuss, hm?»

Sie wandte den Kopf und begegnete seinem vorwurfsvollen Blick. Klaus war nicht ihr Typ, seine Lässigkeit empfand sie als aufreizend, aber seine Nähe war ihr nicht unangenehm und das alles ein Job zum Schutz seines Lebens.

So weit, so gut – bloß hatte der Kuss eine Vibration in ihr ausgelöst. Oder Klaus' Blick. Vielleicht auch nur seine Hand auf ihrer Schulter oder der Umstand, dass sie das letzte Mal vor sieben Monaten mit einem Mann intim gewesen war. Sie konnte es nicht exakt benennen, und das machte Eva Rittner unsicher.

Die Vibration jedenfalls schwang nach. Und keinesfalls wollte sie sich das jetzt anmerken lassen, was zu der Schroffheit ihrer Antwort führte: «Na, was wohl? Die sollen doch glauben, dass wir ein Paar sind und nicht Bruder und Schwester.»

Bevor Klaus Burck etwas erwidern konnte, klingelte Evas Handy. Er hatte den Eindruck, sie verspüre Erleichterung über den Umstand, dass ihr Gespräch an dieser Stelle unterbrochen wurde. Er jedenfalls war erleichtert.

«Ja?»

«Dudek», hörte sie den VE-Leiter, der in dem Transporter saß, dessen Fahrer sich konstant drei bis vier Autolängen hinter ihnen hielt. Klaus behielt den VW über den Außenspiegel im Blick.

«Nach Stellingen», antwortete Eva, «zu Luka Moravac und seiner Frau. Sie wollen den Abend zu viert fortsetzen.»

Offenbar, schloss Klaus, hatte Dudek gefragt, wieso sie seine Wohnung in der Stresemannstraße bereits passiert hatten.

«Gut, mach ich», sagte Eva und legte auf. «Dudek sagt, wir waren gut.»

«Deshalb ruft der doch nicht an.»

Wolfrum scherte aus, um den Mustang an der nächsten Ampel nicht zu verlieren. Er kam bei Dunkelgelb durch.

«Er findet doch sonst auch immer das Haar in der Suppe», hörten Conny und Dudek hinten mit, «hast du mal gesehen, mit was für 'nem verkniffenen Gesichtsausdruck der rumläuft?»

Conny Bahr hielt sich die Hand zwar ganz beiläufig vor den Mund, aber Frank Dudek entging nicht, dass sie sich ein Grinsen verkniff. Er tippte mit stoischer Miene eine Nummer in sein Handy.

Evas Handy meldete sich erneut. Auf dem Display erschien Dudeks Nummer.

«Dudek», sagte sie halblaut, bevor sie den Anruf entgegennahm und zuhörte. Ein paar Sekunden später legte Eva wieder auf.

«Ich soll heute Nacht bei dir bleiben – später.»

«Aha.»

Er wusste wirklich nichts anderes dazu zu sagen. Für diese Fälle – Dudek hatte ihnen gesagt, es könnte notwendig werden – gab es zwei ausziehbare Sofas. Eines bei Eva, eines bei ihm.

«Und er meinte», fügte Eva hinzu, «du kannst jetzt auch dein Funkmikro ausschalten.»

«Scheiße.»

Schnell nestelte er an dem Knopf, fand aber in der Hektik und ohne den Blick von der Fahrbahn zu nehmen, den kleinen Schalter nicht.

«Schau bitte auf die Straße und lass mich mal.»

Sie beugte sich zu ihm hinüber. Mit ruhiger Hand griff sie nach dem Knopf und unterbrach mit dem winzigen Schiebeschalter, der nur mit Hilfe eines Fingernagels bedienbar war, die Stromversorgung.

Die analogen Zeiger der Messpegel fielen nach links, als risse sie eine unsichtbare Strömung mit, bis sie auf ihrem Ursprungsniveau aufschlugen. Lautlos. Conny Bahr legte ein paar Schalter um und stoppte die Aufnahme.

«Findest du, ich habe einen verkniffenen Gesichtsausdruck?», fragte Dudek scheinbar leichthin.

«Ja.»

«Manchmal oder öfter?»

Sie warf ihm einen langen Blick zu.

«Schon gut.»

Im Spannskamp legte Nadja den Kleinen, der seit der Feier schlief, in sein Bettchen.

Klaus und Eva hatten den Eltern eine kleine Funkanlage geschenkt, die Klaus installierte. Per Video konnten sie damit im Wohnzimmer jede Bewegung Yashas sehen.

Eva half Luka in der Küche, die Baguettescheiben, die er abgeschnitten hatte, zu belegen.

«Sie ist irgendwie was Besonderes», sagte Nadja zu Klaus, während sie Yasha zudeckte.

«Was meinst du?»

«Eva. Ich mein Eva. Sie ist so ... ich weiß nicht. Was Besonderes eben.»

Sie musterte ihn, und er bemerkte ihren Blick und schaute

auf. Nadja sah ihn sehr nachdenklich an, Klaus spürte regelrecht, wie es in ihrem Kopf nicht nur um ihn oder Eva ging. Und er spürte auch, dass da nichts war, was ihnen gefährlich werden konnte. Sie brütete was anderes aus.

«Sie hat erzählt, sie arbeitet als Tierarzthelferin.»

«Ja, Eva mag Tiere.»

Er stand auf und korrigierte den Winkel der kleinen Kamera.

«Sie hat gesagt, sie holt vielleicht ihr Abi nach, damit sie Tiermedizin studieren kann.»

Klaus nickte.

«Ich finde das ... bewundernswert.»

Er sah Nadja forschend an.

Vielleicht hätte Nadja ihm etwas mitgeteilt, etwas Wichtiges oder jedenfalls Nützliches, aber das würde er nie herausfinden, denn in diesem Augenblick klingelte es an der Haustür.

«Geh ruhig in die Küche, ich mach auf», sagte Nadja und war schon an ihm vorbei auf dem Flur.

Als er die Küche erreichte und unter Evas tadelndem Blick die Olive von einem Thunfischsandwich stibitzte, gellte Nadjas Schrei durch die Wohnung. So schrill und so hoch, als schreie ein verletztes Tier.

Nach einer Schrecksekunde waren Luka und Klaus mit einem einzigen Satz an der Tür zum Flur. Lediglich Eva besaß die Geistesgegenwart, sich den Korkenzieher zu schnappen.

Aber ebenso schnell, wie Luka und Klaus Nadja zu Hilfe eilen wollten, stoppten sie wieder ab, und Klaus wich sogar einen Schritt zurück.

Christoph Müller kam auf sie zu, und dort, wo sich an seiner rechten Hand Daumen und Zeigefinger befunden hatten, klafften Stümpfe aus Knochen, geronnenem Blut und Hautfetzen. Die streckte er ihnen entgegen, weinend und zornig zugleich.

«Da! Die haben die Türken mit einem Bolzenschneider abgekniffen! Ich kann keinen Schläger mehr halten! Ich hab euch vertraut! Ich hab dir vertraut, Luka! Du wolltest mich beschützen! Du hast es mir versprochen!»

## 21.

So eine Scheiße. Ist das zu fassen.»

Klaus schüttelte den Kopf und steuerte den Mustang durch einen Wolkenbruch, der sich am Abend als Paarung von drückender Hitze und stillstehender Luft angekündigt hatte. Erst raschelten warme Böen durch das Blattwerk von Bäumen und Büschen, dann kam von fern ein Grollen, und Blitze zerrissen den Himmel am Horizont.

«Ich fass es einfach nicht. Du?»

«Nein.»

Luka schüttelte immer wieder den Kopf, als könne sich – täte er es ausdauernd genug – plötzlich Erkenntnis einstellen.

Kaum standen sie vor Acos Haus, öffnete sich wie von Geisterhand die breite Pforte für die Zufahrt. Klaus hielt direkt vor der Haustür, und obwohl sie nur vier oder fünf Meter bis unter das Vordach zurücklegen mussten, waren sie klatschnass, als sie eintraten.

Ramona versorgte sie mit Handtüchern und setzte Tee auf.

Klaus hatte das Mikrophon aktiviert und auch im Rückspiegel den Transporter entdeckt, der ihnen von der Klinik aus, in die sie Christoph Müller gebracht hatten, folgte – aber er fand im Haus keine Erklärung dafür, wieso er sein durchnässtes Jackett anbehalten sollte.

Deswegen hörten Dudek und Bahr recht exakt zwölf Minuten lang den Geräuschen im Bad zu und dem Fön, mit dem Ramona die Jacketts der beiden trocknete. Dabei summte sie ein altes serbisches Kinderlied.

Es war Marjan Goric, der sie auf seine ruhige Art in ein kleines Besprechungszimmer führte. Auf einer kurzen Bank unter dem Fenster saß Aco Goric und nickte ihnen zu. Marjan nahm auf der einen Seite eines runden Tisches Platz, Luka und Klaus gegenüber.

Der Geruch von Holz lag schwer in der Luft. An zwei Wänden erhoben sich die Regale bis zur Decke. Sie waren bis zum letzten Zentimeter mit Büchern und Bildbänden vollgestellt.

Die Geschichte dahinter: Darius hatte die Regale säuberlich vermessen und in der Buchhandlung um die Ecke zwölf Meter Literatur bestellt. Dazu viereinhalb Meter Sachbücher und rund zwei Meter Bildbände.

Aco sprach nicht ein einziges Wort. Er nickte, neigte den Kopf oder schüttelte ihn, aber kein Laut drang über seine Lippen. Falls man ihr Gespräch abhörte, war er unsichtbar. Nicht anwesend.

Und sollte Klaus später das Gegenteil behaupten, würden zwei Gorics und Luka das verneinen.

*Täuschen Sie sich nicht*, sagte Dudek nachher, *ich wette, er hat jedes einzelne Buch gelesen. Und Marjan Goric auch.*

Grollen und Donnern lag über dem kurzen Gespräch, sie tranken dazu grünen Tee. Dann und wann jagte ein grellblaues Gleißen durch das Fenster.

Luka erzählte, was vorgefallen war, und Klaus half aus, wann immer Luka sich nicht korrekt erinnerte.

Luka begann mit dem Auftauchen von Müller am Umzugstag. Erzählte von seiner Begegnung mit Jyan Cyakan vor dem Aoife. Wie Müller sie dorthin geführt und Klaus ihn dort weggeschafft hatte. Wie Darius vor der Turnierhalle aufgetaucht war, um Müllers Spiel – und damit den verabredeten Ausgang – zu sichern. Und wie sich keiner der Türken dort hatte blicken lassen.

«Ich hab mit Darius gesprochen», sagte Marjan ruhig. «Müller sollte heute Abend für uns verlieren.»

«Ja», bestätigte Luka.

«Er ist der Lokalmatador», präzisierte Klaus, «seine Niederlage holt eine passable Quote für uns. Offensichtlich haben die Türken auf den Außenseiter gesetzt, der gegen ihn antritt. Taucht Müller nicht rechtzeitig zum Spiel auf, gilt sein Gegner als Sieger.»

«Wer ist das?», wollte Marjan wissen.

«Mark ... Mark ... Mark ...», sagte Luka schnell und leise in der Hoffnung, sein Gedächtnis möge den Nachnamen preisgeben.

«Mark Bischof», half Klaus aus, «netter Kerl. Kann bloß kein Tischtennis.»

Marjan notierte sich den Namen auf einem kleinen Block. Er war Linkshänder. Die Schrift klein und gestochen scharf.

«Luka, kannst du mir seine Adresse besorgen?»

Dabei sah er nicht mal von seinen Notizen auf.

«Klar.»

Klaus wagte einen Blick zur Seite. Aco Goric schaute nach draußen auf die Gewitterfront, die über sie hinwegzog. Er saß da wie ein Kind, fasziniert von den Naturgewalten und taub für das Gerede der Erwachsenen.

«Hat er gesagt, wer das war? Mit den Fingern?»

«Nur, dass Cyakan mit jemandem kam, der den Bolzenschneider dabeihatte. Nazim, glaube ich.»

«Ja», bestätigte Klaus, «Nazim. So hat er ihn genannt.»

«Nazim und weiter?»

Marjans Stift schwebte knapp über seinem Notizblock. Luka und Klaus deuteten ein Achselzucken an, woraufhin Marjan den Blick seines Vaters suchte, der ihm ruhig zunickte, als sei das etwas, das herauszufinden er übernehmen könne.

«Vielleicht hat er es Darius erzählt», meinte Luka.

Sie hatten für Nadja und Eva eine wirre Ausrede erfunden von einem Streit auf dem Gebrauchtwagengelände von Darius, bevor sie Christoph Müller in die Klinik fuhren. Luka rief sofort bei Darius an, und wie gewohnt fand der sich nur fünfzehn Minuten später zusammen mit Vukasin in der Klinik ein.

Klaus hoffte, Eva würde die Lage richtig einschätzen. Als er auf dem Weg von der Klinik zu Aco den Transporter im Spiegel sah, wusste er, dass sie einen Notruf an Dudek hatte absetzen können.

«Was ist jetzt mit Müller?», fragte Klaus.

«Darius bringt ihn weg», antwortete Marjan, ohne zu zögern. Der Blick, den er dabei auf Klaus gerichtet hatte, war sachlich: «Nur sicherheitshalber. Wir glauben, die sind mit Müller fertig – er ist kein Beidhänder, es macht keinen Sinn, ihn weiter zu verstümmeln. Aber den Türken fehlt offensichtlich jede Vernunft. Man muss bei ihnen mit allem rechnen. Ich habe mich vorhin besprochen», fügte der zweitälteste Sohn hinzu, und Klaus hatte keinen Zweifel, mit wem er sich besprochen hatte, «wir holen die Weichteile rein. Hierher. Das gilt für die Frauen und Kinder von Darius, mir und dir, Luka.»

«Wenn die Yasha was tun oder Nadja», sagte Luka, der mit einem Mal totenbleich geworden war, «vergess ich mich.»

Jetzt wandte Aco den Blick vom Gewitter auf seinen Neffen. Er sah ihm direkt in die Augen, und Luka erwiderte den Blick mit ernsthafter Entschlossenheit.

«Nadja weiß nichts vom Geschäft», meinte Klaus. Diese Umsicht für die Frau eines anderen überraschte Marjan kurz. Er nickte: «Wir überlegen uns was. Was ist mit deiner Freundin?»

Klaus schüttelte den Kopf: «Nein. Ich glaube nicht, dass sie gefährdet ist.»

«Ich auch nicht», pflichtete Marjan Goric ihm bei, «alle Männer bleiben draußen. Wir tun so, als sei überhaupt nichts geschehen. Wir zeigen uns. Es geht um Präsenz. Wir sind nach außen hin völlig unbeeindruckt. Christoph Müller ist nicht unser Mann, er gehört nicht zur Familie. Nastas ist mit Vukasin unterwegs, Spiridon mit Darius und so weiter. Immer zu zweit. Ich hab euch beide füreinander eingeteilt.»

Er fragte nicht, ob das für sie in Ordnung war oder nicht, sondern er ließ es sie mit freundlicher, ruhiger Stimme einfach wissen. Klaus machte sich die gedankliche Notiz, dass Marjan diese Einteilung mit Acos Segen vorgenommen hatte. Was für Dudeks These vom Kronprinzen Marjan sprach.

«Wir brauchen Waffen», befand Luka, «falls wir uns verteidigen müssen.»

Marjan kniff die Augen etwas zusammen, sein Blick wanderte von Luka zu Klaus: «Glaubst du das auch?»

Klaus hatte dazu eine Meinung, aber das war die Meinung von Klaus Burck, und für Klaus Roth war es besser, Einigkeit mit Luka zu demonstrieren – also nickte er. Auch das unter dem wachsamen Blick von Aco Goric.

«Um zehn Uhr heute Abend geht ihr in Hotels und bleibt dort. Wir haben für euch alle eins gebucht. Ihr beide nehmt benachbarte Zimmer. Lasst die Handys an und trinkt nicht zu viel. Vielleicht müsst ihr noch mal los.»

«Was ist um zehn?», fragte Klaus. Für einen Augenblick schien Marjan zu überlegen, ob er das klar beantworten sollte, entschied sich dann aber dagegen: «Wir wollen nur auf Nummer sicher gehen.»

Klaus glaubte ihm kein Wort, aber zu weiteren Erklärungen oder auch nur Andeutungen ließ Marjan Goric sich nicht hinreißen.

Im schweren Regen dirigierte Klaus den Ford Mustang nach Süden, in den Schaarsteinweg, vis-à-vis vom Michel und keine zweihundert Meter von den Landungsbrücken entfernt. Dort lag das Madison Hotel mit seinem Foyer, das sich offen bis in den siebten Stock schraubte und so eine eindrucksvolle Halle bildete.

Marjan Goric hatte sich nicht lumpen lassen. Sie erhielten beide eine Juniorsuite im fünften Stock mit Blick auf das Portugiesische Viertel. Zuerst rauchten sie in Lukas Suite eine auf dem Balkon. Beide in ihr eigenes Schweigen gehüllt, hingen sie ihren jeweiligen Gedanken nach, während der Regen mit unverminderter Wucht aufs Vordach trommelte. So stark, dass der beleuchtete Michel nur schemenhaft zu sehen war.

«Dir kommt das merkwürdig vor», sagte Luka so leise, dass der Regen beinahe seine Stimme verschluckte.

Klaus nickte: «Du hast gesagt, du kennst dich mit Boxen aus, aber nicht mit Fußball. Und ob ich einen Tipp habe. Und dann hast du mir deine Frau vorgestellt, und dann bin ich Pate geworden – und jetzt liegen da drinnen zwei Pistolen.»

Genauer gesagt zwei SIG Sauer P226, Typ 9 mm Parabellum, fügte Klaus in Gedanken hinzu.

Luka deutete ein Nicken an.

«Du kannst ja gehen, wenn du willst», bot Luka an. Seine Stimme war dabei frei von jedem Vorwurf oder Trotz. Sie war lediglich müde.

«Ich bin der Pate deines Sohnes – natürlich geh ich nicht», antwortete Klaus und ließ eine Pause ihre Wirkung entfalten, «aber was passiert um zehn?»

«Um zehn? Ich ... woher soll ich das wissen?»

Lukas Magen knurrte unüberhörbar.

Sie bestellten in der Bar neben der Rezeption Currywurst mit Pommes, dazu genehmigten sie sich ein Bier. Um sie herum saßen Geschäftsleute auf Lederhockern und starrten nach oben – auf dem Flachbildschirm lief ein Fußballspiel der zweiten Liga.

Klaus und Luka wussten, dass es zwischen der 70. und 80. Minute einen Freistoß wegen eines gestreckten Beines geben würde. Auch ohne gestrecktes Bein.

Nach dem Essen rauchten sie draußen eine, der Regen hatte endlich nachgelassen. Dann telefonierten sie mit ihren Frauen. Klaus gab vor, dazu eine Runde um den Block drehen zu wollen.

Es tat ihm gut, Evas besorgte Stimme zu hören. So gut sie konnte, hatte sie Lukas und Klaus' Lüge von dem Zwischenfall auf dem Gebrauchtwagengelände Nadja gegenüber gestützt. Mit der ihr eigenen Sachlichkeit, die sie offenbar auch mühelos auf ihr eigenes Verhalten anzuwenden in der Lage war, schätzte sie ihre Überzeugungskraft als gering ein. Ausgehend von der bereits wenig glaubhaften Ausgangslüge, wie sie nicht vergaß hinzuzufügen.

Sie befand sich mit Dudek in dem Transporter, der kaum hundert Meter weiter parkte.

Klaus entdeckte ihn, als er das Hotel umrundet hatte und wieder in den Schaarsteinweg einbog. Gerolf Wolfrum hatte den Wagen hinter einem Abfallcontainer geparkt, keine hundert Meter vom Madison entfernt.

Der Anblick tröstete Klaus Burck auf eine Weise, die er nicht näher benennen konnte.

Dudek kam an den Apparat. Klaus vermittelte ihm zügig die entscheidenden Maßnahmen, die Marjan und Aco Goric eingeleitet hatten – Frauen und Kinder in Sicherheit, der engere Zirkel in Zweierteams, die sich gegenseitig schützen konnten. Um 22 Uhr sollten alle abtauchen.

«Da läuft was», legte Klaus sich fest.

«Wir haben alle im Visier», gab Dudek zurück.

Klaus war ehrlich überrascht.

«Wie das? Ihre komplette Operation besteht nur aus Eva, Ihnen und mir. Haben Sie jemanden eingeweiht?»

«Nein. Ich habe das Drogendezernat eingespannt. Die denken, es geht um eine Lieferung Kokain.»

«Die werden nichts finden», stellte Klaus fest.

«Natürlich nicht. Aber sie haben alle im Blick.»

Klaus wollte nicht, aber er musste schmunzeln.

«Die haben uns mit Waffen ausgestattet.»

Kurz war Stille in der Leitung.

«Den Waffenbeförderungsschein liefern sie nach», fügte Klaus hinzu. «Ich nehm an, irgendein Urkundenfälscher schiebt heute Nacht Überstunden.»

«Seriennummern?»

«Nein. Es sind SIGs. 9er Parabellum. Die Seriennummern sind fein säuberlich rausgefräst worden. Ich seh zu, dass ich für die Ballistiker einen Schuss abgeben kann.»

«Riskieren Sie's nicht», wies Dudek ihn an. «Selbst wenn mit Ihrer SIG Sauer zehn Kinder ermordet worden wären, könnten wir die Waffe nicht einwandfrei einem von Gorics Leuten zuordnen. Ihr kleines Experiment wäre nicht gerichtsverwertbar.»

Klaus zündete sich eine neue Zigarette an.

«Wer raucht da?»

«Roth.»

Stille. Er schaute kurz zu dem Transporter rüber. Natürlich sah er Dudek nicht, spürte aber ganz sicher den Blick des VE-Führers.

Der übergab wieder an Eva Rittner, die ihn darüber unterrichtete, was nach ihrer Abwesenheit vorgefallen war. Spiridon war aufgetaucht und hatte Nadja unmissverständlich angewiesen, Sachen für ein Wochenende zu packen und mit Yasha mitzukommen. Aco Goric habe ihn geschickt.

Eva überbrachte er Grüße von Klaus – sie solle nach Hause gehen, ihr Freund würde sich morgen melden.

Er war sich sicher gewesen, dass auch ein zehnter Sliwowitz Lukas Zunge nicht lockern würde. Aber ein Kaffee zu später Stunde an der Bar tat es.

«Es ist Marjan. Auf Acos Anordnung», sagte Luka. «Er sorgt dafür, dass ich nicht mehr mitmische.»

«Die wollen, dass du Jura studierst.»

«Ja.»

«Du sollst eine weiße Weste behalten.»

«Ja. Aco und mein Vater haben früher für die Mafia gearbeitet.»

«Ach, komm.»

Klaus zupfte den Kragen seines Jacketts zurecht und schaltete das Mikro in der Hoffnung ein, dass es von Ramonas Fön nicht geröstet worden war.

«Im Ernst. Aco will, dass seine Söhne sich nicht mehr vor der Polizei verstecken müssen. Er hat gemerkt, dass das ein Generationending ist. Darius, Vukasin, die stecken bis zum Hals in Wettgeschäften. Marjan auch, aber anders. Marjan wird es groß aufziehen. Der steht nicht auf der Straße. Und mich sieht mein Onkel als Anwalt der Familie.»

«Warum studierst du dann nicht Jura?»

«Tu ich doch.»

«Ich meine richtig.»

Luka Moravac seufzte.

«Ich bin das nicht. Den ganzen Tag im Büro sitzen. Gesetze büffeln. Leute vertreten, die ich nicht mag. Vor Gericht für sie lügen. Ich bin das nicht.»

Er deutete ein unschlüssiges, aber in der Sache entschiedenes Achselzucken an.

«Wir sind auf der Straße groß geworden, verstehst du?

Wenn Darius draußen einer querkam, dann hat er sich Respekt verschafft. Einmal, da hat ihn einer von hinten abstechen wollen, und auf den hab ich mich gestürzt. Da.»

Er schob den Ärmel hoch und präsentierte Klaus eine Narbe am Ellbogen.

«Da war ich der Held», fuhr Luka mit einem traurigen Lächeln fort, «da hab ich zur Familie gehört. Da war ich ein Goric. Musst Darius mal fragen, da erzählt der heute noch von. Darius hat sie alle beschützt. Vukasin und Marjan. Aber das Gymnasium, das haben nur Marjan und ich gepackt. Aco hätte es schon damals gerne gesehen, wenn wir alle was anderes geworden wären. Ärzte oder Richter oder sogar Politiker. Aber wir sind … Straßenhunde. Du kannst uns in ein Nobelrestaurant mitnehmen und in die Oper oder in ein Museum für zeitgenössische Kunst – wir werden den Geruch nicht los.»

Er schwieg und zündete sich eine an. Die Kellnerin, die sie bis spät in die Nacht bediente, kam zu ihnen herüber.

«Entschuldigen Sie, Rauchen ist hier verboten.»

Klaus schob ihr einen Hunderteuroschein zu in der Hoffnung, Lukas Redseligkeit möge nicht abreißen. Sie steckte ihn ein und stellte einen Aschenbecher und zwei Pils auf die Theke.

«Geht aufs Haus», sagte sie und ging wieder.

«Yasha», sagte Luka.

«Hm?»

«Yasha. Das ist die Generation. Oder Darius' Kinder. Die werden das Geld intelligent verwalten. Aco steckt es in Immobilien. Aktien sind unsichtbar, das sagt er gerne. Ein Haus ist nicht unsichtbar. Aktien kann man nicht anfassen, ein Haus schon.»

«Ist ja was dran.»

«Ja, natürlich. Aber es ist eben provinziell. Heute sind schon Leute, die Geld über Casinos waschen, old school.

Man macht das über Holdings und Stiftungen, über Bankbeteiligungen, ich kenn mich da nicht im Detail aus, aber grob weiß ich, wie der Hase läuft.

Aco schwebt eine tadellose Fassade vor, ein lautloses Geschäft. Der Stress von heute mit Müller, diesem Patienten, ist Gift für das Geschäft. Solche Denkbefreiten wie aus dem Aoife machen unnötig viel Lärm.

Die Generation seiner Söhne wird diese Fassade nicht aufbauen, dafür sind wir zu sehr Straßenköter. Aber wir können das Staffelholz weitergeben. Marjan an seine Kinder und ich an Yasha. Und wer weiß, vielleicht schaffen Darius' Kinder auch das Gymnasium und können später studieren.»

Er nippte am Pils und sah Klaus an.

«Aco hat für die Mafia gearbeitet?»

«In München. Aber da war ich selbst noch ein Kind. Darius hat es mir erzählt.»

«Was hat er für die gemacht?»

«Leute eingeschüchtert. So was.»

«Dein Onkel?», fragte Klaus Burck mit scheinheiliger Überraschung.

«Ja. Mein Onkel.»

«Hat er mal jemanden ... über die Klinge springen lassen?»

«Aco?»

«Ja.»

«Keine Ahnung. Ich mag lieber über was anderes reden.»

«Klar. Frauen?»

Luka Moravac lächelte und nickte.

«Weißt du, es gibt nur einen Menschen, für den ich das Studium durchziehen würde, und das ist Nadja. Das ist das ganz große Glück in meinem Leben, dass ich sie kennengelernt habe. Ich ... ach, Scheiße, das ist peinlich.»

«Wie du meinst.»

Sie tranken von ihrem Bier, und Luka musste grinsen. Sie

zündeten sich noch eine an. Klaus wusste, dass er Luka mit scheinbarem Desinteresse am ehesten aufs Glatteis locken würde.

«Ich wach manchmal nachts auf. Dann liegt sie neben mir. Ich seh sie an, wirklich wie in einem Scheiß-Kitschfilm. Ich seh sie an, und ich weiß, dass ich sie gar nicht verdient hab. Im Grunde weiß ich: Ich hab nur irrsinniges Glück gehabt.»

«Das ist Quatsch, Luka.»

«Nein.»

Klaus sah ihm in die Augen – es war sein Ernst. Sein absoluter und heiliger Ernst.

«Ich würde alles für sie tun. Mann, ich hab einen Dusel, dass sie ausgerechnet mich liebt. Ich weiß nicht, warum.»

«Ich auch nicht.»

«Idiot.»

Schweigen. Sie nippten am Bier, zogen an ihren Zigaretten.

«Ich weiß es wirklich nicht.»

«Dann genieß es doch einfach.»

«Genau. So mach ich's. Ich genieß es einfach.»

Auf dem Bildschirm steckte der Schiedsrichter seine Trillerpfeife in den Mund und zückte die Rote Karte. Es war die 77. Spielminute.

«Jetzt erzähl ich dir mal, wie der Abend war, an dem Nadja und ich uns kennengelernt haben.»

Klaus schaltete das Mikro aus.

## 22.

Tommy, der Rotschopf, fuhr am nächsten Morgen vor und setzte sich zu ihnen an den Frühstückstisch, um sich den Teller so voll zu laden, dass kein Fingerbreit mehr draufpasste. Den tadelnden Blick des Kellners ließ er an sich abperlen.

«Wir treffen uns um halb elf bei Aco. Im Gästehaus.»

«Ist was passiert, heute Nacht?», erkundigte Klaus sich. Obwohl er ebenso wenig dem Alkohol zugesprochen hatte wie Luka, fühlten sie sich beide gerädert. Ihre Köpfe waren voller Gedanken gewesen, die keinen Schlaf duldeten.

«Weiß nicht», antwortete Tommy mit vollem Mund, «ich muss gleich noch rüber ins Hanse Clipper, zu Spiridon und Nastas.»

Das gab Klaus zwar keinen Aufschluss darüber, was nach zehn Uhr nachts vorgefallen sein konnte, vermittelte ihm aber indirekt zwei andere Informationen.

Ohne ihr Wissen hatte Marjan die Zweiergruppen nah beieinander platziert. Das Hanse Clipper war ein Apartmenthaus in nur 80 Metern Entfernung, die beiden Hotels trennte lediglich ein Park. Im Notfall wären sie also schnell zu viert gewesen.

Dass Tommy trotz Marjans Weisung, ihre Handys nicht auszuschalten, bei ihnen erschien und außerdem Nastas und Spiridon persönlich über das Treffen im Gästehaus unterrichten sollte, konnte nur bedeuten, dass Aco Goric jedes Telefonat untersagt hatte.

Damit die Knopfbatterie, die den kleinen Sender mit Strom versorgte, im entscheidenden Augenblick nicht den Geist aufgab, entschied Klaus sich, sie bis zu dem Treffen um halb elf zu schonen.

Tommy hieß mit bürgerlichem Namen Thomas Liebermann.

Klaus und Dudek hatten die Informationen, die der VE-Führer über Liebermann besaß, mit jenen zusammengefügt, die Luka bei einem Gespräch hatte fallenlassen. Demnach war Thomas Liebermann der Spezialist für Leichtathletik. 2012 hatte er noch zum Kader der Bundesrepublik gehört, der an den Olympischen Spielen in London teilgenommen hatte. Oder vielmehr: hätte teilnehmen sollen. Ein Motorrad fuhr ihn um, als er bei Grün über eine Fußgängerampel ging. Sechs Wochen Klinik, davon zweieinhalb auf der Intensivstation, anschließend anderthalb Jahre Reha. Als er wieder nach Hause kam, war seine Karriere als Zehnkämpfer vorbei.

Eines Nachts dann, während er dabei war, sich totzusaufen, riss Marjan ihn in seiner Stammkneipe an, löste die Schulden beim Wirt für ihn aus und machte ihn selbst zum Anreißer. Tommy konnte als Zehnkämpfer unter den Leichtathleten interdisziplinär vorgehen – er kannte Stabhochspringer, Sprinter und Kugelstoßer ebenso wie Weitspringer, Diskuswerfer und Langläufer.

Für ein Minimum an Geld, immer nur den einen großen Auftritt vor Augen und den damit möglicherweise verbundenen Ruhm, vollzogen sie einen Raubbau an ihrem Körper und an ihrer Lebenszeit. Und natürlich waren gerade die Zweit- und Drittplatzierten, diejenigen, die es um ein Haar nicht geschafft hatten, besonders empfänglich dafür, sich ihre Entbehrungen wenigstens ein ganz kleines bisschen aufwiegen zu lassen.

Nachdem Tommy sich noch einen Nachschlag am Frühstücksbuffet besorgt hatte, dessen Rest er sich für unterwegs einpacken ließ, machten Klaus und Luka sich auf den Weg.

Das Gewitter hatte sich bis um fünf Uhr morgens über der Stadt entladen, und die Septemberluft roch nach Laub und Gras und Asphalt.

Mit einer unauffälligen Bewegung – das hatte er inzwischen geübt – schaltete Klaus Burck an einer roten Ampel das Mikro ein. Der Transporter hatte sich fünf Wagenlängen hinter ihnen auf der rechten Spur postiert.

Es war Marjan, der sie in der Großen Bahnstraße empfing.
«Wo ist Nadja?», fragte Luka.
«Sie ist oben im Gästezimmer. Du kannst nachher zu ihr. Kommt mit.»
Marjan Goric wartete keine weitere Frage ab, und mit der zügigen Art, mit der er sie zum Gästehaus unten am Weiher führte, signalisierte er, ohnehin keine weiteren Auskünfte erteilen zu wollen.

Das Gästehaus bestand aus einem kleinen, quadratischen roten Klinkerbau mit einem Walmdach. Darunter beherbergte es ein Schlafzimmer mit einem Bad en suite und eine Kochnische samt Couch und Fernseher. Unten, im Erdgeschoss, in das Klaus nach Marjan und Luka eintrat, befand sich eine große Umkleide samt Dusche. Und in einer Ecke eine große Sauna, in der sich bereits ein paar Männer befanden.

Klaus konnte einen flüchtigen Blick auf Aco Goric erhaschen, der ein Handtuch über seinen Schoß gelegt hatte.

Als er registrierte, wie Marjan und Luka ihre Kleider auszogen, stutzte er.

«Nur keine Scheu», ermutigte Marjan ihn, als er Klaus' Zögern bemerkte, «wir sprechen da drinnen.»

Mit einer Kopfbewegung deutete er in Richtung Sauna.

«In der Sauna?», fragte Klaus, damit Dudek und Eva in dem Sanitär-Transporter sich halbwegs ein Bild davon machen konnten, was hier gerade vor sich ging.

«Ja», sagte Marjan, «ist das ein Problem?»

«Nein», beeilte Klaus sich zu sagen, «kein Problem, ich ... ich bin nur kein großer Fan vom Schwitzen.»

«Dauert nicht lange», sagte Marjan und schlüpfte aus seiner Unterhose. Sein Körper war von jener Blässe und jenem leichten Übergewicht, die Bürojobs mit sich brachten.

Hinter ihnen erschien Tommy mit Nastas und Spiridon.

«Ihr seid spät dran», ließ Marjan sie wissen und reichte Luka und Klaus je ein weißes, großes Handtuch.

Klaus faltete sein Jackett gewissenhaft einmal in der Mitte und legte es so auf seine anderen Kleider, dass das Mikro bestmöglichen Empfang hatte.

Dann folgte er Marjan und Luka in die Sauna, in der sich bereits Darius und Vukasin eingefunden hatten. Man begrüßte sich kurz und knapp, dann wies Marjan ihm einen Platz am Eingang zu. Es duftete nach frisch gefällter Birke.

Klaus versuchte wach und unbeteiligt zu wirken und gleichzeitig in den Gesichtern der anderen zu lesen. Aco, dessen Körper von Schweißperlen übersät war und der sich mit der Zunge immer wieder über die nassen Lippen fuhr, wirkte wie immer. Nur ernster. Und nicht ganz bei der Sache, als beschäftige er sich in Gedanken mit etwas ganz anderem. Klaus hatte eine Ahnung, worum es dabei gehen konnte – mit dem, was gestern nach 22 Uhr geschehen war.

In dem Moment kamen Nastas, Tommy und Spiridon dazu. Tommys Brust und Schultern waren von Sommersprossen überzogen, und obwohl er sich seit zwei Jahren gehenließ, konnte man seinem Körper noch die sportliche Vergangenheit ansehen.

Darius versorgte sie alle noch mit einem Birkensudaufguss,

und nachdem er seinen Platz wieder eingenommen hatte, kehrte kurz Stille ein.

Das hier, dachte Klaus, ist der innere Zirkel des Goric-Clans. Die Söhne Darius, Marjan und Vukasin. Die Getreuen Spiridon, Nastas und Tommy. Der Neffe Luka Moravac. Und dessen neuer Freund.

Vielleicht hatte Benny Gerstmann ebenso wie er hier gesessen, mit dem Schweiß, den der Körper durch jede Pore nach draußen abgab, um sich Erleichterung von der drückenden Hitze zu verschaffen, die selbst die Luftröhre hinabkroch.

Hatten sie damals schon Verdacht geschöpft? Und wer hatte es dann getan? Einer alleine? Darius? Oder waren sie zu zweit gewesen? Vukasin und Nastas?

Er erinnerte sich, wie Dudek die Observationsfotos an die Wand gepinnt hatte, dabei aufmerksam von Madame beobachtet, die hinter den Bewegungen ihres Herrchens die Vorbereitungen für ein Spiel vermutete, das sie noch nicht kannte. Eines mit leckeren Belohnungen.

*Das ist alles? Das ist der ganze Goric-Clan?*, hatte Klaus gefragt.

*Nicht ganz*, hatte Dudek gesagt. *Aco kann noch diesen oder jenen aktivieren, und auch die Anreißer wechseln.*

*Was wäre er in einem Teich?*

*Ein Hecht vielleicht.*

*Und diese paar Jungs machen Hamburg aus Wettmafia-Sicht unsicher?*

Klaus erinnerte sich noch sehr genau an Dudeks Blick, er meinte, seinen Schnauzer leicht zittern zu sehen bei der Begegnung mit so viel Dummheit.

*Sie machen Norddeutschland unsicher*, hatte der VE-Führer ihn korrigiert, *und wenn Sie meinen, etwas sei zu klein, um etwas auszurichten, sollten Sie mal versuchen, in einem Zimmer mit einer Mücke zu schlafen. Blut ist dicker als Was-*

*ser. Die Gorics stehen erst dann nicht mehr auf, wenn sie allesamt tot sind. Vergessen Sie das nicht. Aco Goric wirkt wie ein netter, kleiner Onkel, der Tiramisu löffelt. Das ist er nicht, Herr Burck.*

Und genau dieser Aco Goric ergriff jetzt das Wort. Ruhig, beinahe leise, sagte er: «Ich habe euch hergebeten, weil hier gestern etwas in Bewegung geraten ist, was ich noch nicht ganz überblicke. Wie ihr wisst, haben die Türken um Jyan Cyakan, der in Bahrenfeld residiert, in diesem Lokal ... wie ist noch der idiotische Name?»

«Aoife», sagte Luka.

«Genau. Jedenfalls: Sie haben Christoph Müller zwei Finger amputiert. Die Nachricht ging an uns.

Sie haben vor ein paar Wochen versucht, ein Spiel zu manipulieren, Luka hat Cyakan zur Rede gestellt, aber der Mann wollte nicht reden. Danach haben sie unseren Spieler in Ruhe gelassen. Bis gestern.»

Er machte eine Pause und nuckelte per Strohhalm an einer eiskalten Flasche Cola, die er einem winzigen, in die Wand eingelassenen Kühlschrank entnahm, in dem er sie auch wieder abstellte. Klaus sah, dass die Fragen, die sich in seinem Kopf stapelten, auch in den Gesichtern der anderen standen. Sie alle brannten darauf, mehr zu erfahren. Aber sie alle schwiegen auch.

«Wir haben Müller jetzt weggeschafft. Die werden ihm nichts tun, das wäre unsinnig. Trotzdem musste er weg, damit er jetzt von sich aus nichts unternimmt.»

Er nickte Marjan zu, der die Sache weiter ausführte: «Der Mann mit dem Bolzenschneider heißt Nazim Usai. Ein schwerkrimineller Totschläger, der längst ausgewiesen sein sollte. Er ist dumm wie ein Feldweg, und er gehorcht Cyakan aufs Wort. Die deutschen Behörden sind mit seiner Ausweisung wie gewohnt etwas lasch. Also wollten wir etwas nachhelfen. Dazu hab ich euch in Hotels eingecheckt. Als Bereitschaft, falls was aus dem Ruder läuft. Aber auch, falls die Strafverfolgungsbehörden wissen wollen, wo ihr nach zehn Uhr gewesen seid. Ihr habt Alibis.»

Aco Goric nickte, um den Faden wieder aufzunehmen: «Da sich Chancen immer dann multiplizieren, wenn man sie ergreift, hab ich Darko einfliegen lassen.»

Darius und Spiridon merkten auf. Noch nie hatte Klaus auf ihren Gesichtern so etwas wie Nervosität wahrgenommen – wohl aber in diesem Moment.

«Wer ist das?», fragte Luka.

Genau das interessierte Klaus auch. Dudek hatte diesen Namen nie erwähnt, und so war er dankbar, dass Luka statt seiner nachhakte.

«Es ist nicht wichtig», sagte Aco knapp, «er ist tot. Sie haben ihn auf offener Straße erschossen, drüben in Wilhelmsburg. Vor fünf Stunden.»

«Nein», entfuhr es Darius. Er schüttelte den Kopf, in seinem Blick lag echte Fassungslosigkeit.

«Darko ist tot?», fragte auch Spiridon ungläubig.

Aco nickte.

«Er hatte zwei Finger dabei, die wollten sie zurück», meinte Marjan.

«War er alleine?», wollte Spiridon wissen.

«Ja.»

Marjan Goric nickte.

«Woher wisst ihr das dann mit den Fingern?»

Marjan sah zu Aco, der ihm mit einem Nicken freie Hand gab.

«Wir haben jemanden in der Notrufzentrale der Hamburger Polizei, der für uns arbeitet.»

«Wen?», fragte Klaus instinktiv.

Die Augen der anderen richteten sich auf ihn. Stumm forderten sie eine Erklärung. Eine Erklärung. Eine Erklärung, die er nicht hatte. Die er brauchte. Und jetzt schnellstens erfinden musste.

«Warum willst du das wissen?», fragte Spiridon. Der Mann, der ihm auch all die Fragen über sein Verhältnis zu Eva gestellt hatte. Dieselben Fragen, wie Eva und er später entdeckten, die Dinka ihr gestellt hatte.

*Die Nummer ist abgesprochen*, hatte Eva gesagt, *die haben uns gecheckt. Doublecross.*

Sie hatte recht, wie Klaus jetzt begriff.

«Warum willst du das wissen?», wiederholte Spiridon.

«Weil wir neulich mit dem Wagen durch Hamburg sind», erwiderte Klaus, der die Erleichterung über die soeben gefundene Ausrede aus seiner Stimme strich und durch Lässigkeit ersetzte, «da hätten wir jemanden gebraucht, der uns sagt, was an Straßen gesperrt ist und was nicht.»

Das leuchtete allen ein, die Aufmerksamkeit wandte sich wieder Aco Goric zu.

Und mit einem Mal war Klaus dankbar, in einer Sauna zu sitzen, wo die Schweißperlen, die sich auf seiner Stirn bildeten, nicht weiter auffielen – wen gab es noch bei der Hamburger Polizei, der die Gorics mit brandheißen Informationen versorgte? Hatte Aco eventuell sogar einen Informanten im LKA?

Er schluckte leer bei der Vorstellung und leistete Dudek wegen seiner umsichtigen Vorkehrungen, die Klaus bisweilen ein paranoides Niveau erreicht zu haben schienen, innerlich Abbitte. Dudek hatte keinen Sicherheitsfimmel. Er war in Bezug auf Aco Goric und dessen Einfluss bloß Realist, das war alles.

«Ich habe Darko zu diesem Usai geschickt. Aber die Türken waren vorbereitet, es war … eine Falle. Darko hat Jyans Bruder angeschossen, Usai auch zwei Finger abgeschnitten und sich dann abgesetzt. In Wilhelmsburg haben sie ihn gerammt. Es gab einen Schusswechsel. Darko ist am Kopf getroffen worden. Wie es aussieht, war er sofort tot. Er hat vorher noch den türkischen Fahrer töten können.»

«Ob Jyan Cyakan ihn erschossen hat oder sein Begleiter, wissen wir noch nicht ganz sicher. Aber wir kriegen das raus», ergänzte Marjan.

«Woher wisst ihr das so genau?», fragte Nastas und strich sich über seinen feuchten Schnurrbart.

«Ich war in der Nähe», war Marjans ganze Antwort.

Kurz herrschte Schweigen, und jeder ließ das, was Aco und Marjan Goric erzählt hatten, in seinem Kopf nachhallen. Gegen 22 Uhr gestern Abend hatten sie versucht, Nazim Usai abzufangen. Darko war vermutlich mit der letzten Maschine aus Serbien gekommen, und Klaus war sich sehr sicher, dass er im Besitz eines Tickets für die erste Maschine zurück gewesen war.

«Wir sollten sie alle umbringen», brachte Darius gepresst hervor.

«Ja», stimmte Nastas zu.

«Ich habe Jyan Cyakan das Gespräch angeboten», stellte Aco ruhig fest.

Niemand wagte zu widersprechen, aber Klaus konnte die Enttäuschung über diesen Schritt, der von der Gegenseite zweifelsfrei als eine Geste der Schwäche interpretiert werden würde, beinahe physisch spüren.

Dass Marjan mit überraschtem Blick zu seinem Vater aufsah, verriet die Einsamkeit von Aco Gorics Entscheidung.

«Er hat angenommen. Morgen wird es ein Treffen geben. Jyan Cyakan ist jetzt natürlich vorsichtig. Ebenso wie sein Bruder. Wir töten sie trotzdem beide.»

Das einzige Geräusch war das Zischen des Aufgusses. In den Blicken der anderen lag Überraschung und … Respekt.

Nichts an Aco Goric erinnerte mehr an den Mann, der bei den Süßspeisen stand und sich wegen seiner Figur einen Seitenhieb von seiner Frau gefallen lassen musste.

«Marjan organisiert das Treffen. Wir bestehen auf zwei Männern. Jyan Cyakan und einen Begleiter. Darius, du tötest ihn. Nastas, du den zweiten Mann. Luka, Klaus, ihr seid die Fahrer und die Reserve. Spiridon, du findest raus, wo Torun Cyakan morgen um zehn Uhr ist. Vukasin, du tötest ihn. Marjan begleitet dich. Tom und Spiridon – ihr bleibt zu Hause.

Und dahin geht ihr jetzt alle. Nach Hause. Mit euren Kindern und Frauen.

Wenn sie klug sind – was ich natürlich bezweifle –, haben die Türken ihre Leute draußen. Ich habe mit Jyan Cyakan einen Frieden ausgehandelt. Zu seinen Bedingungen, die er morgen diktieren soll. Um diesen Anschein zu wahren, will ich, dass ihr nach Hause geht. Kein Telefon. Alle Anweisungen kommen persönlich über Marjan oder Spiridon.»

Der Transporter parkte zwei Straßen weiter. Conny Bahr, Eva Rittner und Frank Dudek waren um die Funkanlage versammelt, Bahr trug Kopfhörer.

«Sie kommen wieder raus», sagte sie jetzt, legte die Kopfhörer ab und drehte die Lautstärke auf. Schritte. Geraschel. Im Hintergrund liefen noch die Duschen.

«Da sind meine Socken», sagte jemand.

Eva und Dudek hörten konzentriert zu, sie waren zur Reglosigkeit erstarrt.

Klaus erfasste intuitiv, dass Aco Goric als Letzter gehen würde, und so ließ er sich beim Duschen Zeit. Und anschließend beim Anziehen.

Luka war der Vorletzte.

«Ich bin draußen, eine rauchen», sagte er. Klaus nickte.
Aco kam und rubbelte sich mit einem großen, weißen Handtuch trocken, als Klaus Burck sich bereits die Schuhe band.
«Kann ich Sie kurz sprechen?»
«Natürlich.»
«Sie, Darius und ich sind ...»

«... Yashas Paten», fuhr Klaus fort. Während Eva sich noch fragte, was genau Burck beabsichtigte, spannte Frank Dudek sich unwillkürlich.
«Zeichnen wir auf?», erkundigte er sich und konnte die Aufregung nicht aus seiner Stimme bannen.
«Doppelt», versicherte Bahr ihm.
«Ja, das sind wir. Machst du dir Sorgen um Yasha?», hörte man nun die sanfte, beinahe kindliche Stimme des Patriarchen.
«Was denken Sie, hat er vor?», flüsterte Eva.
«Er legt eine Leimrute aus», wisperte Dudek.

Klaus band sich die Schnürsenkel des anderen Schuhs.
«Wissen Sie, ich möchte Ihr Vertrauen in mich nicht enttäuschen. Sie haben mir eine große Chance gegeben.»
«Du hast Talent. Du bist klug. Ich habe ein Faible für kluge Männer. Du weißt, was du bewältigen kannst. Und du weißt, wo deine Grenze ist. Es gibt nicht viele, die das wissen. Eine Gesellschaft, in der jeder zu einer realistischen Selbsteinschätzung in der Lage wäre, wäre auch in jeder Hinsicht mächtiger als unsere. Und: wahrhaftiger.»

«Warum», hörten sie Aco Gorics Stimme im Transporter, «befürchtest du, du könntest mich enttäuschen?»
«Wegen morgen. Ich würde mein Leben geben für Yasha,

wenn es sein müsste. Und ich würde es für Luka und seine Frau aufs Spiel setzen, wenn es nötig wäre.»

«Er will», sagte Rittner leise, die nun begriff, was ihr Vorgesetzter bereits erfasst hatte, «dass er den Mordauftrag bestätigt.»

«Ja, und das ist nicht ganz unriskant», antwortete Dudek.

«Ich sage das nicht einfach so», schob Klaus nach, «ich habe viel nachgedacht über die Patenschaft für Yasha. Was sie bedeutet. Für ihn. Für mich. Aber einen Mord begehen, auch wenn es Jyan Cyakan ist, das kann ich nicht.»

Aco kniff die Augen etwas zusammen und sah ihn aufmerksam an. Es war der Versuch, einen direkten Blick in Klaus' Kopf zu werfen.

«Mord? Wovon redest du? Hab ich nie in den Mund genommen, das Wort.»

Er runzelte die Stirn und erwartete offensichtlich eine Erklärung,

«Aber eben in der Sauna. Als Sie sagten ...»

«Ich weiß sehr genau, was ich gesagt habe», unterbrach Aco Goric ihn ohne jede hörbare Schärfe, «ich sagte, du sollst bitte meinen Sohn und Nastas zu einem Treffen fahren. Und dabei Luka mitnehmen. Fahren, Klaus», er grinste breit, «damit hast du dich doch empfohlen. Da verlass ich mich auf dich. Kann ja sein, dass Darius schnell woanders hin möchte. Dann bist du sein Mann. Du sollst morgen Chauffeur sein. Meinst du, du kannst mir den Gefallen tun? Morgen?»

«Ja. Ja, natürlich.»

«Gut. Ich würde niemals mehr von dir verlangen.»

Er hatte es riskiert, und er hatte verloren. Er konnte nachsetzen, er konnte sogar Aco Goric mit seinem Auftrag zum Dreifachmord höchstpersönlich zitieren, aber der hatte längst signalisiert, sich unter vier Augen keinesfalls zu wiederholen.

Noch einmal nachzuhaken hätte die Beweislage nicht verbessert. Aber Klaus' Situation unnötig verschlechtert.

Er stand auf und ging zur Tür, um sich dort noch einmal zu Aco Goric umzudrehen: «Ich wollte nur, dass Sie wissen, wie weit ich gehe.»

«Das weiß ich», antwortete Aco.

Und das war jedenfalls weiter, als Dudek vermutet hätte.

## 23.

Als Klaus seine Wohnungstür aufschloss, wurde er bereits von Frank Dudek und Eva erwartet.

Klaus schloss die Tür und warf dann die Kaffeemaschine an.

«Beinahe hatte ich ihn.»

«Das haben Sie gut gemacht. Was war in der Sauna? Hat Goric einen Mord befohlen?»

«Nicht nur einen – drei.»

Er spannte die beiden keinen Augenblick lang auf die Folter, sondern wiederholte in einer Art Gedächtnisprotokoll alles, was in der Sauna gesagt worden war. Währenddessen ging Dudek mit sich vertiefender Sorgenfalte im Raum auf und ab. Eva saß mit ernster, unbewegter Miene auf dem Stuhl unter dem Dachfenster, wo sie einen Tee kalt werden ließ.

«Sie dürfen da auf gar keinen Fall mit», entschied Dudek, als Klaus Burck seinen Rapport beendet hatte. «Sie dürfen bei einem Mord nicht tatenlos zuschauen. Dafür würden Sie ins Gefängnis gehen. Und zwar zu Recht. Und ich auch. Und das auch zu Recht.»

«Wenn Klaus eingreift», meinte Eva, «fliegt er auf. Und nicht eingreifen darf er nicht.»

«Das ist eine klassische Zwickmühle», stimmte der VE-Führer ihr zu, «wir haben kaum Bewegungsspielraum.»

«Das ist optimistisch ausgedrückt», fand Klaus, «wir haben *gar keinen* Bewegungsspielraum. Ich muss den Mord verhindern.»

«Nein», erwiderte Frank Dudek scharf, «damit wären wir

wieder bei null. Noch schlimmer: Aco Goric würde für immer abtauchen, er würde vom Radar verschwinden.»

«Aber zulassen kann ich den Mord auch nicht», warf Klaus ein und zog aus dem Ärger, den er in seiner eigenen Stimme mitschwingen hörte, den Schluss, dass er die Mission nicht beenden wollte. Nicht jetzt. Nicht so.

«Klaus könnte mitgehen, es gibt einen Zugriff – der Mord wird verhindert», schlug Eva vor. Klaus hätte sie umarmen können: «Das ist es.»

«Nein», sagte Dudek nachdrücklich, «das ist es nicht. Wir können Herrn Burck nicht separieren. Wir verhaften die zusammen. Da kommen Anwälte, da kommen Staatsanwälte. Da kommen Polizisten, Verhöre. Spurensicherung. Der ganze Kram.»

Er blieb jetzt mitten im Raum stehen, ihn und Klaus trennte kein Meter: «Wenn ich Sie offiziell verhaften lasse, bringen wir Ihre Tarnung in Gefahr. Und damit Ihr Leben.»

«Aber es wäre ...»

«Was auch immer Sie einwenden wollen, ich kann dem nicht zustimmen. Ihre Tarnung ist Ihre einzige Lebensversicherung. Und die kann ich nicht garantieren, wenn Sie mit einem Dutzend Polizisten und Staatsanwälten und vielleicht sogar Vollzugsbeamten in Berührung kommen. Wissen Sie, wer von denen noch für Aco Goric arbeitet? Sie haben doch gerade selbst erzählt, dass einer unserer 110-Leute den Serben zuarbeitet. Nein. Sie sind morgen krank.»

«Krank? Ist das Ihr Ernst? Glauben Sie, die Gorics schlucken das? Ausgerechnet morgen?»

«Es kann vorkommen, oder?»

«Ja ... nein. Nicht an diesem Tag. Genauso gut können Sie mir gleich hier in den Kopf schießen, das läuft auf dasselbe raus.»

«Ihr Kaffee wird kalt.»

«Mir ist gerade wichtiger, dass ich lange genug lebe, um noch ein paar mehr trinken zu können.»

In sachlicher Unversöhnlichkeit verharrten sie voreinander.

«Versuchen wir's logisch», schlug Eva Rittner vor. «Wenn Klaus mitgeht, muss er den Mord verhindern – und verbrennt seine Tarnung. Wenn er mitgeht und wir den Mord per Zugriff verhindern, besteht genauso die Gefahr, dass er auffliegt.»

«So ist es», bestätigte Frank Dudek.

«Dann darf er nicht mit, und wir müssen den Mord ohne ihn verhindern.»

«Ziehen Sie jetzt noch eine Schlussfolgerung, und Sie landen bei meinem Vorschlag»,

Klaus nickte: «Schön, gut. Ganz egal, was morgen passiert, ich darf nicht dabei sein. Und dafür muss es eine Erklärung geben.»

«Ja», sagte Dudek, «Sie werden heute Nacht krank. Das kommt vor. Ich weiß, die Nummer ist nicht ganz astrein, aber wir werden Sie schützen.»

«Wir?»

Ihre Blicke trafen sich, und beiden war, als bliebe die Zeit stehen, als erstarre Eva auf ihrem Stuhl, als verharre der Zeiger der Uhr, stünden die Wolken draußen am tiefblauen Himmel still, verdichtete sich das Lied im Radio zu einem einzigen, dumpfen Ton und als seien sie die einzigen Menschen, die sich in einer plötzlich versteinerten Welt bewegen konnten.

«Die werden mich töten, wenn Sie einen Fehler machen.»

«Ich werde keinen Fehler machen.»

Und das war ihr Pakt. Er brauchte keinen Handschlag, er war geschlossen, und damit traten sie zurück in die Zeit, in der Eva sich räusperte, das Radio wisperte, die Wolken weiterzogen.

Und egal, wie sehr Klaus sich wehrte, war er im Innern ergriffen von Dudeks Versprechen. Es bedeutete: Ich gebe mein Leben, um deines zu erhalten, wenn es sein muss, sterbe ich für dich.

Klaus Burck wusste nicht, wie und warum er das verdient hatte, er spürte nur, dass dadurch eine jahrelange Sehnsucht gestillt wurde, und er wusste, dass Dudek es genau so meinte, wie er es sagte. Es gab keine Unklarheit, kein Vertun. Das war der Pakt. Und jetzt endlich war er zu Hause.

«Gut», sagte er deshalb, «so machen wir es.»

## 24.

Es hatte schon das zweite oder dritte Mal geklingelt, als es endlich als das Zeichen einer anderen Welt in Klaus' Traum drang. Er schnellte mit dem Oberkörper hoch, um dann festzustellen, wie die Decke an seiner nackten Haut klebte. Das Haar lag ihm klatschnass in Stirn und Nacken, er hatte das Kopfkissen und sein Bett vollgeschwitzt.

Wieder klingelte es. Er schwang die Beine aus dem Bett, und obwohl es ein warmer Septembertag war, fröstelte er. Klaus stand auf und warf sich den Bademantel über, der an einem Haken der Schlafzimmertür hing. Der sanfte Schwung riss ihn dabei um ein Haar von den Beinen. Kurz musste er sich an der Wand abstützen.

Dudek hatte Eva gestern Nachmittag weggeschickt. Etwa eine halbe Stunde später war ein alter Mann aufgetaucht, Doktor Conradi. Er spritzte ihm wenig zimperlich eine Dosis BCG in den Oberarm. Es brannte etwas.

«BCG?»

«Ja.»

«Was ist das?»

«Bacille Calmette Guerin», brummte der Arzt.

«Das brennt, ist das okay?»

«Indianerherz kennt keinen Schmerz», wusste Conradi. «Das ist ein Tuberkuloseerreger.»

«Ist der Mann kein Sicherheitsrisiko?», wollte Klaus von Frank Dudek wissen, als Conradi die Wohnung mit seinem hundert Jahre alten Arztkoffer wieder verlassen hatte.

Der schüttelte den Kopf: «Doktor Conradi ist nur Arzt,

weil ein Arzt viel verdient. Er könnte genauso gut Gebrauchtwagen verkaufen oder Shampoo. Wenn er Sie verraten will, bieten wir ihm einfach mehr. Er verrät immer die Seite, die ihm weniger nutzt.»

Auf zittrigen Beinen schlurfte Klaus jetzt zur Tür und öffnete sie – Nadja.

«Nadja ...»

«Ja. Ist früh. Tut mir leid. Ist dir nicht gut?»

«Nein.»

Sie beugte sich etwas vor und musterte ihn mit echter Besorgnis.

«Du siehst nicht gut aus.»

«Du bist eine tolle Frau», sagte er, «nur an deinem Charme musst du noch etwas arbeiten.»

Nadja Moravac musste lachen, aber ihr Blick war ernst. Sie hatte was auf dem Herzen.

«Möchtest du reinkommen?»

«Ich will nicht stören.»

«Es ist nur wegen Yasha. Ich will nicht, dass er krank wird.»

«Ja», sagte sie und trat zu seiner Überraschung trotzdem ein. Klaus schloss die Tür hinter ihr. Nadja sah sich um, so wie es Darius das erste Mal getan hatte. Nur dezenter. Das Wohnzimmer. Die Küche. Das Bad. Das angrenzende Schlafzimmer.

«Eva ist nicht da?»

«Sie kommt später. Sie ... arbeitet jetzt.»

«Natürlich.»

«Möchtest du was trinken?»

«Nein.»

Er nickte und ging zur Kaffeemaschine. Die röhrte, als würde sie jeden Moment zusammenbrechen. Klaus stützte sich an der Anrichte ab. Er erfasste mit einem Blick, wie Nadjas Finger einen stummen Kampf miteinander ausfochten.

«Du ... du kannst ja gar nicht mit.»

«Was?»

«Luka hat gesagt, ihr geht heute alle kegeln», erklärte Nadja, «aber da kannst du ja nicht mit.»

«Nein. Ich muss Luka noch anrufen.»

«Ich kann's ihm ausrichten.»

Klaus zögerte kurz. Mit Dudek hatte er vereinbart, Luka per Telefon zu informieren. Aber jetzt war Nadja da. Sie hatte ihn gesehen. Sie konnte bezeugen, dass er nicht log. Also nickte er: «Ja, das wäre nett.»

Klaus setzte sich aufs Sofa. Ihm war schwindlig.

«Soll ich dir einen Tee machen?»

Klaus hob abwehrend die Hand: «Eva hat mir schon ungefähr hundert gemacht. Danke, nein.»

Nadja nickte zwar, aber er konnte ihr ansehen, dass sie nicht bei der Sache war. Ihre Gedanken waren weit entfernt und kreisten dort um etwas ganz anderes. Etwas, das sie aus der Obhut ihres Schwiegervaters bis hierher getrieben hatte.

«Ich wusste nicht, dass es mir so schwerfällt.»

«Was denn, Nadja?»

Sie setzte sich an den Esstisch und sah ihn mit ihren dunklen Augen an.

«Du weißt, dass Luka dich mag.»

«Ich mag ihn auch.»

Kurz huschte ein Lächeln über ihr Gesicht.

«Ich mach mir Sorgen um ihn.»

«Das musst du nicht.»

«Ich weiß doch, dass ihr keine Gebrauchtwagen verkauft, Klaus.»

Klaus Burck war überrascht und ärgerte sich dann insgeheim über die naive Vorstellung, man könne einer Frau wie Nadja Moravac auf Dauer etwas vormachen. Dafür war sie viel zu klug.

Er seufzte.

«Ich», begann sie, winkte dann aber ab, «nein, anders: Mir ist absolut klar, dass du über bestimmte Dinge mit mir nicht reden darfst. Weil du sonst Ärger bekommst.»

«Ich bekomm keinen Ärger mit Luka.»

«Ich spreche von Aco. Und ich mach mir Sorgen um Luka, weil er für seinen Onkel illegale Sachen macht. Mit dir. Irgendwann wird er geschnappt.»

Klaus schüttelte den Kopf. «Nein. Luka ist viel zu clever.»

«Und dich kriegen sie auch, Klaus», fuhr Nadja unbeirrt fort. «Wenn ihr keinen Fehler macht, machen ihn andere. Verstehst du? Niemand hat eine Glückssträhne bis zum Ende seines Lebens. Dann seid ihr beide für Jahre weg, richtig? Was sagt Eva dazu?»

«Sie weiß es nicht.»

Klaus' Antwort bestätigte offensichtlich ihre stumme Vermutung, denn sie nickte. Um ihn dann mit einer gewissen Traurigkeit im Blick zu mustern.

«Meinst du, Evas Bett ist frei, wenn du dann wieder rauskommst, nach fünf Jahren? Oder sieben? Denkst du das wirklich?»

Klaus schenkte ihr ein entwaffnendes Lächeln.

«Ich verrat dir was: Wir wetten. Du erinnerst dich, wieso alle auf Lukas Geburtstag so heiß darauf waren, die Sportergebnisse zu sehen?»

«Ja», sagte Nadja in dem Bemühen, sich den Nachmittag vor ihr geistiges Auge zu rufen.

«Wir sprechen mit ein paar Leuten, mit Spielern oder Schiedsrichtern, damit die Spiele so ausgehen, wie wir das wollen. Und dann wetten wir darauf. Das heißt, Luka und ich *reden* eigentlich nur mit Leuten. Wir reden mit Sportlern, deren Karriere vorbei ist. Mit Sportlern, auf die der Abstieg wartet. Finanziell und sozial.»

«Du meinst, ihr seid soziale Engel.»

Klaus musste so unwillkürlich grinsen, weil sie ihn mitten in seinem durchsichtigen Manöver torpediert hatte, dass Nadja ebenfalls lächelte.

«Ich bin hier», fügte sie hinzu, «weil ich bei dir das Gefühl hab, ich kann mit offenen Karten spielen. Aber wenn das nicht so ist ...»

Sie stand auf, nickte ihm zu, musste die Tränen der Enttäuschung zurückhalten – was ihr gelang – und ging zur Tür.

«Warte ... bitte.»

Sie hielt inne, drehte sich zu ihm um.

«Ich liebe Luka mehr als mein Leben», sagte sie leise, aber mit heiligem Ernst, «ich liebe, wie er lacht, ich liebe, wie er riecht, ich liebe, wenn er schwach ist, es sind so viele Momente, die ihm gehören – aber ich werde nicht zulassen, dass Yasha ohne einen Vater aufwächst. Oder mit einem, der nicht da sein kann.»

Klaus nickte. Er fühlte sich wie ein Voyeur, der durch ein Loch in der Wand einer Zwölfjährigen beim Duschen zusah – augenblicklich bildete sich in seiner Magengegend ein Würgereiz, der sich die Speiseröhre hochschob.

Nichts davon ging ihn was an. Nadja suchte Hilfe und wandte sich damit ausgerechnet an denjenigen, der ihr, Luka und den Gorics Freundschaft vorgaukelte, um sie im geeigneten Moment zu verraten. Er war derjenige, der Yasha den Vater nehmen und ihr Leben zerstören würde.

«Klaus», fuhr sie mit jener geduldigen Stimme fort, die allen Müttern der Welt gemein ist, wenn sie ihr Kind mit der Wirklichkeit konfrontieren, obwohl sie ihnen den Schmerz ersparen wollen, «Klaus, es bleibt doch nicht bei Wetten. Der nette Onkel Aco wird irgendwann von meinem Luka verlangen, jemanden einzuschüchtern ... zu verprügeln ... und vielleicht sogar zu töten.»

Erneut verbiss sie sich das Weinen.

«Und das», fuhr sie mit brüchiger Stimme fort, «wird er nicht können. Und dafür ... liebe ich ihn am meisten, und ...»

Sie gab keinen einzigen Laut von sich, sie weinte stumm, die Tränen rannen ihr über die Wangen und zogen Spuren von Kajal. Sie wandte sich ab. Klaus federte hoch und war sofort bei ihr, um ihr den Arm um die Schultern zu legen. Nadja drehte sich zu ihm und senkte ihr Gesicht tief in seine Brust, das Schluchzen schüttelte sie durch, er spürte ihren Atem auf seiner Haut. Klaus nahm sie in die Arme, hielt sie und schwieg. Er ließ sie weinen, er stand mit knapp vierzig Grad Fieber und eiskalten Händen dort, und er fühlte eine unerhörte Nähe.

Vielleicht waren nur Sekunden vergangen, vielleicht Minuten, er konnte es nicht sagen, nur hob Nadja irgendwann den Kopf, die Tränen waren getrocknet.

«Ich will nur, dass du mit Luka redest. Mehr nicht. Als Yashas Pate. Tust du das?»

Er nickte.

«Ich sag ihm, dass du krank bist.»

«Das glaub ich nicht – wie ist das passiert?»

Darius stand neben einer dunklen Limousine in einem Parkhaus in Hamburg-Wandsbek, in dem sie in dreißig Minuten die Türken treffen sollten. Hinter den verdunkelten Scheiben würde später angeblich Aco Goric sitzen. Aber Jyan Cyakan und sein Begleiter würden tot sein, bevor sie das Auto erreichten.

Nastas kam etwas blass aus dem Treppenhaus auf ihn zu. Seine rechte Hand und sein Unterarm waren frisch verbunden.

«Das war Leila, kleines Missgeschick.»

«*Kleines* Missgeschick?»

«Hab ihr versehentlich die Pfote an der Autotür eingeklemmt, da hat sie um sich geschnappt vor Schmerz. Ist ja klar.»

«Ja», sagte Darius mit einer Ironie, die Nastas verborgen blieb.

Nastas und seine Frau bekamen keine Kinder, deswegen hielten sie zu Hause einen halben Zoo. Es war schon vorgekommen, dass Nastas mit Vogeldreck auf der Schulter zu einer Besprechung aufgekreuzt war. Und Leila, die Pitbullhündin, war sein ganz besonderer Liebling. Sie durfte sogar im Bett schlafen.

«Und was ist jetzt mit der Hand?»

Nastas wiegte vage den Kopf: «Den Ringfinger haben sie wieder drangenäht, aber der kleine ist weg.»

«Weg?»

«Ich glaube, sie hat ihn verschluckt, in der Aufregung», fügte er mit verlegenem Grinsen hinzu.

Darius schüttelte den Kopf: «Das ist nicht mehr normal, Nastas.»

«Sie kann da nichts für.»

«Es ist nicht normal», beharrte Darius und schüttelte mit allem Nachdruck den Kopf, stützte dabei die Fäuste in die Hüften. «Scheiße, was machen wir jetzt?»

«Wie?»

«Wie willst du damit eine Pistole halten?»

«Ich schieß mit links.»

«Nein.»

«Wo ist denn das Problem?»

«Du bist Rechtshänder, Nastas. Wenn du danebenschießt, ballern die zurück. Ich hab Kinder, ich hab zwei Frauen, ich kann mir nicht leisten, tot zu sein.»

«Man kann doch auf einen Meter nicht danebenschießen. Ich mein: Wie soll das gehen?»

Darius hob abwehrend die Hand: «Nein, nein, keine Experimente. Du machst jetzt die Reserve.»

Als sei dies das Stichwort, erreichte nun auch Luka über das Treppenhaus das dritte Parkdeck und ging auf sie zu.

«Klaus kommt nicht», sagte er, bevor er Nastas' verbundenen Arm entdeckte, «er ist krank.»

Darius und Nastas stutzten gleichermaßen.

«Er ist krank? *Heute?*», fragte Darius und hatte sich noch nicht entschieden, ob er seinem Unglauben über den Wahrheitsgehalt dieser Ausrede die Oberhand gewinnen lassen sollte oder seiner Wut darüber.

«Ja», antwortete Luka, dem der Ärger seines Cousins unangenehm war, «Nadja war bei ihm, sie hat ihn gesehen, sie sagt, sein Kopf glüht, er hat hohes Fieber.»

Darius schluckte, weil er dagegen zwar nichts einzuwenden wusste, aber das Gefühl der Wut trotzdem nicht wich.

«Wahrscheinlich hat er einfach Angst», meinte Nastas, und in seiner Stimme schwang Verachtung mit.

«Was soll das?», ging Luka ihn an. «Du redest hier über den Paten meines Sohnes. Was sollen wir hier mit jemandem, der nicht klar denken kann? Auf den wir auch noch aufpassen müssen, hm?»

Nastas wusste so schnell keine Antwort. Außerdem erwischte ihn die Heftigkeit von Lukas Reaktion auf dem linken Fuß.

«Ich bin auch Yashas Pate», meinte Darius. Was genau er damit ausdrücken wollte, war ihm selbst nicht ganz klar. Er fand einfach, es sollte bei dieser Gelegenheit erwähnt werden.

«Nastas kann nicht schießen, Klaus ist krank», fuhr Darius fort, «jetzt brauchen wir dich, Luka. Meinst du, du bringst das?»

Luka Moravac nickte. Darius und Nastas musterten ihn ganz genau.

«Das ist nicht leicht, weißt du?», sagte Nastas. Luka konnte den Schluckreflex nicht unterdrücken. Nastas mit seinem Schnauzer und seiner Pitbullhündin hatte nie sonderlich gefährlich auf ihn gewirkt. Eher wie ein sympathischer Maulheld. Und jetzt wusste er die Wahrheit – Nastas hatte schon getötet.

«Ich kann noch bei meinem Vater anrufen und Spiridon dazuholen», bot Darius ruhig an. In seiner Stimme lag leichte Besorgnis, ob Luka sich darüber im Klaren war, was er sich aufbürdete.

«Nein. Ich mache das», sagte Luka und war bemüht, seine Stimme nicht zittern zu lassen.

«Es wär keine Schande», zeigte Darius weiter Verständnis, «es wird dir nie jemand nachtragen, und niemand wird geringer von dir denken. Und falls es doch jemand tut, kriegt der's mit mir zu tun.»

Darius musste schmunzeln, Nastas und Luka lachten kurz auf, aber kaum aus echter Erheiterung.

«Ich mach's», sagte Luka schließlich.

Darius klopfte ihm anerkennend auf den Oberarm: «Mein Vater wird vor Stolz platzen.»

«Was soll das eigentlich heißen, Aoife?»

Vukasin saß auf der Rückbank. Er trug ein Kapuzenshirt und darüber eine Lederjacke, dazu eine einsatzbereite Sonnenbrille im Haar. Alles, damit er sich unkenntlich machen konnte, bevor er ausstieg, die Straße wechselte und Torun Cyakan über den Haufen schoss.

Marjan saß am Steuer eines biederen Mercedes, der es auf knapp 500 PS brachte – er hatte in Fahrtrichtung geparkt. Vom Aoife aus sollte es mit Hochgeschwindigkeit die Billstedter Hauptstraße entlanggehen. Nach 800 Metern würde er auf die B5 Richtung Bergedorf wechseln und dann auf die

A1 Richtung Süden fahren. Dort galt ein Tempolimit von 120, und das würde er nur ganz leicht überschreiten.

Wenige Kilometer weiter würde er auf der Autobahnraststätte Stillhorn vor den Toiletten stoppen. Vukasin würde sie betreten und direkt auf der anderen Seite durch den Hintereingang wieder verlassen, um ohne Umschweife die Beifahrerseite eines Lkws zu betreten und von dort in die Schlafkoje von Milan zu wechseln, wo er von außen nicht mehr zu sehen war.

Milan würde den Dieselmotor starten und ihn aus Deutschland rausbringen. Nur 48 Stunden später sollten sie in Serbien sein.

Marjan selbst würde zur Gaststätte gehen und von dort mit einem Mietwagen nach Hamburg zurückkehren. Ein Freund der Familie würde mit dem heißen Mercedes an der nächsten Ausfahrt die Autobahn verlassen und in einer Garage wieder die Originalkennzeichen anschrauben.

«Ich weiß es nicht», beantwortete Marjan jetzt Vukasins Frage. Er warf seinem jungen Bruder über den Innenspiegel einen Blick zu, den dieser bemerkte. Vukasin wirkte so gelassen, als warteten sie in einem Drive-in auf ihr Fast Food.

«Bist du nervös?»

«Nein.»

Marjan glaubte ihm.

Sein Vater hatte ein Foto besorgt – wusste der Himmel, woher –, auf dem Torun Cyakan zu sehen war. Marjan hob das Foto an, während er wieder zum Aoife hinüberblickte. Dort war Torun in zwanzig Minuten verabredet.

«Willst du ihn dir noch mal ansehen?»

Vukasin schüttelte leicht den Kopf: «Ich weiß, wie er aussieht.»

Ramona Goric kappte gerade die verblühten Knospen des Rosenstrauches am Eingang zum Garten, als keine zwei Meter vor ihr ein großer Wagen stoppte. In einem schönen, dunklen Blau. Dass es ein Maserati Quattroporte war, entging ihr.

Aus dem Fond stiegen zwei Männer – beide in Maßanzügen, die das Kunststück vollbrachten, perfekt zu sitzen und trotzdem lässig auszusehen. Der Mann, der hinter dem Fahrer gesessen hatte, war vielleicht vierzig. Er trug stoppelkurze Haare und eine Sonnenbrille. Der Anzug ließ seine sportliche Figur erahnen. Er wirkte sehr durchtrainiert. Er hielt einen prachtvollen Blumenstrauß vor sich, so üppig, dass er all die Pflanzenstiele so gerade eben mit einer Hand umfassen konnte. Ohne seine zweifach gebrochene Nase wäre er hübsch gewesen.

Der andere Mann war älter, Mitte fünfzig etwa, die Haare an den Schläfen in einem vorteilhaften Grau, das Gesicht schmal mit großen Tränensäcken, aber einem sehr aufmerksamen Blick. Er wäre als italienischer Opernstar durchgegangen oder als Schauspieler. Er war nicht so attraktiv wie Marcello Mastroianni, aber er hatte dessen Grandezza.

Die Männer kamen direkt auf sie zu, gelassen zwar, aber doch so zügig, dass Ramona sich gerade noch der abgetragenen Gartenhandschuhe entledigen und sich eine Strähne aus der Stirn schieben konnte.

Der Ältere nickte ihr freundlich zu, mit einer einnehmenden Herzlichkeit, die sich auch in seinem Blick niederschlug.

«Signora Goric?»

Eine tiefe Stimme und so rau, dass sie nicht ordinär wirkte, sondern männlich.

«Ja?»

Sein Lächeln wurde noch einnehmender, ohne dabei gewöhnlich zu werden. Er nickte seinem Begleiter zu, der ihm den Strauß reichte, den er an Ramona weitergab.

«Für die Dame des Hauses.»

Es gab eigentlich keinen Mann auf Gottes Erde, der sie mit seinem Charme noch einzuwickeln verstand, aber bei diesem hier fühlte sie sich plötzlich wieder wie ein junges Mädchen, dem das erste Mal eine Rose überreicht wird.

«Danke.»

«Ich bin Marco Feri», sagte der Mann, «mein Begleiter hier, Signor Rossi, und ich sind gerade aus Mailand gekommen, um mit Ihrem Mann zu sprechen. Ist er zu Hause?»

«Nein, tut mir leid. Er ist im Dalmatia, das ist ein Lokal, gleich um die Ecke.»

Das Dalmatia lag zwei Straßen weiter, gehörte Aco und wurde von ihm einfach aus Nostalgie betrieben, eine Art Erinnerung an jene Zeiten, in denen man Geld mit Restaurants wusch.

Ramona beschrieb Signor Feri und Signor Rossi den Weg, und da der nur zwei Straßen weiterführte, beschrieb sie jeden Meter so ausführlich, wie ihr Blumenstrauß üppig war.

Evas Kopf wirkte schrecklich entstellt. Ihre Nase füllte den Großteil des Bildes, das Klaus durch den Türspion sah. Sie hatte nur einmal geklingelt und sich eine halbe Ewigkeit geduldet, bis er sich endlich aus der Decke, mit der er bibbernd auf der Couch lag, befreit hatte.

Jetzt stand er in Jogginghose, Bademantel und einem durchgeschwitzten Shirt vor ihr. Eva hielt mit beiden Händen eine Tüte fest, die offenbar einen Kochtopf enthielt.

«Dudek schickt mich. Ich hab Tee und Suppe für dich.»

Sie wartete keine Antwort ab, sondern marschierte an ihm vorbei zur Küchenzeile.

«Sieht ihm gar nicht ähnlich», sagte Klaus irritiert und schloss die Tür.

«Ich kann auch wieder gehen, wenn du …»

Sie beendete den Satz nicht und stellte den Topf auf den Herd.

«So war das nicht gemeint», beeilte Klaus sich zu sagen. Eva sah in ihrer Bluse, der engen – natürlich schwarzen – Jeans und den flachen Schuhen hübsch aus und wach, fast unternehmungslustig. Ihr gegenüber kam er sich in seinem Bademantel vor wie ein Penner.

«Ich trag das nur, weil ich mir gerade *The Big Lebowski* ansehen wollte.»

Mit einem Schlag lächelte sie begeistert: «Ich liebe *The Big Lebowski*.»

Obwohl ihm schwindlig war, musste Klaus grinsen.

«Wollen wir den anschauen?», fragte Eva.

Er nickte: «Hat Dudek dir auch gesagt, was du mir mitbringen sollst?»

«Hühnersuppe. Er meinte, das brauchst du jetzt.»

«Es kommt vor, dass ich mich über ihn wundere», bekannte Klaus.

Nastas postierte sich im Treppenhaus, während Darius seinen Cousin von der Limousine weg zu einer Säule führte.

«Das ist unser Schutz, falls die zurückschießen», erklärte Darius, «so'n halber Meter Beton ist nicht zu verachten. Aber keine Sorge. Die halten hier», er deutete auf die Parkbucht vor ihnen, «dann steigen sie aus. Wichtig ist, dass wir das nicht im Aussteigen erledigen. Jeder andere würde das machen, während die am Aussteigen sind. Da sind sie verwundbar. Aber wir lassen sie, dann fühlen sie sich sicher.»

Luka überspielte seine Unsicherheit: «Das heißt, wir machen das ... zum Schluss?»

Darius schüttelte den Kopf: «Nein, nein. Aussteigen lassen. Freundlich sein. Ich weiß, dass du aufgeregt bist, also versuch nicht zu lächeln, das würde schrecklich aussehen, du machst einfach gar nichts. Ich lächel. Ich sag was zu Cyakan wie *Gut, dass ihr da seid. Es ist vernünftiger zu reden*. In der Zeit hast du den Wagen umrundet – ganz wichtig: Du schießt zuerst.»

«Von hier?»

«Nein, du gehst um den Wagen herum. Du sagst ihm was Nettes, du sagst zu Jyan Cyakan: *Neulich hatte ich einen schlechten Tag, tut mir leid, Mann*. Und dann schießt du ihm sofort direkt ins Gesicht. Schnell. Setz die Mündung fast auf. Drück mindestens zweimal ab.»

Luka nickte, ihm wurde flau im Magen.

«Packst du das?», fragte Darius besorgt.

«Ich kann ihn nicht ausstehen, ich hab kein Problem damit. Du musst das nicht ständig fragen.»

«Gut», sagte Darius, der jetzt zum ersten Mal etwas erleichtert klang, «die Nummer geht in dem Augenblick los, in dem du den ersten Schuss abfeuerst. Erst danach mach ich dem anderen das Licht aus. Wir kriegen das hin.»

Für ein Mittagessen war es viel zu früh, und genau deshalb liebte Aco Goric es, schon vormittags im Dalmatia zu sein – er war alleine. Keine Nachbartische, an denen laut geredet und mit dem Besteck geklappert wurde. Selbst das Wispern des Radios schalteten die Angestellten ab, wenn er kam. Sie wussten um die Vorliebe des Chefs für Ruhe. Und für den Djuvec-Reis, den Maria in der Küche zubereitete – mit viel Knoblauch und haarfein geschnittener und gehäuteter Paprika.

Als Tessio Rossi vorne am Tresen Platz nahm, schaute Aco Goric auf. Der Italiener bedachte ihn mit keinem Blick. Er bestellte einen Espresso und verbarg dabei nicht, dass er sich sorgfältig umsah.

Wenn Cyakan ihn geschickt hätte, hätte er nicht am Tresen

gewartet. Es war jemand, der für jemand anderen die Lage im Dalmatia überprüfte. Gewissenhaft zwar, aber kurz und routiniert.

Auf ein Zeichen hin, das Aco nicht sah oder nicht als solches identifizierte, betrat Marco Feri den Gastraum und ging direkt auf ihn zu. Er lächelte zuvorkommend, jedoch nicht mit derselben Herzlichkeit wie noch zuvor bei Ramona. Aco erkannte den Mann sofort.

«Guten Tag, Signor Goric, entschuldigen Sie, das ich Sie beim Essen störe. Ich bin Marco Feri.»

«Ich weiß, wer Sie sind», antwortete Aco und deutete mit offener Hand auf den Stuhl gegenüber, «und ich sollte sowieso nicht so viel essen.»

«Grazie.»

Feri nahm Platz, und Aco schob seinen Teller beiseite, um eines der auf dem Tisch wartenden Gläser umzudrehen und Feri einzugießen. Der nickte ihm mit dankbarer Miene zu.

«Wir sind uns noch nie persönlich begegnet», begann Feri das Gespräch.

«Ich habe von Ihnen gehört.»

«Erfreuliches, hoffe ich.»

«Ausnahmslos», antwortete Aco mit einem sibyllinischen Lächeln, das Feri erwiderte.

«Und ich weiß, wer Sie sind», nahm der Mailänder den Faden wieder auf, «ein verlässlicher, umsichtiger Mann. Ich schließe gerade ein größeres Geschäft ab, und dazu ist es notwendig, Geld ins warme Wasser zurückzuführen. Dafür benötige ich einen seriösen Partner mit Zugang zum Wasser.»

Aco Goric war hellwach.

«Über was für eine Größenordnung sprechen wir?»

«Über eine *große* Größenordnung», antwortete Feri nonchalant und beugte sich ein wenig vor. «Ich habe in Hamburg noch keinen Vertreter, und mein bisheriger Kontakt ist nicht weit genug im Wettgeschäft vernetzt, um diese Sache logistisch durchzuführen.

Deshalb benötige ich jemanden mit Ihrem Format. Mit Ihrem Einfluss und Ihrer Erfahrung. Und der notwendigen Diskretion. Wenn Sie mich unterstützen, können Sie sehr reich werden.»

«Sie kommen», sagte Darius. Fast wirkte er fröhlich, jetzt, da es losging. Luka beugte sich ebenfalls über das Geländer und sah den Wagen der Türken unten vorfahren. Jyan Cyakan auf dem Beifahrersitz, sein Begleiter am Steuer.

Luka meinte, den Fahrer zu erkennen – es war der Hüne, der aus dem Aoife getreten war. Von oben sah man jetzt nur mehr das Dach des Wagens, die Hand des Fahrers, die auf den Knopf des Ticketautomaten drückte. Das Ticket, das sich herausschob, während gleichzeitig die Schranke hochschwenkte.

Darius zückte eine Farbspraydose, trat damit unter die Überwachungskamera und sprühte die Linse zu. Er warf dabei einen Blick auf Nastas, der im Treppenhaus wartete. Sie nickten sich zu.

Luka platzierte sich dicht neben der Säule. Er trug den Revolver hinten im Hosenbund.

Während Darius jetzt zu ihm herüberkam, meinte er, aus seiner Haut zu schlüpfen, und plötzlich sah er Darius und sich selbst von hinten – wie in einem Film.

Torun Cyakan hatte ein dunkelviolettes Muttermal am Kinn, so groß wie eine Kinderfaust. Marjan erkannte ihn sofort, als er auf die Billstedter Hauptstraße einbog und ihr nach Osten folgte – dorthin, wo das Aoife lag.

Im Innenspiegel erkannte er, dass Vukasin den Mann auch schon im Visier hatte. Er schob sich die Brille aus dem Haar über die Augen und warf sich die Kapuze über den Kopf, bevor er ausstieg und parallel zu Torun Cyakan auf der gegenüberliegenden Straßenseite entlangging.

Marjan wusste, was gleich passierte. Vukasin würde die Straßenseite wechseln, auf diese Weise hinter Torun aufschließen und ihm in den Hinterkopf schießen. Zweimal. So, wie Darius es ihm aufgetragen hatte. Das erste Mal im Gehen, das zweite Mal, wenn er vor ihm zusammengebrochen war und wehrlos am Boden lag.

«Der Mann, der mich zurzeit in Hamburg vertritt», sagte Marco Feri, «ist ein Mann, mit dem Sie auch bereits zu tun hatten, wie ich heute erfahren habe: Jyan Cyakan.»

Gorics Miene blieb unbeweglich.

«Ich weiß», fuhr der Mann aus Mailand fort, «dass es da einen Konflikt zwischen Ihnen gibt. Ich möchte, dass Sie den beilegen, bis mein Vorhaben hier abgeschlossen ist. Sie und Ihre Familie stehen ab sofort unter meinem Schutz. Dasselbe gilt für die Cyakans. Die sind für Ihre Leute so unantastbar wie Ihre Familie für die Cyakans.»

In scheinbarer Ausgeglichenheit nickte Aco und warf einen unauffälligen Blick auf seine Armbanduhr.

«Was Sie machen, wenn ich wieder in Mailand bin, ist Ihre Angelegenheit. Ich kann Ihnen aber versichern, dass ich auf Dauer an einem verlässlichen Partner interessiert bin. Konflikte, die nach draußen dringen, minimieren den Profit, das muss ich Ihnen nicht näher erläutern.»

Aco Goric nickte: «Wenn Sie mich kurz entschuldigen würden?»

«Natürlich.»

Aco erhob sich und ging zu den Toiletten.

Im Parkhaus bog der Wagen mit den Türken aufs dritte Parkdeck ein und schoss zügig heran.

«Wir wollen alles beenden», sagte Darius leise, «wir sind nett. Wir sind freundlich. Entspann dich.»

Es trennten sie vielleicht noch zwanzig Meter, als ein Motor aufheulte – von rechts schoss ein bulliger SUV heran und rammte die Fahrertür der Türken so heftig, dass deren Auto zur Seite geschleudert wurde und gegen zwei parkende Wagen krachte. Auf das hohle, helle Knirschen von Metall auf Metall folgte ein Moment der Stille und Erstarrung – bevor die Alarmanlage des einen parkenden Wagens losging.

Zusammen mit dem Motor des SUV, der am Rande des roten Drehzahlbereichs kreischte, ergab sich so ein nervtötendes Duett.

Für einen Augenblick lang einte die Fassungslosigkeit Serben und Türken. Sie alle starrten auf die Frau hinter dem Steuer des SUV, der es jetzt endlich gelang, das Gaspedal, das sich anscheinend verklemmt hatte, zu lösen. Sie stieg aus dem Wagen, blond und mit hochrotem Kopf: Martina Bommer.

Frank Dudek hatte die attraktive Kommissarin für verdeckte Ermittlungen aus dem Stuttgarter Raum geordert, und genau dorthin würde sie in ein paar Stunden per Bahn auch wieder zurückreisen.

Die Wucht des Aufpralls hatte die Fahrertür des anderen Wagens so deformiert, dass sie von innen nicht mehr zu öffnen war. Cyakan dagegen stieg auf der Beifahrerseite problemlos aus. Und Martina Bommer begann mit der Aufführung des Theaterstücks vom festgeklemmten Gaspedal, das um ein älteres Ehepaar – Dudeks pensionierte Kollegen –, das seinen Wagen hier angeblich geparkt hatte und nun dazukam, und um einen jungen Mann, Karsten Wildhagen, den Freund der ältesten Tochter, der sogleich mit dem Smartphone Fotos schoss, bereichert wurde.

Nichts hatte Vukasin aus der Ruhe gebracht, er war jetzt sechs Meter hinter Torun Cyakan und holte auf. Langsam, unauffällig. Zum Aoife waren es noch gut fünfzig Meter.

Sein Handy vibrierte in der Hosentasche. Automatisch schaute er aufs Display und identifizierte die Nummer darauf als die seines Vaters.

«Ja?»

«Bist du fertig?»

«Nein. Ich bin ...»

«Brich es ab. Sofort. Geh zurück. Komm nach Hause mit Marjan. Sofort.»

Sein Vater hatte die Verbindung bereits unterbrochen, bevor er auch nur zu einer Antwort oder Frage ansetzen konnte. Er wurde langsamer und blieb stehen. Dann kehrte er um. Da hielt ein Wagen fünf Meter vor Torun, und zwei Männer in Zivil stiegen aus und schnitten ihm den Weg ab.

«Kripo Hamburg, Böhm», sagte der Jüngere, «Herr Torun Cyakan?»

«Ja?»

«Sie sind hiermit vorläufig festgenommen.»

Das Theaterstück im Parkhaus, das Dudek als «zwölf Zeugen verhindern einen Mord» betitelt hätte, wenn er von Natur aus ein Mann gewesen wäre, der zu so etwas neigte, was nicht der Fall war, erreichte seinen Höhepunkt.

Das ganze Dutzend war von Dudek für seine jeweilige Rolle genau instruiert worden. Zwei beherzte Passanten wollten den Fahrer aus seiner misslichen Lage befreien, eine Traube von fünf Frauen und Männern schirmten die Unfallverursacherin und Cyakan ab.

Darius war von dem Schicksal, das den Türken hier in die Karten spielte, immer noch zu überrascht, um zu reagieren. Und Luka sah sich in seinem eigenen Film losgehen.

Er steuerte auf Cyakan zu. Der Mann, der ihn auf offener Straße gedemütigt hatte. Der angeordnet hatte, Christoph Müller zwei Finger abzukneifen, und der – vielleicht – Darko erschossen hatte. Derjenige, gegen den Onkel Aco sich zur Wehr setzen musste.

Seit er klein war, seit dem Tod seines Vaters, überhaupt seit er denken konnte, war Aco immer für ihn da gewesen und hatte die Hand über ihn gehalten. Ohne dass Luka den Status eines Sohnes hätte einnehmen können.

Acos Bestreben, ihn aus den Familiengeschäften herauszuhalten, damit er mit weißer Weste ein Jurastudium absolvierte, erschien Luka wie eine Medaille, auf deren Vorderseite Fürsorge prangte, während auf der Rückseite abermals die Ausgrenzung stand. So wie jeder von Acos äußeren Umarmungen eine Distanz innezuwohnen schien.

Jetzt aber war der Moment gekommen, seinem Onkel seine Dankbarkeit zu zeigen und sich als würdig für den inneren Zirkel der Familie zu erweisen.

Die Anwesenheit von Zeugen blendete er aus, es war, als ginge er durch einen Tunnel, an dessen Ende alleine Jyan Cyakan zu sehen war.

Es trennten sie noch zehn Meter.

Der Fahrer sah auf.

Noch neun.

Luka umschloss den Knauf der Waffe in seinem Hosenbund mit der rechten Hand, ohne sie zu ziehen.

Noch acht.

Darius' Handy klingelte. Ein Geräusch von jenseits des Tunnels, es hatte nichts mit ihm zu tun.

Noch sieben.

Jetzt hob Cyakan den Blick, sie sahen sich in die Augen. Und er las im Blick des Türken, dass es ihm klar war. Dass es jetzt passieren würde. Dass die Traube an Zeugen Luka nicht aufhalten konnte. Dass dies die Stunde seines Todes war.

Noch sechs.

Näher konnte Luka nicht kommen. Cyakan machte den Versuch, sich hinter dem Auto zu ducken. Luka riss eben die Waffe hoch, als ihm Darius den Schussarm schmerzhaft in den Rücken bog und ihn zur Seite abdrängte. Und das in einer Bewegung, in die sein Cousin seine ganze vehemente Kraft und all sein Gewicht legte. Sie stießen gegen eine Säule.

«Lass sie stecken», raunte Darius, «wir gehen. Sofort. Die Sache ist vorbei. *Vor-bei.* Hörst du?»

«Was?», brachte Luka hervor. Sein Film riss, er trat wieder in seinen Körper ein, mit dem merkwürdigen Gefühl, nicht zu wissen, was dieser in seinem Namen angestellt hatte.

«Entschuldigen Sie», sagte Aco mit einer souveränen Gelassenheit, die sich doppelter Erleichterung verdankte, und nahm wieder gegenüber Marco Feri Platz. Der bedachte den Serben mit einem freundlichen Nicken.

Tessio saß unverwandt am Tresen und nippte an seinem Espresso.

«An wie viel Prozent Beteiligung haben Sie gedacht?»

«An zehn. Als Zeichen meines guten Willens. Und als Entree für meine Partner, die Wetten setzen möchten.»

«Das heißt, Sie wollen in Zukunft alle Quoten aller Spiele, auf die wir setzen?»

«Nur die, die Sie teilen möchten. Ich bin gut bekannt mit ein paar Leuten, die kurzfristig sichere Spielausgänge benötigen. Nicht, um Gewinn abzuschöpfen. Nur, damit das Geld zurück in den Kreislauf kommt.»

Aco Goric nickte. Er sollte als durchlaufender Posten agieren, als eine Art illegale Versicherung, die für die Höhe des gewaschenen Geldes einstand. Wie jedes Himmelfahrtskommando konnte einen das berühmt machen – oder das Leben kosten.

«Zehn Prozent von was?», fragte er unverblümt.

«Von fünfzig Millionen Euro», antwortete Feri und schenkte ihnen beiden Wasser nach.

## 25.

Während Eva die Tür öffnete, lag Klaus in eine Decke gewickelt auf der Couch.

Vor ihr standen Darius und Nastas, die beide einen wachsamen Eindruck machten.

«Hallo.»

«Hallo, Eva, ist Klaus da?»

«Ja. Wollt ihr reinkommen?»

«Ja.»

Sie trat beiseite und ließ sie eintreten.

«Nastas, was ist mit deiner Hand?»

«Ah, ein Missverständnis.»

«Und tut das Missverständnis weh?»

«Nein, nein, alles gut.»

Sie schloss die Tür. Darius hatte sich vor die Couch gestellt, auf der Klaus sich jetzt aufsetzte.

«Grippe, hm?»

Klaus nickte. Darius' unbarmherziger Blick traf ihn. Burck hatte keinerlei Zweifel, weswegen Darius und Nastas hergekommen waren. Das Knopfmikro in der Lederjacke hielt Dudek, der nur gute 40 Meter Luftlinie entfernt im Wendekreis der Wohlers Allee im Transporter saß, auf dem Laufenden.

Sie hatten gemeinsam beschlossen, kein SEK einzuweihen und auch nicht die Überrumpelungsexperten vom Mobilen Einsatzkommando. Sie hatten eine Dienstwaffe im Spülkasten der Toilette mit Gaffer Tape befestigt. Die andere lag im Backofen. Beide waren entsichert, in beiden ruhte die erste Kugel bereits im Lauf.

Dudek hatte den Zweitschlüssel der Wohnung bei sich – zusammen mit Madame wäre er in relativ genau zwei Minuten bei ihnen. Allen dreien war mehr als klar, wie lange 120 Sekunden sich hinziehen konnten und wie oft man in dieser Zeit auf jemanden schießen oder mit einem Küchenmesser einstechen konnte.

Es erschien ihnen allerdings als größere Bedrohung, weitere Beamte ins Vertrauen zu ziehen.

«Ja», sagte Klaus, «tut mir leid. Aber ich hätte heute … keine Kunden betreuen können. Ich wär dir eher eine Last gewesen.»

Darius nickte mit aufgesetzter Freundlichkeit, aber seine Miene war abweisend. Klaus meinte, so etwas wie Verachtung im Blick von Aco Gorics ältestem Sohn zu lesen. Der drehte sich zu Eva: «Schatz, mir sind die Zigaretten ausgegangen. Kannst du mir welche holen?»

Klaus sah zum Backofen, während Eva sich Darius zuwandte. Der hielt die Packung in die Luft, damit sie sah, dass er blaue Gauloises habe wollte.

Sobald Eva die Wohnung verlassen hätte, würden sie ihn verprügeln oder umbringen, dafür schickten sie sie weg. Keine Zeugin. Und sie hatten offenbar die Weisung, ihr nichts zu tun.

«Muss nur kurz ins Bad», meinte Eva und ging über den Flur.

«Weißt du», sagte Darius leise, «da war heute Polizei vor dem Aoife. Und im Parkhaus gab es einen Unfall.»

«Polizei? Wegen der Sache mit Darko?»

*Ob der Unfall eine Polizeiaktion war oder nicht,* hatte Dudek gesagt, *kann Aco Goric nicht eindeutig bewerten. Was er bewerten kann, ist die Festnahme von Torun Cyakan. Sie ist vor dem Aoife erfolgt und betrifft keinen seiner Leute, aber er muss berücksichtigen, dass es wegen der Schießerei in*

*Wilhelmshaven polizeiliche Ermittlungen gibt. Er kann sich eines Verrats nicht sicher sein.*

Wie Dudek richtig spekuliert hatte, zeigte Darius sich etwas verunsichert – entweder war es zur Verhaftung von Torun Cyakan wegen seiner Beteiligung bei der Ermordung von Darko gekommen, und Klaus war tatsächlich erkrankt, oder Klaus arbeitete für das Hamburger Landeskriminalamt.

Das, begriff Klaus nun allein durch Darius' Zögern, war der Grund, weswegen er hier war. Er sollte die Wahrheit herausfinden – und Klaus dann entweder in Ruhe lassen oder töten.

Eva verschwand im Bad und schloss die Tür.

Klaus schätzte, es würde keine Minute dauern, bis sie zurückkäme – selbstverständlich mit der Waffe in der Hand, um ihm und sich Nothilfe zu leisten. Sie würde sich als Polizistin ausweisen, die beiden festnehmen und damit ihre und Klaus' Tarnung verbrennen. Und Aco Goric würde ungeschoren davonkommen.

Genau diesen Gedanken hatte Frank Dudek ebenfalls. Die Nummer von Aco Goric war ihm nicht geläufig. Aber er verfügte über die Mobilnummer von Luka Moravac, die er jetzt zügig auf einem eigens für diesen Einsatz besorgten Handy eintippte.

Madame lag in der Ecke, mindestens so konzentriert wie ihr Herrchen – allerdings auf einen Hundeknochen, den sie genussvoll bearbeitete.

Nach dem dritten Klingeln meldete Luka sich: «Moravac?»

«Es war Spiridon», sagte Dudek ruhig und deutlich auf Serbisch, bevor er die Verbindung unterbrach. Er hatte sich diesen Satz am Abend zuvor von einem früheren Mitarbeiter des LKA übersetzen lassen. Für den Fall, der jetzt eingetreten war.

Er klopfte gegen die Innenwand. Gerolf Wolfrum schob das Verdeck der Öffnung zur Seite, die als Sprech- und Sichtverbindung zwischen der Fahrerkabine und dem Transportraum diente.

«Nach St. Georg», sagte Dudek, «zum Steindamm.»

Eva betätigte die Spülung. Sie war sehr konzentriert und rief sich ihre letzten Schießübungen ins Gedächtnis. Den Rückschlag. Sie war sich ziemlich sicher, dass Darius Goric ihrer Anweisung, sich bäuchlings auf den Boden zu legen, keine Folge leisten würde.

Eva bereitete sich darauf vor, ihm ins Bein feuern und anschließend einen sehr strammen Druckverband anlegen zu müssen, falls sie die Aorta traf. Von Nastas erwartete sie wegen seiner Verletzung keine nennenswerte Gegenwehr.

Eva Rittner verließ das Badezimmer.

Darius' Handy klingelte, und er ging ran. Das brachte Eva aus dem Konzept. Geistesgegenwärtig legte sie die Waffe in ihre Handtasche und hängte sich diese über die Schulter, bevor sie über den Flur ins Wohnzimmer zurückkehrte. Ganz so, als wolle sie fragen, ob Nastas oder Klaus womöglich auch etwas brauchten.

«Das glaube ich nicht», sagte Darius gerade und hörte dann zu, bis sein Gesprächspartner die Verbindung beendete. Darius legte die Stirn in Falten und starrte auf den Boden.

«Was ist?», fragte Nastas.

Darius Goric schien eine Weile zu brauchen, um wieder in Klaus' Wohnzimmer anzukommen.

«Wir bleiben hier», sagte er dann: «Es ist was passiert. Wir bleiben hier. Wir warten.»

«Auf was?», wollte Klaus wissen.

«Bis was geklärt ist», sagte Darius. Und zu Nastas gewandt: «Dauert nur eine halbe Stunde.»

Nastas nickte, er hatte verstanden und deutete auf den Fernsehschirm, auf dem lautlos ein Fußballspiel übertragen wurde.

«Ist das der 1. FC Regensburg?», fragte er Klaus. Der nickte.

Nastas kam näher und setzte sich auf den Stuhl neben der Couch, um dann mit Blick auf den Fernseher in die Schale mit den Erdnüssen zu greifen.

«Ist das getürkt?»

«Nicht von uns jedenfalls», meinte Klaus, «das ist erste Liga. Gegen St. Petersburg.»

«Stimmt ja.»

«Ich würd dann kurz die Zigaretten holen», meldete Eva sich.

«Nein. Bleib hier ... ich hab noch ein paar gefunden – ich dachte nur, ich hab keine mehr. Bleib hier. Ist besser.»

Eva sah an ihm vorbei zu Klaus, der ihr zunickte. Erst dann hängte sie ihre Handtasche wieder an der Garderobe auf.

«Habt ihr Tiefkühlpizza, vielleicht?», fragte Darius.

«Der Ofen ist kaputt», sagte Eva und ging in die Küche, «ich kann euch ein paar Schnittchen machen.»

«Klaus, du hast eine tolle Frau. Rück mal etwas.»

Burck rutschte zur Seite, und Darius setzte sich neben ihn.

«Für mich nich' so viel Käse, wegen Laktose», bat Nastas.

Kostadin Spiridon verfolgte das Spiel in seiner Dreizimmerwohnung im zweiten Stock über einem Sonnenstudio ebenfalls. Er hatte die Jalousien runtergelassen, das Halbdunkel gefiel ihm gut.

Die Wohnung war aufgeräumt, alles stand exakt an seinem Platz, auch die Buchrücken im Regal waren streng nach Höhe von links nach rechts aufsteigend sortiert. Er tunkte Karotten- und Paprikastreifen in einen selbst angemachten Dip aus Essig, Öl, Chili und Knoblauch.

Olivenöl verlängerte das Leben, vegetarische Ernährung sowieso, davon war er überzeugt.

Es klingelte an seiner Tür. Nicht unten, vor dem Haus, sondern oben, direkt vor seiner Wohnung, wie der Klingelton verriet.

Er federte hoch und warf einen Blick durch den Spion.

Draußen stand eine äußerst reizvolle Blondine, deren Charme und vielversprechendes Dekolleté durch die Verzerrung der Fischaugenoptik keinerlei Nachteil erfuhr. Kostadin öffnete die Tür, und die Frau machte zu seiner Überraschung einen raschen Schritt zurück. An ihre Stelle traten von links und rechts zwei Männer mit Sonnenbrillen, die ihre Rollkragenpullis bis zur Nase hochgezogen hatten.

Mit einem Nahkampfhebel, der ihm fast das Handgelenk brach, zwang ihn der erste zu Boden, während der zweite einen Revolver zog und über ihn hinwegstieg, um mit vorgehaltener Waffe die Wohnung zu überprüfen.

Spiridon hörte Schritte hinter sich. Dann beugte sich die Blondine über ihn und versiegelte seinen Mund mit einem Klebestreifen. Gleichzeitig klackten Handschellen auf seinem Rücken, dann stülpte ihm jemand eine Kapuze über den Kopf.

«Rausschaffen», sagte Dudek.

Der erste SEK-Mann kam zurück, er nahm die Sonnenbrille ab.

«Die Wohnung ist sauber», meldete er.

Dudek nickte: «Abmarsch. Verbringen Sie den Mann in Isolierhaft. Einzelzelle. Er spricht mit keinem Anwalt, und niemand spricht mit ihm, bis ich in der JVA eintreffe.»

«Jawohl.»

Die beiden Männer des Spezialeinsatzkommandos nahmen Spiridon mit festen Griffen in ihre Mitte und verschwanden aus der Wohnung.

«Sie sichern den Eingang», wies Dudek seine Begleiterin an, «geben Sie mir fünf Minuten.»

Ina Ruber von der Kieler Sitte nickte.

Im Schlafzimmer fand Dudek, was er brauchte: einen Laptop, der sich im Ruhemodus befand. Dudek durchsuchte seine Jacketttaschen und zog schließlich ein paar neongelbe Putzhandschuhe heraus, die er sich eilig überstreifte.

Damit bediente er das Touchpad und die Tastatur, bis er einen Dateiordner gefunden hatte, der ihm für sein Anliegen geeignet erschien: *Privat*. Mit allerlei groben Bildern darin. Dudek entnahm seiner Brusttasche einen USB-Stick, den er in den Laptop steckte und von dem er alle Dateien in Spiridons Ordner kopierte.

Während des Kopiervorgangs legte er einen Reisekoffer und eine Sporttasche auf das Bett, in die er all das aus dem Schrank und der Kommode unter dem Fenster stopfte, was man brauchte, wenn man sich aus Deutschland absetzen wollte.

Ohne zu zögern, ohne innezuhalten, erledigte Frank Dudek alles mit Umsicht und Präzision und vor allem ohne Zeitverschwendung. Wenn sein Plan bei Aco Goric verfing, und danach sah es im Moment aus, dann würde der hier sehr bald auftauchen.

Er marschierte ins angrenzende Bad – Zahnbürste, Zahnpasta, Kamm, Rasierwasser, Nassrasierer, Ersatzklinge, Rasierschaum, Rasierpinsel, Deo. Aus der Dusche das Duschgel. Außerdem das Nageletui. All diese Utensilien brachte er in einem Kulturbeutel unter, pink mit weißen Punkten, dessen Kauf Dudek ausschließlich durch eine ausgeprägte Midlife-Crisis erklärbar schien.

Er deponierte den Kulturbeutel in der Sporttasche. In der Kommode entdeckte er Kostadin Spiridons Reisepass, was ihn erleichterte. Den steckte er selbst ein, zog den USB-Stick ab und fuhr den Laptop herunter.

Ina Ruber, die noch immer im Wohnzimmer wartete und mittlerweile eine Fernsehsendung über Hauskatzen verfolgte, drückte er den Laptop in die Hand.

«Können Sie mir später quittieren», ließ er sie wissen. «Da ist ein Ordner namens *Privat* drauf. Ich nehm an, in dem werden Sie fündig.»

Ruber nickte und verließ die Wohnung.

Stille. Er ging zum Telefon, wählte eine Nummer, wartete, bis am anderen Ende jemand den Anruf entgegennahm, und legte wieder auf.

Anschließend trug Dudek den Koffer und die Sporttasche zur Tür, um ebenfalls zu verschwinden. Aber dann setzte er die Gepäckstücke ab und wandte sich um. Sah noch einmal in die Wohnung. Ließ sie auf sich wirken. Ein Mann, der abhaut. Das ließ er sich durch den Kopf gehen. Ein Mann, der abhaut. Ein Mann, der abhaut. Was macht ein Mann, der geht und so ordnungsliebend ist wie Spiridon?

Dudek hatte sich um alles gekümmert. Kleidung, Schuhe, Geld, Papiere, er hatte alles dabei, er hatte alles berücksichtigt. Und trotzdem stimmte etwas nicht. Etwas fehlte. Etwas passte nicht in das Bild eines Mannes, der ging. *Aber was?*

Sein Handy meldete sich.

«Ja?»

«Ruber. Da kommen zwei Männer, auf die Ihre Beschreibung passt. Sie sind gleich an der Haustür.»

«Ist die geschlossen?»

«Nein, jemand hat sie angelehnt.»

«Danke.»

Dudek beendete das Gespräch und versuchte erneut, sich auf das zu konzentrieren, von dem er fühlte, dass er es übersehen hatte.

Die Bücher im Regal. Säuberlich geordnet. Fast zwanghaft.

Der Boden: sauber. Nichts lag herum, alles war an seinem Platz.

Jemand, der abtauchen wollte.

Als sein Blick auf die Fensterbänke fiel, war es ihm schlagartig klar. Er nahm die fünf Pflanzen und setzte sie vorsichtig in der Badewanne ab. Drehte den Abfluss zu und ließ zwei Handbreit Wasser ein, sodass die Pflanzen ein paar Tage mit Flüssigkeit versorgt waren.

Draußen schloss Dudek die Tür mit dem Schlüssel doppelt ab, der von drinnen gesteckt hatte, und sah hinüber zum Fahrstuhl. Die Anzeige über der Tür verriet ihm, dass die Kabine sich bereits nach oben bewegte. Schnell ging er mit den beiden Gepäckstücken zur Treppe und schaute hinunter – niemand, der ihm entgegenkam. Dudek lief die Stufen zügig hinab, während sich oben die Fahrstuhltür begleitet von einem dezenten Gong öffnete.

Luka Moravac trat in den Flur vor Kostadin Spiridons Wohnung, gefolgt von seinem Onkel.

«Er ist der älteste Freund, den ich habe», sagte Aco verärgert.

«Ich weiß.»

Sie gingen auf Spiridons Wohnungstür zu.

«Alleine, dass ich diesem absurden Verdacht nachgehe, wird für ihn unverzeihlich sein.»

«Klaus ist krank», hielt Luka dagegen. «Nadja hat es selbst gesehen.»

Aco brummte etwas Unverständliches, was auch bei klarer Artikulation keinen Sinn ergeben hätte – außer seinem Missfallen.

«Ist er ans Telefon gegangen?», fragte Luka und klingelte an Spiridons Tür.

«Nicht erreichbar zu sein, das wird deine Generation noch merken, ist heutzutage ein Luxus.»

Sie warteten ein paar Augenblicke, dann betätigte auch Aco Goric die Klingel – mit Nachdruck. Drei, vier Sekunden lang.

Nichts rührte sich. Luka legte ein Ohr an die Tür und lauschte, deutete dann ein Kopfschütteln an.

Aco schluckte, ging ans Fenster, blickte auf den Steindamm hinunter. Dann fasste er einen Entschluss und nickte seinem Neffen zu.

«Tritt sie ein.»

Anders als in all den Filmen gab die Tür erst beim dritten Tritt nach, und es brauchte einen vierten, um sie ganz aus den Angeln zu befördern. Aco betrat die Wohnung als Erster, Luka folgte.

«Kostadin?»

Keine Antwort.

Aco sah sich um, so wie es Dudek zuvor getan hatte. Das aufgeräumte Zimmer. Alles befand sich an seinem Platz. Aus der Wohnung darüber waren gedämpfte Schritte zu hören, und irgendwo bekriegten sich zwei Katzen. Aber ansonsten war es still.

«Kostadin?»

Wieder nichts.

Lukas Onkel betrat das Badezimmer – keine Zahnbürste, keine Zahnpasta, kein Rasierzeug, kein Duschgel. Den letzten Zweifel beseitigte der Blick in die Badewanne – Kostadins Pflanzen waren sein Ein und Alles. Darunter zwei Bonsai-Eichen, die er liebevoll pflegte.

Jetzt standen sie unter Wasser.

Als Aco Goric ins Wohnzimmer zurückkehrte, vermied Luka den Blickkontakt mit ihm.

Es war, als würde er Zeuge des Versagens eines sehr würdevollen Mannes. Man wollte nicht hinschauen, um dessen Gesichtsverlust nicht noch unnötig zu steigern.

Es hatte den Anschein, als sei das Undenkbare eingetreten. Der Verrat kam von dort, wo er am meisten schmerzte – aus nächster Nähe. Aus einer Richtung, vor der man sich nicht schützt, weil Freundschaft ohne dargebotene Kehle keine ist.

Aco Goric verspürte zum ersten Mal seit langem Angst.

Angst davor, dass seine Intuition ihn verließ wie einen alten Mann das Augenlicht. Er fürchtete, sich nicht mehr auf sein Bauchgefühl verlassen zu können, weil es Kostadins Verrat nicht hatte kommen sehen. Und ohne sein Bauchgefühl, das war gewiss, war er ein blinder, schutzloser Mann. Und seiner Familie kein gutes Haupt mehr.

Aber der Verrat lehrte ihn auch etwas Entscheidendes an diesem Spätsommerabend.

Dass jeder Moment voll der Möglichkeit ist, dass das Unwahrscheinliche das Wahrscheinliche in die Knie zwingt, dass es in diesem Leben, absolut und von nahem betrachtet, keinen Verlass auf irgendetwas gab und dass das Glück daher mit dem war, der die Entscheidung suchte und zielstrebig herbeiführte.

Diese Erkenntnis nahm er mit für das, was jetzt zu erledigen war.

Vorher aber verharrte er noch einen Augenblick in Spiridons Wohnung, kehrte um und hob den Telefonhörer. Drückte die Wahlwiederholung.

«Der Lufthansa-Schalter am Flughafen Hamburg», meldete sich sofort eine angenehme, weibliche Stimme. «Sie sprechen mit Bettina Holzschuh.»


Der Abpfiff kam in der 92. Minute, es lagen noch zwei Schnittchen auf dem Teller, und Darius biss in dasjenige mit Thunfisch und Oliven.

«Soll man nich' mehr kaufen, Thunfisch», sagte er mit halbvollem Mund.

«Aber du isst das ja», warf Nastas ein.

«Na, der is' ja schon tot», entgegnete Darius.

Eva und Nastas hatten es sich auf den beiden Stühlen bequem gemacht, Klaus und Darius teilten sich immer noch die Couch.

«Das mit den Oliven ist 'ne gute Idee», lobte Darius Eva. Sein Handy klingelte, er warf einen Blick auf die Anzeige, dann stand er auf und verschwand im Flur. Obwohl Eva wie Klaus die Ohren spitzten, erschloss sich ihnen nicht, wer der Anrufer sein mochte oder worüber Darius mit ihm sprach.

Vorsichtshalber wechselte Eva in die offene Küche und räumte ein paar Gläser in die Geschirrspüle, um mit einem Schritt am Backofen zu sein.

«Das ist ja ein Ding», hörte sie jetzt recht deutlich aus dem Flur. Sie sah zu Klaus, der ihren Blick erwiderte, und ohne es zu wollen, vergewisserten sie sich damit ihrer gegenseitigen Nervosität.

Darius kam aus dem Flur zurück, blieb stehen und musterte Klaus. In seinem Kopf arbeitete es.

«Nastas, wir gehen», sagte er.

Nastas, der in der Übertragung der Interviews zum Fußballspiel gefangen war, wandte sich Darius nur langsam zu.

«Jetzt?»

«Ja. Jetzt gleich.»

«Hm.»

Darius entschuldigte sich bei Eva und Klaus für die Störung, versicherte aber, es sei zu ihrem Besten gewesen, und wünschte ihnen einen schönen Abend.

«Gute Besserung, Klaus», sagte Nastas zum Abschied.

«Ja», schloss Darius sich mit einem Grinsen an, als sie bereits im Treppenhaus standen, «und hol dir nicht noch den Tod.»

Nastas und Darius feixten sich zu.

Klaus schloss die Tür. Eva und er wurden reglos. Sie lauschten den Fußtritten, die sich im Duett entfernten, bis sie schließlich die Schranke der Hörbarkeit hinter sich ließen.

Dann wich die Anspannung aus ihren Körpern. Im Erschlaffen der Muskeln nahmen sie zum Teil schmerzhaft wahr, was für ein Maß an Anstrengung dieser einstündige Besuch auch körperlich gefordert hatte. Als hätten sie die ganze Zeit über die Luft anhalten müssen.

Ein Ruck durchfuhr Evas Körper, eine Vibration, sie hob die Unterarme an, kniff die Augen zusammen und verkrampfte sich. Sie musste schluchzen. Es schüttelte sie durch. Klaus nahm sie in die Arme, ein Trost, sicherlich, ein Festhalten, das aber auch ihm das Gefühl vermittelte, Halt zu finden, da Eva die Umarmung erwiderte.

So standen sie bestimmt zwei Minuten, bis sie ihren tränennassen Blick hob. Und in diesem Augenblick war sie für ihn so nackt, wie es für Dudek die Leute waren, von denen er zwei Fotos besaß. Klaus Burck meinte, ihr auf den Grund sehen zu können, nichts an ihr hielt ihn auf Distanz, sie gab sich hin.

Eva küsste ihn wie auf der Tauffeier, sie legte ihre kleine Hand in seinen Nacken und zog ihn etwas zu sich hinab. Und als Klaus den Kuss erwiderte, öffnete sie die Lippen. Kurz umfingen sich ihre Zungen. Dann ließ Eva ihn los, aber in ihrem Gesicht war keine Scham, ihr Blick bedeutete ihm nicht, etwas getan zu haben, was sie jetzt als falsch empfand.

«Ich geh jetzt», sagte sie knapp und griff nach ihrer Handtasche.

«Das ist schade», erwiderte Klaus gefasst.

Eva nickte: «Ja. Ich hab so Lust, mit dir zu schlafen, ich kann gerade an nichts anderes denken.»

Jetzt lächelte sie doch etwas verschämt, eine dezente Röte wanderte über ihre Wangen. Er fand vor Verblüffung keine Worte.

«Aber ich will, dass es langsam anfängt.»

Sie machte zwei rasche Schritte auf ihn zu, gab ihm einen züchtigen Kuss auf den Mund und verließ dann schnell wie ein Wirbelwind Klaus' Wohnung.

## 26.

Als Klaus Burck aus dem grünen Mustang stieg, sah er die beiden Gestalten, die sich gegen das aufgewühlte Meer abzeichneten: ein Mann und eine Frau auf einer Parkbank, die weit und breit die einzige Erhebung am Kaiser-Wilhelm-Koog an der Elbmündung bildete.

Madame lief schwanzwedelnd auf ihn zu, ihre hellbraunen Augen aufmerksam auf ihn gerichtet.

Dudek und Eva, die beiden Gestalten auf der Bank, hatten ihn jetzt ebenfalls bemerkt.

«Braves Mädchen», lobte Klaus die Schäferhündin und fuhr ihr mit der Hand sanft über den Kopf. Dann hielt er ihr, unsichtbar für Dudek, ein Stück Mailänder Salami hin. Als erfasste Madame die Notwendigkeit der Geheimhaltung, schluckte sie die Scheibe schnell herunter, um Klaus dann zur Bank zu begleiten, als sei nichts geschehen.

Das Wetter war ruhig, aber der Wind pfiff mangels Widerstands ungehindert landeinwärts und fegte die Gischt von den Kammlinien der flachen Wellen in die Luft.

Frank Dudek nickte ihm zu: «Guten Morgen. Setzen Sie sich.»

«Morgen. Hallo, Eva.»

Sie nickte und lächelte breit. Ganz vertraut. So vertraut, als wären sie nebeneinander aufgewacht und hätten die Nase auf die Haut des anderen gepresst, um seinen Geruch tief einzuatmen, sie an seiner Brust, er an ihrem Hals. Als hätten sie sich in morgendlicher Verschlafenheit geliebt und danach Kaffee im Bett getrunken und als hätten sie die Augen nicht voneinander lassen können. Mit Musik aus dem Radio, ganz so, als hätten sie sich zwischen den Küssen erzählt, was sie empfunden hatten beim ersten Treffen, all das durchdrungen von der Heiterkeit und dem heiligen Ernst von frisch Verliebten.

Etwas davon lag in ihrem Lächeln, das er erwiderte.

Klaus nahm neben Dudek Platz.

Dudek hatte ihn noch gestern Abend angerufen und ihm befohlen, das Telefonkabel rauszuziehen und das Handy auszuschalten. Des Weiteren hatte er ihn über die erfolgreiche Durchkreuzung von Aco Gorics Mordplänen in Kenntnis gesetzt.

*Das war gute Arbeit, Herr Burck. Sie pausieren über die Nacht. Sie sind einfach nicht da.*

Und wenn jemand vor der Tür steht und klingelt?

*Dann öffnen Sie nicht. Und wenn er noch mal klingelt, schalten Sie Ihr Handy an und informieren mich. Wir sehen uns morgen um zwölf Uhr am Kaiser-Wilhelm-Koog.*

Aber es hatte niemand geklingelt. Er hatte in seinem Bett die Tuberkuloseerreger herausgeschwitzt und sich am Morgen eine riesige Portion Rühreier mit Schinken gemacht. Die Nacht war traumlos gewesen. Und in den Wachzuständen dazwischen hatte sich das Bild von Eva in seinen Kopf geschoben, wie sie errötend im Flur gestanden hatte.

«Gab es einen Kontaktversuch?»

Klaus nickte: «Luka hat auf der Mobilbox um Rückruf gebeten. Er hat sich entschuldigt. Noch gestern Nacht. Dann drei Anrufe ohne Nachricht. Er hat gesagt, Kostadin ist übergelaufen. Wie haben Sie das angestellt?»

«Er sitzt im Augenblick wegen der Kinderpornos ein, die man auf seinem Laptop sichergestellt hat.»

Eva nahm dies als Schachzug zur Kenntnis, das konnte

Klaus ihr an der Nasenspitze ablesen. Und vielleicht hielt sie ihn sogar für notwendig oder die einzige Wahl, die Dudek geblieben war, auch wenn sie sich ganz sicher einen juristisch einwandfreien gewünscht hätte.

Dudeks Gesichtsausdruck verriet dagegen, dass er sich nicht dazu herablassen würde, über so eine Haarspalterei zu diskutieren. Spiridons Verhaftung hatte Klaus das Leben gerettet und darüber hinaus die Glaubwürdigkeit seiner Tarnidentität weiter unterfüttert. Alles Weitere war für Dudek unerheblich.

«Luka wird jetzt aufrücken, und ich mit ihm», war Klaus sich sicher, «das Studium dürfte für ihn passé sein. Aco Goric wird ihn jetzt mit brisanteren Sachen betrauen.»

«Vermutlich», sagte Dudek und starrte hinaus auf die Wasserfläche, auf der die Reflexionen der Sonne aufblitzten.

«Wäre es nicht ein Modell», spann Burck den Faden fort, «Luka einen Deal anzubieten? Straffreiheit gegen Aussage?»

Dudek schenkte ihm ein nachsichtiges, mildes Lächeln – das plötzlich erlosch.

«Wir beenden es hier», ließ er Klaus und Eva dann wissen, «deswegen hab ich Sie beide hierhergebeten. Ihr Auftrag ist zu Ende.»

«Das ist nicht Ihr Ernst», sagte Klaus reflexartig und daher auch lauter als beabsichtigt.

«Doch, Herr Burck, das ist es.»

Klaus fing Evas konsternierten Blick auf.

«Ich … ich bin jetzt seit Monaten da drinnen in diesem Leben. In dem Körper von Klaus Roth. Ich esse wie er, ich denke wie er, ich weiß, wie das Geschäft der Gorics läuft, ich bin Teil des Clans. Sie hatten nie jemanden näher an Aco Goric dran!»

Bei den letzten drei Worten klatschte er mit der offenen Hand so hart auf die Parkbank, dass er sie noch Minuten später vibrieren fühlte.

Dudek warf ihm einen langen, ruhigen Blick zu. Mit einem Verständnis, dessen Wurzeln zurück in seine eigene Vergangenheit als verdeckter Ermittler reichten. Dann antwortete er sehr bedächtig und sehr langsam und mit Betonung auf jedem Wort: «Es ist ... für Sie ... zu gefährlich ... geworden. Haben Sie das? Es ist ... *zu gefährlich*. Man hätte Sie gestern fast umgebracht.»

«Wir hatten einen Notfallplan!»

«Und ich war so verbohrt, mich ... *darauf einzulassen*!»

Und das war das erste Mal, dass Frank Dudek in seinem Beisein doch die Contenance verlor – er brüllte die letzten Worte und hieb mit der Hand nicht weniger hart als Klaus auf das Holz der Bank ein.

Für einige Momente war es bis auf das Geschrei der Möwen still.

Dann fuhr der VE-Führer ruhig fort: «Wir lösen Ihre Wohnungen auf, Sie kehren in Ihr altes Leben zurück. Goric und die Türken werden sich jetzt bekriegen, und da wird es kein Pardon geben. Es ist nur eine Frage der Zeit, bis Ihre Tarnung auffliegt oder Sie schwer verletzt werden ... oder Schlimmeres. Und ... das werde ich nicht zulassen.»

«Sie wollen aufgeben?», fragte Eva Rittner. Frank Dudek wandte sich ihr mit einer Müdigkeit zu, die Klaus symptomatisch für den ganzen Mann erschien.

Dudek nickte. Mit der Linken fuhr er seiner Hündin sanft über den Kopf, Madame schmiegte sich in seine Hand.

«Ich sage Ihnen mal was: Wenn Sie sich irgendwann selbst gefunden haben, kann keine Niederlage Ihnen mehr was nehmen. Das klingt für Sie vielleicht wie eine Ausflucht ...»

«Ja», sagte Klaus, der sich nicht die Mühe machte, seine Enttäuschung zu verbergen.

Dudek nickte, weil er es sich gedacht hatte.

«Aber es ist keine. Aco Goric hat das Rennen mit Benny Gerstmann gewonnen. Und er hat das mit uns dreien gewonnen. Man muss auch verlieren können.»

Er legte eine kurze Pause ein.

«Und irgendwann gibt Aco Goric doch mal eine Anweisung, die wir mitschneiden. Irgendwann fühlt sich einer seiner Leute zurückgesetzt oder in seiner Ehre gekränkt und sagt aus. Oder die Kollegen kriegen ihn über die Steuer.

Irgendwann jedenfalls findet jemand die Lücke – aber eben nicht heute oder morgen. Der Einsatz ist zu Ende.»

Sie hörten Türenschlagen. Keine dreißig Meter weiter hatte ein Wagen gehalten, aus dem zwei Männer stiegen, die jetzt auf sie zukamen. Der eine war Jürgen Gerber, Klaus' Vorgesetzter aus Kiel, der andere Mann war jünger. Er trug einen gutsitzenden dunklen Anzug, den der starke Wind eng an seinen Körper presste.

Frank Dudek wirkte überrascht und abweisend. Ganz offensichtlich war dieser Teil des Treffens nicht mit ihm abgesprochen worden, und ebenso offensichtlich verband er mit dem Erscheinen der beiden Männer nichts Erfreuliches.

«Wer sind die?», fragte Eva.

«Der rechts ist Jürgen Gerber. Mein Vorgesetzter aus Kiel. Den anderen kenn ich nicht. Sie?»

Frank Dudek schüttelte den Kopf.

Der Jüngere ließ Gerber den Vortritt. Der nickte Klaus und Dudek zu: «Guten Tag.»

«Guten Tag», antwortete Klaus. Dudek beließ es bei einem Nicken. Gerber bot Eva die Hand an, die sie schüttelte: «Gerber. Kripo Kiel.»

«Hallo.»

Dudek, Klaus Burck und Eva Rittner schauten mit höflicher Neugier auf Gerbers Begleiter. Dessen Blick ruhte hauptsächlich auf Klaus, dem er nach Eva und Dudek zuletzt die Hand gab.

«Stephan Wagner, Bundeskriminalamt», stellte der Mann sich vor, um sich dann zunächst an Dudek zu wenden, «wie zwischen Ihnen und Herrn Gerber vereinbart, hatten wir zum Teil Einblick in die Erkenntnisse, die Ihr VE gewonnen hat.»

«Weil?», wollte Klaus wissen.

Wagner nickte ihm freundlich zu: «Weil bestimmte Straftaten und das Verhalten einiger Leute, die sich querbeet durch alle Bereiche der Organisierten Kriminalität bewegen, für uns nachvollziehbarer werden. Zum Beispiel im Bereich der Wettmanipulationen. Ich muss Ihnen nicht sagen, wie groß Deutschlands juristischer Nachholbedarf gerade auf diesem Gebiet ist. Entsprechend hinkt die Bekämpfung durch die Behörden hinterher. Je mehr Fakten wir vorlegen können, desto zwingender wird es für den Gesetzgeber, hier nachzubessern und uns geeignete Befugnisse an die Hand zu geben.

Wir haben jetzt dank Ihrer aller Arbeit, ganz speziell durch Ihren Einsatz, Herr Burck, einen tieferen Einblick in die organisierte Wettmanipulation erhalten. Die Erkenntnisse unterstreichen die Dringlichkeit, mit der die Dienste hier aktiv werden müssen.»

«Sind Sie deswegen aus Wiesbaden hierhergekommen?», fragte Dudek mit unbewegter Miene und unüberhörbarem Sarkasmus. Nur sein Schnurrbart erzitterte etwas im böigen Wind.

Wagner reagierte mit einem entwaffnenden, freundlichen Lächeln: «Ich weiß, dass Herr Burck seinen Einsatz heute beenden soll, Herr Gerber hat mir das auf Nachfrage soeben bestätigt. Deswegen bin ich hier», sagte er und wandte sich Klaus zu. «Ich möchte Sie bitten, noch ein paar Tage auszuhalten.»

«Wozu?», fragte Frank Dudek schroff und stand auf, um

sich – bewusst oder unbewusst – zwischen Wagner und seinen VE zu stellen.

Stephan Wagner vom BKA ließ die Arme hängen und sah Dudek mit offenem Gesicht verständnisvoll an.

«Weil ein *Großer Weißer* das Becken betreten hat: Marco Feri, Kopf des Feri-Clans, *die* aufstrebende Camorra-Familie in Neapel. Er hat seine Familie nach dem Vorbild der 'Ndrangheta aufgebaut. Er steuert zunehmend aus dem süddeutschen Raum den Drogenhandel und die Produktpiraterie. Marco Feri ist hier, um Geld zu waschen. Dazu hat er sich mit Jyan Cyakan eingelassen. Und jetzt wohl auch mit Aco Goric.»

«Warum macht er das nicht in Neapel?», fragte Eva.

«Dafür gibt es zwei Gründe», antwortete Wagner sachlich. «Die ganz großen Wettmafiageschäfte laufen in Asien, weil dort auf alles in jeder beliebigen Höhe gesetzt werden kann. Hochburg ist Shanghai.»

Klaus nickte. Er erinnerte sich an sein erstes Zusammentreffen mit Marjan Goric, der pünktlich zu Yashas Taufe aus Shanghai zurückgekehrt war.

«Der deutsche Markt ist noch nicht aufgeteilt, und Feri ist jemand, der nach vorne denkt, man kann ihn sich als innovativen Schwerkriminellen vorstellen. Er hat sein erstes Geld nicht mit Schutzgeld oder Prostitution gemacht, sondern er hat Designerhandtaschen und -schmuck günstig in Bangladesch kopieren lassen. Marco Feri ist die Mafia 2.0, wenn Sie so wollen.

Er hat längst erfasst, dass der Wettmarkt eine Zukunftsbranche mit enormen Renditen ist. Ein Markt, der in Deutschland noch in den Kinderschuhen steckt. Und jetzt will er seinen Claim abstecken.

Grund Nummer zwei: Feri hält von Wetten persönlich nichts. Aber das Wettgeschäft ist in seinen Augen nicht nur enorm lukrativ, sondern auch die einzige illegale Geldquelle, die gleichzeitig ihre eigene Waschmaschine darstellt. Gelder aus dem Kokainhandel, wir reden da von dreistelligen Millionenbeträgen, können ohne den sogenannten *paper trail* gewaschen werden. Es gibt nichts Schriftliches, keine Quittung, kein Konto, nichts, was später noch auf die Herkunft des Geldes hinweist. Es kann durch legale Arbeit Erspartes sein oder aus einem Banküberfall stammen.

Wir haben nichts in der Hand, um ihm so eine Geldwäsche nachzuweisen. Früher hat man das mit einer Pizzeria gemacht. Dann hat man es über Casinos auf dem Balkan gemacht. Jetzt macht man das mit Wetten. Und das bald nur noch online im Internet.

Was jetzt über die Bühne gehen soll, ist ein Probewaschgang. Er hat es eilig, denn in Neapel räumt gerade eine resolute Staatsanwältin auf, die ihm im Nacken sitzt: Patricia Canzan.

Sie steht mit uns in Kontakt. Wir wollen diesen Waschgang verhindern und das Geschäft vereiteln.»

Der BKA-Mann sah wieder zu Klaus: «Und dazu benötigen wir Sie. Vielleicht schlagen wir auf diese Weise zwei Fliegen mit einer Klappe. Für uns Feri, für Sie Goric.»

Klaus antwortete nicht, er sah ebenso wie Gerber zu Dudek.

«Irre ich mich, oder hat das BKA dazu nicht viel mehr Personal, Geld und Logistik zur Verfügung? Dazu benötigen Sie doch nicht einen frischgebackenen VE des Hamburger LKA als Ohr auf der Schiene.»

Wagner wich dem Blick seines Gegenübers nicht aus, er deutete sogar ein Nicken an.

«Ich weiß, dass Sie Benjamin Gerstmann verloren haben. Und ich habe ...»

«Benjamin Gerstmann ist mit 1,8 Promille gegen einen Baum gefahren – das hat mit seiner Tätigkeit als mein VE überhaupt nichts zu tun!»

Er hatte drohend den Zeigefinger in Richtung Wagner erhoben. Klaus' Unterkiefer klappte etwas herunter, eilig schloss er den Mund wieder. Er erinnerte sich sehr genau, wie Dudek und er in der Pathologie des Uniklinikums neben dem Autopsietisch gestanden hatten. Wie Dudek ihn genötigt hatte, sich Bennys Leiche genau anzuschauen. Auch Gerstmanns Gesicht, das angeblich mit einem Wagenheber über vierzig Mal traktiert worden war.

Dudek hatte ihm ins Gesicht gelogen. Gerstmann waren nicht von Gorics Männern die Knochen gebrochen worden, sondern die Wucht des Aufpralls hatte ihn verunstaltet.

Zu dem Zeitpunkt hatte Klaus Burck das Leben als Klaus Roth noch für ein spannendes Abenteuer gehalten. Und Frank Dudek, der gerissene Hund, hatte das gespürt und ihm nachdrücklich vor Augen geführt, wozu auch nur ein klitzekleiner Fehler führen konnte. Er hatte das Blaue vom Himmel gelogen, um ihn abzuschrecken. Um ihn zu schützen.

«Gut», antwortete Wagner und richtete seine blauen Augen erneut auf Klaus, «warum fragen wir Herrn Burck nicht einfach selbst?»

«Weil Herr Burck die Sache nicht überblickt!»

Jetzt erntete Dudek von Gerber wie von Wagner irritierte Blicke.

«Sind Sie mit Herrn Burck verwandt?»

«Nein.»

«Befreundet?»

«Nein.»

«Dann verstehe ich beim besten Willen Ihre Haltung nicht, Kriminalhauptkommissar Dudek.»

Als Klaus den BKA-Mann ansah, stellte er fest, dass aus dessen Augen tatsächlich jegliches Verständnis gewichen war.

«Wir können Sie jederzeit austauschen.»

«Sie können mich mal kreuzweise.»

Wagner schluckte, Dudeks Blick war unversöhnlich. Der BKA-Mann sah zu Boden und schüttelte leicht den Kopf.

«Hören Sie ...»

Da stand Klaus Burck auf: «Ich mache es unter zwei Bedingungen.»

Alle Augen richteten sich auf ihn.

«Erstens: Ich kann jederzeit aussteigen und bin da niemandem Rechenschaft drüber schuldig.»

Wagner nickte, und da Dudek nicht mit schmerzverzerrtem Gesicht aufschrie, ging Klaus davon aus, dass er keine Riesendummheit von sich gegeben hatte.

«Und weiter?», fragte der BKA-Mann freundlich.

«Frau Rittner wird von ihrer Tätigkeit entbunden. Offiziell hat sie mich verlassen.»

«Nein», sagte Eva sofort und stand ebenfalls auf.

«Doch.»

Die Entgegnung kam ausgerechnet Dudek über die Lippen: «Doch – so muss ich nur einen Kindskopf im Auge behalten.»

Sie kamen überein, dass Klaus einfach in seine Tarnwohnung zurückkehrte und von dort den Rückruf unternahm, um den Luka ihn gebeten hatte.

«Ich kann Eva absetzen», meinte Klaus, als Gerber und Wagner schon wieder verschwunden waren und sie zu viert – mit Madame – zu den Wagen zurückgingen.

«Das nehm ich gerne an», meinte Eva mit Unschuldsmiene, «ich möchte so schnell wie möglich ins Bett.»

Klaus schluckte.

«Vielen Dank übrigens, dass Sie Eva mit der Suppe vorbeigeschickt haben.»

«Soso», sagte Dudek und lächelte ganz merkwürdig. Eva lief rot an und schaute angestrengt in eine andere Richtung.

Und da begriff Klaus, dass sie aus eigenen Stücken gekommen war und Dudek das bis jetzt für sich behalten hatte.

Mit einem breiten Grinsen warf Dudek Madame einen Ball.

## 27.

«Ich brauch deinen Rat», sagte Luka Moravac, nachdem sie sich an den Landungsbrücken begrüßt und am Cap-Anamur-Denkmal Platz genommen hatten. Vor ihnen lag die Rickmer Rickmers, die wie jeden Tag von Touristen bestaunt und fotografiert wurde.

Passanten strömten vorbei, und auf der Elbe liefen schwere Containerschiffe aufs Meer hinaus.

Klaus zündete sich eine an und bildete mit der Hand einen Halbkreis, damit die Glut nicht vom Wind angeheizt wurde, der ungehindert über den Fluss fegte. Auf der gegenüberliegenden Seite stemmten filigrane Kräne, höher als Hochhäuser, tonnenschwere Container in die Luft und beförderten sie zentimetergenau in die tiefen Bäuche der Frachtriesen.

Klaus' Blick und Haltung signalisierten Ablehnung.

«Nadja hat ...», begann Luka, aber Klaus fuhr ihm aufgebracht dazwischen.

«Was da passiert ist, gestern, geht nicht. Dein Onkel kann nicht Darius und Nastas in meine Wohnung schicken und uns bedrohen. Mich nicht. Und schon gar nicht Eva und mich.»

Luka seufzte.

«Ich hab für dich meine Hand ins Feuer gelegt.»

«Ich hoffe, du hast dich nicht verbrannt.»

Luka kratzte sich verlegen am Kopf.

«Es gab einen Verdacht. Aco hatte ihn, um genau zu sein. Einen Verdacht. Du musst wissen: Im Parkhaus ist es zu einem kleinen Unfall gekommen, bevor wir tun konnten, weswegen wir da waren.»

«Bedauerst du das?»

«Was?»

«Du hast schon verstanden.»

Luka seufzte wieder.

«Nein. Aber ... jedenfalls ist gleichzeitig Torun Cyakan verhaftet worden. Zufall vielleicht, ja, ich dachte, das ist Zufall. Oder wenigstens, dass es mit der Sache mit Darko zusammenhängt, du weißt schon.»

«Und dann war ich auch noch krank.»

«Ja. Du warst krank. Das passiert. Auch Zufall. Aber mein Onkel hat das nicht geglaubt. Er hat gedacht, dass jemand ihn hintergeht. Dass ihn jemand betrügt und an die Bullen verrät. Er hat sich überlegt, wer das sein kann.»

«Ich, zum Beispiel.»

Luka Moravac war es sichtlich unangenehm, diese Sache weiter in allen Einzelheiten zu erörtern. Daher kürzte er die Nummer ab: «Es hat niemanden gegeben, den er nicht in Betracht gezogen hat. Dich auch, ja. Du warst krank. Aber es war Kostadin. Er hat sich abgesetzt.»

«Kostadin Spiridon?»

«Ja.»

«Das glaub ich nicht», meinte Klaus Roth, um seiner angeblichen Überraschung Ausdruck zu verleihen, «ausgerechnet Kostadin. Schwer vorstellbar. Wisst ihr, wo er ist?»

«Nein. Nur, dass er sich wahrscheinlich mit einem Flieger abgesetzt hat.»

Sie rauchten stumm ein paar Züge.

«Unfassbar», schob Klaus hinterher. Er betrachtete Luka von der Seite.

«Wozu brauchst du meinen Rat?»

«Nein, das ist eigentlich das falsche Wort: Rat», sagte Luka, hob den Blick und sah ihm in die Augen. «Ich hör auf, Klaus.»

Er sagte das ganz ruhig, und plötzlich hob sich der Familienvater und Ehemann von dem Luka Moravac ab, dem Klaus im Galaxis begegnet war.

«Mit dem Anreißen?»

«Nein. Mit allem. Nadja hat gesagt, dass ich mich entscheiden muss. Und der Witz ist», er lachte kurz auf, um dann still und nachdenklich zu werden, «der Witz ist, dass ich keine Sekunde überlegen musste. Keine. Keine einzige Sekunde. Ich werde das Studium abschließen. Aber nicht in Hamburg.»

«Wo dann?»

Er deutete ein Achselzucken an: «Woanders. Ich weiß noch nicht.»

«Berlin?»

«Nein. Das ist ... keine gute Stadt für Kinder. Was Ländlicheres. Münster vielleicht. Ich weiß es noch nicht. Aco habe ich es schon gesagt – du bist der Zweite, dem ich das sage. Du kannst in Zukunft nicht mehr auf mich bauen, sorry.»

«He, das ist doch großartig, ich freu mich.»

Und da war sie wieder, die Überschneidung der Identitäten. Er konnte nicht mit Bestimmtheit sagen, wer sich freute, Klaus Burck oder Klaus Roth. Das lag vor allem daran, dass er nicht wusste, wer das Geschehen gerade analysierte, Roth oder Burck.

Luka sah ihn überrascht an: «Du ... *freust* dich? Wir hatten noch viel vor.»

Klaus erwiderte sein Lächeln: «Ich war alleine gut unterwegs, und ... es gefällt mir, wenn ich nicht groß Rücksicht nehmen muss. Nur auf Eva.»

Luka sah ihn fragend an.

«Was heißt das?»

«Dass ich auch aussteigen werde.»

Luka schüttelte lächelnd den Kopf.

«Ich hab mich heute Nacht neu verliebt», fügte Klaus hinzu, und nur das *neu* war dabei gelogen. Sie hatten sich die ganze Nacht über geliebt, waren in erschöpften und schweißnassen Umarmungen eingeschlafen, bis einer den anderen mit Küssen weckte, sanft, fast verspielt, dann fordernder, bis sie ebenso erwidert wurden. Und auch in höchster Lust drang kein Laut über Evas Lippen, nur zum Schluss, wenn ihr das Unterdrücken unerträglich wurde und sie sich noch nackter hingab, als sie äußerlich war, und da durchfuhr ihn die Erkenntnis, dass das hier so etwas wie Liebe sein konnte und er vielleicht mit ihrem Händedruck alt werden wollte.

Irgendwann im Morgengrauen hatte er sich Wasser aus dem Kühlschrank besorgt, sich auf den Barhocker gesetzt und getrunken und Eva angeschaut mit ihrem halboffenen Mund und dieser Friedfertigkeit im Schlaf.

Da war kein Verlangen, das ihm den Blick und das Urteilsvermögen trübte.

Vielleicht hängten sie beide einfach den Dienst an den Nagel, fuhren runter nach Portugal, bis ihnen der Atlantik in die Quere kam, und machten genau dort am Strand eine Bar auf.

Er würde einfach nur dorthin gehen, wohin Eva ging. Das war alles, was Klaus an diesem Morgen von der Welt wollte. Und da er dasselbe Gefühl mit derselben Intensität hier an den Landungsbrücken viele Stunden später immer noch verspürte, wusste er, dass er ein freier Mann war.

«Wir gehen vielleicht auch weg», ließ er Luka deshalb wissen.

Aco Gorics Neffe musterte ihn kurz und begriff dann, dass das nicht bloß so dahergesagt war.

«Was ist mit den Cyakan-Brüdern? Leben die noch?»
Luka nickte.
«Und soll das so bleiben?»
«Ja. Es gibt eine Art Burgfrieden. Waffenstillstand.»
«Aco hat die getroffen?»

«Nein. Es gibt da einen Mann. Marco Feri.»
«Nie gehört.»
«Er ist aus Neapel. Da sitzt seine Familie.»
«Neapel? Da sitzt die Camorra. Reden wir darüber?»
Luka nickte.
«Er ist hier, um ein Geschäft abzuschließen. Und dafür müssen die mit Migrationshintergrund», an dieser Stelle musste er schmunzeln, «und wir die Füße stillhalten, wir müssen zusammenarbeiten.»
«Wir? Ich dachte, du bist raus.»
«Ja ... nein. Aco hat viel für mich getan, ich kann nicht einfach so weggehen. Ich werde ihm dieses eine Mal helfen. Das ist alles.»

Klaus Burck schaute zu Boden und tat so, als denke er nach. Natürlich ließ Aco seinen Neffen nicht einfach so gehen. Luka kannte die geschäftlichen Tätigkeiten seines Onkels nicht in ganzem Umfang, aber das, was er wusste, konnte Aco Goric möglicherweise durchaus gefährlich werden.

Schweigen wurde durch Geld, Loyalität und vor allem familiäre Bande erkauft, am besten kam alles drei zusammen. Aco hatte Luka finanziell unter die Arme gegriffen, die familiären Bande waren unübersehbar, aus beidem speiste sich auch Lukas Loyalität.

Es gab aber noch ein viertes Mittel – indem man jemanden zum Komplizen machte, zu einem Mittäter, der mit einer Aussage gegen den anderen automatisch sich selbst auf die Anklagebank verfrachtete. Klaus nahm an, Aco Goric verlangte von Luka auch deswegen einen letzten Dienst, um sich auf dieser vierten Ebene abzusichern.

«Dann beenden wir's gemeinsam», beschloss Klaus. Luka Moravac musste lächeln, Überraschung und Erleichterung standen ihm gleichermaßen ins Gesicht geschrieben.

«Du bist Aco nichts schuldig.»

«Ich weiß. Ich war krank, und er hat Nastas und Darius geschickt. Wir sind quitt. Ich geh deinetwegen.»
«Mir bist du auch nichts schuldig.»
«Ich komm trotzdem mit.»
Was Luka als Beweis von Verbundenheit und vielleicht sogar Freundschaft auffasste, war in der Tat einer.
«Worum geht es?», wollte Klaus Burck wissen.
«Um eine ganz große Kiste», antwortete Luka.

Sie trafen sich, so Dudeks Bedingung, am Helkenteich in Grande, umgeben von schiefen Winkeln, Mücken und tieffliegenden Enten. Wagner ließ nicht erkennen, ob ihm das etwas ausmachte.
«Das BKA hat Herrn Wagner die Leitung einer Truppe von gut zwanzig Mitarbeitern übertragen, die seit Jahren damit beschäftigt sind, die Organisierte Kriminalität zu bekämpfen», erklärte Dudek Klaus bei dessen Ankunft.
Klaus spürte, dass zwischen den beiden Männern nicht mehr ganz so dicke Luft herrschte.
Sie begrüßten sich, dann gab Klaus weiter, in was Luka ihn eingeweiht hatte. Um Klaus' Tarnung weiterhin so wasserdicht wie möglich zu gestalten, hatte Wagners Truppe nur Kenntnis von einem «Informanten» im Umfeld der Serben. Ob Mann oder Frau, jung oder alt, war unbekannt.
Und aus diesem Grund war auch einzig Wagner anwesend.
Klaus nickte: «Es ist, wie Frau Canzan und Sie vermuten – Feri wird hier Geld waschen. Aber das ist noch lange nicht alles. Er wird nicht mit fünfzig gewaschenen Millionen nach Hause gehen, sondern mit viel mehr.»
Wagner wie Dudek beugten sich unmerklich vor, Dudek zündete sich eine Zigarette an.
«Es gibt eine private Sicherheitsfirma im Allgäu, Benedick Security, das ist eine Sammelstelle für Exmitarbeiter aller

möglichen Dienste, die weit vernetzt sind mit Behörden, mit der Polizei und der Industrie.»

«Ich kenn den Laden», sagte Wagner, «das sind Leute, die für Profit jeden Anstand hinter sich gelassen haben.»

«Gut möglich, ja», fuhr Klaus fort, «in einer Angelegenheit von Industriespionage, in der die Benedick Security für einen deutschen Konzern tätig geworden ist, haben die einen Russen festgesetzt und ein ganz normales Gerichtsverfahren gegen ihn einleiten wollen. Um dem zu entgehen – da stand wohl eine mehrjährige Freiheitsstrafe im Raum –, hat er die Mitarbeiter von Benedick mit einer brisanten Information versorgt. Und nachdem die das überprüft hatten, haben sie ihn gehen lassen. Und zwar auf Weisung eines Mannes, der über eine Strohfirma Mitinhaber von Benedick ist: Marco Feri.»

Sein VE-Leiter und der Mann vom Bundeskriminalamt hörten sehr konzentriert zu, Dudek vergaß, an seiner Zigarette zu ziehen, die unbeachtet vor sich hin glühte.

«Die Information des Russen betrifft eine Sportmanipulation», vermutete Frank Dudek.

«So ist es. Der Russe hat verraten, dass der FC Zenit St. Petersburg mit dem 1. FC Regensburg eine Absprache über einen Spielausgang getroffen hat. Und zwar wird das hier in Hamburg stattfindende Halbfinalspiel der Champions League zwischen den beiden Vereinen mit einem Sieg von St. Petersburg enden.»

«Der 1. FC Regensburg lässt sich schmieren?», fragte Stephan Wagner ungläubig.

Klaus nickte: «Für 22 Millionen Euro lässt er zwei Tore zu. Wollen die Russen höher gewinnen, müssen sie das aus eigener Kraft schaffen. Die Stürmer und der Torwart sind eingeweiht. Und natürlich das Management.»

«Ich kann das kaum glauben», meinte Wagner und schüttelte den Kopf. «Ich meine: der 1. FC Regensburg. Mehrfacher deutscher Meister.»

«Woher weiß Luka Moravac das?», fragte Dudek.

«Das lief erst anders», erklärte Klaus. «Marco Feri hat Aco Goric nur wissen lassen, dass er eine sehr große Wette setzen will – die fünfzig Millionen. Dazu benötigt er Acos Buchmacher und Kontakte, damit das hier sauber über die Bühne geht. Und dafür hat er Aco, das ist Lukas Vermutung, eine Beteiligung in Aussicht gestellt.

Was Feri nicht wissen kann – wegen einer älteren Angelegenheit ist einer der Mitarbeiter von Benedick Marjan Goric was schuldig, und der hat Marjan die Information gesteckt.»

«Das heißt», so Dudek, «Aco hat denselben Informationsstand wie Marco Feri. Bloß weiß der das nicht.»

«Ja», bestätigte Klaus.

«Und wie können die sicher sein», warf Wagner ein, «dass der Russe die Wahrheit sagt? Vielleicht hat diese Absprache zwischen den beiden Clubs überhaupt nie stattgefunden?»

Klaus nickte und musste grinsen, was die Neugier seiner beiden Zuhörer steigerte.

«Natürlich. Den Gedanken hatte Aco Goric offenbar auch. Jetzt ist es so, dass Darius ein junges Model kennt, das nebenbei als Escort arbeitet, sie nennt sich Verena. Und es gibt zwei Stürmer beim FC Regensburg, die sich abwechselnd mit ihr verabreden und mit ihr ins Bett gehen. Die beiden Stürmer sind privat befreundet und wissen das voneinander.

Darius hat Verena gebeten, mal behutsam nachzufühlen. Der eine Stürmer hat indirekt zugegeben, dass sie alle keinen Ball im gegnerischen Tor versenken werden.»

«Wann ist das Spiel?»

«Übermorgen.»

Die Entenformation jagte über das Dach und den Helkenteich. Madame sah ihr interessiert hinterher. Dudek und Wagner ließen die neuen Auskünfte in ihren Köpfen nachhallen.

«Alles klar», sagte Stephan Wagner schließlich, «Marco Feri macht ein todsicheres Geschäft. Die 22 Millionen, die die Russen für ihren Sieg zahlen, sind die Garantie dafür, dass das Spiel 2:0 ausgeht. Eine Spielmanipulation mit hundertprozentiger Sicherheit.

Feri wird das Geld bei Gorics Buchmachern deponieren. Und genau da greifen wir es ab, bevor es über die Wettauszahlungen zurück in den legalen Geldverkehr gelangt. Haben Sie eine Übersicht über alle Buchmacher von Aco Goric?»

«Denke, schon, ja.»

«Wir haben ja auch noch andere Quellen», flankierte Dudek die Antwort seines Schützlings, «über die wir die Buchmacherläden unter Gorics Leitung lückenlos benennen können.»

«Gut», befand Wagner.

«Das ist noch eine Kleinigkeit», merkte Burck an. «Aco Goric weist seinem Neffen bei dieser Sache eine bestimmte Aufgabe zu. Und ich kann ihn dabei unterstützen. Damit wäre ich die ganze Zeit nah dran.»

«Das ist perfekt», fand Wagner.

«Ja. Aber ich werde das nur tun, wenn Luka Moravac einen Deal mit der Staatsanwaltschaft kriegt.»

Wagner kniff die Augen etwas zusammen.

«Wie darf ich das verstehen? Luka Moravac ist ein Krimineller.»

«Nun tun Sie nicht so», warf Dudek ein, «Moravac ist ein Anreißer. Herr Burck ist nur noch Ihretwegen dabei. Kommen Sie ihm etwas entgegen.»

Burck und Wagner waren von Dudeks Initiative gleichermaßen überrascht. Wagner atmete einmal tief ein und aus, dann nickte er: «Gut. Was schwebt Ihnen vor?»

«Bewährung.»

«Wenn er auf den letzten Metern keinen Riesenbock schießt, ich spreche von gefährlicher Körperverletzung, Totschlag, Mord und dergleichen, *und* wenn er gegen seinen Onkel aussagt, dann haben Sie ein Wort.»

Klaus schüttelte den Kopf: «Nein. Das ist ein schlechter Deal. Sie wissen so gut wie ich, dass er nicht gegen die Familie aussagen wird. Da wäre er ja lebensmüde.

Ich will, dass er Bewährung bekommt, ohne dass er dafür seinen Onkel oder seine Cousins belasten muss. Er ist kein schlechter Mensch, er ist ein guter Ehemann, ein guter Vater und ... ein guter Freund. Er wird ein normales, unauffälliges Leben führen. Wenn er jetzt seine Chance dazu erhält. Ansonsten steige ich sofort aus.»

«Sie erpressen mich, Kriminalkommissar Burck.»

«Er hat mir das Leben gerettet. Ich bin ihm seines schuldig.»

Der BKA-Mann warf ihm einen langen Blick zu, dem Klaus nicht auswich. Eine halbe Minute saßen sie einander so gegenüber, dann seufzte Wagner: «Na schön. Auf Bewährung. Abgemacht.»

Er reichte Klaus die Hand, der sie schüttelte. Dann nickte Wagner Dudek zu, stand auf, ging zu seinem Wagen und fuhr davon.

Sie lauschten noch ein paar Augenblicke dem Motorengeräusch, das sich entfernte, bevor sie das Gespräch wieder aufnahmen.

«Ist er das für Sie, ein Freund?»

«Er ist es für Klaus Roth. Das ist das Problem.»

«Luka Moravac ist ein potenzieller Mörder, Herr Burck. Sie haben gerade für jemanden eine Bewährungsstrafe ausgehandelt, der unter bestimmten Umständen einen anderen Menschen erschießen würde.»

«Ja. Aber er will aussteigen. Nadja hat ihn vor die Wahl gestellt.»

Dudek wirkte kaum so beeindruckt, wie Klaus sich das erhofft hatte.

«Hm. Und wohin will er gehen? Nach Borneo?»

«Vielleicht nach Münster.»

«Und wie lange wird das gutgehen, in Münster? Wenn er Geld braucht? Meinen Sie, er ist für eine Bitte seines Onkels weniger anfällig, wenn er in Münster lebt? Dazu müsste er mindestens auf einem anderen Kontinent wohnen», hielt Frank Dudek fest, und falls Klaus glaubte, der Sarkasmus ließe sich nicht noch steigern, wurde er umgehend eines Besseren belehrt, «oder glauben Sie, Aco Goric wird über Nacht eine gutherzige Sozialfee und lässt seinen Neffen ab sofort in Ruhe?»

Dudek lachte rau und tief, als er bemerkte, dass er Klaus ein klein wenig ertappt hatte.

«Ich kann zumindest verhindern, dass er gleich übermorgen wieder zu so etwas bereit wäre», erklärte Klaus Burck schließlich. Dudek nickte.

«Ja. Dieser präventive Gedanke ist auch richtig – deswegen haben Sie trotz allem meine Unterstützung.»

Damit war Klaus' Frage geklärt, ohne dass er sie hätte stellen müssen.

Es hätte noch dieses oder jenes zu besprechen gegeben. Was danach sein würde. Ob sie noch jemals miteinander zu tun haben würden. Oder die Sache mit Benny Gerstmann.

Aber sie schweigen geschlagene zwei Zigarettenlängen.

«Was genau soll übermorgen der Job von Luka Moravac sein?», fragte Dudek schließlich.

«Ich weiß nicht. Warum fragen Sie?»

«Weil es keinen Sinn macht, dass er bei dieser Geschichte einen hat.»

## 28.

In der 33. Spielminute vereitelten die Gäste aus Russland den achten oder neunten Angriff der Bayern auf ihr Tor, was zu einem deutlich vernehmbaren Murren der Regensburger Fans führte.

Das Spiel im Hamburger Volksparkstadion war komplett ausverkauft. Es wurde live in mehr als fünfzig Länder übertragen und von Schiedsrichter Nils Reinhardt gepfiffen, den die schleppende Partie noch nicht sonderlich gefordert hatte.

Klaus und Luka standen in der Nordkurve.

Von hier aus hatten sie freien Blick auf die Tribüne und den Imbiss.

Auf der Tribüne hatte sich Marco Feri zusammen mit seinem Leibwächter eingefunden.

Aco Goric erschien erst wenige Minuten vor dem Anpfiff des Spiels. Er ging zu einem freien Platz, gute achtzig Meter von Feri entfernt – direkt neben Jyan und Torun Cyakan. Die Brüder erhoben sich. Sie und Goric redeten miteinander und schüttelten sich die Hand. Kurz und schmerzlos.

Sie machten alle drei gute Miene zum Burgfrieden, den der Mailänder ihnen auferlegt hatte und den sie offenbar bedingungslos einhielten, solange Marco Feri sie darum ersuchte.

Was ab jener Minute in Hamburg geschehen würde, in der das Flugzeug Feri zurück nach Neapel transportierte, war unklar. Wenn er die drei Männer nicht weiter in die Pflicht nahm und sie nach erfolgreichem Geschäftsabschluss sich selbst überließ, konnte alles Mögliche passieren.

Klaus und Dudek rechneten für diesen Fall mit weiteren Toten.

Marco Feri schaute nicht zu dieser Demonstration eines Paktes auf Zeit – offiziell wollte er nicht im Entferntesten mit den beiden Clans in Verbindung gebracht werden. Alles, was seinem Geschäft auch nur annähernd gefährlich werden konnte, vermied er.

Tatsächlich, so war Wagner, Dudek und Klaus klar, hoffte er, dass sein Geschäft sich immer noch außerhalb des Radars aller italienischen und deutschen Dienste bewegte.

Vier Reihen hinter dem Imbiss, der die Zuschauer mit Getränken und heißen Würstchen versorgte, saß Dudek. Er trug einen Parka und war mit seinen zerknitterten Jeans und der dicken Brille in seinen Urzustand zurückgekehrt – der eine Mann unter Tausenden, der, den die Menge verschluckte.

Er fieberte mit dem Spiel angemessen mit, aber tatsächlich wartete er auf Nachricht von Wagner.

Das Bundeskriminalamt hatte beschlossen, alle Buchmacherläden von Goric und die der Cyakans kurz vor der Halbzeit zu stürmen. Auf diese Weise entgingen ihnen vielleicht diejenigen Einsätze von Spielern, die ihre Wetten erst in der zweiten Spielhälfte platzieren wollten, aber sie erleichterten Feri jedenfalls um seinen kompletten Einsatz.

Laut der italienischen Staatsanwältin Canzan befanden sich registrierte Scheine unter dem Bargeld – wenn sie konfisziert wurden, konnte die italienische Justiz Marco Feri den Prozess machen.

Nicht wegen Mordes, Betrug, Körperverletzung oder Ähnlichem, wohl aber wegen Geldwäsche. Immerhin war Al Capone wegen Steuerhinterziehung auch elf Jahre lang eingewandert.

Feri würde voraussichtlich nur ein paar Jahre im Gefängnis

verbringen, aber in Neapel wäre er durch die Inhaftierung de facto entmachtet. Was einen neuen Kopf der Hydra gebären würde, neue Windmühlen, gegen die Patricia Canzan ankämpfen müsste, jedoch hatte sie Wagner mit einem Lächeln versichert, dass dies nicht das Problem der Deutschen sei.

Natürlich hatten Wagners Mitarbeiter auch die Möglichkeit durchgespielt, dass Feri einfach auf seinem Geld sitzen blieb, dass er es in einem Bankschließfach beließ oder in einem Kofferraum oder auf einem Cayman-Konto, und lediglich später von Goric die Gewinnmarge ausgezahlt bekäme – aber darauf hätten Goric und Cyakan sich niemals eingelassen.

Für den – höchst unwahrscheinlichen – Fall, dass St. Petersburg nicht wie mit dem 1. FC Regensburg beschlossen 2:0 gewönne, hatten die anderen Wetter Anspruch auf ihren Gewinn – in bar.

Dafür musste das Geld physisch vorhanden sein. Ansonsten hätten beide Clans, Türken wie Serben, handfeste Probleme mit Hunderten von Wettern und Wettgruppen bekommen. Für ein Risiko, das alleine Marco Feri dank seiner dubiosen Quellen in der Benedick Security abzuschätzen wusste.

Vom Escortmädchen Verena und Marjans Quelle, die Aco Goric unabhängig voneinander exakt dieselben Informationen beschafften, über die auch der Mailänder verfügte, wusste ja niemand.

«Feri hat auf 2:0 Endstand gesetzt», stellte Klaus fest, doch Luka schüttelte den Kopf.

«Feri hat auf einen Sieg 2:0 aufwärts gesetzt», widersprach er.

Klaus begriff den Sicherheitsgedanken des Mailänders. St. Petersburg wollte unbedingt gewinnen und der 1. FC Regensburg unbedingt die 22 Millionen. Von den anderen Trittbrettfahrern im Wettmilieu war ihnen nichts bekannt. Die

Abmachung lautete 2:0. Jedes weitere Tor mussten die Gäste aus Russland sich ganz normal erkämpfen. Also war auch ein 3:0 möglich. Oder ein 4:0. Hätte Feri sich auf die zwei Tore festgelegt, hätte er eine höhere Quote zustande gebracht – aber bei einem 3:0 seinen kompletten Einsatz verloren. Dieses Risiko wollte der Mann nicht eingehen. Andererseits hätte er auch einfach auf einen Sieg der St. Petersburger setzen können, der war schließlich vereinbart.

Mit der Wette auf den Underdog hätte er eine gute Wettquote erreicht, aber mit einem *2:0 aufwärts* erzielte er eine weit bessere.

«Was ist der Plan?», fragte Klaus. «Was machen wir hier?»

Luka, der sich bezüglich des Plans oder dessen, wozu sein Onkel ihn hier brauchte, sehr bedeckt gehalten hatte, sah ihn an. Jeder Hauch von Fröhlichkeit oder guter Laune hatte sich aus seinem Gesicht verflüchtigt.

Klaus hatte ihn ganz bewusst nicht vor dem Spiel auf seine Absichten angesprochen.

*Reden Sie nicht, stellen Sie nichts in Frage*, hatte Dudek ihm eingebläut, *machen Sie mit. Eigentlich dürfte es für Luka Moravac und Sie dort überhaupt nichts zu tun geben.*

Und Klaus Burck hatte sich akribisch an diese Anweisung gehalten. Jetzt aber hätte er es an Lukas Stelle als merkwürdig empfunden, nichts weiter gefragt zu werden.

«Wir reden nur kurz mit jemandem und geben ihm einen Drink aus, das ist alles», ließ Luka ihn wissen, während sein Blick hinüber zu seinem Onkel wanderte. «Das heißt eigentlich: Ich rede mit dem Kontaktmann. Du stehst Schmiere.»

Er war sehr nervös, das hatte Klaus umgehend aus seiner ernsten Miene und der gespannten Körperhaltung geschlossen.

Luka Moravac war unter Druck.

Er warf einen Blick auf die Armbanduhr: 20:35 Uhr. Noch zehn Minuten bis zur Halbzeit.

Vor dem Galaxis-Wettlokal an der Ecke Schanzenstraße/Sternschanze wurden die Schiebetüren eines VW-Transporters aufgerissen. Die vermummten und gepanzerten MEK-Männer sprangen in zwei Gruppen heraus und stürmten das Lokal nach einem genau festgelegten und bis zum Automatismus geübten Procedere.

Knapp zwei Kilometer weiter lief der identische Einsatz vor dem Schöckinger ab, das erste Büro, in dem Klaus Dudeks Wetten platziert hatte.

Wagner ließ um Punkt 20:35 Uhr einundzwanzig Wettbüros, vier Firmen mit dem Tätigkeitsfeld *Im- und Export* und insgesamt 37 Privatwohnungen stürmen und buchstäblich jeden Zahnstocher konfiszieren.

Dieses Vorgehen erforderte die Einweihung und den Segen von nicht weniger als vier Staatsanwaltschaften aus Niedersachsen, Hamburg, Schleswig-Holstein und Mecklenburg-Vorpommern. Und selbstverständlich die Erwirkung derselben Anzahl richterlicher Beschlüsse für die geplanten Zugriffe, Durchsuchungen und vorläufigen Festnahmen.

Der Formularaufwand vor dem Zugriff füllte bereits drei Aktenordner. Nach dem Zugriff würde der Bestand mühelos auf mindestens zwanzig Ordner anwachsen.

Alexander Beck hatte sich immer dem Geld und der Macht untergeordnet, sein Leben lang. Er verdiente sich sein Gehalt als Nummer eins im Tor des 1. FC Regensburg, aber ebenso gut hätte er die Rechtsabteilung eines profitorientierten Unternehmens leiten können oder den örtlichen Kleintierzüchterverein.

Andere Menschen und ihre Belange interessierten ihn nicht, das zentrale Anliegen, das ihn jeden Morgen aus dem Bett scheuchte, war sein eigenes Fortkommen.

Heute stand er im Tor seines Vereins – bereit, den Russen zwei Bälle durchgehen zu lassen.

Für zweihunderttausend Euro.

Nina André, die rechte Hand des Chefs, hatte das mit ihm besprochen. Nach dem Training, auf dem Parkplatz. Mit ihrem Segen sollte aus einer spannenden Halbfinalbegegnung eine hinter dem Rücken der anständigen Spieler ausgehandelte Partie minderen Niveaus werden.

In der 37. Minute stürmte Viktor Apov in einem eher lahmen Spiel, in dem es dem uneingeweihten Fan erschien, als fehle dem 1. FC Regensburg der rechte Biss, nach vorne, nachdem Phil Begbie, der teuer eingekaufte Brite, den Ball verstolpert hatte. Begbies Problem war, dass er blind war für die Vorzüge der Spielstrategien anderer. Er konnte seine Stürmerqualitäten nur zur Geltung bringen, wenn alles nach seiner Pfeife tanzte.

Der neue Regensburger Trainer ließ ihm das nicht durchgehen, und so war er anfällig für das Angebot, das André ihm unterbreitet hatte.

Apov jedenfalls trickste einen Verteidiger aus, ließ es auf einen Zweikampf mit dem Libero nicht mehr ankommen, sondern zog den Ball mitten im Lauf ab. Halb hoch, fast haargenau in die Ecke platziert.

Beck hechtete zum Ball, berührte ihn sogar noch mit den Fingerspitzen, bevor er über die Torlinie ins Netz flog – besser ging es nicht –, und brüllte dann seine Verteidiger an.

«Seid ihr blind? So können wir gleich einpacken!»

Mit gespielter Wut trat er das Leder mit voller Wucht noch einmal ins eigene Tor und freute sich insgeheim über die ersten hunderttausend.

Auf der anderen Seite des Feldes reckte Dimitri Gruschenko die behandschuhte Faust in den Himmel und nahm ein paar tiefe Züge aus seiner Plastikflasche, die in der Ecke seines Tores bereitstand.

Die aus St. Petersburg angereisten Fans jubelten und schwenkten Fahnen. Irgendwo jagte eine Silvesterrakete in den Abendhimmel und detonierte.

Klaus warf einen Blick hinüber zu Aco Goric, der das Tor mit unbewegter Miene hinnahm.

Da fiel ihm auf, dass Dudek sich am Imbiss angestellt hatte, und er schluckte unwillkürlich. Das war das Zeichen für ein Nottreffen. Hier und jetzt. Vor aller Augen.

Es musste etwas Schwerwiegendes vorgefallen sein.

Klaus beugte sich zu Luka: «Ich sterb vor Hunger. Ich hol mir 'n Würstchen, auch eins?»

«Nein. Gleich ist Pause, da brauch ich dich. Beeil dich.»

«Gut.»

Er marschierte los, vorbei an Fans des 1. FC Regensburg, die stiller geworden waren.

Rüber zur Treppe und hoch zu den Ausgängen. Was immer auch passierte, Klaus hatte keine Angst. Er war unbewaffnet, aber er bewegte sich unter den Augen von Zehntausenden. Im Augenblick war er unantastbar.

Dudek hatte ihm den Rücken zugewandt und aß seine Wurst zusammen mit einem blassen Brötchen, den Blick auf das Spielfeld gerichtet. Sobald Klaus am Imbiss gezahlt hatte, stellte er das Würstchen und die Coladose auf einen Absatz und band sich die Schnürsenkel. Das konnte er Luka und Aco vielleicht 20 Sekunden lang vormachen.

Während er das tat, schaute sein VE-Führer unverwandt nach vorne.

«Das Geld ist nicht da», sagte Dudek zwischen zwei Bissen. Klaus Burck hielt den Blick auf seine Schnürsenkel gerichtet.

«Vielleicht hat er es auf weniger Läden verteilt.»

«Es ist nicht da.»

Er schluckte. «Das kann nicht sein. Luka hat es selbst gesehen. Aco hat es in Empfang genommen.»

«*Es ist nicht da.* Soll ich's über den Stadionsprecher ausrufen lassen? Es ist nicht da. Wagners Leute haben keinen einzigen Schein sichergestellt.»

Er erhob sich und griff nach dem Würstchen. In diesem Augenblick unterlief Beck ein sehr ärgerlicher Abstoß – er passte in den Rücken eines eigenen Mittelfeldspielers. Apov fing den Ball ab, stürmte nach vorne, war mit dem Ball schneller als die beiden Verteidiger, die ihm nachrannten, und verlud Beck bei der Wahl der Ecke.

Er zimmerte den Ball zum 2:0 ins linke untere Eck.

Zweihunderttausend.

Das Stadion tobte – und verschaffte Dudek und Burck damit noch einige weitere Sekunden. Da die Fans vor ihnen aufsprangen und sie mit ihren Körpern verdeckten, riskierten sie einen Blickwechsel. In Dudeks Augen hielten sich Nachdenklichkeit und Sorge die Waage.

«Sie sollten aussteigen. Jetzt.»

«Wir sind zu nah dran.»

Klaus machte nicht den Fehler, Dudek Gelegenheit für eine Erwiderung zu geben, sondern schritt zügig an ihm vorbei. Wieder zurück zu den Ausgängen, zu den Querverbindungen, zu den Treppen, zu denen der Lärm des vollbesetzten Stadions nur leicht verhallt vordrang.

Der 1. FC Regensburg war als klarer Favorit ins Halbfinalspiel gegangen, und jetzt bahnte sich vor der Weltöffentlichkeit gerade eine live übertragene Sensation an.

Der Underdog ging in der 45. Minute mit zwei Toren in Führung.

Der Schiedsrichter ließ exakt jene Minute nachspielen, die Klaus benötigte, um zu Luka zurückzukehren.

Pünktlich zum Halbzeitpfiff erhoben sich sowohl Feri und sein Leibwächter wie auch Aco Goric und die Brüder Cyakan, um zu gehen. 2:0 und aufwärts war erreicht. Das Geld damit gewaschen und Marco Feri um viele Millionen legalen Geldes reicher.

Mit Sicherheit hatten auch Aco und die Türken ihre Wetten platziert. Der Goric-Clan hatte es lediglich seinen Mitgliedern untersagt, auf eigene Faust zu setzen. Aco Goric war wie stets bemüht, das Risiko einer Entdeckung, einer kleinen Unregelmäßigkeit, die vielleicht irgendeiner Staatsanwaltschaft von einem ehrgeizigen Ermittler zugetragen wurde, zu unterbinden. Etwa, dass nicht nur Aco Goric auf ein bestimmtes Ergebnis gewettet hatte, sondern auch gleich noch seine Söhne und deren Freunde plus sein Neffe.

Aufmerksamkeit dieser Art war schlecht für das Geschäft, und Aco Goric machte lieber gar kein Geschäft als eines, das ihm Ärger eintrug.

*Es sei denn*, hatte Dudek Wagner gewarnt, *das Risiko lohnt sich.*

Wo war das Geld?

Klaus konnte sich auf sein Fehlen keinen Reim machen.

«Hier», sagte Luka und reichte ihm ein in transparente Folie eingeschweißtes Kärtchen, das an einer Kordel befestigt war. Luka legte sich sein eigenes Pendant um den Hals. Auf dem, das Luka ihm gegeben hatte, erkannte Klaus sein Konterfei, daneben ein falscher Name: Sascha Schmidt.

«Hast du dir den ausgedacht?»

«Marjan», antwortete Luka knapp. «Komm.»

Er ging voran, Klaus folgte.

«Wir gehören jetzt zum Sicherheitspersonal», fuhr Luka fort, während sie die Treppen hinabstiegen, «bis auf die Mannschaftsräume haben wir überall Zutritt.»

«Wozu?»

«Für den Drink, auf den wir verabredet sind.»

«Hör auf, mir diesen Scheiß zu erzählen.»

Sie erreichten das Ende der Treppe. Weiter links befand sich der Zugang zu den Katakomben des Stadions. Er wurde von zwei Männern gesichert, die schwarze Anzüge und Hemden trugen. Ihre Schädel waren kahl rasiert, ihre Bizeps zeichnete sich unter den Jacketts ab. Gerade lief die komplette Regensburger Mannschaft mit gesenkten Köpfen an ihnen vorbei.

«Mein Onkel lässt mich nur gehen, wenn ich das jetzt für ihn erledige», vertraute Luka sich ihm an. Es war das erste Mal, dass Klaus Luka Moravac verunsichert erlebte. Dazu passte die Nervosität, die er heute sofort an ihm bemerkt hatte.

«Was soll das heißen – dich gehen lassen?»

«Du weißt schon.»

«Nein. Du bist ein freier Mann, du willst mit Nadja woanders neu anfangen. Wieso gibt es jetzt Bedingungen?»

Luka seufzte, senkte den Blick, hob ihn wieder: «Du kannst nach Hause gehen, ich mach das alleine.»

Er wandte sich ab. Klaus' Hand schoss vor, und er konnte nicht sagen, ob es Burcks oder Roths Reaktion war. Jedenfalls packte er Moravac unmissverständlich fest am Arm und zwang ihn so, sich ihm zuzuwenden. Luka sah ihn überrascht an.

«Ich geh nicht nach Hause. Wir machen das jetzt zusammen. Also was?»

Statt einer Antwort zückte Luka eine Art kleines Reagenzglas, eine Ampulle, in der eine kupferfarbene Flüssigkeit schimmerte.

«Das hier ist für den Schiedsrichter.»
«Aha. Und was ist das?»
«Ich weiß nicht.»
«Bringt ihn das um?»
«Quatsch. Er soll schlafen.»
«Gut. Und wo finden wir ihn?»
«In den Toiletten», antwortete Luka und fügte auf Klaus' fragenden Blick hinzu. «Er hat eine schwache Blase, er geht in jeder Halbzeit pinkeln.»

Tatsächlich passierten sie mit Hilfe der Ausweise zwei Kontrollpunkte.

Direkt vor ihnen marschierte die russische Mannschaft in die Umkleide, das Schlusslicht bildete ein hagerer Kerl von vielleicht vierzig Jahren, Teamarzt Dr. Moltschanow, der die Tür hinter sich schloss.

Schräg gegenüber befanden sich die Toiletten, in die Luka und Klaus nun eintraten – nichts.

Luka schritt die Kabinen ab, sein Gesicht hatte jede Farbe verloren. Klaus stellte sich vor eines der drei Waschbecken, über dessen Spiegel er die Eingangstür im Blick hatte. Luka hatte die letzte Kabine überprüft und schlenderte zu den Urinalen.

Die Flüssigkeit, die Luka bei sich hatte, würde den Schiedsrichter matt setzen. Ohne Schiedsrichter aber könnte das Spiel nicht in die zweite Halbzeit gehen. Also würde der Ersatz für Nils Reinhardt kommen.

Und somit, erfasste Burck, würde es keinen Endstand von 2:0 geben.

Ein schlanker Mann mit schwarzem Shirt und kurzer, schwarzer Hose betrat die Toilette – Reinhardt.

Er ging an Klaus vorbei und in Richtung der Urinale. Dort drehte Luka sich um, packte den verdutzten Mann und stieß ihn zurück, sodass er gegen die erste Kabinenwand prallte.

Klaus schloss die Tür zu den Toiletten und setzte den Fuß quer vor die Türleiste, um sie zu blockieren.

Luka hatte eine Pistole gezogen und hielt sie dem Schiedsrichter vor das Auge.

«Dir passiert nichts, geh in die Kabine da. Los.»

Reinhardt hatte die Hand gehoben, als könne er sich damit vor einem möglichen Schuss schützen. Gleichzeitig tastete er sich rückwärts in die Kabine.

Halb ängstlich, halb hilfesuchend sah er in Klaus' Richtung, der den Kopf wegdrehte, damit der Mann sein Gesicht nicht sah.

«Gut», sagte Luka und reichte dem Mann die offene Ampulle, «trink das, dann schläfst du. Trink es nicht, und ich schieß dir in den Kopf. Jetzt gleich!»

Reinhardt nahm die Ampulle, setzte sie an die Lippen und zögerte. Er sah Luka gequält an.

Der nickte: «Du wirst nur schlafen. Und jetzt trink, wir haben nicht ewig Zeit.»

Reinhardt trank, verschluckte sich, hustete, ließ den Rest der Ampulle fallen, die am Boden zersplitterte. Er wollte noch etwas sagen, aber seine Beine gaben einfach nach, er stürzte nach vorne, wo Luka ihn geistesgegenwärtig auffing und zurückwarf, sodass der Schiedsrichter über die offene Toilettenschüssel fiel und reglos liegen blieb. Luka trat in die Kabine, schloss sie von innen ab und zwängte sich dann durch den Spalt zwischen Kabinenwand und Decke.

Für den normalen Toilettenbesucher wirkte es jetzt so, als sei die erste Kabine einfach belegt.

Klaus zog seinerseits den Fuß von der Eingangstür zurück, die langsam aufschwang.

«Er ist nur bewusstlos?», fragte Klaus besorgt.

Luka nickte: «Ich habe ihn seitlich hingelegt. Falls er kotzt, erstickt er nicht.»

Burck verfluchte den VE-Führer, der ihm heute Morgen das Funkmikro abgenommen hatte.

*Geht jetzt nicht mehr nur um uns*, hatte er gesagt, *ich kann nicht garantieren, dass die Gorics nichts mitbekommen haben. Das BKA, die italienischen Behörden und was weiß ich noch, wo jetzt überall plötzlich mögliche Lecks sind.*

Als Klaus etwas erwidern wollte, hatte Dudek ihm den Knopf am Kragen abgerissen, ihn zu Boden geworfen und mit einem beherzten Tritt seiner Hacke zertrümmert.

*Jetzt müssen wir's nicht mehr ausdiskutieren*, hatte er mit einem leichten Lächeln verkündet.

Wäre der Knopf noch an seinem Ort, so wären Dudek und Wagner jetzt darüber informiert, dass Aco Goric seinen Neffen dazu benutzte, das Spielergebnis zu drehen.

«Das war erst der Anfang, jetzt fegt ihr sie vom Platz!»

Juri Blinow, der russische Trainer, appellierte in der Kabine an die Moral und den Kampfeswillen seiner Elf, die ihm zunehmend begeistert zuhörte. Einige ließen ihre Beine massieren, einer kühlte sein Knie, andere tranken Wasser. Der Geruch von Schweiß hing in der Luft.

«Die Blicke eurer Väter und Vorväter sind jetzt auf euch gerichtet – die Moral der Deutschen ist gebrochen. Ihr dürft nur nicht die Kontrolle verlieren, Kontrolle ist jetzt alles. Beherrscht sie weiter, und ihr seid im Endspiel!»

Die Spieler, eben noch erschöpft, jubelten.

Moltschanow nutzte die Ablenkung durch die beschwörende Rede des Trainers und injizierte eine exakt bemessene Dosis Schlafmittel in die Flasche des Torwarts.

«Du hast doch gesagt, es gibt ein Abkommen mit dem Italiener.»

«Ich weiß, was ich gesagt hab», antwortete Luka leicht gereizt, als sie die Toiletten verließen.

«Mein Vater will euch sehen.»

Luka wie Klaus drehten sich überrascht um – vor ihnen stand Darius. Auch er trug ein Kärtchen um den Hals, auch sein Name war gefälscht.

«Wo?», fragte Luka, der ebenso verwundert schien wie Klaus, bei dem Darius' plötzliches Auftauchen, gepaart mit dessen ruhigem, aber unmissverständlichem Blick, einen unangenehmen Druck im Magen erzeugte und der sich fühlte, als könne er mit einem Mal viel weniger Luft holen, als läge ein Bleigewicht in seinem Oberbauch und als würden ihm die Beine gleich wegsacken.

«Hier», sagte Darius ruhig und behielt beide im Blick, «hier unten, gleich da vorne um die Ecke.»

Er deutete hinter sie und schritt an ihnen vorbei. Klaus und Luka warfen sich in seinem Rücken einen Blick zu, der sie ihrer gegenseitigen Ratlosigkeit versicherte, welchen Lauf die Dinge nun nahmen.

Ganz kurz, nicht mal einen Wimpernschlag lang, spielte Klaus mit dem Gedanken, seinem Impuls wegzulaufen nachzugeben, um ihn dann ebenso rasch wieder zu verwerfen. Wenn er weglief, würde er nicht erfahren, wo sich das Geld von Marco Feri befand.

Also trotteten sie Darius hinterher. Klaus warf einen Blick auf seine Armbanduhr: noch knappe drei Minuten bis zur zweiten Halbzeit.

Wie konnte er Dudek informieren?

Nach der ersten Biegung zückte Darius einen Schlüssel und öffnete eine Brandschutztür, um in einen dunklen Raum zu treten. Er tastete nach rechts, dann blinkte zögerlich eine Neonröhre auf. Sie schienen sich in einer Art Vorraum zu befinden, von dem ein offenbar recht langer, im Dunkeln liegender Gang wegführte. Die Wände aus schmucklosem, kaltem Beton. Unverputzt.

Es war ein Technikraum mit einer Vielzahl an Leitungen und Röhren an den Decken und einer Heizanlage. An der hinteren Wand standen sieben Fässer aus blauem Kunststoff mit schwarzen Deckeln nebeneinander aufgereiht.

Darius winkte Luka und Klaus mit zwei Fingern herein, und sie gehorchten abermals. Er schloss die Tür hinter ihnen, verriegelte sie allerdings nicht, was Klaus etwas von dem Druckgefühl im Oberbauch nahm.

Von draußen war jetzt nichts mehr zu hören. Aber von unten: Klaus bemerkte erst durch das Geräusch, das seine Schuhe am Boden verursachten, dass er auf einer Abdeckplane stand, die sich über den gesamten Raum erstreckte. So, als hätten Maler den Boden abgeklebt, um hier zu streichen.

Darius lehnte sich an die Wand, als warte er auf jemanden – seinen Vater?

Dann hörten sie Schritte. Schritte aus dem Gang, eine Gestalt, die auf sie zuhielt und sich mit jedem Schritt weiter aus dem Dunkel schälte, Kontur annahm: Marjan Goric.

Er trug kein Kärtchen und keine Kordel, er trug eine schwarze Lederhose und eine leuchtend gelbe Öljacke samt Kapuze.

Er erfasste die Situation im Raum mit einem einzigen Blick, trat ein und stellte sich etwa einen Meter neben die Brandschutztür. Luka und Klaus rückten unwillkürlich etwas mehr zur Seite, und Darius stieß sich von der Wand ab, positionierte sich hinter der Heizungsanlage, sodass er von der Tür aus nicht zu sehen war, suchte den Blickkontakt mit Marjan und nickte.

Der schaltete das Licht aus.

Die Neonröhre erlosch ohne Verzögerung, die Dunkelheit kam sofort, nur auf Klaus' Netzhaut glühte das Bild des Raumes noch kurz nach.

Kaum war er um sein Augenlicht beraubt, zogen seine anderen Sinne nach. Er roch Nässe und Öl. Er hörte – nichts. Darius und Marjan verharrten an ihren Plätzen, und alles deutete immer noch darauf hin, dass sie hier auf jemanden warteten.

Aco? Marco Feri?

Dann war noch etwas zu hören, von rechts, von dort, wo Marjan Position bezogen hatte. Es war ein wenig, als packe jemand ein Geschenk ein oder aus, wobei das Knistern und Rascheln nichts Papiernes hatte, sondern nach Gummi klang.

Der Torwart Dimitri Gruschenko sah ihn kommen – der Stürmer der Regensburger, natürlich Phil Begbie, legte den Ball so weit vor, dass der russische Verteidiger ihn im nächsten Augenblick abgreifen und nach vorne flanken musste. Aber er rutschte aus. Der Stürmer der Deutschen wirkte verblüfft, lief dann zögerlich, als könne er sein Glück nicht fassen, durch die offene Lücke aufs Tor zu. Und dann kam der St. Petersburger Innenverteidiger Dellagio, ein teurer Erwerb von Lazio Rom, und rutschte mit angewinkeltem Bein von rechts in den Mann, spielte aber für alle Betrachter sauber den Ball.

Das war der Moment, in dem Gruschenko, der bis jetzt zweimal an seiner Flasche genippt hatte, eine nie gekannte Schwäche in sich aufsteigen fühlte und sich mit der Linken am Pfosten abstützte. Er sah aufs Feld. Er hörte den Pfiff des Schiedsrichters. Desjenigen, der für Reinhardt eingewechselt worden war: Henry Hill, ein noch junger Ire.

Kurz meinte Gruschenko, den Mann nur unscharf zu sehen,

leicht verschwommen, dann schärfte sich sein Blick plötzlich wieder.

Hill zückte die Gelbe Karte gegen Dellagio mit der linken Hand und deutete mit der offenen Rechten auf den Elfmeterpunkt. Die russischen Fans brüllten vor Zorn, während die Radio- und Fernsehmoderatoren ihrem Publikum versicherten, dass die Begegnung zwischen Dellagio und dem bayerischen Stürmer zwar im Strafraum stattgefunden habe, aber keineswegs eines Strafstoßes würdig sei.

Unten im Technikraum nahm Klaus Burck den Sturm der Entrüstung als ein fernes Grollen wahr, wie ein sich ankündigendes Gewitter.

Dann öffnete sich die Tür, und die Umrisse von vier Männern zeichneten sich gegen das Licht im Flur draußen ab. Das Tosen im Stadion war plötzlich um ein Vielfaches lauter.

«Hier unten?», fragte eine Stimme, die Klaus sehr bekannt vorkam.

«Hier unten», bestätigte eine andere – sie gehörte Aco Goric.

Der betätigte den Lichtschalter.

Die Neonröhre flackerte dreimal auf, bevor sie dauerhaft brannte. Und in diesen drei Intervallen, in denen sich Dunkelheit und Licht abwechselten, geschahen mehrere Dinge gleichzeitig.

Beim ersten Flackern schloss der vierte Mann die Tür – Vukasin – und blieb draußen stehen.

Torun und Jyan Cyakan stutzten. Sie erkannten lediglich, dass etwas nicht stimmte, Klaus las es in ihren Blicken. Für sie war der Raum unbekannt. Die Anwesenden. Sie waren nicht imstande, das alles binnen eines Sekundenbruchteils zu einem stimmigen Ganzen zu verbinden.

Beim zweiten Flackern drückte Aco sich in die Ecke, und

Torun ging weit in den Raum hinein. Warum auch immer. Vielleicht, um Abstand von Aco zu gewinnen, vielleicht, um zu fliehen. Sie würden es nie erfahren, denn Marjan riss die linke Hand hoch, die in einem neongelben Spülhandschuh steckte – das gummiartige Geräusch, das Klaus nicht hatte zuordnen können –, setzte die Mündung der Pistole fast am hinteren Haaransatz Cyakans auf und drückte ab.

Das Gesicht des Türken schien vom Schädel nach vorne abzuheben, dabei wölbte es sich nur neben der Nase, brach auf, und die austretende Kugel riss ein Gemisch aus Knochensplittern, Blut und Hirn aus seinem Kopf.

Torun Cyakan krachte im letzten Licht des zweiten Flackerns auf den mit Plastikfolie ausgelegten Boden.

Jyan Cyakan war schnell mit seinem Griff nach dem Messer, aber im dritten Flackern war Darius mit einer schweren Eisenstange aus seinem Versteck getreten, während der Türke zu Marjan herumwirbelte, um ihn mit der Klinge zu attackieren.

Darius hieb ihm das Metall mit aller Wucht von hinten in die Kniekehlen, und trotz des fernen Tosens vernahm Klaus deutlich das Geräusch von etwas, das riss oder knackte. Die Kniescheiben oder Muskeln.

Jedenfalls krachte der Mann auf die Knie. Und als die Lampe endlich ansprang, trat Aco Goric vor, eine Pistole in der Hand, setzte sie auf Cyakans Handballen auf, der immer noch die Klinge hielt, und schoss.

Das Messer flog mitsamt zwei Fingern weg.

Während sich im Flackern der Röhre alles wie in einer genau abgestimmten Choreographie abgespielt hatte, erstarrten sie im Dauerschein nun kollektiv. Es war, als klagte das offenbarende Licht sie für das an, was im Halbdunkel geschehen war.

Dem Mund Cyakans entwich kein Schrei und auch kein

Stöhnen, nur ein tiefes Seufzen, wie das letzte Ausatmen eines Sterbenden.

Darius trat zurück, auch Marjan senkte seine Pistole, ihre Blicke wanderten zu Luka. Aco Goric fischte ein Taschentuch aus seinem Jackett und putzte damit sorgfältig den Abzug und den Knauf der Waffe, bevor er sie seinem Neffen reichte.

Er tat es wortlos, und doch war alles gesagt.

Der stolze und selbstbewusste Jyan Cyakan hatte sich schon in sein Schicksal ergeben. Er hielt sich die offene, blutige Deformation, die von seiner rechten Hand noch übrig geblieben war, und starrte zu Boden.

Allein das Zögern, mit dem Luka Moravac die Pistole entgegennahm, erzählte schon vom Ausgang seines innerlichen Ringens. Er schluckte, starrte zu Boden, vermied den Blickkontakt mit seinem Onkel und seinen Cousins und zielte schließlich auf das Ohr des Türken, der zu seinen Füßen kniete.

Und konnte doch den Finger nicht krümmen.

Der Luka im Parkhaus vor einigen Tagen, der Jyan Cyakan zum Zeichen seiner Loyalität mit der Familie und aus Wut über die öffentliche Demütigung, die der ihm vor dem Aoife beigebracht hatte, noch über den Haufen geschossen hätte, war inzwischen zur Besinnung gekommen.

Er hatte sich für ein Leben in Legalität entschieden. Aber die Entscheidung war noch frisch.

«Tu's nicht.»

Alle sahen auf, doch einzig Klaus erwiderte Lukas Blick.

«Ich sage dir das als Yashas Pate, Luka. Tu's nicht.»

Luka schluckte abermals, dann senkte er den Blick und nahm den Lauf von Cyakans Ohr. Als er seinem Onkel die Pistole zurückreichte, wagte er nicht, ihm dabei in die Augen zu sehen. Hätte er es getan, er hätte dort nicht Verachtung gelesen, sondern eine merkwürdige Erleichterung. Er hätte einen Mann gesehen, der wirkte, als habe Luka ihn von einer schweren moralischen oder seelischen Last befreit.

Luka sah es nicht – wohl aber Klaus, den es zutiefst irritierte.

Darius schaute zu seinem Vater, der ihm mit einem Nicken antwortete. Daraufhin legte Darius die Eisenstange ab, zückte ein kleines, elektronisches Gerät, etwa in der Größe eines Handys, mit dem er an Klaus herantrat.

Der sah Aco fragend an, während Darius schon begann, mit dem Gerät in einem Abstand von wenigen Zentimetern vor Klaus' Körper entlangzufahren. Ganz so, als überprüfe ihn ein Mitarbeiter des Sicherheitspersonals am Flughafen auf metallische Gegenstände.

«Es ist so, dass Kostadin seine Bonsaibäume über alles geliebt hat», sagte Aco ruhig, «und möglicherweise hat er mich wirklich verraten, vielleicht hat er Gründe gehabt, die ich nicht kenne. Die er mir verschwiegen hat. Vielleicht hat ihn aber auch jemand verschwinden lassen. Kurz oder für länger oder sogar für immer. Und dieser Jemand hat die Bonsaibäume zu den Pflanzen in die Badewanne gestellt. Das ist etwas, was Kostadin niemals getan hätte. Er wäre niemals ohne die Bonsais gegangen. Freiwillig, meine ich. Hatte ich *niemals* gesagt? Das weiß ich nicht. Möglicherweise gab es Umstände, die eben doch dazu geführt haben. Vielleicht hat er es doch getan. Ich glaube das nicht, aber ich kann es nicht ausschließen. Und dieses Gerät da», er deutete mit der freien Hand auf den Detektor, den Darius gerade bediente, «ist ein Wunderwerk der Technik. Es spürt kleinste Stromquellen auf. Und Funkfrequenzen.»

Klaus dankte Dudek innerlich auf Knien.

Dass der VE-Führer ihm gegen seinen Willen den Sender abgenommen und zertreten hatte, war der Grund, weswegen sowohl Wagner wie auch Dudek selbst völlig im Unklaren darüber waren, was hier gerade vor sich ging. Aber auf der anderen Seite rettete die eigenwillige Zerstörung des Minisenders ihm gerade das Leben.

Darius federte aus der Hocke hoch, schaltete das Gerät aus und sah seinem Vater in die Augen, während er den Kopf schüttelte.

«Er ist sauber.»

Aco Goric schien ein klein wenig überrascht. Er hielt die Waffe, die Luka ihm zurückgegeben hatte, nun Klaus hin. Mit dem Taschentuch am Lauf. Burck erfasste sofort die Zwickmühle, in die er damit geriet.

Er brauchte Zeit.

Ihm war, als dauerte jeder seiner Gedanken ewig.

Er war Polizist. Er war kein Mörder.

Jyan Cyakan war ganz sicher nicht die Sorte Mensch, die die Welt auch nur in irgendeiner Form reicher machte.

Aber er war und blieb ein Mensch, der jetzt außerdem unter Schmerzen litt und dringend ärztliche Hilfe benötigte.

Doch wie sollte Klaus ihn retten? Er war hier ganz auf sich gestellt, er würde sich rein körperlich nicht gegen die Gorics durchsetzen können.

Dann, als sein Blick wieder auf die Waffe in Aco Gorics Hand fiel, lag die Lösung praktisch greifbar in der Luft.

Er nahm sie an sich, wog sie in der Hand, sah hinab zu Jyan Cyakan, der jetzt aufblickte. Ihm in die Augen sah und seinem Tod kniend, aber aufrecht entgegen.

Wer war bewaffnet?

Auf jeden Fall Marjan. Und ganz gewiss war auch Darius Goric nicht nur mit einer Brechstange hier aufgetaucht. Klaus würde Marjan entwaffnen und ihn gleichzeitig so vor sich schieben, dass er einen Kugelfang bildete. Und diesen Kugelfang würde er auch an der Tür vorschützen, denn Vukasin draußen war vermutlich ebenfalls nicht mit leeren Händen hierhergekommen.

Nur einen Sekundenbruchteil, bevor er die Waffe gegen Marjan richtete, erfasste er die Falle, die Aco Goric ihm gestellt hatte.

Für den aus Acos Sicht offenbar immer noch nicht unwahrscheinlichen Fall, dass er Polizist war, würde der ihm niemals eine Waffe überreichen, mit der er sich gegen die anderen zur Wehr setzen konnte. Falls er der verdeckte Ermittler war, so offenbar Aco Gorics Kalkül, durfte er die Waffe nicht gegen den Türken richten. Vielmehr wäre er gezwungen, genau jetzt seine Tarnung auffliegen zu lassen.

Und deswegen, begriff Klaus, war die Waffe ungeladen. Das Magazin steckte im Knauf, aber es musste leer sein. So paradox es anmutete, bestand die einzig Chance, Jyan Cyakan und sich selbst das Leben zu retten, indem er die Scheinexekution ohne Zaudern durchführte.

Also setzte er die Mündung vor das Ohr, ganz so, wie Luka es getan hatte, und zog den Abzugszüngel über den Druckpunkt.

Klack.

Noch nie hatte das trockene Geräusch von Metall auf Metall, das der Hammer erzeugte, als er nicht auf die Zündkapsel eines Projektils traf, Klaus eine solche Erleichterung verschafft. Er hatte sich nicht geirrt. Er hatte Jyan Cyakan nicht umgebracht, er hatte die Tarnung nicht auffliegen lassen. Sie lebten.

Das eigenartige Druckgefühl in seinem Oberbauch, das sich seit Darius' plötzlichem Erscheinen immer mehr zu einem penetranten Schmerz gesteigert hatte, ebbte in kurzen Wellen ab und wich dann ganz.

Er sah mit gespielter Überraschung zu Aco Goric auf. Der erwiderte den Blick, blinzelte nur einmal und wirkte nun überzeugt bis in die Fingerspitzen. Er öffnete die Hand, die jetzt ebenfalls in einem Handschuh steckte. Klaus reichte ihm die Waffe. Aco ließ das leere Magazin mit einem Knopfdruck ausklinken, fing es auf und tauschte es – nahezu ohne den Blickkontakt mit Klaus zu unterbrechen – gegen ein volles aus, als machte er den lieben langen Tag nichts anderes.

Dann zog er den Schlitten durch, sodass die erste Kugel im Lauf landete. Er setzte die Mündung senkrecht mitten auf Jyans Schädel und schoss ihm sofort in den Kopf.

Der gesamte Körper des Türken erschlaffte im gleichen Atemzug, und Klaus sah, wie der Blick des Mannes brach und er mit dem Gesicht auf den harten Beton krachte.

Klaus wusste im gleichen Moment, dass diese Bilder sich für den Rest seines Lebens im Hinterkopf einnisten und nachts in seine Träume fließen würden, um ihn in nicht enden wollenden Varianten zu martern.

«Jetzt gehörst du zur Familie», stellte Aco fest und hob die Waffe hoch, «alles, was du ab jetzt tust, tust du aus freiem Willen. Richtest du dich gegen deine Familie, geht diese Waffe mit deinen Fingerabdrücken zur Polizei.»

Klaus nickte, immer noch erschüttert. Er hatte einen Doppelmord nicht verhindern können.

Aco Goric wandte sich an Luka, der kreidebleich an der Wand stand.

«Luka, sammel die Patronen und die Hülsen auf.»

Alles, was Dudek in Aco Goric gesehen hatte, war wahr.

Der Regensburger Stürmer sah zu Gruschenko, der jetzt noch einen kräftigen Schluck aus seiner Flasche nahm und sich dann auf der Torlinie aufbaute, die Arme nach links und rechts ausgestreckt.

Als stünde er vor einer Scheibe, über die gerade jemand Öl

goss, verschwamm Gruschenko der Blick, verloren die Konturen an Schärfe.

Gruschenko schüttelte den Kopf, als könne er damit zur Besinnung kommen.

Begbie nahm Anlauf, verzögerte dann die Schrittfolge.

Da sprang ihm der Ball vom Fuß, hüpfte gemächlich über den Rasen, begleitet von gellenden Pfiffen. Phil Begbie hatte jetzt auch den Elfmeter verstolpert, damit er keinesfalls ins Tor gelangte, ein flacher, sanfter Schuss. Ganz einfach zu halten – Gruschenko warf sich auf ihn. Aber irgendwie kam er zu spät. Auf unerklärliche Weise zu spät. Der Ball kullerte über die Torlinie.

Das Stadion tobte.

Währenddessen schoben Luka und Klaus jeweils eine Sackkarre mit einer der blauen Tonnen den Gang entlang, der vom Vorraum wegführte. Darius und Marjan hatten die Leichen in die Tonnen gestopft, während Vukasin die Folie von Wänden und Boden löste und in einen Müllsack steckte.

Der Versorgungsgang endete an einer schmucklosen Brandschutztür des Volksparkstadions, vor der sich ein kleiner, mit einer Schranke abgesperrter Parkplatz befand. Lediglich von zwei Laternen in ein diffuses Licht getaucht. Sie hievten die beiden Tonnen mit den toten Türken in den Transporter. Dann schob Marjan die Tür von innen zu, während Darius sich hinter das Steuer setzte, den Motor startete und losfuhr.

Die Schranke des Parkplatzes hob sich und entließ den Transporter in die Nacht.

«Was passiert jetzt?»

Aco sah ihn nur kurz an.

«Sie fahren rüber nach Elmshorn, da bauen wir gerade eine Siedlung. Sie füllen die Fässer mit Zement auf», er schaute auf seine Armbanduhr, «in vier Stunden legt ein Schiff nach Übersee ab. Sobald sie aus den Hoheitsgewässern sind, gehen die Tonnen über Bord.»

Luka stand neben ihnen, an die Wand gelehnt. Er starrte auf seine Schuhspitzen.

«Ich melde mich bei dir», ließ Aco Klaus Burck wissen, bevor er zu seinem Wagen ging und ebenfalls davonfuhr.

Dann rutschte Luka Moravac mit dem Rücken an der Wand herunter, er schluchzte und verbarg das Gesicht in seinen Armbeugen. Klaus setzte sich neben ihn, setzte sich auf die Steine, die immer noch die Wärme der Sonne abgaben, die sie tagsüber gespeichert hatten.

Er zündete sich eine an. Für den Augenblick genügte es, dass Luka um seine Nähe wusste. Er musste ihn nicht in die Arme nehmen und auch nicht das Wort an ihn richten. Nur da sein.

Lukas Worte kamen stoßweise, mit jedem Schluchzen ein paar: «Ich … fass das … nicht.»

«Was?»

«Was da … passiert ist.»

Er schüttelte den Kopf und weinte. Und dann nahm Klaus ihn doch in die Arme.

## 29.

Er war raus, und zwar ganz.

Als er in der Nacht, in der Regensburg vom Gast aus Russland mit 2:1 besiegt wurde, nach Hause kam, warteten Dudek und Eva auf ihn. Und bevor der VE-Führer etwas sagen konnte, umschlang Eva ihn mit ihren Armen und schmiegte sich an ihn.

Ihre Erleichterung, ihre innige Zuneigung, ihre Lust auf die gemeinsame Nacht – all das lag in dieser Geste.

Madame bellte, weil sie die innerliche Aufregung der drei Zweibeiner spürte. Klaus ging in die Hocke und schmuste kurz mit ihr, bis Dudek an ihn herantrat.

«Sie sind raus», teilte er ihm knapp mit. «Ihre Aufgabe als VE ist mit dem heutigen Abend beendet. Sie machen jetzt drei Monate Pause. Irgendwo. Bezahlter Sonderurlaub.»

Es kribbelte Klaus in der Nase, der Hals wurde ihm eng, am liebsten hätte er den Mann vor sich, der seine Brille zurechtrückte, umarmt.

«Eva und ich wollen nach Portugal.»

«Ist schön da», meinte Dudek.

«Vielleicht bleiben wir da», merkte Eva an. Und Klaus sah, wie Frank Dudek bei diesen Worten stutzte. Wie er den Beifang zwischen den Zeilen mitnahm und genau begutachtete. Und dann das Surrogat daraus bildete: «Sie wollen da unten bleiben?»

Eva und Klaus lächelten sich zu, als sei diese Frage die Segnung ihrer Pläne.

«Vielleicht, das ist alles noch in der Schwebe», sagte Klaus.

«Jedenfalls bleiben wir nicht im Polizeidienst», fügte Eva hinzu.

Frank Dudek sah zu Klaus, der das mit einem Nicken bestätigte: «Ja. Wir hören auf. Wir machen vielleicht eine kleine Bar auf. Was Überschaubares.»

Wenn da ein Bedauern in Dudeks Blick war, überspielte er es.

«Das freut mich für Sie beide», sagte er und wollte zu einer kleinen Dankesrede ansetzen, zu diesem und jenem, empfand das dann aber als unangemessen sentimental und beließ es deswegen bei einem seine Worte bekräftigenden Ja.

Etwas hatte nicht gestimmt mit Klaus Burck, von Anfang an. Das begriff Frank Dudek nun. Herausgerissen aus zwei Familien, aufgewachsen im Heim, hatte er sich immer durchgeboxt, und er passte so gut in jede Ersatzfamilie, weil er seine eigene immer noch suchte. Er fügte sich in die Rolle eines Sohnes bei Dudek ein, in das eines Freundes bei Luka, eines Paten sogar, in das eines loyalen Mitglieds bei den Gorics, selbst die Polizei war ihm eine große Familie. Aber richtig zu Hause war er nirgends gewesen.

Natürlich nicht. Er hatte keine Familie mehr. Er musste seine eigene gründen. Und vielleicht würde er das alles da unten in Portugal irgendwann selbst begreifen. Das war nichts, was man ihm erzählen konnte, das war etwas, was er selbst erfahren musste, anders ging es nicht.

Dudek beschloss, beizeiten mal Urlaub in Portugal zu machen. Mit Madame.

Der Mann und seine Hündin gingen zur Tür. Dort wandte sich Dudek noch mal zu Klaus um: «Wagner erwartet einen Bericht.»

«Wann?»

«Sagen wir in einer Stunde.»

Das mit Portugal hatte sich so ergeben. Sie waren beide als Backpacker dort gewesen, zur gleichen Zeit, ohne sich jedoch begegnet zu sein. Beide im September vor genau zehn Jahren, beide in Sagres, beide hatten sie sich in diesen Ort verliebt.

«Ich höre auf», hatte Klaus gesagt.

Evas Blick ruhte eine Weile auf ihm, dann nickte sie, ohne irgendetwas zu sagen, aber das kannte er jetzt schon, Klaus wusste in dem Moment, sie würde mitkommen, es war beschlossen und bedurfte keines Wortes.

Als Dudek gegangen war, kam Eva auf ihn zu, küsste ihn auf den Hals, atmete den Geruch seiner Haut ein und knöpfte ihm dabei das Hemd auf. Und dann schliefen sie miteinander mit jener unerklärlichen Selbstverständlichkeit, mit der sie den Entschluss gefasst hatten, Deutschland und ihren Beruf hinter sich zu lassen. Sie wollten sich Zeit nehmen, aber ihre Küsse und Berührungen wurden ungestümer, und statt bis zum Bett schafften sie es nur bis zur Couch, betrachteten und ertasteten sich gleichzeitig, verloren schließlich die Kontrolle, blickten einander lachend in die geröteten Gesichter, und Eva fand, dass es kein vor Lust verzerrtes Gesicht gab, das nicht schön wäre, und auch darin waren sie sich einig, und es war an Genuss nicht zu überbieten, sich ganz und gar preiszugeben.

Aco Goric hatte in diesem Augenblick den Auftritt seines Lebens vor sich.

Er klopfte an die Tür in der Beletage des Hotel Vier Jahreszeiten, nachdem er sich unten an der Rezeption angemeldet hatte. Wie erwartet öffnete Tessio Rossi ihm die Tür und ließ ihn eintreten.

Marco Feri stand zwar an der geschlossenen Balkontür der Suite, hatte aber keinen Blick für die Binnenalster übrig.

Einige Stockwerke tiefer flanierten die Hamburger am Ufer

entlang, strömten zum Gänsemarkt und zum Jungfernstieg, und die Barkassen legten mit den Touristen zu gemütlichen Alsterrundfahrten dort ab, wo sich in den Sommermonaten eine Leinwand aus dem Wasser erhob, auf die Kinofilme projiziert wurden.

Feri redete hart und erregt in seiner Muttersprache mit jemandem am anderen Ende der Leitung, er hob nur kurz den Blick, um zu registrieren, wer eingetreten war.

Aco erwiderte den Blick des Mailänders kühl.

Tessio hatte es sich auf einem Sessel neben der Tür bequem gemacht und setzte jetzt seine Lektüre fort – einen Manga-Comic. In der Suite, deren Teppich jeden Schritt verschluckte, brannten nur zwei Lichtquellen, ein Kronleuchter und eine Tischlampe.

Dann beendete Feri sein Gespräch und ging auf Aco Goric zu.

«Guten Abend», sagte er und reichte ihm die Hand, die Aco mit sachlicher Miene schüttelte.

«Möchten Sie was trinken?», fragte Feri, der in seinem Maßanzug nach wie vor eine ausgezeichnete Figur machte und hinüber zu einer Sitzgruppe ging.

«Danke», sagte Goric ablehnend. Der Italiener goss sich selbst ein Wasser ein, nahm ein paar Schlucke und schürzte dann die Lippen, die Augen auf Aco gerichtet.

«Können Sie mit meinem Geld noch etwas drehen?»

«Mit *Ihrem* Geld?»

Feri nickte, seine Miene war undurchdringlich.

«Wie soll das gehen? Ist Ihnen klar, in was Sie mich da reingezogen haben?»

«In was?», fragte Feri.

Aco Goric sah ihn wütend an: «Sie haben mich um mein Geld gebracht! Sie hatten einen todsicheren Tipp. *Ich* will mein Geld zurück.»

Der Gesichtsausdruck des Italieners blieb unbewegt, er schüttelte nur ganz leicht den Kopf: «Es gibt keine todsicheren Tipps. Ich habe selbst sehr viel Geld verloren. Ich kann Ihnen nur anbieten, Sie bei zukünftigen Geschäften zu berücksichtigen, damit Ihr Verlust Sie weniger schmerzt. Aber es ist und bleibt ein Glücksspiel. Für heute haben wir beide verloren. Wir können die Sache hier wie vernünftige Männer beschließen oder wie unvernünftige. Was sagen Sie, Aco Goric?»

Goric schluckte kurz leer, tat so, als beginne er damit, sich mit dem unwiderruflich Geschehenen abzufinden.

«Wer ist dafür verantwortlich?»

Feri lächelte leicht, freundlich, aber ablehnend: «Wir sind dabei, das rauszufinden. Vielleicht können Sie uns mit Ihren Kontakten helfen. Die Brüder Cyakan sind abgetaucht.»

Goric untersagte sich ein Grinsen wegen des Wortes, das Marco Feri in unfreiwilliger Komik gewählt hatte. Stattdessen deutete er ein Achselzucken an: «Was soll ich sagen, Signor Feri? Es ist ihnen zuzutrauen. Nun, ich höre mich um.»

Feri nickte wie jemand, dem damit kein Millimeter weitergeholfen war.

«Der Schiedsrichter wurde lahmgelegt. Jemand hat ihn gezwungen, etwas zu trinken. In den Toiletten im Sicherheitsbereich des Stadions. Die Personenbeschreibung passt auf keinen der Cyakan-Brüder.»

«Personenbeschreibung?»

«Ja», antwortete der Mann, um dann nach kurzem Zögern hinzuzufügen: «Wir haben bis jetzt nur wenig belastbare Leute in Hamburg, aber drei davon arbeiten bei der Polizei. Der Schiedsrichter hat vor einer guten halben Stunde ausgesagt. Wenn die Polizei den Täter findet, wissen auch wir, wer es war. Und dann kann ich Ihnen wenigstens sagen, wer die Manipulation in der zweiten Halbzeit vorgenommen hat.»

«Gut», antwortete Aco und empfand das Gegenteil.

Dieses Mal ließ Stephan Wagner sich nicht mehr auf ein Treffen am Helkenteich vor Hamburg ein, sie trafen sich in einer Suite des Hotel Atlantic mit Blick auf die beleuchtete Binnenalster. Ohne es zu wissen, befanden sie sich damit nur wenige hundert Meter von Marco Feri und Aco Goric entfernt – das Vier Jahreszeiten lag lediglich auf der anderen Seite der Alster.

Sie saßen zu zweit am Tisch, Dudek und Wagner, während Klaus mit einem Glas Wasser in der Hand auf und ab ging und hin und wieder durch die bodentiefen Fenster einen Blick nach draußen warf.

«Was wir wissen, ist Folgendes», eröffnete Wagner den Informationsabgleich, dessentwegen sie sich hier eingefunden hatten. «Aco Goric hat offenbar jemanden bestochen, der dem russischen Torwart ein Schlafmittel verabreicht hat. Die ersten Blutproben von Gruschenko sind eindeutig. Kombiniert mit dem, was Sie gerade zu Protokoll gegeben haben, Herr Burck, dem Tausch des Schiedsrichters, ergibt sich eine Spielmanipulation mittels eines unrechtmäßigen Strafstoßes.»

«Ja», sagte Klaus, «Aco Goric hat die Pläne von Marco Feri durchkreuzt. Das war eigentlich von Anfang an klar, nur hat es keiner kommen sehen.»

«Ach ja?»

«Ja. Das Geld von Feri war nicht da, richtig?»

«Richtig», bestätigte der Mann vom Bundeskriminalamt.

«Weil es schon Aco Goric gehört hat», schaltete Dudek sich ein. «Tatsächlich hat niemand auf einen Sieg für St. Petersburg gesetzt, schon gar nicht auf ein 2:1. Das Abkommen zwischen St. Petersburg und dem 1. FC Regensburg ist dadurch völlig unbeschadet. Die 22 Millionen gehen an den Verein.»

«Und Feri verliert sein Geld über Bande an Aco Goric», schloss Klaus und wandte sich an Wagner: «Wissen Sie, was Goric gesetzt hat?»

Der Mann wog den Kopf hin und her: «Schwer zu sagen. Aber nach momentanem Kenntnisstand so ziemlich alles, was er an Bargeld hat, an Immobilien oder anderem Besitz: rund 1,8 Millionen Euro. Alles auf eine Karte.»

«Wie ist die Quote für ein 2:1?», fragte Dudek.

«1:3,8.»

«Abzüglich Provisionen und anderem Schnickschnack geht Aco Goric jetzt mit über 6,5 Millionen Euro nach Hause. Plus den fünfzig Millionen von Marco Feri, die Goric natürlich nie ernsthaft gesetzt hat. Und es gibt niemanden, der ihm das nachweisen kann – und nichts, worüber er sich in diesem Leben noch Sorgen machen müsste.»

Klaus merkte auf: «An die Leichen der Brüder kommen wir nicht ran?»

«Haben Sie eine Ahnung, wie viele Containerschiffe pro Nacht den Hamburger Hafen verlassen? Unmöglich. Die Leichen sind weg. Und ohne Leiche kein Mord. Und ohne Mord keine Anklage. Was erzähl ich Ihnen da? Goric hat hier im ganz großen Stil aufgeräumt. Er hat die Türken ausgeschaltet und jetzt auch Feri – jetzt ist er selbst ein Großer Weißer.»

Klaus sah zu Dudek hinüber, der mit verbissener Miene den Kopf schüttelte und dessen Blick von einem Punkt auf der Tischplatte zum anderen wanderte. Unstet. Auf der Suche nach einer Lösung, nach einer Idee.

«Damit kommt er nicht davon», beschloss Frank Dudek.

«Leider doch», widersprach Wagner, «dieses Spiel geht auf ganzer Linie an Goric. Wir müssen uns für das nächste Mal besser aufstellen.»

«Kriminalhauptkommissar Burck hat einen Doppelmord gesehen und kann das vor Gericht bezeugen.»

«Ja. Und er hat drei Männer, die ihm widersprechen: Darius, Marjan und Aco Goric. Selbst wenn wir einen Richter erwischen, der es ebenfalls auf den Mann abgesehen hat, gibt es eine Tatwaffe mit den Fingerabdrücken Ihres VEs am Abzug. Wenn wir uns diesbezüglich mit den Gorics anlegen, wird Herr Burck am Ende möglicherweise wegen Mordes verurteilt. Das können Sie drehen und wenden, wie Sie wollen, wir kriegen ihn nicht dran. Noch dazu ist das eine rein hypothetische Diskussion – wir haben die Leichen nicht.»

Dudek blies wütend die Wangen auf, es hielt ihn nicht länger auf dem Stuhl. Er stand abrupt auf und ging zu einem der Fenster. Sah dann zu Klaus: «Würde Luka vor Gericht aussagen?»

Klaus schüttelte den Kopf, und Dudek nickte in einer Art, die verriet, dass er mit keiner anderen Antwort gerechnet hatte.

«Aber ich kann aussagen», meinte Klaus.

«Aber nichts davon nagelt uns Aco Goric an die Wand. Wir haben nicht einen einzigen Beweis. Scheiße.»

Dudek ließ den Kopf hängen.

Klaus' Handy meldete sich, er schaute aufs Display. Es war Lukas Nummer.

«Luka», informierte er Wagner und seinen Vorgesetzten, bevor er ranging. «Luka?»

«Nadja», hörte er. Ihre Stimme klang etwas zu hoch und etwas zu gepresst.

«Nadja, alles in Ordnung?»

«Ja. Weißt du, wo Luka ist?»

«Luka? Nein. Wieso?»

«Darius und Marjan sind gerade hergekommen. Und Nastas. Sie ... sie stehen hier und wollen ihn sehen, Aco will ihn sprechen, ich ...»

Es gab ein Geräusch, dann hatte er Darius in der Leitung: «Klaus?»

«Ja?»

«Wo ist Luka? Weißt du, wo er ist?»

«Nein. Wir ... nach dem Spiel ist jeder von uns in eine andere Richtung.»

«Verstehe. Gut. Ja.»

«Ist was passiert?», fragte Klaus, und seine Sorge war echt.

«Nein», antwortete Darius Goric mit einer kaum merklichen Verzögerung, die Klaus aufhorchen ließ.

«Bis dann», sagte Darius und hatte schon aufgelegt.

Auch Klaus legte sicherheitshalber auf.

«Die Gorics suchen Luka.»

Dudek fuhr mit dem Volvo über die Kennedybrücke, die den zehnten Breitengrad kreuzt. Klaus saß auf dem Beifahrerplatz und Madame ganz hinten. Die Hündin schaute interessiert hinaus.

Auf Anrufe reagierte Luka nicht. Sie hatten soeben das Limit hinter sich gelassen, das Lokal, in dem sie ihren ersten gemeinsamen Anreißerjob erledigt hatten. Nein, laut der Kellnerin war Luka schon seit über einer Woche nicht mehr dort gesehen worden.

«Denken Sie nach», forderte Dudek ihn auf, «er hat sich jetzt irgendwo verkrochen. Vermutlich betrinkt er sich. Auch er hat den Doppelmord gesehen. Er geht irgendwohin, wo er schon mal war. Er wird jetzt nicht in eine Bar gehen, die er nicht ke...»

«Galaxis», platzte es aus Klaus heraus, «fahren Sie ins Schanzenviertel. Er ist im Galaxis.»

Dudek stellte den Wagen an der Ecke Sternschanze ab, etwa dort, wo er von Bennys Tod erfahren hatte. Klaus stieg aus und überquerte die Straße. Ihn trennten nur noch ein paar Schritte vom Eingang, als die Tür aufschwang und Luka Moravac hinaustrat. Er wirkte niedergeschlagen und angetrunken und war so sehr in Gedanken, dass er Klaus gar nicht wahrnahm.

«Luka.»

Jetzt hob er den Blick und schien überrascht, Klaus hier zu sehen.

«Was machst du denn hier?»

In seiner Frage schwang Freude über den Umstand mit, dass es sie offenbar unabhängig voneinander zu genau dieser Zeit an diesen Ort getrieben hatte.

«Ich such dich. Darius und Marjan und Nastas waren bei euch. Nadja hat mich angerufen. Sie suchen dich.»

«Hab ich nicht mitbekommen.»

Er zückte sein Handy und warf einen Blick auf die Anrufliste.

«Oh, schon über zehnmal. Du hast auch versucht, mich zu erreichen.»

«Ja.»

«Okay, weißt du, worum's geht?»

Klaus Burck zögerte kurz, schüttelte dann den Kopf: «Ich hab kein gutes Gefühl bei der Sache.»

Luka sah ihn erstaunt an.

In diesem Augenblick stoppte direkt neben ihnen ein Mercedes, aus dem Darius und Marjan stiegen.

«Geh nicht mit», raunte Klaus ihm zu, bevor er den Brüdern zunickte. «Hab ihn gerade gefunden.»

Marjan blieb beim Wagen stehen, Darius kam näher: «Mein Vater will dich sehen.»

Aus den Augenwinkeln nahm Klaus wahr, wie Frank Dudek aus dem Volvo ausstieg. Marjan hörte das Türklappen und schaute hinüber zu dem Volvo, verlor aber schlagartig wieder das Interesse, als der Mann seine Schäferhündin aus dem Gepäckraum springen ließ, um eine Abendrunde zu drehen.

«Jetzt?», fragte Luka. «Es ist nach elf.»

«Es geht um euren Umzug.»

Luka Moravac, der dieser Auskunft normalerweise nicht misstraut hätte, sah fragend zu Klaus.

«Das geht doch auch morgen, es war ein langer Tag», sagte der deshalb. Im Hintergrund wechselte Dudek die Straßenseite und kam mit Madame näher. Darius runzelte wegen Klaus' Einlassung die Stirn. Seine Entgegnung richtete sich aber nicht an Klaus' Adresse, sondern an seinen Cousin: «Er will dich sofort sehen.»

«Und was ist so wichtig? Ich wollte gerade nach Hause.»

«Es dauert nicht lange», mischte sich jetzt Marjan von hinten ein.

Luka warf Klaus noch einen unschlüssigen Blick zu, dann zuckte er mit den Achseln: «Na schön.»

Er wollte zu dem Mercedes gehen, aber Klaus packte ihn am Unterarm und hielt ihn fest. Drei Augenpaare sahen Klaus irritiert an.

«Was ist dein Problem?», fragte Darius, und Luka machte sich los.

«Die werden dich umbringen», warnte Klaus Luka.

«Was redest du für einen Müll?», entgegnete Darius aufgebracht, eine Zornesfalte bahnte sich ihren Weg von der Stirn hinab zur Nasenwurzel. «Ich bin Yashas Pate!»

«Das bin ich auch», gab Klaus zurück.

Er nahm im Halbdunkel wahr, wie Marjan hinter sich griff. Wollte er sich kratzen? Am Gürtel zupfen? Oder eine Waffe ziehen?

Klaus konnte es nicht darauf ankommen lassen, deswegen zückte er seine Dienstwaffe, die er grob auf einen Punkt zwischen Marjan und Darius richtete.

«Polizei. Ihr seid vorläufig festgenommen.»

«Lass den Scheiß», sagte Darius.

«Das ist kein Scheiß», erwiderte Klaus und richtete die

Waffe jetzt auf Darius' Kopf, «ich bin verdeckter Ermittler. Auf den Bauch legen, sofort. Du auch, Marjan.»

Dudek näherte sich von der Seite. Madame ging bei Fuß.

«Wichser!», stieß Luka in dem Moment hervor, in dem er Klaus die Waffe aus der Hand schlug und den Ellbogen so heftig gegen den Mund rammte, dass ihm die Schneidezähne rausbrachen, und er zurücktaumelte und stürzte. Darius wie Marjan hielten mit einem Mal Waffen in den Händen.

Darius legte auf Klaus an, der seine Pistole auf dem Bürgersteig liegen sah – zu weit weg.

«Fass!»

Die Schäferhündin jagte vor.

Marjan feuerte. Beide Schüsse trafen Luka in die Brust. Lukas Fassungslosigkeit war von einer fast obszönen Nacktheit, sein ganzer Körper schien maßloses Erstaunen auszudrücken.

Madame sprang und verbiss sich in Darius' Handgelenk. Der brüllte auf und feuerte, verfehlte aber sowohl die Hündin als auch Klaus und versuchte seinen beim ersten Biss gebrochenen Unterarm aus dem Kiefer des Hundes zu befreien. Dudek hatte seine Walther P99QA gezogen und entsichert.

Er legte auf Marjan Goric an.

«Polizei! Waffe fallen lassen!»

Aber Marjan schoss. Die Kugel durchschlug Madames Brustkorb und fegte sie von den Beinen, sie fiel seitlich auf die Gehwegplatten, wimmerte leise. Darius wechselte die Waffe in die intakte Hand und visierte Dudek an, zog ab. Verfehlte ihn.

Luka sackte auf die Knie und fiel leblos und ohne sich weiter abzustützen, vornüber auf den Bürgersteig. Madame wollte sich aufrappeln, aber ihre Hinterläufe schienen gelähmt, sie schleifte sie hinter sich her.

Dudek stürmte ungedeckt zu ihr vor.

Darius feuerte ein zweites Mal, die Kugel riss Dudek das halbe rechte Ohr weg.

Klaus, der endlich an seine Waffe gekommen war, legte von unten auf Darius an.

Die Kugel drang ihm durch den Unterkiefer in den Kopf. Darius war sofort tot.

Immer noch liegend zielte Klaus auf Marjan Goric, der zur Seite wegtauchte und in den Wagen sprang.

Madame versuchte ihm nachzusetzen, bewegte sich aber weiter nur auf ihren Vorderbeinen und schleifte den hinteren Teil ihres Körpers hinter sich her.

Der Motor des Mercedes heulte auf. Klaus kam auf die Beine. Und Madame sackte in sich zusammen.

Der Wagen jagte mit durchdrehenden Reifen davon, und dann sah Klaus Dudek, der an ihm vorbeistürmte. Und er sah zum zweiten Mal, seit sie sich kennengelernt hatten, wie jede Rücksicht aus den Augen des Mannes gewichen war, wie sie unversöhnlich wurden und kalt.

Dudek hob die Waffe wie nach Lehrbuch. Er jagte Marjan das komplette Magazin hinterher.

Der Mercedes fuhr davon unbeeinträchtigt weiter, entfernte sich, und beinahe schien es, als sei Marjan Goric die Flucht gelungen.

Doch dann überfuhr der Wagen die erste Kreuzung bei Rot, um an der nächsten Kreuzung mit dem Ampelmast zu kollidieren.

Klaus drehte Luka auf den Rücken, fühlte an der Halsschlagader den Puls, der noch schwach da war, und alarmierte den Rettungsdienst.

Neben ihm war Dudek zu seiner Hündin zurückgekehrt, die immer noch leise wimmerte. Der VE-Führer presste seinen Kopf an ihren und weinte, und mit einem Mal schloss sich der Kreis, und Klaus sah einen Jungen mit dicker Brille und Pullunder vor sich.

# EPILOG


Der Wind, der über den Atlantik kam, wirbelte etwas Staub vor dem *Madame* auf.

Neben dem Eingang vervollständigte Eva mit ihrer zweijährigen Tochter im Arm die Speisekarte auf der Tafel. Sie trug eine Latzhose, und die Sonne über Sagres hatte ihr über die Jahre die Haare gebleicht.

Sie hatten nicht viel in diesen Jahren, aber sie kamen ganz gut über die Runden, und sie hatten einander, und das war alles, was sie von diesem Leben gewollt hatten.

«Kommst du?», fragte sie Klaus, der drinnen über die Theke wischte. «Wir wollten zum Strand.»

«Gleich. Geht schon vor.»

Eva lächelte. Sie warf ihm einen Kussmund zu und überquerte mit ihrer Tochter die Straße. Klaus sah ihr nach. Hinter den Klippen, die zu einem weiten Strand abfielen, glitzerte verlockend das Meer.


Aus Marjans Leiche waren vier Projektile sichergestellt worden, aber Dudek konnte vor Gericht glaubhaft versichern, lediglich die Absicht gehabt zu haben, seinen Wagen zu stoppen. Vor demselben Gericht sagte Klaus vollumfänglich aus, und wie Wagner prophezeit hatte, gelang es ihnen nicht, Aco Goric das Handwerk zu legen.

Luka befand die Richterin wegen seiner Querschnittslähmung als bestraft genug.

Aufgrund der Aussagen, die Klaus machte, wurden zahlreiche Verfahren gegen die an Spielmanipulationen Beteiligten eröffnet und zogen sich zum Teil bis heute hin.

Ein Jahr nachdem Eva und er in Sagres ihr neues Leben begonnen hatten, war Dudek mit Madame zu Besuch gekommen. Nach drei Operationen hatte eine engagierte Tierärztin, Erika Christiansen, die Gesundheit der Hündin so weit wiederherstellen können, dass sie nur noch den rechten Hinterlauf etwas nachzog. Die Tierärztin brachte Dudek auch gleich mit, und wann immer die beiden einen Blick wechselten, konnte Dudek nicht anders, als zu lächeln.

Klaus wrang den Lappen aus und hängte ihn über den Wasserhahn. Er schnappte sich den Schlüssel und ging zur Tür. Auch er musste lächeln, denn er fand, er war ein glücklicher Mann.

Er schloss die Tür ab. Die Brise, die vom Meer rüberwehte, nahm der Mittagshitze etwas von ihrer Wucht. Klaus überquerte die Straße und bog auf den sandigen Pfad, der durch die Klippen hinab zum Wasser führte.

Von weiter oben drang das Klappen einer Wagentür zu ihm, aber er schenkte dem keine Beachtung.

Sein Blick fiel auf Eva und seine Tochter. Eva stand bis zu den Knien im Wasser, die Wellen, die ihre Kraft verloren hatten, brandeten nur noch schwach gegen ihre Beine. Sie hielt Ira in den Armen.

Oben an der Straße bog ein Mann auf den Pfad und folgte Klaus.

# Dank

Jede Geschichte hat ihren Ursprung, «Auf kurze Distanz» hat zwei.

Der ehemalige Chef des Hamburger Landeskriminalamtes, Reinhard Chedor, hat mir im Zuge eines Filmprojektes Einblicke in die Arbeit mit verdeckten Ermittlern gewährt.

Sascha Schwingel, Redaktionsleiter der Degeto innerhalb der ARD, hat mich nur wenig später mit Benjamin Best bekannt gemacht, einem jungen investigativen Journalisten, der gerade für sein Buch «Der gekaufte Fußball» tief in die Strukturen der Wettmafia, der internationalen wie der deutschen, eingetaucht war.

Beiden, Chedor wie Best, verdanke ich authentische Informationen aus erster Hand, die in meinem Kopf quasi das Fundament dieses Romans verursacht und mitgestaltet haben.

Dr. Reimar Daniel Vogt hat mir – wie schon bei vielen Drehbüchern – für medizinische Fragen zur Verfügung gestanden.

Meine Drehbuchagentin Ellen Bleckmann und ihre Kollegin Katrin Seele haben das Romanexposé hausintern in die richtigen Hände gegeben, in die meiner Lektorin Grusche Juncker.

Meine Testleser habe ich zum Dank namentlich in die Handlung eingebaut.

*Asperg, Frühjahr 2015*